INK INK INK INK INK INK IN
K INK INK INK INK INK INK
INK INK INK INK INK INK IN
K INK INK INK INK INK INK
INK INK INK INK INK INK IN
K INK INK INK INK INK INK
INK INK INK INK INK INK IN
K INK INK INK INK INK INK
INK INK INK INK INK INK IN
K INK INK INK INK INK INK
INK INK INK INK INK INK IN
K INK INK INK INK INK INK
INK INK INK INK INK INK IN
K INK INK INK INK INK INK
INK INK INK INK INK INK IN
K INK INK INK INK INK INK
INK INK INK INK INK INK IN
K INK INK INK INK INK INK
INK INK INK INK INK INK IN
K INK INK INK INK INK INK
INK INK INK INK INK INK IN
K INK INK INK INK INK INK
INK INK INK INK INK INK IN

INK

INK

文學叢書

174

一個女人的筆記：盛氏家族・邵洵美與我

盛佩玉◎著

邵陽　吳立嵐◎編注

目錄

前言　邵陽／i
楔子　我想講給親人聽／11
1. 四歲我父親走了／11
2. 我可憐的六姑母／12
3. 媽媽們的消遣事／14
4. 跟隨潮流的祖父／14
5. 把我交給了大娘／15
6. 過年媽媽來看我／16
7. 我在老宅裡上學／19
8. 英租界裡三姑母／20
9. 二姊大姊五姑母／21
10. 祖父逝世舉家哀／22
11. 百人抬棺大出殯／25
12. 初見洵美在姑蘇／27
13. 洵美偷拍我照片／28
14. 洵美直對著我笑／32
15. 五姑父想認女兒／35
16. 金山寺水陸道場／38
17. 趙家託人來說媒／41
18. 跑馬廳和新世界／42
19. 夢中父親來看我／46
20. 沒有頭髮的大嫂／48
21. 哥哥娶的兩個妾／50
22. 五叔七叔娶妾忙／51
23. 大哥帶我吃西餐／52
24. 南京白髮宗大娘／54
25. 義賑巧遇康有為／56
26. 訂婚時約法三章／58
27. 洵美定情物是詩／61
28. 雲芝約我去普陀／63
29. 赴歐途中明信片／64
30. 洵美圓了劍橋夢／67
31. 杭州照相館留影／70
32. 生母送我的禮物／73

33. 洵美寄來悲鴻畫／73
34. 五月愛的謳歌者／75
35. 我忙嫁妝他交友／77
36. 婚紗蒙住了眼睛／81
37. 我成了邵府新娘／86
38. 朋友們以畫誌喜／89
39. 南京當官三個月／94
40. 見曾孫祖母闔眼／95
41. 我的祖母也走了／97
42. 初見紅衣陸小曼／99
43. 葬祖母餘姚尋根／102
44. 開書店取名「金屋」／105
45. 洵美入新月書店／107
46. 志摩家見泰戈爾／108
47. 志摩似乎來道別／110
48. 老屋翻建「同和里」／112
49. 二十年代新消遣／115
50. 我放棄了訴訟權／116
51. 新雅沙龍朋友多／118
52. 名醫救不了生母／119
53. 男女永遠不平等／121
54. 小黑日夜想娘親／122
55. 訂購德國影寫版／125
56. 新月書店朋友多／126
57. 長女誕生喜開宴／129
58. 國難與《時事日報》／132
59. 嗣母仙逝葬餘姚／134
60. 悲鴻為我們畫像／137
61. 悲鴻之邀南京行／138
62. 初上北京訪老友／141
63. 過天津堂兄設宴／149
64. 達夫丁玲〈瑙女士〉／151
65. 為省開支又搬家／154
66. 介紹梅蘭芳藝術／157
67. 宴請蔡元培夫婦／159
68. 我讓小美去住讀／162
69. 孟樸虛白和耀仲／165
70. 可憐的小小咪咪／167

71. 麥克利克路四十七號／171
72. 張氏兄弟的盛情／176
73. 上帝還我一女兒／179
74. 初識「密姬」項美麗／180
75. 洵美杭州遇車禍／182
76. 結婚十年話廿苦／183
77. 我母親得了絕症／185
78. 母親的可憐身世／186
79. 警告洵美按時歸／188
80. 痛慈母魂歸故里／190
81. 密姬《宋氏三姊妹》／193
82. 日寇進犯逃難忙／194
83. 戰火中兩件快事／197
84. 搶運出了印刷機／200
85. 淮海路一七五四弄十七號／202
86. 避暗殺住密姬家／207
87. 蘇州探母祭娘親／209
88. 孩子進世界學校／210
89. 洵美成了集郵迷／212
90. 女兒太多叫小多／214
91. 我大病中的安慰／218
92. 邵月如與「王先生」／220
93. 洵美託病離虎口／222
94. 小玉臉上的瑕疵／224
95. 冷清的四十壽辰／225
96. 演拳術洵美中風／226
97. 哥弟相差十八歲／228
98. 日人打門闖進來／229
99. 為自由洵美出走／231
100. 洵美小美歸來了／232
101. 「時代」牌子掛起來／238
102. 我決定恢復《論語》／240
103. 承印公債姑母情／242
104. 旅美歸來感慨多／244
105. 姑母邀小玉赴台／246
106. 小兒屬豬名小羅／248
107. 《論語》停辦捕小鼠／250
108. 新時代試出「新書」／251

109. 遠送機器上北京／252
110. 景山東街乙一號／253
111. 與悲鴻最後一見／255
112. 羅隆基請吃燒賣／256
113. 交易所巧遇七孀／257
114. 兩女兒病倒北京／260
115. 悵然離京返上海／261
116. 孩子們都在努力／262
117. 烹飪課與化工廠／264
118. 我當居民小組長／266
119. 翻譯名著洵美忙／269
120. 痛惜愛女離去早／273
121. 洵美參加哲學班／276
122. 筆洗與悲鴻的畫／277
123. 我當上衛生主任／280
124. 掃盲綠化煉鋼鐵／284
125. 讓出房間辦食堂／287
126. 我得獎洵美被捕／289
127. 遷往南京小紅家／292
128. 受審三年洵美還／294
129. 人民路的好鄰居／296
130. 洵美窘迫賣郵票／297
131. 洵美委託的任務／300
132. 悼念老友舊體詩／303
133. 巧遇張愛玲繼母／305
134. 「文化大革命」來了／307
135. 小羅串聯上北京／309
136. 洵美父子談篆刻／311
137. 洵美你真的走了／313
138. 生活要繼續下去／316
139. 小多女逢凶化吉／317
140. 盛宣懷與釣魚台／319
141. 香山建造洵美墓／320
142. 〈我和邵洵美〉發表／322
143. 諸友紀念邵洵美／324
144. 《傳記文學》的呼應／328
145. 克標永祿來湖州／329
146. 不知何日回上海／332

前言

邵陽

母親離我們而去已近二十年。可每當我靜下來或是一家人熱熱鬧鬧團聚時，每當我歡笑或是鬱悶時，我總會想起我們慈愛、大度、美麗而能幹的母親。

母親和父親都出身於豪門，母親是盛宣懷最寵愛的孫女，蘇淞太道台、台灣巡撫邵友濂的長孫媳婦。母親養育了我們九個兄弟姊妹，不僅供我們溫飽，而且關心、教育我們成長，母親還幫助我們帶大了第三代。

童年的母親曾是王榭堂前燕，自嫁入邵家，她一直默默地支持丈夫所鍾愛的文學事業與對理想的完美追求。從開辦書店、出版雜誌刊物到創作詩歌；從購買進口設備到創建印刷廠；從翻譯雪萊、泰戈爾的長詩到翻譯馬克・吐溫的小說；從集郵到畫畫，父親幹一樣像一樣，辦一樣成一樣。但也因此耗盡了偌大的家產，爲成就丈夫的事業，母親絲毫沒有後悔。

父親生性熱情，好交朋友。母親認爲父親的朋友都是好人，而父親則認爲搞文學的都是朋友。因而家裡經常是高朋滿座，徐志摩、林語堂、郁達夫、徐訏、施蟄存、林達祖、曾虛白、夏衍諸位都是好友，他們甚至親切地稱我母親爲「茶姊」。

母親雖曾是千金小姐，但當她有機會爲鄰居們服務時，她則是竭盡全力。爲除「七害」，她甚至自己掏錢買藥到鄰居家爲他們消滅臭蟲，以致連續二年得到區政府的獎狀。

在暴風雨來臨時，母親堅信丈夫是無辜的。她堅強地、默默地帶領子女艱辛地繞過激流、暗礁，迎來風平浪靜。母親始終陪伴著丈夫，始終深愛著丈夫。商友敬先生讀了母親的回憶後，評論她寫丈夫的文字說：「雖不華妙，卻是張愛玲也寫不出的，更不用說別人了。」

當一切都安靜下來時，母親已步入古稀之年。記得那是一九七五年夏末秋初，母親和我們一起住在浙江湖州師院家屬宿舍，我們的兩個女兒吳欣、吳慶都進了幼稚園，白天我們都要上班，母親一人在家。有了空閒的母親想，還能爲丈夫、爲子女，甚至爲第三代做些什麼呢？她除了要實現丈夫最後的遺願：請出版社將父親的遺稿儘快出版外，她又試著把對丈夫的思念、對自己一生的回憶轉變成文字。正如母親在筆記「楔子」裡所寫：「我的親人們，我記這些，絕不是留戀和誇耀富貴之家，爲的是在我腦子還清醒時，分辨好壞。」「讓後人知道，我們是怎麼過來的，對他們有個交代。」

母親自小只在家裡讀過幾年私塾，但這沒有難倒她。她一邊學習、一邊寫作。她努力閱讀身邊能得到的書籍、報章雜誌，把其中精彩的句子、形容詞都端端正正地抄錄下來。爲了把回憶寫得更確切、更生動，她還經常翻閱新華字典、成語詞典，把偶爾閃現的思緒記在紙片上。爲了把回憶寫得更眞實，她不時會寫信給老友、親戚詢問。有時也會和我們子女交流，希望我們幫她查找一些歷史資料。稿子修改了又謄抄，謄抄了又修改。稿紙有遠至民國榮寶齋已發黃的紙張，近至文革白色發光的道林紙，顏色紛花、大小不一。終於點點滴滴集腋成裘，洋洋灑灑寫成數十萬字的文稿，取名「一個女人的筆記——盛氏家族‧邵洵美與我」。

當我和丈夫整理此文稿時，我們才驚訝地發現母親的思路是那麼清晰，帶有吳語的文句是那麼簡潔。在不經意中，她竟然涉及到了一百多位近現代史上的知名人物。在她的筆下，他們並不是只能昂首敬慕的偉人，而是一個個可愛有趣的凡人。因爲她並不打算發表，所以她坦誠了一切，使她的個性和特殊年代的中國女性之稜角暴露在我們面前，增加了我們對她的敬意。使我們後人（尤其是女兒）能借鑒她深幽的智慧，如何處理生活中的困難，如何體驗快樂、安頓精神，啓示我們如何成爲一個視野開闊、追求自由的新女性。

是精彩的一生，還是平凡的一生？是喜劇人生，還是悲劇人生？只能請讀者細細品味！但有一點我敢肯定，若父親地下有知，知道此書出版，定會感到無比欣慰！

最後讓我們對幫助母親筆記出版的眼光獨到的出版社表示感激和謝意！

二〇〇七年中秋

楔子　我想講給親人聽

我今年七十歲了。（編者：作者提筆寫她這部「回憶」是在一九七五年，「文革」後期。當時她住在湖州小女兒邵陽家，生活安定，每天寫一點。）

我是清朝出生的，這七十年裡經過了多少事！戰爭，動亂，心驚肉跳，不得安神。想起來總感到淒然，一生憂憂鬱鬱、匆匆忙忙地將過盡了。生在世界上做了些什麼？沒有作爲不能原諒自己。

我的親人們，我記這些，絕不是留戀和誇耀富貴之家，爲的是在我腦子還清醒時，分辨好壞。

1 四歲我父親走了

我出生在清光緒卅一年，一個封建的大家庭中。直到四歲才開竅，好像戲院的幕帳打開，由眼睛攝影到腦子，陸續記錄著當初遇到的各種各樣的事情。

父親名昌頤，字揆臣，年四十便去世了。他妻妾滿堂（孝堂）。他死得很快，扁鵲也來勿及再世救他，他也來勿及想一下就拋棄了這個家庭，造成了這些年輕的寡婦，又拋下了幼小的子女。我僅四歲，哪記得他是長得怎樣的一個人！當然是個好色者，有句俗語：妻勿如妾，妾勿如偷，偷得著勿如偷勿著。所以他要了六個太太，還老是去尋花問柳，不老而夭，是自己找的呀！

四歲懂得什麼？父親出殯，乳母抱了我在窗子裡看，因我那天正生病，沒有去送喪，外面熱熱鬧鬧的聲音，也不知這是件悲傷的事情！不久我搬到老宅裡去住了。

封建家庭，祖父盛杏蓀做主，將這些小妾和她們的孩子都搬住到他的大家庭中去，很大的房子，像大觀園一樣。祖母莊氏是繼室，有王熙鳳的手段，先將她們幽禁在宅裡深處；祖父年老不管事，這樣大的家，都掌握在這位沒文化的人手裡。每月貼一些錢給生活，有意爲難，逼她們自找生活出路。限制一切，沒有一些憐惜。這種時代，女子哪能自找生路？所以三年孝滿，我母親便離開我了。那四個媽媽也走了，獨有哥哥的媽媽不走，平日待遇也不同。

祖父盛宣懷朝服正面像

2 我可憐的六姑母

在祖父大宅裡，我們兄妹七個常相見面，我是老五，年幼，他們不會和我玩。房子很大，住在樓上，有個大走廊，屋內後窗沿街，窗上是木風斗，看勿見外面。想去玩也只在宅

祖父盛宣懷紫禁城騎馬行走圖

子裡，沒有到馬路上去玩的機會。

樓下有個六姑母住著。她已出嫁，生了兩個女兒，可是得了精神病，在娘家住著，說是被印度「阿三」嚇出來的。她終日在房中，口裡不斷地自說自話。極愛乾淨，時刻要用肥皂洗手。洗頭專有一個保姆伺候。飯菜放在長盤裡送給她，必定要僕人倒走著進去，否則她說有灰塵飛起來到碗裡。吃飯時必先用筷子夾一份小菜放在桌上，似乎請人家先吃，然後自己再吃。如有不隨她心意的，便發火，拿起便桶沖人。我不敢近她，立在門口望望。但她一見，要叫我進去玩。她說：「這個小老惡乖得。」（常州話，小孩很乖的意思。）我始終沒有進去過。

祖父先後討過六房太太，生了八兒八女。我父親是原配夫人董氏所生，是盛家長子。六姑母名叫盛靜頤，是柳夫人所出，嫁給了南潯小蓮莊和杭州小劉莊主人劉錦藻的兒子劉儼庭。劉錦藻是南潯巨富劉鏞子女中最有成就者，曾與南通張謇同榜登甲午科進士，做京官，又在上海、杭州、南京等地辦了船運、鐵路、金融等實業，他投資的浙江興業銀行跟祖父辦的漢冶萍公司、輪船招商局、恆豐紗廠有著密切聯繫，故盛劉二家能聯姻。可惜的是姑母與儼庭不知何因感情不和，攜女返歸娘家。

3 媽媽們的消遣事

和我們一起住在樓上的還有四個媽媽，她們和我母親同等相待，當然便想出些消遣的事來：養蠶。養蠶不簡單，要定時餵桑葉。買了大竹匾，用木架一層層架起。蠶吃桑葉「沙沙」地響，很快地吃著。半夜要起身餵一次，她們沒有鬧鐘，想出了一個辦法，用很多繩子結著一個鈴，每人一個繩端，穿過房間通到床頭，事先約好，誰先醒來便拉繩，通知大家一同起來。蠶到成熟的時候要吐絲，用稻草紮成「山」形，將蠶放上，蠶便自會作繭，藏在其中，吐完絲後便變成了蛹。她們用水煮繭、抽絲。絲繞在架子上成一絞絞的，白而發亮。她們會繡花，想出花樣，互相研究，配出各種顏色。這時已有電燈，但不給她們大支光的燈泡，就在黯淡的生活裡，她們熬著三年守孝期。

4 跟隨潮流的祖父

有一次，我母親急急切切地帶我住到一個弄堂房子裡。夜裡沒有電燈，點的是油蘸，用草芯放在油裡，火頭微小，暗幽幽的。革命了，從祖父到我，都分開躲到各地去，這是清王朝結束的時候了。這時男子的腦後拖著的辮子沒有了，祖父也下野了。

有一次，一個姊姊同我去祖父那裡玩，看見祖父在一間玻璃房間裡坐著看書，曬太陽。

他年邁身弱，居然想到衛生，注意養生之道了。

上海的外國人越來越多，風氣也變新了，富貴人家的兒子讀書也讀外文，出國留學去。辦過洋務的祖父哪肯落後，所以繼祖母莊夫人的兒子——叔叔盛恩頤和我哥哥——盛家長子長孫盛毓常也出去留學。祖父在他倆身上寄託了很大的希望。據大哥毓常告訴我，在國外，他曾收到祖父寄來的五張信箋的長信，勉勵他努力學習。出國護照、路費、學費數目相當大。不久，祖父病了，他們便都回來了。人家出國留學博士、碩士、學士頭銜，有一手技術，他們則不然，只能講一些外國話，派些小用場，如到外國商店買東西，同巡捕房裡「三道頭」說話，跟跑馬廳裡外國騎馬師談天。至於外文雜誌、小說也沒有空去看，總算能看懂外國電影。三個未出嫁的姑母——五小姐關頤、七小姐愛頤和八小姐方頤，也由祖父在漢冶萍公司的外文書記宋子文介紹了自己的大姊宋靄齡來教她們英文。

下野後的祖父在名古屋賞梅花

5 把我交給了大娘

三年守孝期滿，我母親和四個媽媽走了。家裡將我和妹妹送給了大娘帶領。我便換了一個環境，房子不算小，氣派也很大，有一輛馬車，一輛特製黃包車。這時普通的黃包車是人拉的，車下面掛著一只油燈。而有錢人家的黃包車是特製的，質量好，樣子考究，兩邊有電石燈，夜裡出車必須點燈。住宅庭前有四棵大樹遮蔭，客廳很大，白漆屏門可以直通大院後進屋子。我和妹妹住在大娘隔房，在前進樓下。樓上住的是大娘生的兩個女兒，大姊和二姊都已出嫁。姊夫不工作，大娘常補貼。大娘很誠實，駝背，南京人，年四十已滿頭白髮，大家喚她「白頭髮太太」。聽說頭髮是我父親死後一百天中逐漸變白的。丈夫死了她也不哭泣，每天看著照片，大約是苦在心中吧。房子大了冬天冷，幸有煤氣火爐。裡進空關著，要是舅舅來，便住在那裡。

我家隔壁有個大花園，叫「辛家花園」。這個花園本是我父親買的，後來父親欠了祖父錢，將它歸給祖父了。花園裡有池塘，可以划小船，有九曲橋，亭子也有幾間。房子全部租給人家了。後來作爲祖父遺產，被四房恩頤舅舅抽籤抽中，改建成「辛園邨」弄堂房子，售給人家了！

6 過年媽媽來看我

我們是六個姊妹一個哥哥，大娘帶了我們四個姊妹，哥哥還有二個姊姊在祖父那裡住。祖父有氣喘病，要人服侍，親人陪著，敲背、拿痰盂，忙個不停，每天叫兒媳、女兒替換著講書給他聽，那時沒有別的消遣。大娘不靠近他住，我們小孩要逢年逢節或祖父過生日才去。

過新年是最熱鬧了。我也特別高興，我母親要來看我了！這是她走前惟一的條件。她只生我一個，每次來看我都帶兩大簍水果。大年夜要給我二塊銀元，放在枕頭底下，名「壓歲錢」。還有一只盤，裡面都是取著好口彩的東西，有甘蔗、蘋果、桂圓、棗子、年糕、長生果、雲片糕。甘蔗切成二小段，用紅紙裹好。這是我最高興的一天！

過新年不簡單，半個月前便得忙起來，先在曆本上看好大掃除的日子，要做徹底的掃除，非但是掃牆上的塵，還要將窗子脫下，屏門也要脫下來沖洗。接著要磨粉、做團子蒸糕、掛神像。大年夜祭祖宗，十二只供盆（水果、乾果、糖果）之外，還供菜、供酒。放菜的碗要用另一只裝著開水的大碗做隔層，保持熱度。以後祭灶君，要用素食，十二只盆之外還供一只糖製元寶（店裡有賣的），說是要甜甜灶君的嘴，因爲一年過完了，他要去向玉皇大帝匯報。祭財神則外加魚、肉、雞，這是想發財，先行賄。

哥哥住在老宅，磕頭的事我和妹妹負責，將菜供上桌便點香燭，敬上酒便磕頭，三次酒後又磕頭，取下香來放在錫箔上一起燒，待錫箔將燒盡，拿一盅酒往上一灑才算了事。以後這些東西都是人吃的，哪裡吃得完！平日吃的不用愁，大娘是南京人，對吃的方面很有講究，懂得什麼季節出產什麼菜，好像秀才不出門，能知天下事，她是能知曉菜市的時鮮菜。

大年夜要向長輩辭歲，在家吃過年夜飯，上祖父那裡去。坐馬車先去街上兜一圈，在曆本上看好今年的禧神在哪方，便向哪兒去。

祖父盛宣懷在上海的別墅門廳

盛佩玉的母親

祖父住在一座洋樓上，很大。祖父是位面孔瘦削的白髮老人，經常咳嗽。我見祖父在床上靠著，不好向他磕頭辭歲，便向聲音熱鬧的一間房間走去。是個大客廳，暖烘烘的，煙霧瀰漫，笑聲不斷，很多人圍著一只大桌子。我擠到桌邊看看，桌子上有只高圓形的小碗，合在一只盆子上，裡面是四粒骰子。一個人坐在中間，拿合好的碗盆搖了幾下，將骰子灑在下面鋪著的一張四面畫著「么、二、三、四」的紙上。小叔叔贏得了幾個銀元（上面有隻老鷹圖的）。他見我在身旁，抓了一把角子給我。角子拿回家也沒什麼用處，就在手裡數來數去的玩。保姆說：「你叔叔贏錢了，他們在賭壓寶。」她也和我玩一種不是賭錢的遊戲，將六粒骰子抓在手中，向大碗裡一摔，這玩意兒叫「摔紅」、奪狀元，誰得到狀元便算運氣好。

年初一向長輩拜年。大娘新派，不要我們磕頭，只要向她三鞠躬，弄得我們反而不習慣了。

當然要去祖父處拜年，這兩天大家都陪著祖父。我們和堂姊妹一起玩，拿到拜年錢也沒用處，都積起來。那時我剛懂事，還不能了解事。大娘喜歡女孩子，我們服裝打扮得很整齊。女孩子額上風行「前瀏海」，她爲我修剪。有時剪得過短了，一圈瀏海下垂，臉蛋像個雞蛋。她常帶我們去嬸娘、姑母家，大家喜歡我，稱讚我，大娘也跟著人家看待我，比對妹妹優待些。人總是這樣的，要捧。

7 我在老宅裡上學

日子過得很快，一年又開始了，我們要在家裡上學了。家裡請了一個女教師，她是一個老小姐，住在我家。早上四個鐘頭我們在她身邊讀書、寫字，中飯也在一起吃。下午學習時間少，溫溫課，唱唱歌，她會摁風琴伴歌，晚飯也一同吃。她喜歡種花，正投我所好，在書房邊的空地上，種些花草，我天天就不空閒了。

聽說有個娛樂白相的地方辦起來了，叫遊藝場，這地方是姓張的花園，故名「張園」。售門票入場，有雜技、馬戲等等，內有個茶室。大娘常帶我去玩。我喜歡看雜技，有一個日本女子名天勝娘，表演走繩索或鋼絲，還有幾個日本人會變魔術，穿著日本衣裳，在台上走來走去，手中拿一把摺扇，將扇尖指在哪個人身上什麼地方，便在什麼地方飛出一條水柱來，走著舞著，走得快，水柱便飛來飛去像個噴水池，很好玩。我奇怪，不知水怎樣藏在身上的？當時「張園」有露天電影，演外國滑稽戲，演員羅克，戴著黑邊眼鏡。太陽鏡是他時興出來的。

當時門票上有個小便宜，可以拿了票去領

上海淮海中路盛宅門景

一只贈送的線團，白的，還有花的。這使我開始第一次自己用錢了。我喜歡它可以鈎花成工藝台布或工藝錢袋。大娘不帶我去我便不好出去，有時就託人代買。

8 英租界裡三姑母

我們都住在英租界，租界巡捕房裡也有中國人，但都屬外國人管，我不懂得中國的地爲什麼會租出去呢？

上海有兩個租界，除了英租界外，還有一個法租界。我去看過提燈會，又名「水龍會」。有一天，大約是法國的什麼紀念日，房子上、馬路邊上都是五彩電燈。黃浦灘裡岸停著的大船上也有燈旗，到晚上便有很多的隊伍遊行，「水龍會」的救火車也出來遊行，隊伍裡有很多救火員。因爲當地有我們相熟的人家，故能在最適當的地方的樓上坐著觀看。法租界沒有英租界熱鬧，外灘都是高而大的房子，外國銀行、洋行、海關等等，有一座鐵橋，上面架著很多鐵架，稱「外白渡橋」。馬路倒是很平的柏油路，很清潔。

老宅房子的對面有一座不很高的洋房，是個總會，外國人的俱樂部，因隔壁是一條馬路——斜橋路，大家都知道叫「斜橋總會」。斜橋路裡有些富人家，也有外國人。他們也有坐黃包車的，外國人人高馬大，人力車夫拉他們總賣些力。

斜橋路有一富家女兒，很出色的。她有一輛小馬車，自拉韁繩，自駕馬車。該車無頂，兩個輪子比較大，是很少見的，外國古代才有，在美國西部電影裡也見過。她裝飾不新派，辮子一條，額前劉海。她是盛家三小姐，也就是與我父親一母所生的三姑母！

9 二姊大姊五姑母

二姊有個陪嫁丫頭，得主人寵愛，穿著和主人不相上下。二姊前腳出門，她便後腳出去了，什麼地方好玩總有她。她手很鬆，派頭大，人很和氣，所以交際廣，買東西也會挑選，我買東西便託她。她是從小買來的一名丫頭，年紀不大。丫頭中也有和她相似的，但沒有她派頭大。她在外面看得多，聽得多，所以背後有人稱她爲「丫王」。有一次，她講張家有個小姐交了外國男朋友，以爲是怎樣的一個人，哪知是巡捕房裡的巡捕！這時小姐交男朋友也極少，交個外國人，算是別開生面了。

兩個姊姊每天在別人家裡賭錢，又麻將、挖花。這兩種都是長方塊的牌，只是上面的花不一樣，玩的方法也不一樣。撲克牌玩的花頭多了，從「廿一點」到後來玩「橋牌」。二姊無孩子，可以連日在人家家裡玩，人家供給茶水、飯菜，這筆費用全可在抽頭錢裡付，自己又可白吃，下面傭人也可以分紅，何樂而不爲呢？所以這家到那家的，每天有賭局。大姊很苦，接連生孩子

「丫王」寶姊與盛佩玉

（共十三個）。大姊夫揚州人，在家享福，嘴裡常叼一支雪茄菸，什麼都膽小，家人背後稱他爲「揚虛子」。他找勿到滿意的工作，消閒得很。

二姊夫是美國留學生，得了博士學位，學的是農業，回國看看，覺得沒有他的發展地盤，便等在家中。他有個妹妹，很新派，廣東人。她結婚那天我去了，她年輕、很美，洋派結婚披紗，行禮，兩個新人挽了手臂走出來。新郎跟她年齡差遠了！嘴上分開著大黑鬍鬚，人家說他頭髮花白都已染黑過了。他很有名聲，是袁世凱手下的紅人唐紹儀，故小姐願配之。

這時候我家也開始文明了，小姐可以對自己的婚姻大事參加意見了。五姑母盛關頤，願意嫁一個雌婆雄的（天閹）丈夫，名林薇閣，他家很富，在台灣有十餘家產業，聞得小姐貌美有才，不遠千里而來求之，居然成功了。富人家的小姐勿愛才貌愛金錢，眞是全盤打算了。

10 祖父逝世舉家哀

祖父病了，祖母的念頭轉到沖沖喜吧，要小兒子昇頤完婚。女家在北京，當初祖父在官場和她父親呂海寰一起在任上。呂海寰曾任工部尚書、兵部尚書，駐德、荷公使、外務部尚書、會辦大臣，二人一起辦理過對外商約，過往甚密。當時呂家的妻子大肚子，故指腹爲婚。這時要完婚，小姐才十五歲，小叔年十七歲。新娘不美，長臉，膚黑又粗，倒肩長臂。

結婚那天熱鬧非常，掛燈結彩，大廳裡有很多親戚朋友來吃喜酒。我也穿了繡花衣裳軋鬧猛。美中不足的是祖父病在床上。後來聽到一些奇聞，說祖母爲了他們年齡小，叫了一個保姆監督，不准夫妻入洞房，因此兩個人話也不講。

但是沖喜有什麼用？祖父還是死了。這樣大的一件事，大家趕去，我也要去，未進老宅大門便聽到哭聲一片。

舉辦喪事的一切排場、規矩不知是從哪裡學來的，還是自己創造出來的，花樣眞多，說也說勿清。首先祖母叫子孫們都跪在地上，女的要披散頭髮。等祖父遺體安置在大廳上，設好靈堂後，子孫們戴孝穿白衣，外還加麻衣。子女、兒媳穿三年孝。孫兒女是一年孝。麻衣是「做七」和出殯時穿的，也分粗細。遺體要放三日才入棺，這三天廳中間的祖父蓋了被，放睡在榻上，幸而天不熱。聽說我父親死後用冰凍，因他是在夏天死的。

三天裡日夜要小輩們看守、陪夜，所以地下鋪了草墊，席地而坐，席地而臥，幸虧人多，我人小，輪不到，我去了也是遠而避之。年輕的小輩們心思哪在這上頭，見了祖母一個個臉帶著悲哀，背了她便嘻嘻哈哈。我在旁邊見到也好笑了。

這喪事從第一天起，親朋不斷，數也數勿清。三天後，祖父身上穿了不少絲棉衣服，外面裹一件大紅繡花大衾，包得好好的，叔叔哥哥捧頭抬腳的放進棺材。棺材裡有被褥等等，最要緊的是四周用紙包的石灰及炭灰，外加白綢再包，一包包的像砌牆磚一樣，砌得棺內沒有空當。再蓋上刻花的木板，合上棺材蓋。這時候又哭聲震耳了。雖然祖父穿戴齊全，還是生不帶來，死不帶去的，那價値兩千萬兩銀子的遺產和大家庭裡的兩百七十個僕婢他也無法再享用了！棺材要先漆，後加麻布再漆，一次一次的，再用碗砂一次一次漆，聽說要漆一百次。這樣當然要放在家裡，停棺一年。但必須去巡捕房捐照會，有錢能使鬼推磨，哪有不成的道理呢！

喪事的場面極大，白色燈彩從大門一直到大廳、邊廳。一條通道上吹鼓手幾班，不停地吹奏喪樂。來憑弔者有跪拜的、有鞠躬的。邊上有一個人是讚禮的，孝子們都跪在裡面地上還拜。哭聲這時不能斷，必須哭出聲來，否則外面憑弔者聽勿到。哪有這麼多的眼淚？當然只好叫叫了。祖母眞能幹，哭調特別長，嘰嘰咕咕一連串的不知什麼話，拖得很長。她手裡拿塊手帕，遮一隻眼，另一隻眼從孝帷縫裡往外看著，要知道來憑弔者是什麼人。什麼事都由她主權，她有左右二「臣相」（帳房和師爺），平日每天日夜要爲祖母算家裡的帳、財產的進款並處理往來信件。他們雖然疲勞，但回到自己的家裡，他們還在算，算計盛家的財產，只要算盤子撥一下，盛家財產又流入他們手中。所以他們有了不少的家產了。

貴賓來弔唁，有隨員遞進帖子（即名片），接待者是我的堂弟平蓀，堂叔我彭、我京，他們見帖便知何人，如顯要的尊長，便命讚禮人陪一位孝子到客廳當面跪拜答禮。

祖父入棺後，每七天做一次七。平時廳上披大紅袈裟（法衣）的和尚唸經不斷。到了做「七」，親戚朋友必來弔喪上祭。祭是用爵杯跪著獻三杯酒，再拜。晚上和尚放「焰口」，超渡亡靈。祖父母信佛，修廟宇，吃齋，不知捐了多少錢給和尚。據說玉佛禪寺的地皮和建造大殿的木材都是盛家捐獻的。又據說祖父臨終遺囑，將來家產作十份分拆，以五份留做善舉，五份分給五房。在這點上，作爲中國第一任紅十字會會長的祖父，尙能以身作則。

放「焰口」，小輩要磕頭撚香，每次都要花不少錫箔和紙紮東西，從房子到馬車、汽車、包車、家具、衣服、鞋襪、被褥等等，書桌上文房四寶，凡是人用的東西樣樣俱全，式樣和眞的一樣。並且紮了紙人，是作爲傭人去伺候用的。所以難怪皇帝的陵墓中有殉葬的東西。紙紮這些費了時光，又要燒掉，眞是浪費，等於燒鈔票！斷了七，便不要小輩守靈了，小輩們身上輕鬆了，各走各的路，各奔各的愛好走了。

我這一年裡穿孝。衣服素色的，辮子上紮黃頭繩，一件藍白花的衣裳，我倒很喜歡。記得那一天穿著它，立在天井裡，忽然天下起冰雹來，如小石子，大的如鴨蛋，將窗上的玻璃打碎不知多少。幸虧下的時間不長。我聽說祖父樓上那間玻璃房碎了好多的玻璃呢！直到現在我沒有再見到過這樣的大塊冰雹呢！故人已逝，人去樓空，窗碎魂飛，心裡很不好受。

11 百人抬棺大出殯

祖父的靈柩照會一年到期了，棺材要放到蘇州去，在蘇州要再停放二年。不懂爲什麼不直接去下葬呢？到蘇州要用船送，子孫當然要送。前幾個月便準備大出喪了，這不簡單。上海有錢的很多，出殯也有很大排場的，當然祖父的是最大的了。

先要開弔，親朋齊來，酒筵不斷，燈彩又加了幾倍，桌椅上都鋪了繡花織品，吹鼓手樂隊幾班輪流吹打，排列成行從大門、中門直達靈堂。又在花圃中訂製了很大的松柏和鮮花紮的虎豹獅象、仙鶴孔雀，各種東西下面都做好輪子，用來推著走。還紮了兩個又高又大的「加冠大人」，叫開路先鋒。官府、租界當局，祖父辦的有關的學校、工廠和企業，各處送來的繡花的傘（萬命傘）和旗、紙紮亭子等等。最大的傘比圓桌面還大，下面用粗竹竿撐，圓頂及周圍是綢緞的，繡上花草飛禽走獸。未出殯之前，便排列在大門裡兩側，經常有人來看，好奇的外國人也很多。

出殯那天，又加了不知多少的祭帳和輓聯等等，所以行列之長眞是可觀！送殯者胸上都別著一個特製的銅質的祖父像章。送喪來的交大學生很多，親朋又多，排了隊走，孝子穿了麻衣走，用白布圍在腰裡。女的都坐馬車，周圍也用白布遮著，裡面要有哭聲，直哭到蘇州河邊上的靈柩船旁。

我也坐馬車，當然有大人陪。車走得不快，也排在隊伍中，一會兒停，一會兒走，向前一衝衝的，又氣悶，我欲吐了，眞受不了。看出喪的人多極了，天勿亮便在街上等著，一路的商店樓上也擠滿了人，路角上人像堆起來似的，連外省的也聞風而來。靈柩船的孝子們乘的船均用白布圍著。子孫親戚一家人都要去，朋友可乘火車去。所以有廿多隻船，一連串的排成船隊。船走得慢，要過一夜才到蘇州。靈柩仍是一百個人抬，這一百個人是專門抬柩的，是從北京請來的，聽說這班人爲慈禧太后抬過棺。爲了好看，從頭到腳一色的白底藍繡花的裝扮。大紅扛棒直橫架起，有好幾十根，抬得很平穩，龍頭龍尾中央一根直軸，分作橫軸支軸，好處就在抬得平穩吧！

到了蘇州，仍有出殯儀式。隊伍當然少多了，換了蘇州的樂隊和吹鼓手，從岸上到祖傳宅院留園附近的停棺屋裡，都擠滿了人。我們走進去也勿容易。我是忍不住吐了，因爲一路上人這樣多，又是停停走走，眞難受。每個孝子賢孫要有人扶著走，我家裡的人找到我，扶進去了。

人總是喜歡軋鬧猛，看個不歇，說這樣大的出殯沒有看到過。在我八歲的時候，我母親帶我去看過宋教仁的出殯，儀仗威嚴，樂隊很多，士兵掮槍而行。我祖父出殯的儀仗，花花綠綠，掮旗打傘，好像出會。

12 初見洵美在姑蘇

祖父的靈柩抬到了蘇州，放在事先築好的一個厝——用紅磚砌成的圓頂的小間，此圓頂如南京明孝陵的無梁殿。棺材放進小間中央。小間不大，棺材四周有空隙，下面有鐵軌，可以推出推進。有一扇門，這是防火災的，因為要放二年呢！

安置好了，又一次開弔，當然來人不多了。我們住在隔壁一座洋樓上面，住了十幾天。這次大家住在一起，房子小，我們小輩互相之間也開始變熟悉了。叔叔的兒女和我是堂兄弟姊妹，姑母的子女和我是表兄弟姊妹。還有很多遠房的叔叔、姑母、阿姨，他們的子女

盛康購置的江南名園留園舊景

也有來蘇州的。因為平日不住在一處，也就不相熟，可以說見了面也不打招呼呢！

雲龍（洵美）和我是表兄妹，也就是這次的相處，才第一次見面相識的。

祖父在蘇州有一座很大的花園，叫「留園」，我們便走去遊玩。園子很大，有亭台樓閣，戲台不很大，假山很多，樹木很高，花草不多。有人告訴我說，有棵樹是很少見的，名骨牌樹。我便摘下一片葉子，果眞葉子一面上有突出的點點，很像牌九裡的「天牌」、「地牌」、「長二」、「板凳」，眞有這等巧合！

蘇州還有一個西園也很有名，可以去玩，不遠。好像是個廟宇，地方很大，有池塘，大的如湖；有亭子、九曲橋，橋很長，下面湖裡有很多很多的大黿，大的比八仙桌還大，牠不出水面，在水裡拱來拱去，好像波浪起伏著，人要看牠就得拋下些饅頭、燒餅。那裡有人備好可以買了去拋的食物。牠會伸出頭來接食，便現出大半個身子來，顏色、樣子像隻大甲魚。有人說從前有個小孩跌下去，牠便張開嘴來一口呑下去了，說得很可怕。

我們這次在蘇州的這件大事總算告一段落，緊張扮演的一套，可以完全解除了，精神心情也放鬆了，好多人便一起乘火車回上海。大娘和幾個姑娘約好，過一個月後到杭州去玩一次，那時天氣未太熱，旅行是很好的時光。

13 洵美偷拍我照片

到杭州分成三批人去。第一批是大姊夫為主，因為叫他先去訂旅館房間，他和四姑母盛稚惠及兩個大表哥雲龍、雲鵬，還帶了一個打煙大姊一起去。四姑母吸鴉片。他們住在尼姑庵裡的。第二批是大娘和兩個姊姊，還帶了兩個大外甥並我。最後一批是五姑母盛關頤和五姑丈，他們的侄子也來了。侄子已廿多歲了。所謂玩杭州，其實第一爲的是吃，從上海到杭州的火車要開五個多小時，有很好的西餐供應。我們的座位當然很好，可是伙食車就掛在這一節上。我嗅到油膩味便不好受，再加上開車震顛，連話也不說了，閉著眼睛，路邊田野風景也不想看。吃飯先點菜，有穿白衣服的服務員帶了菜單來點，便當極了。她們每人點了幾只菜，有鮑魚奶油湯或蘆筍湯，豬排、牛排、鐵扒雞、魚、火腿蛋炒飯、香腸鴨片飯等等。她們是有說有笑地吃著，我看了已飽，只要了火腿吐司。

青年時代的洵美

到了杭州，出火車站門便有轎夫拉生意。一人乘一頂轎子來到西湖邊延齡大馬路上「清泰第二旅館」，是中式房子，二層樓。我們住樓上，看得見西湖美景。最好的是房門前就有長而寬的走廊，放著很多藤椅，還有搖搖椅。我常坐在這種搖椅上。雲龍偷爲我拍了張照，以後我才曉得。

我是屬蛇的，直到很久以後，我讀了洵美寫的〈偶然想到的遺忘了的事情〉才明白了我們早就有緣分：

家人時常對我說，我和蛇是有緣分的。那年我還沒到一歲，奶媽把我放在搖籃裡推到後園去玩，我睡著了，她恰好手裡做鞋子的線沒有了，於是乘我熟睡的時候，跑回屋子裡去拿。拿了線走進園子可把她嚇壞了，一條六、七尺的黃蟒蛇圈盤在我的搖籃周圍。她不敢走近，也不敢作聲。於是又拚命跑回去叫了許多人來，一個最老的女傭輕輕地說，千萬不要驚動，這是家蛇，是保護主人的，不要緊。她又對蛇說道，奶媽回來了，你放心去吧。那蛇竟似乎懂得她的話，慢慢地游走了。家人對我說，我問祖母，祖母說是的，我問母親，母親說眞的。從此我更愛蛇了。

我和大娘睡一床，她是很大的塊頭，我先睡上她再上床，還對我講：女孩子睡覺要有睡相，要側著睡，不好朝天睡。其實有她這樣大的身子睡著，當然沒有多少餘地了，我也不得不側睡。我小時候，母親要我裹小腳，是大娘反對的，所以我免了受這個痛苦。她思想一向很新派。她沒有說立要像棵松，坐要像只鐘，睡要像支弓。我也不能像弓呀。玩了幾天，就是睡覺這件事受點罪呢。

預定杭州八天遊，故每天要抓緊時間出去玩。先玩西湖邊，後玩山。叫了專遊西湖的小船，有船夫划船，有三支槳，也可自己划。大娘體重，上下船不便，手中拿了枝手杖。我們先停靠到湖邊幾處玩，有放鶴亭，這裡有些假山、樹木，靠湖邊有座大方亭，可以喝茶。大家到這裡的目的是聽「空谷回聲」。在這裡，面向對面高叫一聲什麼話，便立即聽到回聲。對面其實是一座山，回聲好像在這山上有喇叭廣播出來的一樣。

船又到了「三潭印月」，近岸邊的湖中，是三根石頭柱，如塔形，石頭柱邊上有三個孔。

我們是日裡去的，或許晚上會有月亮通過圓孔印到湖裡，這便名副其實了。

西湖有外湖和裡湖，隔開它們的是長堤，堤岸上種著兩排柳樹和桃樹，有一座橋名「斷橋」，位於堤的頂端。多少年前橋上有扇門，後來新建便看不到這扇門了。有個故事是說許仙和白娘娘在斷橋相會的。

西湖邊有許多山，不很高，有兩個山上有塔，一名雷峰塔，一名寶俶塔。雷峰塔是胖圓形的，寶俶塔則是瘦高形的，面對面立著。傳說白娘娘是條白蛇精，有位法海和尚用了法術將白娘娘壓在了雷峰塔底下。不知是故事造了風景，還是因風景而編了個故事。

「樓外樓」有四只名菜，我們去吃了。先來了盆鮮活百跳的大蝦，用菜碗將蝦蓋在盆子裡，我想看看，掀開一些碗，蝦便跳到桌子上了，不知怎麼吃法。大娘說要用醬油、酒並大量的胡椒粉，放好佐料要蓋一會兒才可吃。我先將蝦尾放進嘴裡，如果頭先進嘴，怕它衝進喉嚨裡去。另一只菜是鱸魚，肉細嫩，又鮮，放一些醬油，是清蒸的吧。第三只是火腿，名「排南」，切成長方塊，不厚，用文火蒸的，很名貴。還有杭州有名的火腿肉絲蒓菜湯，蒓菜生長在西湖水面，滑爽可口。

裡湖有很多荷花，白的、紅的。船就在荷花邊上劃過，嗅到荷花的濃香和荷葉的清香。

右圖：洵美和奶媽
左圖：洵美能直立了

又去了岳王廟——岳飛的墳。旁邊用石頭雕了個秦檜跪著。

最後又去玩了兩個庄子，有錢人家造的別墅，主人預備著來遊玩時住的，有假山樹木等。

14 洵美直對著我笑

第二天我們在一家飯館裡吃早飯，有麵，葷的素的都有，有小籠饅頭、千層糕。吃過早飯坐了小船到「上善庵」看四姑母。這庵不大，在湖邊上，進大門便見到很多尊佛、燭台、香爐、大木魚、地上蒲團等等。兩個尼姑在誦經，這是她們早晚必做的功課。再走進去有樓梯上去，幾個不大的房間，很清潔又安靜。庵裡師太蘇州人，年紀不老，臉蛋很清秀，光頭，頭上雖有香洞，並不難看。四姑母身子矮小瘦弱，雖然來到杭州，但不大出去玩，只是來這裡清靜一番而已。四姑父別有所愛，那是一個老小姐。

兩個表哥怎肯等在那裡？當然已划船出遊了，他們自己會划船。

後來我們也划船到湖心亭。那是一個小島，島上有平房、走廊，裡面是個廟，地方不大，佛也不多，只有一個老人看守。有一尊是月下老人，主管婚姻的，他面前有籤筒，

洵美與二弟

可以問婚姻，當然要磕頭、跪著禱告。我們只上前看看，小姐是羞於做這件事的。男女婚姻要他老人家牽紅線的。這時，大表哥雲龍和二表哥雲鵬也來到湖心亭，雲龍見了我，直對著我笑。

我們又上了雷峰塔，這塔是紅磚砌的，四周磚縫生了野草，是個不能上去的實心塔。山路不好走，費了力只能在塔下面看看，我不敢靠近塔，怕傳說中的白蛇精出來呢。

後來又到了淨寺，是個很大的寺院。寺比廟大，廟比庵大。大娘和五姑父坐轎子去的。五姑父身體太大了，像電影演員殷秀岑，他長方臉，下巴很厚，眼睛大，耐心很好，很莊重的。他身體太重之故，每次出去玩只好坐轎子，還要多加一個轎夫抬。

我們是坐船去的，上了岸還得走些路，到淨寺有台階要上。首先見到前面中間有一塊紅漆匾額，上有「大雄寶殿」四個大金字。寺院高大，門檻又高又長，跨進去要提高了腿。中間的菩薩都有二丈高，要仰起頭看。兩邊有四個金剛菩薩，極高極大，菩薩都是裝金和五彩的，背後和兩旁大大小小的佛不知有多少。燭台、香爐、木魚、皮鼓磬等等都是特大的件頭。有極大的紅漆庭柱，粗得兩個人的手都圍不過來。聽說祖父捐過不少錢的。這寺的建築規模宏大，人家說中間還有玉佛。邊上有幾間屋子，是五百尊金裝羅漢，各式各樣的姿勢，這種藝術是難得保留完好的古蹟。再進裡面去有客廳，招待看客吃茶，也可在這寺裡打水陸道場超渡亡靈。寺裡還有一只大鐘，是眾僧每天做功課時要用木棍敲幾下

杭州攝影一：沉思

杭州攝影

的，用作超渡吧。

聽說淨寺有個故事，說有個濟顚僧，造淨寺要用又粗又長的木頭，是他運來的。他只要口唸眞經，在井中一根根木頭便浮出來，拿出井便可使用。到了需要的數量，他手一指，木頭就停了，因爲指得慢了一點，所以到目前井中還剩了一根，成爲今日淨寺的古蹟。

五姑父的侄子想吃活蝦，又在樓外樓吃晚飯。熱天日長，天沒有暗，飯後想划了船回去也不太晚。上船還加了把槳往回划。天上忽然烏雲密布，雷聲從遠而來，又帶來閃電，湖面顯得空曠可怖。小小的一條船上，幾個人大叫加力加力，三把槳不停地加力划著，湖中的漩渦急急地旋著，幸虧風不太大，總算划到了岸。這時，很大的雨點已下來，一忽兒便成了傾盆大雨。我奔得氣也喘不過來，衣服全濕了。我身體弱，感冒了，發了一個寒熱。大姊夫的眼睛朝上瞪著說：「都是林老五（指林薇閣）出的花頭！」

不日天氣轉晴，我們吃飯又到了另一家菜館，名叫「頤和園」，出名的菜是鹹肉，夾精夾肥，切成三寸長半寸厚的，很香，一咬一口油。他們還到小吃名店「知味觀」買了幾塊千層糕給我吃。杭州有很多土產，在另一條街上有賣。一家名叫「方裕和」的賣火腿的店，也賣浙江土產，有藕絲糖，色白，二寸多長，又鬆又脆。還有芝麻糖，一根根中間有玫瑰芯子。

有種名「馬爪」的，圓柱形，外面是油炸的，中間很鬆，如油麵筋似的。還有「交切片」，是一片片很薄的芝麻片。買的時候可以連方鐵箱一起買，不怕潮也不怕碰碎。

旅店對門有家茶葉店名「翁隆盛」，有紅綠茶葉，甚有名。還有皮絲菸，是放在水煙筒上吸的。我家有個針線阿媽專做繡花物品的，如小姐陪嫁要用的「床延」等，她託我買了一包菸。還有一家剪刀店，用一把極大的剪刀做商標，除了大小剪刀外，還賣菜刀等，店名「張小泉」。後來凡是剪刀店都用這個店名，上海、蘇州都有，家家都說是老店，大約這家才是真的老店。店裡還有很細巧的鉗子，吃蟹用的，一整套八件，每套裝成一盒。吃西瓜子也有一種白銅製的夾子，我買了一把。大娘也買了一套「蟹八件」，是備著日後用的。我現在想想很懊悔了，也應當買一套備在今天用。

杭州攝影四：冬意

15 五姑父想認女兒

過了一天又定好轎子上三天竺。上、中、下三個天竺實際上是三個廟。我們到廟裡捐了一些燈油錢。專門有一本簿子寫捐燈油錢香客的名字的。女香客寫上「×門×氏」，男家姓寫在門字前面，女家姓寫在「氏」字前面。女人不寫自己的名字，連廟裡男女都不平等。

香客很多，很虔誠地一步一拜到廟裡。他們拿著佛珠唸著經，身上背了黃布袋，袋上有很大的印章，到一個寺廟都去求蓋一個印，這是證明他們生前到這個寺廟拜過佛的，死後放進棺材有個交代。我在廟前攤頭上買了幾只金漆木壓髮夾回去送送阿媽們，鄉下的老婦人很喜歡。

天竺回來時候已不早，四點多了，惟獨五姑父和他侄子未歸。我們等了兩個小時，才見抬來了用布四周圍著的一頂轎子，大家吃驚是否有人跌傷了？直至打開一看，裡面竟是一座年輕的男佛塑像！他們另添了一頂轎子在後面跟著回來。他們說是「請」來的，大家都呆了，放到哪裡去呢？又是像眞人一樣大的，如何「請」回上海？就是到上海也沒處放。五姑父和侄子講了不少台灣福建話，才商量好今天仍放在轎子裡，明晨叫轎夫原轎抬回廟裡。

再過一天我們又坐轎到靈隱寺。寺院幽靜，建築雄偉，歷史也悠久。寺外有山，名飛來峰，山上有一個大肚彌勒笑佛，他很自然地坐在山石上開懷大笑。有許多人喜歡在他身邊拍照片。他身旁有一個山洞，內有佛像，可以進去，備好一根長竹竿，那裡有和尚會將竹竿往上指，可以看到洞外一線藍天，此名「一線天」。

隔天，又坐轎子到九溪十八澗。那裡四面有山，山中靜靜的，只聽到轎夫的草鞋腳步聲。山中間有疏疏的紅色杜鵑花開在野草中，轎子抬著在山間兜，微風吹來山花的清香，空氣很溫暖，生活在城市中的我，在大自然中油然產生說不出的愉快。沿路十八個澗我也沒有數，坐在轎中時間長了我便不耐煩，下轎走了一段路，最終來到一個山村，據說是產龍井名茶的地方。我們品了用泉水泡的茶。

玩了幾天，旅行要告結束了，應當買些東西回家。我們便上大街去。商店有各種不同大小的網籃，小的很實用。有聞名的油紙傘和絹傘，女人用中號的很合適，小人也有小號的，小學生也可以用。扇子也是很有名的，有檀香木的摺扇，小號的可以放在衣袋裡，奇香。大娘買了幾把，我也買了準備送給我母親。

這一星期天天過著熱鬧的生活，五姑父林薇閣很喜歡我，要我做他的女兒，我沒有答應；五姑母勸我，我仍堅決不答應。因爲他家太遠，要我跟他們去台灣。姑父有不育症的，不能生孩子。這牽涉到當時台灣富人財產繼承問題。我年幼、單純，腦子裡根本沒有想過，只想不能離開我母親。

我們在動身回滬的前一天去上善庵約四姑母同回上海，可她還不準備回家。大娘約好新師太到鎮江金山寺爲我父親打水陸道場，時間約在冬天，大概是父親的壽辰紀念吧！當然只有我和妹妹去磕頭拜佛，因爲我們是女孩子，所以專請師太來陪，師太答應了。大娘不信佛，做這件事是扮演給祖母看而已。

回家後又遇到一件難事。大娘叫我把一首詩抄在小檀香摺扇上。扇子的褶很狹，詩又字多，外加我從來未寫過，也從來未看過人家怎麼寫扇面，我的字又勿好，又沒有特種小楷筆，還不懂得先要在扇面上抹一下，字才可寫上，所以寫出來的字很毛，帶著筆頭。第一把扇面寫壞了，我只好賠了一把再寫，總算將就完成了，實在難看。但家裡人還不及我，所以上下都稱讚我會寫「蠅頭小楷」。大娘還得意地在看戲時經常搖著它呢！

16 金山寺水陸道場

祖父三年喪事完了，緊接著喜事進門，我上面的三姊、四姊出嫁了，當然大辦喜事。在她們出嫁前，我們三姊妹曾拍照合影。三姊我喚她蓉姊，四姊我喚她菊姊。我喚妹妹叫橙妹。她們叫我茶妹、茶寶或茶姊。蓉、菊、茶、橙都是祖父給我們起的名字。根據出生時盛開的鮮花和果樹結果時間來命名。

三姊適於吳縣王秉衡，是招商局福州分局局長，當然也有些家產。我吃到他送來的兩大籮福橘，有時送來福建橄欖、蜜餞之類。

四姊適於李鴻章的侄孫李國芝，當時不做事，在家吸大煙，是這房的獨子。後來聽說開銀行，從事金融業。

冬天，父親誕辰到了，我們到鎮江去打水陸道場。杭州尼姑新師太應約已來，我和妹妹跟著她先行，帶了兩個保姆，一個老傭，他是我父親在湖北知府任上的老傭人，後跟我父母回上海。

乘火車到鎮江金山寺天色已傍晚了，轎子停在客廳裡。寺邊有所樓房，我們住在樓上廂房裡，床帳齊備，電燈雖有，燈光不亮，令人覺得空氣冷冷的，精神興致都沒有了。馬虎吃了些飯，便上床睡覺。我和妹妹睡一床，被褥是自己帶來的。

第二天清晨便想去看看外面的情景，沒有人介紹過這裡的景致。樓房和寺院是通的，和尚們做早功課的鐘聲、鈴聲、木魚聲一齊響亮敲起來了。通道經過很多平房，雕花方格紙窗，是和尚的房間。職司大些的和尚房間家具很乾淨整齊，書桌上有筆硯。據說有幾個的字寫得很好，每天練字，常有名人過往。

後來我舅舅來了。寺裡的方丈才出來招待。方丈也有學問，拿出御賜的東西給我們看，有大紅漆木魚和銅鉢銅磬。我也不懂，不知是哪個朝代的皇帝所賜。

我們走到大殿，中間是一尊如來佛塑像，很高，金色的；旁邊也和別的寺院一樣，有不少小佛。我們都敬了香，磕了頭。像每個廟一樣，也有星宿殿，內有年輕的佛像，羅漢殿有五百尊羅漢像。自己年紀多大，便從起頭那尊羅漢數起，看看數到自己年紀的羅漢是凶是善。左腳先踏進殿的，從左算起，右腳先踏進殿的從右算起。如有人生病，就在管治病羅漢頭上披紅布、燒香、磕頭，以求早日康復。

殿邊有很多遊玩的地方，有個法海洞和仙人洞。仙人洞據說是仙人會來的，故地上灑了沙土，仙人來便會出現腳印。法海洞暗暗的，我不敢進去，燒香客是進去的。再往別處走，便見一座寶塔，和南京靈谷塔那般高，那時用木樓梯，有木欄杆，走上去很方便的。第一圈有佛像，並有一法海的真身。經人這麼一說，我走過便有些怕了，不敢細看，往上直奔。我總是跑在前面，妹妹不甘心，緊隨我後。我們上去過好幾次，每次見到幾尊紅漆的佛像，便趕快跑，我和妹妹像是賽跑似的。塔外園子空空的，僅有些假山而已。

盛佩玉和菊姊、蓉姊

吃飯是全素的，當然不能比素席，那是要等大娘、舅舅等來了才能吃的。水陸道場未開始，沒事可做，寫了封信給大娘，將一些風景及見聞匯報一下，據說大娘接信很高興，把信給姑母等看，說信描寫得好，有頭有腦，其實她的兩個女兒和外甥都懶筆頭不寫之故。

天色暗下來了，我們要早些睡，因爲夜裡要去灶屋間裡拜佛，這是水陸開始的第一步。師太早做了準備，半夜果然提了兩只大紅燈籠來了。還有知容師和尚，這個知容師便是帶領和尚完成這場水陸的負責人。

下得樓去，只見好幾個和尚敲打起來，要到灶間去磕頭。已點好香燭了，和尚分立兩邊誦經，我們在中間磕頭，沒有電燈，靠兩只燈籠的光線，所以看不清，只見到很大很大的鍋子放在灶上，當然用的是稻草、柴禾。因爲黑暗而感到害怕，好在一會兒就結束了。回房洗洗臉再睡，冷得發抖，好久才入夢呢！

次日清早去拜佛，到所有寺裡的佛前敬香磕頭，兩邊總有和尚誦經，大約這是領我們到佛前報到之意吧，先告稟一下這是來打水陸者的子孫！有一桌上供著我父親的牌位。這幾間房裡的壁上掛了不少的畫，畫著男男女女被小鬼拖著入油鍋，有的上尖刀山，有的砍頭，有的放在磨子裡磨，有的扔在湖裡，有的在柴堆上燒。這些死鬼都是在陽間做了壞事，閻王就要罰他們。也有好的畫，是畫上西天見如來佛、玉皇大帝的。

又來到一個房間，中間放了四只小桌子，桌上四卷經書，地上四個蒲團，點好香燭。三只桌子是法師的，一只是我的。他們誦經，我也要跟著誦經，和著木魚、鑼鼓磬聲。可是我哪裡會呢？他們拜我也拜，日夜都有功課。

足足七天，大娘等才來，已將功德圓滿了。他們一來就犯忌了，帶來葷東西吃，眞是嘴饞，三兩天的時光也不肯忍受。

這場水陸花了不少錢，錫箔焚了不少。所以要做這件事，是爲了超渡我亡父，最後卻犯了吃葷罪。大約這幾個人是破除迷信吧！大娘是新女性，是錢用不脫了。陽間的人哪有一個看到陰間的呢？但是超渡便是要死後不受罪，做水陸道場則是爲生前做過的壞事贖罪，焚錫箔紙錢是去賄賂陰間的官。這是要教育陽間的人做好人好事，否則到陰間要受懲罰。從前的時代許多人果然受約束，後來世界潮流不同了，頭腦也活絡起來，眼不見的不放在心上了。

我和橙妹妹這次到寺裡看到的和佛經上講到的，使我們很虔誠了。尤其是橙妹妹，小時候住在信佛的祖母處，看到師太年輕，雖然光頭，貌還不差，就是頭上有香洞，我們便談到香洞是怎麼弄的，痛嗎？師太說眞誠信佛便不痛。我和橙妹妹也要試試，說燙三個洞好了，這叫種善根。我們馬上跪在如來佛前，師太拿著用蠟燭油和香灰捻成的很細的三條香炷，黏在我們手臂上，排得勻勻的，用火一點便會著，一會兒火往下著，便成了三個圓形燒焦的皮膚傷痕，後來脫去了蓋，便很光很平的有三個印記，永遠保留在我的手臂上了。現在想起了還會笑，佛教信佛就是了，爲什麼叫人做超渡鬼魂、焚錫箔等等，這些花樣可能是後來搞出來的，藉以維持廟宇和尙的生活吧！

17 趙家託人來說媒

這年的秋天，大娘的娘家有個表妹來了。因爲她丈夫趙先生來上海任要職，故一家都搬到了上海，我們叫她太姑姑，是長一輩的。她生二子一女，比我年紀都大些。她家也有一個妾，妾也有子女，後來時常往來，逢年過節也帶子女來玩。太姑姑的大兒子比我長三歲，託人來說媒，大娘不答應，說我年尙幼。大娘的心思是要做得公正些，不肯將人家的女兒配給自己的親戚家。她家的二兒子趙道生不知這段事，進大學後還和我通信。當然不可能再來說媒了。太姑姑一氣之下，便兩家疏遠不來往了。後來大的兒子出國，他們全家也搬往天津。

趙家果然新派，小妾生的四妹嫁給了張學良那個大人物了。後來我和趙家沒有機會通消息，我也沒問過大娘。很多年後，我與洵美到過天津，曾與趙道生見過一次，他談起四妹跟張學良的意志堅定，在父母反對時，他是堅決站在四妹一邊的。此外沒有聯繫，直到一九七二年，由我嫡親的表哥天津林風鈞通了消息，趙道生才知道我還活著，所以很高興地來信了。他比我長一歲，一目失明了。以後每年春節他都會寄來賀年卡。

18 跑馬廳和新世界

現在不談人的變遷，要談馬路上的日新月異了。靜安寺路上本來有個跑馬廳，外國人辦的，賽馬時很熱鬧，裡面有閱台。我們是不進去的，可以在附近菜館或點心店的樓上看，有吃有看，眞是享福。但我總不耐煩，賽馬要兜一圈才看到輸贏，況且都是外國人，哪個第一名也不關我的事，看看也就沒勁了。

人的腦子每天在動，所以會創造出各樣的事。上海當時人不算太多，租界上雖有外國人造了不少大樓，但還是有很多老房子留著空地，所以有大資本家動出腦筋來造了幾處大樓，最大的永安和先施兩家百貨公司面對面矗立。另有一個資本家在靠跑馬廳的一排路上造了一個遊藝場，名「新世界」。在租界上能如此活動的也要有相當的本事，除了和外國有關方面接觸之外，還得擺平地痞流氓。一個新的事物、新的花樣出來，總是會熱鬧的，所以我們等它的熱潮稍退點才去玩。

「新世界」房子雖不高，地盤很大，門票二角，兒童減半。一進門分左右兩邊入場，內有戲台，演京戲。空地上造了兒童樂園，有各種玩的，大人也可玩。圓轉車很高，哪好能讓小孩去坐呢？有跑騾場，可坐在騾背上兜二圈，這個大約要另售票。溜冰場溜旱冰，在室內木板地上溜，聲音很響，會的人溜得飛舞；不會的在學，跌跤了，邊上看的人哈哈大笑，當然不怕跌跤的人終於會學會的。除了室內電影院，夏日是露天放電影，都是由滑稽演員羅克和卓別林演的，很有趣。有時晚上有焰火，放出紙紮玩意兒。有時外加馬戲場，獅子老虎都能表演；也有外加雜技，由外國人表演。二層樓上有個小台，說評書、口技、攤簧、大鼓書、雙簧、變戲法（小魔術）。還有木頭人戲，當然幕後是有人操縱說唱的，提線的人大約在上面，做動作不是容易的。我小時候看到過馬路上有二個藝人掮著方形紅綠布圍成個小戲台，另一個藝人手支著很小的木頭人表演，根據角色撇緊喉嚨「對話」，但幾個木頭人表演勿出什麼名堂。如今木頭人多了，又穿了戲裝，還有鑼鼓、道具，當然不能比了。

二樓有洋台，很長。沿馬路有很大的地方露天品茗，幾個人托了盤賣零吃的東西：五香豆、甘草梅子、黃連頭、西瓜子等等。我們上公共場所，爲安全起見，不穿花邊衣裳、繡花鞋子，不佩戴首飾。大娘喜歡玩，吃最要緊，這裡有各色點心；其實家裡都有的，她就是要出去，每天差不多要出去一趟。我跟她才可出去，到哪裡必陪坐著喝茶，很厭氣。

後來看到雜技中拉木啞鈴的，很是靈活，啞鈴飛轉，一次也不脫空。我和妹妹、外甥大爲欣賞，回家時各人買了一只。這個運動很文雅，大家每天練，可哪裡容易呢！啞鈴破殼了也學勿會，外甥又買了只僅半個頭的啞鈴，更難了，輕重難掌握。

「新世界」生意好，要擴大地盤，在對馬路上再開一所。不能從上空架橋過去，只好在地下造了個地道通過去。

「攤簧」是蘇州的琵琶、弦子、達鼓、胡琴，講蘇州話，像評彈一樣，只是樂器多、人多，多了一桌子。有個女主角叫王美玉，雪白的皮膚，身體豐滿，口齒清楚，口音清脆，很可愛，被一個富人娶了去。

我們常去看文明戲，像話劇，也有連續後本的，一集接著一集連續看。有一次我穿了一件新衣服去看戲，藍緞子白紗邊的新衣服，是大娘爲我配色的，我很喜歡這件衣服。可是戲院裡有冰糖山楂賣，我吃得不小心，弄髒了衣服，我既心痛又後悔。

看到的話劇是洪深編的《少奶奶的扇子》，新演出時，戲院上下全客滿，我們的座位太遠，台上的燈光太亮，講話聽不清，故看完後也不明白，根本沒進我的腦子。

後來京戲院裡改良演新戲，演的拿破崙眞像外國人，服裝完全是外國古裝，抄襲外文書上的版畫而來，皇后的那件披肩，大而長，拖在地上，全用銀鼠皮加上小黑貂皮尾巴做的，一頂皇冠也像眞的閃閃發亮，是用白的水鑽加上幾粒紅寶石鑲製成的。全班戲裝眞不簡單，加上樂隊，很吸引人。

以後新戲便很多了，有偵探戲，那是一本本的連演下去的，很長，我沒有去看全。也是從外國書上譯編過來的，身著外國服裝的強盜烏依神出鬼沒地作案，偵探千方百計地去破獲，大約是從《福爾摩斯偵探案》移植來的。戲台用了轉台，兩面布景。有時人從看客頭上飛過，從三樓看台上直飛戲台，　閃而過，大家拍手大笑。

那時的戲，女角色是男人扮的，其溫柔苗條勝過女人，不知下了多少功夫呢。有幾個小孩演武生，有一個八歲就名氣很大，叫「小達子」，習慣臉朝上，一出台便抬頭望向三層樓，三層樓的觀眾總是大拍其手，他紅得很。有個歐陽予倩，他演過花旦，我看到的是《桃花扇》吧。他的臉不很好看，但他的表情、動作細緻，我覺得另有一番功夫，他演戲的時間不長，聽說他很有文化。還有個時慧寶別出心裁演戲，他當台寫了四個大學榜書，可見有一手好書法！

「新世界」的生意好，有人眼紅，又建了個「大世界」。

遊藝場總是這些玩意兒。多了五扇哈哈鏡，很大很大的鏡子，照出來的人像不同，矮的、扁的、長的、尖的、大肚子的。令人看了哈哈大笑，故名副其實的叫「哈哈鏡」。

「大世界」是黃金榮當老闆，有相當的權勢，要比過「新世界」。內有一戲院很大。有一次大娘帶我去看一個女主角名粉菊花的演《紅梅閣》。她扮一個黑店女盜，居然爬上三只桌子，再上鐵架，在鐵槓上翻跟頭，脫手或脫腳倒掛，功夫很好。她是武旦，所以小腳是尖尖的。觀眾叫好，看客滿場。我們坐樓上包廂看。這時包廂來了一位交際花，衣服華麗，福團團的，可惜面上有個刀疤，大約是小時候跌跤之故，這成了她的名字，叫「刀疤老六」。我家「丫王」告訴我，她有一只金鋼鑽的牙齒，金鋼鑽一定是靠金子或銀子鑲在鑽的周圍而裝在牙齒中的，不知道是不是裝在一只拔掉的牙齒空當中，我好幾次回頭看她，但看不到她開口，也沒見她大笑，閉著嘴不會露牙。

19 夢中父親來看我

我小時候身體總勿好，得了兩種病：扁桃腺炎和痛經。發扁桃腺則要發燒，每月肚子還要痛幾天，所以人瘦，發育勿好。大娘曾帶我去看醫生，沒有徹底治好。有個婦產科的女醫生黃郡仙，是個老小姐，上海口音，衣很長，下穿裙子。我常去叫她治月經痛，總不能治好，每次痛得在床上翻滾，就用炒熱的麵皮放在布袋裡暖肚子，那時還沒有熱水袋呢！

有一次扁桃腺發炎，去看中醫丁甘仁，這個專家也沒治好我的病。他用刀刺了幾下扁桃腺，出了一些血，用藥粉吹在扁桃腺上，吹的器具是銅製的，圓形中空，圓壁另有一直通邊及二薄銅片，用時「劈啪」一聲，張開嘴，藥就直吹入喉嚨口裡。但治不好我的病。我家不懂醫道，也不知道扁桃腺是可以割去的。我生母對我的身體很著急，可是她更不懂，聽信偏方治病，給我吃肉皮煮成的漿，一吃就一飯碗，我只好聽從她，硬吃下去了。幸虧我胃口好，平日每餐常吃白煨蹄膀的。還有一種偏方也難嚥下，那就是將青菜汁不經燒煮，僅溫熱了服下，一股青氣滋味，一吃也一碗。她爲我好，我不能違抗她，也服下去。她又買了烏骨雞，白煨雞湯。這種雞當時是很難買到的。她只生了我一個，一心都在我身上，即使難吃，我怎麼好不克服一下呢！

母親的身世我從未向她問起過，不應當叫她回憶而感傷。直到她死時，她的叔叔來奔喪，我才知道她叔叔在蘇州城裡是個小兒科的中醫。我母親姓殷。她的父親以畫扇面、寫對聯爲生。她嫁給父親時，正値他仜湖北德安府，帶我母親一人去的，我是在湖北生的。

人要作夢，說是「日有所思，夜有所夢」。大約精神衰弱的人易作夢。我夢多，往往不是日裡所思的內容。一天，夢到前門牙掉了一只，我告訴一個保姆，她們便竊竊私語。有一天，見這個保姆拿了錢往外走，第二天她開心地笑著告訴我，這個夢爲她賺著一百個銅板。原來灶間有個人熟悉賭博「花筒」，這是用動物名字來賭的，說：「門牙」就是「象牙」，因此她賭博時壓在「象」上，壓對了，贏了一百個銅板。一百個銅板就是一千文。銅板是黃銅製的，每個刻著十文，反面是兩面國旗交叉著。十文就是一只小銀角子，十只角子就是一個銀元。這時候已沒有小銅錢了，小銅錢中間有個小方孔。銀元有鷹洋、龍洋，有袁世凱的頭像、孫中山的頭像等等。

我幼時容易發燒，病在床上，床有帳子。一天半夜醒來用眼望出帳外，見窗前是只大書桌，桌前有一只方凳子，凳上有一暗淡的人坐著，我睜大眼看了好久，見他立起身走向大娘房門便沒有了，沒有開門聲。大娘還未回來，我不迷信，也不放在心上，可是大娘回來走進房裡就說：哪裡來的大煙味？她房中沒有人好隨便進去的。保姆說可能老爺來過的，寶寶生病他來看看。我想呢：發燒太高會眼花腦昏，也可能是父親的照片很大，掛在客廳裡，我每天上、下課必經此路，這就可能影響我的腦子，在昏沉沉的時候印象中的父親就出來了。但大煙味從何而來？保姆是順著主人的意講話，不可靠。我想大娘從外開門進房，可能將外面的空氣帶進來了，某種氣味也被吹了進來，而其味正好像大煙味罷了。

20 沒有頭髮的大嫂

「丫王」這時候很出風頭，出嫁後住到別處，我們便很少見面。大姊生了十三個孩子，由於環境不好，眼睛失明了。二姊離婚重嫁了人。大娘很健康，牙也不壞，喜歡叉痲將。

哥哥在電影院裡看中了一位小姐，打聽到是揚州人家的，在慕爾堂教會學校念書，便託人做媒。我家這樣大的家世，對方當然答應了，也不管對象的情況怎樣。我哥哥當然相貌是好的，身材又高大，留過學，西裝是最新式的，可是他已有兩個小妾了。婚期定下了，卻偏不巧，新娘得了傷寒症，病好後頭髮脫落。大娘知道後急了，到期一定要結婚，就到外國店裡去做了假髮，前面結上一條黑緞帶，上面縫上珍珠花便行了。新房做在大娘處，好在小妾是住別處的。辦喜事又是盛家長房獨子，好不熱鬧！燈彩牌樓，賀客眾多，搭了棚安放酒席，將廳上屏門打開，一進進的湧入新房。

新娘能彈鋼琴，故琴已備好。新娘還有姿色，雖在教會學校念書，還是很老式的。她無父母，跟哥哥住。他哥哥吸鴉片，並娶一個旗人。洞房三天下來，我哥哥總覺得不如意，還是到兩個妾處去了。新娘的頭髮沒有長長，只出了一些，疏疏的如毛芋艿，怎會美呢？睡覺時哪能不脫去假髮呢？哥的兩個妾是風塵女，蘇州人，倒是清清爽爽的，比較新派。因爲哥嫂不很和睦，大嫂和大娘講話總是抬槓。因爲要我幫她理髮，故她和我很好。婚姻草率有此結局，也很可憐。我想勿通，爲什麼不等她頭髮長好了再行婚禮呢？

哥哥難得到她那裡，幸二妾未生子，封建家庭最要緊的是兒子。因爲兒子能承繼家產，大嫂果然得了個兒子。嫂嫂和兩個妾爭風總是失寵，但人家憑著肚子爭氣，生了一個男孩子，大娘花甲得孫，大家歡喜。後來哥哥將妻妾一同搬進福開森路的一所豪華的大房子裡，我去過一次。房子的客廳牆上，掛了五只鏡框，裡面是留學時祖父盛宣懷給他寫的信，用毛筆寫的，字很好，是勉勵他的話語。哥哥回國後，無所事事，這也難怪，父親早亡，祖父又死了，沒人提攜，他也好像得了家族傳染病，沉溺在煙色之中。學得的外語也無用處，只能跟愛馬的四叔在跑馬廳裡與外國騎師談得熱絡。不知今天他把祖父的期望掛在牆上是作「座右銘」呢，還是作裝飾品？那時侄子已經四歲了，身體並不結實，每天牛奶、雞蛋，吃西餐也不吸收；相貌也不聰敏，大約哥哥不是最放在心上的。

大娘的房外是個起居間，裝有電話。有一次夜裡，大娘在電話中很急的讓我馬上去叫灶間裡的燒飯師傅把飯鍋拿出灶外，反轉來放。後來才知道是爲了侄子病危，迷信的人講，死人必須由灶家菩薩在鍋底裡簽字，沒有地方簽，就可以不死。但結果侄子還是死了。大約哥哥不住在這裡，灶和鍋沒有關係。在保姆口中傳出來的迷信話很多，便想起前天大宅外牆上「蛇脫腳」，有一條大蛇從牆上掉下來，說是要倒楣的，所以孩子死了。其實牆外是荒地，有蛇是勿稀奇的。房子大，有園子、馬房、車房。平時雇了三個人每夜調換著去打更巡查，拿了鐵棍，持了竹槓，用棍敲打竹槓發出「鐸鐸」之聲，打更要打到五更。我想可能是打槓聲驚動了蛇，蛇滑下來了，這就成了「蛇脫腳」，迷信認爲是凶兆。

21 哥哥娶的兩個妾

孩子死了，嫂嫂更孤單了。二小妾必然聯合對付她。她又不會籠絡人心，親戚朋友也沒有合得來的，講的又是揚州上海話。有一次我上哥哥家，她不在，兩個小妾殷勤招待，蘇州話又悅耳。不久，哥和她離婚了，說是她放什麼針在哥的枕頭底下，做迷信的鬼把戲。其實她是不會害丈夫的，大約想叫丈夫進她的房。

兩個妾是妓女，從妓院裡來的，貧苦人家的女兒賣給妓院。女子沒有自立的機會，往往不由自主地落入陷阱。妓院分幾等：有「么二」、「長三」，這是高等的；「四門頭」、「野雞」是下等的。暗的有「台基」。妓院裡，闊人上門，擺一台酒有幾百元，高級妓女要有一手彈唱的本領，當然第一要有人捧。

大娘也會軋鬧猛。有幾次在菜館請舅舅吃飯，也叫兩個藝妓來賣唱。只要向菜館裡的跑堂（服務員）點出妓女名字，就會叫來的，由菜館付錢，然後在帳上一併算。唱的給二元，不唱的一元。不唱來看看談談，算捧捧場吧！大娘選的是年幼的，一個唱京戲，另有一個拉胡琴的同來。唱小曲的妓女要自抱琵琶彈唱。妓女嫁人要贖身錢，妓院裡的女老鴇和男烏龜以她們為搖錢樹。

闊人捧自己的情人，擺下幾台酒席，不用出席也付錢。「四門頭」、「野雞」是晚上拋頭露面在街上把男子拉拉扯扯拖進屋去。規矩的男子甩袖子走脫了，被勾魂落魄的必得花柳病（梅毒），「野雞」有爛鼻子的，如沒錢醫治可能會死，還有遺傳子孫之禍患。

有些妓女是自願的，她們貪圖吃穿。也有些自己明白人要老的，該尋歸宿，所以嫁了丈夫守本分成家。哥哥的兩個妾算是好的，她倆沒有生育過，性子也和善。一妾股上生了一個東西住院開刀。動手術後護士護理，她叫痛；護士已相投成友，不忍塞進紗布弄痛她，以致新肉難出，久久才癒。

22 五叔七叔娶妾忙

五叔重頤沒有從政，專心辦實業，曾在外灘開辦「溢中銀公司」，經營房地產，南京路上的「老介福」大樓、淮海中路的日本領事館都是他的房產。

五叔也娶了一妾，此前她已嫁過一個名人，生過二子。娶進門後接連小產，所以懷孕後必躺著，後來果然得一子，生出即死，說是沒有肛門的，懊傷之至，醫生沒有學得這個手術，家產再大也無法救之。

五叔家產最多，他聰明又精明。可是這妾脾氣壞，毆打丫頭，並罰跪在洋鐵香菸罐頭上。後來丫頭的父母來交涉。

小妾以後又生了一女兒，五叔也心滿意足了，因爲這時女子也可得繼承財產權，父母百般寵愛。我見她四歲的時候吃一頓飯，要兩個保姆托著盤子、拿著飯碗，跟著她在園子裡跑。園子極大，高級的花園洋房。

之後他們全家搬到北京，可惜女兒二十歲得了肺病去世了。爲紀念這位心愛的女兒嗚玉，五叔把盛家老公館邊屬他的弄堂房產改名爲「鳴玉坊」。

從此以後，五叔和妾關係勿好了，當然另找新歡。

七叔昇頤從政，曾任國民政府蘇浙皖統稅局長，這是與孔祥熙關係密切之故，因爲孔夫人曾是五姑母的家庭教師。他辦的大陸運輸公司曾爲抗日戰爭運送物資出過力，他辦的菸草公司生產的「華福」牌香菸很有名。他還是個足球迷，是上海東華足球隊的董事，爲足球隊提供足球場，就設在盛家老公館內。

七叔也娶了一妓，皮膚極白，藝名「白牡丹」。大約前妻北方人皮膚黑粗，故特選之。她性情溫和，但有一個習慣，每天要洗頭、吹風。她並不燙髮，但她的髮色卻顯黃，乃美中不足。

吸菸、娶妾是那個時代的風氣，我家可以講像傳染病一樣的盛行。叔叔們還自我解嘲說：「我們風流不下流。」爲自己的行爲辯解。

妓院裡也花樣多，靠了一班財主捧場，來了個選「大總統」、「副總統」，我見到過三個人的照片。大總統叫「花國大總統」，她嫁了一個陶姓人士作了夫人，她人很好，和二姊熟。後來她家辦了一個殯儀館，以前不是火葬的，先在殯儀館入殮，故生意極忙。

23 大哥帶我吃西餐

有個哈同花園，主人猶太人哈同，娶了個中國廣東女人羅嘉陵，我二姊和姑母都認識。

這位太太，身子胖，穿西裝戴帽子（西方古典式帽子上有花），她的汽車照會是一號，大約是汽車才進口，第一輛就是她買的。後有一個有權有勢者想買下「一號」車牌，當局答：除非舊車換新車時可調換。哈同太太爲保持一號的榮譽，車用破了仍不肯調換。傳說我家隔壁邵府邵友濂家，汽車是四百號。而邵府的門牌號爲靜安寺路四百號。但洵美曾告訴我，在劍橋學歷表中，他塡的住址是靜安寺路二四號。不知此傳說根據何在。

還有個「麥邊花園」，後改名爲「大華飯店」，聽說洋人麥邊將地賣脫了。「大華飯店」是西餐館；中間是舞池，地板亮極了，燈光燦爛，西樂隊演奏。舞池中有穿著中、西式鮮豔服裝的男女翩翩起舞。午間有外國人一男一女表演現代舞。他們的身子結實，穿了如肉色的緊身衣，燈光照下如裸體。女的　忽兒坐在男的肩上，一忽兒站在男的腿上，動作迅速，拖來拉去做著各種姿勢。

有時大哥帶我和二妾同去吃西菜。吃西菜用刀叉，盤子的右邊放刀，左邊放叉，還有一只湯匙亦放在右邊刀旁邊。吃湯用湯匙，必須從裡往外舀。還有一把小匙，是吃咖啡時舀糖用或吃霜淇淋用的，吃蛋糕另有短叉。我習慣右手拿筷子夾菜，用刀叉還要學習呢！

西崽送上來的第一道菜盆子裡放著一只長腳銀杯，裡面是蕃茄蠔肉，鮮鮮的。以後是湯、一道主菜、幾道盆菜、咖啡、點心加霜淇淋。

大哥汽車開得極好，我經常同去看電影，愛普爾電影院離白渡橋不遠。

大哥又搬回到娶嫂嫂的老房子裡來了，這是大娘同意的，進進出出的都由她支配。伙食是分開的。兩間房正好兩個妾各得其一。隔房有個大客廳。大房子有人住，燈光照出來便增加了生氣。一天晚上燈火通明，原來那個替妾治療的護士也來玩，所以我去軋鬧猛，叉麻將三缺一，叫我去湊一腳，我就學，但太煩，先要算，再要翻，多少錢一底，算一共要付多少錢給別人，我輸的日子多，好在不會到一元。哥哥經常出去賭，如果連輸兩天，奶娘就在他出門時焚紙箔了。哥哥這樣新派，竟信神弄鬼呢！

哥哥喜歡穿外國巡捕三件套的黑制服，參加了租界「特別巡捕」，他並不在乎工資。上海有不少人參加，騎了機器腳踏車，車子聲音轟鳴，車速又快，大約以此爲神氣，耀武揚威的不覺恥！

24 南京白髮宗大娘

大娘是南京人，一口南京話，一頭白髮。配我父親是祖父在官場上定的婚姻。後來他們全家除大娘外都遷到常熟。舅舅宗姓，書香門第，常熟當地人稱爲「野宗」。

大娘未去過常熟。舅舅來上海時住在我家後進的房子裡，房間之外有很大的客廳。有一次，我見外甥們在陽台上朝裡窺探，說是梅蘭芳前來向舅舅投帖拜訪。梅先生穿的是中裝馬褂長衫，行禮「打千」的。先生談話文雅有禮，僕人送上蓋碗茶，片刻就退出。舅舅認識他的什麼長輩，故來拜揖。大娘愛看戲，除了打麻將牌，每天要出去，如有名演員登台，必訂座在正廳，八個或四個座位。她自己如果不去，便叫大姊或外甥、保姆去，我要讀書，去得少。舅舅在，當然先盡舅舅一家人的興。

戲院不用售票，由叫「按目」的人記帳。每次有四只果盆，放在板上供觀客吃，板裝在前排的椅子背上。每到年底，「按目」要上門來「打抽卡」（不管什麼演員上台，也不管戲好不好、要看不要看，先要預訂才給座位，先出部分錢）。大娘雖老，但她的興致極好，也跟潮流走，所以她也買了一輛新式馬車，車頂可以卸下。夏天人家汽車兜風，她卻用馬車。天熱夜飯吃得早，飯後便坐了馬車到北新涇兜兜，有時去曹家渡吃飯，那裡有座中餐館，設著西餐小吃部。

馬車有兩個馬夫，大馬夫拉繩，負責馬車起動及停車。小馬夫則要在車尚未停穩前跳下來，拉緊馬頭上的皮帶。馬站穩後，他便快速走到車門邊，爲主人打開門。

有一次大娘、我、妹妹和一個外甥女兜風去，在曹家渡過中山公園那裡，後面如電似的開來一輛汽車，一陣風驚嚇了我家的馬。馬躥起身來，大馬夫拉緊繩，小馬夫急忙跳下車拉馬頭，這時的小馬夫當然用足了力，心中發怒，罵了肇事者。汽車上都是年輕的闊哥兒，下車打小馬夫。傷不重，但此事被我哥知道了，他不肯甘休，素知那些人輕浮。後來兩面都請了人出來了結，他們來道歉的，是請了一位老頭子。聽說富人家都拜老頭子的。

大娘每天讀兩份報紙，《時報》和《新聞報》。她每天看過報後要我去整理，整整齊齊地折好放在桌上。其實她並無用處，日久報多了，移到別處去後就都不見了。這是她派給我的一份工作。報上談的大事很多，但她不問國家的事，只顧自己的逍遙，看看戲院的節目而已。

她還派給我另一份工作，就是每年爲她結兩雙細毛線的襪子。直到我教會了她的梳頭阿媽，此工作才有了接班人。

25 義賑巧遇康有為

這年祖母又做了一件善事，我已忘了這件事的具體內容，總之是一個地方災荒了，要去救濟。

我記得祖母事先開了一個家庭會，說要想辦法募捐賑災，分派了各人的任務。大家提供了意見，取了名稱叫「女界義賑會」，因為祖母、嬸嬸、姑母等都是女的。最後拍了一張照片，我太小，不在內，照相時我只能在邊上看，卻看到了有個男子戴眼鏡的，我不認識，姊姊告訴我，他是祖父屬下漢冶萍公司的外文書記宋子文，他和七姑母很好，祖母不答應七姑母嫁給他，說他是家裡的下屬，門戶不當。祖父死後那人便退職從政，從此二人好事不成。

「女界義賑會」之募捐方法是在我家的幾間大廳裡辦一個小小娛樂場，搞些玩意兒，如釣魚、投圈等等。很多桌子上放著高級的外國盒糖。募捐靠的是大家拉攏一些親戚、朋友、闊人。在這裡，一盒本錢二元的糖，可以要人家出幾十元甚至幾百元，是看在情面上的。有一位唐小姐是一個醫生的女兒，廣東人，自小大方，學得一手琵琶，能彈唱，也被請來參加。有些年輕富人便邀請她彈唱，一曲願募捐五百元者很多。

我覺得奇怪，祖母是三寸金蓮，沒有文化，又不新派，怎麼會有此舉？大約募到了幾萬元，這數目她一個人也出得起，也可叫叔叔、哥哥們大家募捐一部分的，何苦要叫家裡的婦女們出去拋頭露面呢？

一九七八年冬，在外孫女欣欣的一本《中國歷史》上看到清朝採用官商合辦企業，我才知祖父擔任招商局和礦務局中的職司。祖父是中國紅十字會首任會長，辦實業與賑災是他一生最得意的兩件事。因賑濟災民有功曾多次受清廷褒獎。

祖父七個太太中最寵愛的刁夫人刁玉蓉，即四姑母的生母，賑災、撫恤孤獨也是出了名的。盛氏宗譜中不僅讚她在盛家創業之初「刁氏十餘年內助之功」，又讚她：「蓋夫人躬自儉約而濟人以寬」，「寒者衣之，飢者食之，無依者周之，歷久不倦。」故在她逝世（自盡）舉殯之日「東海貧民以至乞丐，皆長跪塞途痛哭失聲，蓋感之深者。」刁夫人即洵美之外婆也。賑災倒是我家的傳統。

大約祖母莊夫人是要名，又不捨得錢。以後孀孀姑母便放鬆了家規：男的在外玩，女的也不守家門了，其實事情必須事前衡量好壞，不能糊里糊塗興之所至。

大娘沒有朋友，我年幼小。但是她派我到辛家花園已租給別人的隔壁人家去募捐。這天隔壁人家嫁女兒，很熱鬧，我和妹妹便去拜望這位房客。他年紀也老了，我介紹了姓名，他便很高興地和我談。他講廣東話我聽不懂，他便在裡室翻箱倒櫃，拿朝珠和朝服給我看，我大約知道一些，他可能和我祖父是同僚。我給他看了募捐單，他才明白，便寫上：「捐捌拾元。」他讓我過一星期去取錢。我過了一星期帶了收條去取那捌拾元。我先到一個人家（是二姊的「丫王」認識的）募到二十元，再到老人家，原來這隔壁的老者就是康有為！書法極好，我當時不知道。他問我的名字，我說了，他聽不懂，示意桌上有筆硯紙，我拿起毛筆便寫了自己的名字：「盛佩玉」，我的字實在太勿靈，後來想想在他面前眞是獻醜了！

26 訂婚時約法三章

我十六歲那年，姊姊與我在一個教會女學校報名上初中一年級，是住讀生。哪知大娘不准。說我身體勿好，住讀會不習慣。她比較喜歡我，其實是害了我。她讓妹妹去了。學校的地址很遠，近郊區了。校長是個外國女人，校中清淨，講話低聲，草地也不准人走，紀律也好。

我每星期去看妹妹或接她回家，我和她的同學們有好多都相熟。以後我結婚時的四位女儐相，就是她的四個同學。

我和妹妹讀過一年多英文，是一個姓姚的女老師在家裡教的，所以認識一些英文初級本。妹妹上學，我成了孤單一人，日裡仍有中文女老師教讀半天，很少外出，空閒就在房中結毛線；那時流行長闊式的圍巾，我也結。大娘的兩個女兒，我的大姊二姊，在文化和針線上都不過問，可見太寵慣了，遊手好閒。

過了兩年，我十八歲了，家長就要想到女兒的婚姻，在這件事上大娘不可能明白地告訴我。有幾個作媒的被拒絕，結果允許了我與四姑母的大兒子訂婚。大娘用半新式、半自由的方式，先讓我和洵美在四姑母家碰頭。

洵美和我是姑表姊弟，訂婚沒有辦訂婚儀式，但照老式規矩要擔個小盤，放幾樣首飾和衣服、喜糕之類送來。

洵美給我的印象是個聰明的人。文字好，人長得並不俊，長臉，身材矮了些。家裡人說他七歲就能對出他外公盛杏蓀的對子。

那時他已定好出國留學日期了，時間很緊。我的大姊二姊和四姑母很親，一半是麻將檯上的賭友關係。大娘叫她們陪我上四姑母家。那天我穿的是綠色綢面花邊旗袍，出門時外披皮裡斗篷。

他們家是六個兒子一個女兒，名字雲字排行。雲龍、雲鵬、雲駿、雲麒、雲麟、雲驤加上女兒雲芝。雲芝和雲駿是龍鳳胎。

原先我以爲他們年齡比我大，故稱他們爲大表哥、二表哥。其實，洵美比我小一歲。雲芝比我小四歲，她和我很好，所以我去了當然在她房中。談話時間不多，洵美追求我，從名字上就知道了。因我名佩玉，他就將原名「雲龍」改爲「洵美」。意取〈詩經・鄭風〉中〈有女同車〉「佩玉鏘鏘，洵美且都」之句。

十七歲時的訂婚照

他給過我一封信，兩個人的心裡都很苦，才得碰頭，便要分離。既訂了給他，以後我便成他家的人了。

要家庭好，就首先要丈夫好。我便向洵美提出了條件：不可另有女人（玩女人）；不可吸煙；不可賭錢。他這時是很誠心的，答應能辦得到。凡是一個人在一心要拿到這樣東西的時光，是會山盟海誓的。我呢，當然是守他回來。

我爲什麼出這三件事呢，因爲我的家裡和他的家裡危害性最大的就是這些，我心中反對的也是這些。

因爲四姑母家境差，一家這許多人靠祖上留下的產業生活，夫妻三個（一個是姑父的妾）吸煙又好賭，賭又大多是輸的，故家產敗落。

四姑母又瘦又小，但脾氣極好，我只知她好，卻沒有顧到那個洵美的嗣母，她才是我的婆婆，以後跟她生活，這才是重要的。

邵友濂長子邵頤的原配夫人是李鴻章之嗣女李氏。她是李鴻章疼愛的小弟李昭慶的三女，昭慶英年早逝，鴻章視她為己出。她嫁後得一女名畹香。李氏也早亡，邵頤續娶北京史氏，無出。邵頤又中年去世，邵友濂念長媳史氏守節無後，故命邵頤弟邵恒的長子（即邵洵美）承繼大房為史氏子。但史氏精神有病，忽然會昏過去。史氏是個古典派女子，立得正，坐也正，難得開顏一笑。邵友濂給她牯嶺路毓林里房屋幾幢，她以房租為生，洵美出國留學的錢，也是她拿出來的，兌換外匯著實花了不少錢。

這位嗣母和丈夫（即嗣父邵頤）的表妹交情很好，情誼深不願分離，常同居。這表妹洵美呼她二姑母，長臉，小方額，直鼻子，戴副厚玻璃眼鏡，小眼睛，北方口音學蘇州話，手中常拿著水煙筒。

這表妹生一子一女，女兒胖，近視眼，厚厚的玻璃眼鏡。嗣母本想將此女嫁給洵美，但她太不美，嗣母也覺得說勿出口。而娶我，她心中又不願意。

表妹這個女兒念頭很多，明明自己要好看，要剪短頭髮，怕娘不准，就編出個故事，說隔牆爬進一個男人，用剪刀剪去了她的頭髮。賊不偷東西要辮子，有這樣便宜的嗎？他們居然會信。

我的哥哥和叔叔們不贊成我的親事，說洵美是滑頭，四姑母夫婦又太糊塗，到他家不會稱心的。但幾個姑母和姊姊都贊成。

我家親戚朋友中認我是惟一的美人，大家都關心我。我講：「不管是他的滑頭還是他的家庭，關鍵在於我。」那時我自以爲本領大，能掌握的，並且想想四姑母的家也可弄好。這是稚子不畏虎了。

27 洵美定情物是詩

洵美在出國前，徵得我的同意，合拍了一張照片，作爲正式訂婚。我親自結了一件白毛線背心送他。爲此他立即寫了一首詩，並將詩發表在《申報》上。

白絨線馬甲

白絨線馬甲呵！
她底濃情的代表品，
一絲絲條紋，
多染著她底香汗；
含著她底愛意；
吸著她底精神。
我心底換來的罷？
白絨線馬甲呵！

她爲你，
費了多少思想；
耗了多少時日；
受了多少恐慌。
嘻，爲的是你麼？

白絨線馬甲呵！
我將你穿在身上，
我身負重任了！
我欠了無上的債了！
我「心窩」裡添了無數的助燃品了！
這是我永久……誠實……希望的酬報呵！

白絨線馬甲呵！
你身價萬倍萬萬倍了！
你得我終身的寵幸了！
你將做我惟一的長伴了！
白絨線馬甲呵！
你須將你的本色，
代表她底呵！

十二，十二，五　洵美

手持詩卷的邵洵美

這是洵美給我的定情物，也是他的誓言，這張六十年前已經發黃了的《申報》剪報，陪伴我到今天。

時光很快地過去，洵美就要動身走了。講定三年回來結婚，兩個人就分開了，我回家，他準備上船。我也沒流淚，兩個人很高興的，並不覺得三年的時間長。大約是年齡小的緣故，我十九歲，他十八歲。

28 雲芝約我去普陀

雲芝妹妹走了哥哥也冷清，所以她經常和我通電話，差不多的當時富貴人家都有自備電話。有一天她告訴我，她媽和阿姨幾個人要去普陀山遊玩，我的三個姊姊也去，她和二哥雲鵬也去，所以來約我，請我也去。我便告訴大娘我也要去，大娘果然答允了。

出發那天到了，女人多，姑母都帶梳頭阿姨，大家乘輪船由寧波過去。海上有些風浪，起初我頭暈，趴在桌上，好在都是自己人，我便拿二只椅子躺躺，一夜就這樣過去了。

天剛亮，換乘篷船到普陀山，那裡沒有碼頭，全是岩石，浪忽高忽低，船與岸忽接忽離，靠上去不容易。

乘轎子到廟宇，地方清靜，與杭州廟宇的熱鬧有所不同。菩薩是一樣的，伙食蔬菜不如城裡。這是一個島，沒有店鋪，我們住在海邊的廟裡。

姑母、姊姊們說是來燒香拜佛，其實不像；說是去玩，又沒什麼好玩的。看看海裡，浪頭從遠處滾滾而來，沖到岩石發出澎澎之聲，雪白的水花飛濺。

第三天，我們上千佛山燒香，這裡的廟宇在極高的山上，一層層的石階不知有多少，而且很狹窄，只能容一乘轎子上。我們都乘轎子上。轎夫健壯，也是費力費心，不能失足。腳跨上一級，轎子就傾斜一些，越到高處，轎子快直立了，我都好像是蹺起腳躺著一樣。向四面一看，萬丈懸崖，很爲緊張。我叫轎子停下，自己往上走去。

保姆和弟弟是步行的，我就跟隨他們一起走。將近廟宇，出現了峭壁，在石頭上釘了一條粗的防護鐵鏈，以防有人萬一跳下去。聽說確有人在此跳過。有神話說，海裡會出現開著的荷花，如果往荷花中心跳去，就會跟隨菩薩到西天成仙。

到廟宇裡，我們見到了佛便膜拜，並出燈油錢。這裡和尙少，大殿背後也有去陰間的說法，石洞裡光線很暗，我也不敢細看。大家沒有多留，便下山往回走。

看過普陀山有些感想：這裡是海島，人煙少，自種自吃，生活簡單。當和尙的總是看破紅塵，遭遇坎坷，想穿了，才來過此生活的。我們這些人，每天在城市烏煙瘴氣中生活，到此換一下清新的環境。但回來的路上，海風吹去了眼前的一切，也沒有什麼留戀，就算完成此舉了。

29 赴歐途中明信片

洵美是乘郵輪「雨果・斯汀絲」號赴歐洲的。同船去的有爲我醫病的尙未出嫁的黃醫生。還有一位四姑母朋友的兒子，姓嚴。洵美沿途每到一地都寄明信片給我。明信片是寄到新閘路八十二號辛家花園的。

洵美喜拍照，他有一台扁型大的牛門牌相機，現在沒有這樣笨拙的東西了。後來他寄來了一張在船上借別人相機自攝的照片，就可以看到他手拿的相機奇特的樣式了。他沿途寄來的明信片有香港、新加坡、菲律賓、小呂宋、埃及開羅、義大利拿波里、龐貝等三十餘張當地的風景明信片。

香港寄來的明信片有三張，背後沒有文字，只見半個世紀前的香港還像是個漁村。我的親家、小多的公公吳凱聲博士當時留學歐洲經香港時也是二十年代初，他寫的一首小詩正能說明洵美所看到的香港昔日風貌。

香港孤城起海濱，好稱東陸小倫敦。
雲橫翠嶂千帆集，風捲叢林百貨屯。
旁岸買魚多俗吏，登樓呼酒幾流民。
山濠築屋有新住，都是天涯淪落人。

洵美赴歐洲時所乘坐的海輪

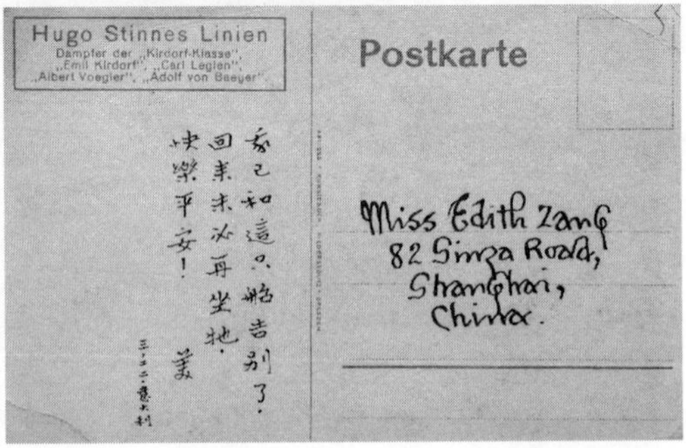

上圖：洵美手捧《神曲》在義大利詩人但丁雕像前
下圖：明信片上的洵美字跡：「我已和這只船告別了。」

埃及那張明信片有尼羅河及金字塔背景，郵票是埃及文，背面還寫道：「還有信到 PORT SAID 去寄，此地慢。——美、三月十七日。」此信寄到上海爲四月十六日，耗時一個月。

洵美乘的郵輪是民國十四年三月二十二日到達義大利的，告別「雨果・斯汀絲」號時，寄來一張此郵輪的彩照明信片，背面寫道：「我已和這只船告別了，回來未必再坐牠。快樂平安！」

他是在拿波里（那不勒斯）上岸的，住在漂亮的「花園飯店」，明信片裡可以看到遠處火山口還在冒煙。三月二十三日他拜訪了被火山淹沒的龐貝古城，他頭戴鴨舌帽，手拿牛門牌大照相機，在廢墟前照了相。

三月二十七日他來到羅馬。參觀了羅馬大教堂，又遊覽了古劇場的殘壁斷垣，在寄自羅馬的一張彩色明信片上寫道：「這是 Colysrum 古劇場，後來當炮台，現在做陳列品，一時一時的不同呵！」

四月一日他手持詩本在大詩人但丁雕像前攝影。照片背面寫道：「民國十四年持 *Paradise* 在 Dante 像旁攝。」

在義大利逗留，洵美第一次被詩感動。對他的一生產生了巨大的影響。他在《詩二十五首》自序中說：「在義大利的拿波里上了岸，博物院裡一張壁畫的殘片使我驚異於希臘詩人莎茀的神麗，輾轉覓到了一部她的全詩的英譯……我的詩的行程也真奇怪，從莎茀發現了她的崇拜者史文朋，從史文朋認識了先拉斐爾派的一群。又從他們那裡接觸到波特萊爾、凡爾侖。」難怪後來徐志摩對洵美的朋友評論洵美說：「中國有個新詩人，是一百分的凡爾侖。」

抵達倫敦後，他給我寄來了一套倫敦的風光照片（共十二張），又寄來了一套劍橋大學的照片共十張，裡面附了一張鉛筆寫的紙條：「茶姊姊，我已報了名，不知進得去，進不去。」

30 洵美圓了劍橋夢

洵美終於邁進了劍橋大學，因為有了固定的地址，我也可以寫信給他了。他先寄一個通

十九歲的洵美沐浴在英國田園風光中

信地址英文信封的樣式，我照式照樣抄。

他考進的是劍橋依曼紐學院，他寄給我一張在學院教室旁的立照，穿著英式的高級西服，雙手交在腹前，很有紳士風度。

洵美最初讀的是經濟系，後來他的教授認爲他的性格和愛好不適此系，勸他學文。爲了專攻英國文學，更好地了解英國的習俗、風土人情及方言俚語，他寄住在英國牧師、劍橋教授摩爾的家裡。摩爾能講漢語，精通四國文字，並熟知拉丁語。洵美從他身上獲益不少，知識大有長進。摩爾有位兄長，長期居住在中國杭州（洵美回國後與其兄多有來往）。洵美還與住在牛津的許地山先生通信討論詩歌問題。

我這裡還有三張洵美在劍橋的照片，一張是坐在校園的草地上，時年十九歲，神采奕奕。一張是摩爾教授陪他參觀劍橋的教堂，邊上站著一群唱詩班的英國幼童。摩爾個子很高，滿頭灰白髮，穿黑色西服，一手搭在洵美肩上，兩人很親切地交談著。第三張是參觀劍橋內設的學校。學生們正舉行一次典禮，身穿短褲、長襪的學童向校長行舉手軍禮，洵美和英國來賓站在左邊觀看。特別有意思的是寫有攝影日期爲一九二五年五月廿五日。

從洵美的來信中得知，摩爾太太生活很節儉，待人嚴厲，他寄居時的生活很清苦，每餐簡單，但精神生活很豐富。留學英國的清苦生活以及有次餓肚子摘青蘋果充飢的趣事，以後均在他辦的雜誌上有專文記載。在他以後回憶的文章中還提及在英國結識了他崇拜的史文朋的好友魏斯及愛爾蘭老作家喬治・摩爾。後來他還託徐志摩去英時拜訪過他們。

在英國，他還寄來了參觀世界博覽會的明信片，英國郵戳是一九二五年七月二十四日。明信片背面寫道：「這是英國的博覽會，我現在這裡面，明日返劍橋。」

在兩個月前，一九二五年五月三日，他與好友劉紀文同遊倫敦，在孫中山蒙難處，用自己的照相機爲自己拍攝了一張黑白照，黑白光線對比效果極好，是他得意之作。此照片背後寫道：「這張是自己照的。——五月三日在倫敦公使館三樓前清孫中山被囚禁之室內，爲我按攝影機者乃好友劉兆銘。——十四年五月十二日洵美。」從照片後面蓋的英文章可以看出：洵美拍的照片都在劍橋大學的照相館沖印的。這張也不例外。

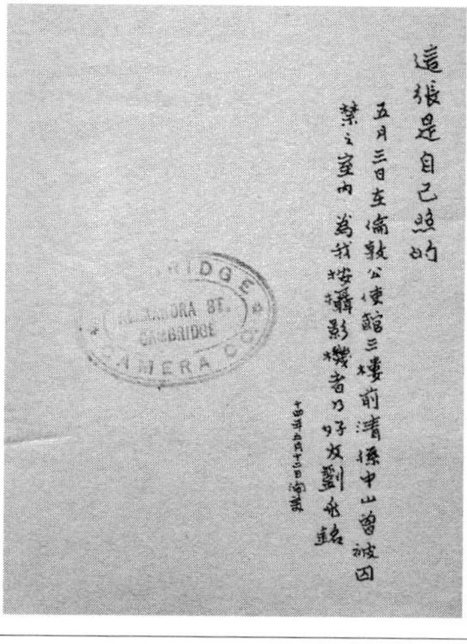

右圖：洵美在倫敦孫中山蒙難處留影
左圖：洵美字跡：「這張是自己照的」

31 杭州照相館留影

在舊上海，有錢人在夏天和春天是如何消遣的？

夏日陽光偏西的時候暑氣漸漸下降，人的精神爲之一爽，總想找個地方靜坐一會或喝杯啤酒、汽水。因此不知是中國人還是外國人，就設了一處很空曠的公園式的地方，稱高爾夫球場。有冷飲部，也有球場，我去玩過。

陽春三月，天氣轉暖，樹枝上的葉芽嫩嫩地好像握著的小拳頭慢慢放開，漸漸伸直成爲挺直的葉子。它綠得鮮豔，尚未沾滿塵土。配上園中的桃花、梅花，紅豔豔散發著芬芳之氣。地上田裡一片片綠色的麥苗和黃色的菜花，鵝鴨在河濱裡洗澡點綴成春天的美景。

這種時候大娘每年要去杭州的，正巧二姊的周姓後夫有個別墅在西湖邊，大娘便帶了我、妹妹、外甥女、大姊、二姊以及兩個姊夫一同去了杭州度假十天。

說起二姊，原來的姊夫姓吳，記得有段往事，那時我的二姊夫要到美國去做生意，帶了兩箱誰也想不到的麻將牌去賣。去了半年後來信講麻將牌不受歡迎，只賣去一箱。這樣的商品帶去美國賣的想法，也只有廣東人的他才想得出來。

二姊平日每天在外，到朋友家吃飯、賭錢。二姊夫去美國後，二姊仍整天在外。她在家必要我陪，她經常打惡心，出去前必帶些鹽乾菜、鹽鴨肫乾。哪知她是懷孕了，我們都沒在意。忽然，二姊出門去了，這一去時間很長，說是要回來，可是一個月又拖一個月就是不回來。有一天聽說二姊要辦離婚手續了，說是二姊回來的路上被夫家人攔住了，二姊已和周先生發生關係後生一女，她等滿月後才回家。夫家早偵知其情，故拆穿之。姊夫從國外回來就離婚了。二姊的「丫王」本已嫁一有婦之人，經濟勿大好，她「歸根」回家又跟了剛離婚的二姊夫，其實他們早有曖昧關係。

我們三個未出閣的姑娘，我年紀最大，我帶著她們可以出去。我們便走進著名的「活佛照相館」，三人合攝了一張照。我和妹妹拍了一張是坐在S形的靠椅上的。我一個人拍了四張，我穿著當時最時髦的姑娘服裝，上衣，寬大的半袖，是半透明的紗衣，繡著花紋，裡面有綢襯衫，下身著繡花裙，梳著留有前瀏海的髮髻，或坐，或托腮沉思，或靠在S形的長椅上休憩。這幾張照片我很喜歡，一直保留至今。

二姊夫在上海的房子也很大。二姊交際廣，應酬多，而姊夫是日本留學生，日久對二姊的這種生活感到乏味，幸生了這女兒，成了他們的寶貝。二姊不會照料孩子，有機會還溜出去賭。姊夫星期天約些朋友來家打網球，在家吃西菜。有一次他應我邀請，很難得地邊彈鋼琴邊唱日本歌給我聽。他們的女兒六歲時生病死了，他很傷心。抗戰勝利後他跟日本人走了。

上海有個外國人辦的跑馬場，在大馬路「新世界」隔壁。這時還有個中國人辦的馬場，地址在江灣著名的葉家

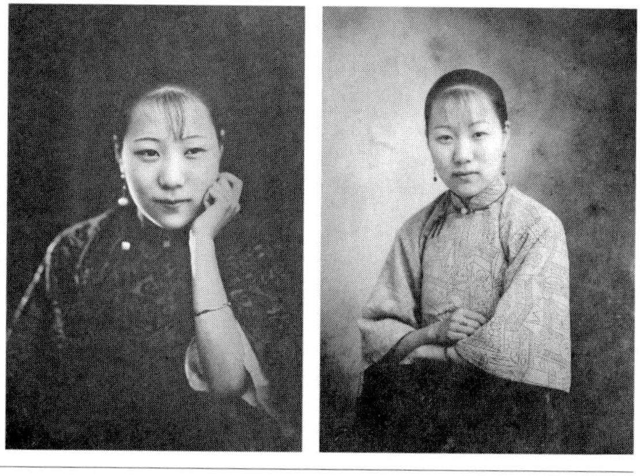

杭州活佛照相館留影

花園邊上，主辦者叫葉家主人。二姊和葉家老四的老婆是朋友，她們經常往來，有一次帶我去看望。後來還到她新造在馬場近處的一幢二層樓房子去參觀。

他們的祖父葉澄衷，據說原是一個從浙江鎮海來的窮人，在黃浦江中搖小舢舨，後來拾到洋人的錢包，還給了失主。洋人見他誠實，幫了他一把，結果成為上海五金大王。還辦了澄衷學堂。祖父籌建中國通商銀行時曾募到民間投資三百萬兩，葉曾任中國第一家銀行董事會成員。

葉家老四是四房，很有錢，老婆鑽石很多，生一子一女，女兒和我很好，有次生病想我去，我去過一次。那時我還未和洵美訂親，才十六歲。吃飯時他家人開玩笑，要我和他們兒子並排坐，我心中不樂，以後就沒再去過。他兒子比我小一歲，黑而粗，矮胖，聽說和丫頭有私。他們託人向我說媒，大娘不答允。

杭州活佛照相館留影

32 生母送我的禮物

這年十一月初四日，是我二十歲生日。逢十數是大生日，親戚齊來，大娘備了酒筵。不巧這天是大風雪天，我母親乘黃包車來，買了一只插滿鮮花的大籃子。車門雖有油布遮，可被大風颳開了，我看著母親便知其寒冷甚矣。我的姑母、叔叔、哥哥、姊姊等人都有汽車，相比之下，我悶悶不樂。雖然他們送我各種生日禮物，我卻不加重視。哥哥給我一只外國店中買的鑲著綠、白小鑽石的戒指，但對他來講，等於是拔了一根毫毛。我每年生日都會回憶起這一天，我每看到花籃，也會回憶起這一天，直到現在七十四歲了，忘不了那一天，也忘不了我的生母。

33 洵美寄來悲鴻畫

劍橋是洵美的大學，但是巴黎卻有別的東西可以學習。洵美暑期住在巴黎，他愛畫，自己不是畫家，看到那裡有個巴黎畫院，可以進修，他就參加了，認識了當時在那裡學習的中國畫家徐悲鴻、常玉、江小鶼、王濟遠、張道藩等人。他們組織了「天狗會」，四好友結爲金蘭。謝壽康爲老大，徐悲鴻爲老二，張道藩爲老三，洵美爲四弟。當時他與謝壽康曾同住在巴黎拉丁區客棧。那段時間，洵美曾寄給我兩張小的半身素描畫。一是悲鴻爲他畫的，一是

洵美像，徐悲鴻作於一九二五年

道藩畫的。悲鴻畫的素描像是印在英國製的明信片上的。

此畫我看並不好，一張畫得鼻骨太高、面龐無稜角，除了頭的外形，無相像處。

道藩那張畫全都採用細線條，頭髮疏而細，又長，僅眼睛、鼻子、頭髮一些線條而已，畫得老而瘦。我不懂，是否素描畫是如此的？後來看了洵美帶回送我的盎格爾的素描畫，才知道並不是他們那樣的。我想細的可能像木刻。洵美信中講，以後他將這兩張畫印出來，貼在他的外國書的裡封面上，問我可同意？這是他的愛好，對我沒影響，況且我不懂畫，回信時沒談及它。後來這兩張畫眞的印成長三寸，寬二寸的長方形像，印在薄紙上，回國後貼在他最愛讀的幾本書上。

有一次，他在信中告訴我，他父親給的一頂硬的圓帽，那裡沒人戴，他戴出去了，大家盯著他看。還有我給他的一件綠色毛線背心，女式的，是長了一些，他穿在西裝裡面，露出了一寸半長，他騎著自行車，路上人見了大笑。他素來不注意衣著的，人家笑，他也笑。當然國外變什麼花樣，流行什麼，像我們這種家裡人是見聞不到的。不像現在發明了電視，可以了解不少事，也可了解各國的流行風俗。

在法國，他還寄來遊凡爾塞時寫的明信片，還寄了一張埃菲爾鐵塔夜景的明信片，當時鐵塔上霓虹燈裝飾爲星星月亮，和現在的埃菲爾鐵塔是完全不同的，夜景極美，鐵塔頂是火炬，爲今人不能見到。背面洵美字云：「這張是夜景，還有張是日景，上面有鐵塔的歷史，一半法文，一半英文。」

34 五月愛的謳歌者

邵家共兩房，洵美是二房邵恒的長子。大房伯伯邵頤早死，前妻是李鴻章的嗣女，生一女嫁安徽蒯家蒯光典之子蒯景西；後妻繼室史氏無出，故立二房長子爲嗣子，她這一房的產業尚留，洵美留英的錢就是靠收房租拿利息而來的。天不從人願，毓林里的房子突然被大火燒光了，成一堆瓦礫。每月沒有了這份收入，只好叫洵美回國。洵美祖母柴太夫人年已六十多歲，他們爲了要抱曾孫子，所以也叫洵美回來成親。這下苦了洵美，僅差一年沒有得到劍橋的畢業證書。

五月二十日，洵美決定乘郵輪返國，此時心情複雜，興奮的是將見到我，見到嗣母、生母和祖母；懊惱的是學業沒有完成，要告別老師和在英國、法國結識的諸多好友。

赴歐洲時，作爲一個青年留學生沿途給我送來了一張張異

洵美留學回來送給盛佩玉的名畫家盎格爾的《裸男》畫像

國風情的明信片，加上簡短親切的思念語。離歐返國時，作爲一個青年詩人，漂泊在地中海、紅海、中國海和印度洋上，他寫下了許多首詩歌，謳歌五月，謳歌大海，謳歌愛情，謳歌二十一歲的青春歲月，謳歌他所崇拜的莎茀和史文朋，回來後他就集成一本詩集《天堂與五月》送給我。這是厚厚的一疊有一百五十多頁的「明信片」，扉頁印著「送佩玉」三個大字。這是專爲我印的。

我記憶猶新的是他深深思念我的小詩：

啊，淡綠的天色將夜，
明月復來曬情人的眼淚，
玉姊呵我將歸來了，
歸來將你底美交還給你。

還有一首是寫他青春抱負、雛鳥欲飛的〈十四行詩〉：

生命之樹底稀少的葉子，
被時光摘去二十一片了。
躲藏在枝間巢中的小鳥，
還沒試用他天賜的羽翼。

有幾首佳詩是獻給他最崇拜的兩個人：古希臘女詩人莎茀和近代英國詩人史文朋。洵美喜歡莎茀，是因爲他在義大利拿波里上岸，在博物館裡見到一張壁畫的殘片，他驚異於莎茀的神麗，後來輾轉覓到了一部她的全詩的英譯，又從她的詩格裡得到啓示，便懷抱了個創造新詩格的癡望。當時他寫了不少詩，就是借用了「莎茀格」。

洵美崇拜史文朋，因爲史的容貌和性情很像他自己，更重要的是這位英國詩人最崇拜的也是莎茀。他在〈給史文朋〉的詩中寫道：「你是莎茀的哥哥，我是她的弟弟……你喜歡她我也喜歡她又喜歡你。」他們眞是心心相印啊！

洵美在國外交結了一個朋友，他是跟他們夫婦及三個孩子一家人同船歸國的。同船的還有好友——「天狗會」中「老三」張道藩。

35 我忙嫁妝他交友

一天，洵美生母、我的姑母來告訴大娘，第二天洵美就來看我了。這是兩家人都高興的事。他回國帶了兩大皮箱外文書和一幅畫，其他都沒有，所以連我當時也沒拿到禮物。直到結婚後，他才將那幅盎格爾的畫送給了我。可見他手中不寬裕，將錢都買了這些書了。這個做法是正當的，多看書才有進步。他研究的是文學。畫沒有學成，是日子短促吧。他很聰敏，見啥愛啥，詩歌、音樂、繪畫、木刻都能來一下。他看得多，不過他自己說是眼高手低。

他在法國巴黎買了一張盎格爾的素描，是一張裸男背面側坐像，畫家簽名在畫的背面。

我看不懂有什麼好，他也並不稀奇。他說這是悲鴻在畫廊發現的，他鑒定爲眞跡，因悲鴻沒有錢，勸沈旭奄買下，但之後沈也需要錢花，就轉讓給了洵美。

我們訂於丙寅十二月十二日結婚。洵美首要的是布置新房，他家是老式房子，油漆、修理，搞了二個多月。女方要陪嫁妝——三個房間的木器：臥室計有全套房間家具，加落地燈、西式長靠椅；外間計有紅木梳妝台、紅木吃飯圓桌椅、靠榻床及古董櫥；另客堂間全套茶几靠椅。除房間家具爲西式柚木之外，都是紅木。大衣櫥、箱子、墊箱櫥、瓷器、被頭褥子、枕頭等都是按新花樣趕出來的。所以我比男方忙得多。

洵美還是每天在書上花的功夫多。他布置了自己的一個書房間，一只書桌很大，花了一百五十元。我比他花費要多得多，一年四季的衣服、被頭、枕頭、腳盆、浴盆、臉盆，加上各種擺飾，要做到桌上布置齊全，床上鮮豔奪目。

親戚朋友多，收下的禮物不知有多少。結婚前一星期雙方要「擔盤」。男方先來一個媒人和幾個陪客，之後男方的行盤就到了。外面早裝好彩燈，聽到放炮了，男方傭人托了盤放在中間桌上。桌上點好花燭，二盤首飾、四盤衣裳、四只條箱，內裝喜糕、喜糖之類。

傭人穿了長衫馬褂，身上斜披紅綢結，盤上都有帶彩鬚頭的繡花帶掛著。喜糖是用玻璃紙包的，外面貼著紅「囍」字，裡面裝的當然不會是牛奶糖。男方的二條箱裝的是蜜糕和龍鳳餅，倒是很好吃的。條箱是大紅漆底加金漆花。

祖父的家業很大，他有遺囑，像我們孫女就有一筆紀念錢，備作出閣的陪嫁。我當時年幼，錢儲在銀行裡，有十年的利息，加本金也就富裕了，能購不少的東西。那時候封建尚存，豪華奢侈，不用說富家的小姐出閣首先要陪嫁妝，而且內外都要齊全，如家具、箱籠、

青年時代的洵美

被褥、枕頭、衣服，桌上擺飾的瓷器、銅器、銀器。我還訂製了金器花瓶、木盆、竹籃；馬桶大的、中的，外加二只小孩的（子孫桶）。有些人家被頭用二十條，我改成四條；枕頭八只，我改成四只。桌上的銀擺飾不愁，我的長輩多，姊姊多，他們每家送來四樣，就不必多添了。我的哥哥得到幾百萬白銀的遺產，送我鑽耳環一對、金照相架框一對。二姊、二阿哥各送鍍金蜜花瓶一只，每只需花費五百元呢！我奇怪的是袁世凱之子袁寒雲也送來了一份禮，是一套精緻的錫果盤，上面罩的是玻璃蓋，極漂亮。聽說他是類似曹植的文人才子，可惜生錯了人家。大約帳房先生發帖子是照前郵部的來往而發出的。但袁公子送禮給我們，是知道我們的，大約是文人相惜吧！

我在這四個月中，天晴便外出看貨。我們臥室一套西式柚木家具是在當時著名的「毛全泰」西式木器店訂製的，十分考究。

我結婚做的衣服眞是浪費。錢有的是，盡擇新花樣，外國貨也有，請個老裁縫做，尺寸、式樣照當時流行的做，並沒有想到身體會不會變化，式樣會不會變新，就做了不少，尤其是繡花的衣裙。有個做西式衣裙名叫「時新昌」繡衣店的，還有個男的叫「蘇州人」，上門專製鞋的，都是上門服務的，所以這方面可以足不出戶便解決了。還在一家繡花店訂製了一套繡金龍的床罩、台毯、椅套。又訂製了大紅繡花的中式桌椅套。因訂製的都是名店，沒有還價的，因此用了些錢。

我每天要出去，大娘爲我安排了一輛專用的馬車。她年紀老了，又胖，辦這些事已沒有本領了，兩個姊姊又忙，哪有心思幫我？所以我自己全擔任下來了。有時，我母親陪我去，她心中極高興，女兒出嫁了！出嫁女兒，對她來說眞是沒有一點關係，可母親願爲女兒犧牲！

洵美是不用忙碌什麼的，每天跑跑書店，夜裡看看書，由朋友再介紹朋友，一天天增加。由畫家介紹畫家，作家介紹作家，都是些文人。在英國法國留學的老朋友都還沒有回來，而新朋友有徐志摩、張禹九、郁達夫、滕固、章克標、張若谷，畫家有劉海粟、聞一多、張光宇三兄弟及汪亞塵、丁悚等。他所用的錢是他嗣母拿出來的，由洵美的生母操辦。她只搬給洵美兩只老式沙發，一只長書架，洵美新購了西式書桌一只。

洵美的行盤中有一套鳳冠霞帔，因舊式家庭結婚見禮要這種打扮。冠和京劇用的差不多，假珠翠，衣裙是大紅繡銀龍水紋，對襟、銀鬚頭、銀滾邊。有四件皮衣，鑽鐲、鑽耳環、珠花小頭面（插在髮髻上的）。

女方也還盤。我還的盤有兩件袍料，兩件馬褂料，四條特製繡花領帶，一只鑽石別針，一副鑽石鈕扣（西裝用的）。因他是英國留學生，還有兩盤外文書，一盤銀器文房四寶，四盤紅蛋貼上金「囍」子，四盤龍鳳餅。光從交換的行盤看，女家的沒有男家的價值大。

36 婚紗蒙住了眼睛

爲選婚紗，我和洵美到一家外國人開的服裝店。店內都是女服務員，櫥窗內陳列新娘結婚服裝。我選了一套式樣：披紗出頭上下來，粉紅色銀花邊，頭上蠟花西式的，頭紗可以下蓋蒙臉，披紗很長拖地，鏤空花，邊上還鑲珠子。我選中後洵美也同意，後來結婚時親友見了都讚不絕口，這當然也有洵美的功勞。

結婚是冬天，故又做了一件皮斗篷，黃色狐皮的領頭，淡黃絲絨的面子，也有銀花邊，都在那家店做的，單訂製費就花了二百多元。現在這皮領頭還留著呢！

結婚地點在南京路前跑馬廳對面大華舞廳（在卡爾登飯店內），地方很大，極豪華的。

結婚出門前有個儀式，要祭一下自己的祖先。親戚朋友都要來到。大娘在大門上紮了彩、備了酒筵，又叫了一班吹鼓手。兩個喜娘，並有現成媒人一名（自由結婚）。我父已故，四叔恩頤是我的主婚人。這時我穿了繡襖紅裙，頭戴紅珠花，在喜娘的攙扶下到已擺好祭祖供品香燭的台前磕頭跪拜，這叫「別祖」。再朝家長一一見禮。完畢後要請我吃飯，一桌酒筵由四位女儐相陪，我哪能吃得下。少頃便回房了。

其實這天從一早起來，不知何故，各種往事都湧上心頭：從今後我要離開多少年熟悉的環境，離開我已習慣的一切了！我母親在我身邊看著我，她是很高興，但我更是傷感。我在家可以說是什麼都稱心，一個小姐，又很漂亮，家中人都非常喜歡我，尤其是二姊夫婦、哥哥都奉承我，請客遊玩我必有分。我和大娘、妹妹居住，很單純，其他事不要我操心，我也從沒奢望。現在嫁到邵家，洵美姊妹兄弟七人，祖母和嗣母都是陌生人，做人是不容易了。我雖生在老式家庭，可大娘倒是很有新思想的，故沒有複雜的事。洵美的生父生母脾氣雖好，但糊塗，就看他們那房間，老東西陳設得亂七八糟，可以看出他們的習慣。並且好吸烏煙，非單一雙，還加了四姑夫的情人。洵美的嗣母更不知怎麼樣，聽說她很古怪，以後在他家我算是大人了，要負擔家裡的事了，如何應付?!我很怕，不由感慨萬千，眼淚直下。又想起今後生男育女，看到不少女人身材會變樣。而我到今天生米已成熟飯，不能不嫁了，所以哭了好一會。

婚禮定在下午二時舉行，邵家用汽車來接了，我急急忙忙洗臉換衣服。改換了西式服裝，爲了西式婚禮完畢回去又要換鳳冠霞帔向眾親友見禮，所以我不可能燙頭髮，好在有絹紗和蠟花遮蓋，梳了一個新式髮髻就行了。

我的眼睛哭腫了，家裡人奇怪：自由婚姻、郎才女貌有什麼不樂意呢?娘家有些人心中惋惜了，少了我覺得冷靜；大娘也捨不得，少了我在身邊不習慣。今天我是結束了在家的無憂無慮的青春少女生活了!

我的情緒不好，以致無心打扮。到了結婚禮堂邊上有間小小的休息室，外國服裝店有位女理髮師爲我戴好頭花。時間倉卒，我爲了掩蓋哭腫了的眼睛，將頭紗蒙在臉上就移步往大廳走了。大廳裡響著西方的《結婚進行曲》，一位小儐相在前面走著，四位女儐相跟隨在身後

西式結婚照，一九二七年一月十五日攝

擁簇著我，我們很慢很慢地走過像橋一樣的通道。我的披肩拖在地上很長，倒也別致，頭紗恰好遮住了我哭紅腫了的眼睛。

邵家請了震旦大學校長馬相伯老前輩爲證婚人，老人鬚髮已白，行路背已挺不直，是攙扶了進來的。禮廳中間一長桌，桌上放了花。老人見到當年的孩子已長大成親，興致很高。聽到請證婚人入席，他緩步走去，居中站立。左右是主婚人：洵美的生父邵恒和我的四叔盛

盛佩玉與邵洵美的結婚照，刊登在《上海畫報》一九五期封面，說明文字為：留英文學家邵洵美君與盛四公子侄女盛佩玉新婚儷影。

恩頤。老人笑哈哈地講了話，我和洵美向他們鞠了躬，新郎新娘挽了手臂在樂曲聲中慢步走出大門。由於我們家還照老法用八字帖子，故沒有結婚時的蓋章、交換戒指等手續。婚禮雖簡單，但當年還是轟動了上海灘，有一份畫報上登了我們的結婚照，仔細看，我的眼圈是紅腫的。

汽車到了邵家，我急忙走向新房間。時令是冬天，可是那天天氣很暖，我裡面穿了件羊毛衫，外面穿著紗衣也不冷。看到新房裡的人已經很多，我急忙換了鳳冠霞帔。這冠實在太重，中間用繩帶結在髮髻上，髮髻是老式的特別梳的一種頭髮團，上面插滿紅絨花和珍珠花，二邊插了珠鳳含了珠鬚頭，很好看的。這鳳冠就像京劇裡的那種，我佩服那些演員，因爲我戴了鳳冠很難受，很痛，繩帶勒痛頭皮的。後來我想演員們可能在鳳

冠下墊一塊布的，才會不痛，可當時我卻沒有想到。霞帔和京劇裡的不同，要小得多，大紅緞上繡銀龍下面是五彩水浪，銀邊加銀鬚頭。禮服一套，連鞋子也是大紅緞面繡銀花的。最奇怪的是老式規矩要穿四件衣裳：單衣、夾衣、絲棉衣、禮服（邵家行盤送來這四件）。怎麼活人和死人一樣做法呢?!那麼夏天結婚怎麼辦呢?我自作主張減去了兩件。

當時我眼睛已有紅血絲，眼皮也紅腫了，頭皮又痛，還要向長輩見禮，眞是夠受的。房內桌上擺了好些東西，還點了龍鳳花燭，「小堂名」在一邊奏樂。我在二位喜娘的攙扶下，和洵美一起向幾十位長輩行大禮：跪下去，我用雙手在右腹按三下以示作揖；而洵美跪下則要三叩首。喜娘在一邊還要說出一些好口彩，比如說：「請老爺太太上面坐。」當然他們客氣不會坐，喜娘又說：「請高升，要坐的。」眞像做戲。這之後要喜娘攙扶起來，一方面自己站起來不好看，另一方面自己根本站不起來。對於平輩也要見禮，行鞠躬禮，新娘因頭上太重，不能鞠躬，因此僅用手在右腹按三下即可。小輩則要向新郎新娘見禮，我倆立著，由喜娘根據小輩的不同年齡代講一些好話。

親戚朋友大都是長輩方面的，所以人很多。大門上紮了彩燈，並搭了直通大廳的涼棚，喜幛掛滿了兩個大廳和長廊，酒筵放在兩個大廳裡。這麼大的場面，對邵家來說，當時娶我四姑母是一次，這是第二次。邵家與盛家聯姻其實是把敗落戶的景象提高到富豪的氣派。

新郎在外廳敬酒，新娘在裡廳敬酒，喜娘托著放酒壺的盤，向席上諸位講：「小姐向太太們敬酒！」就代我爲大家倒好酒，然後扶了新娘向他們雙手在右腹按了三下，再到另一桌。女客沒有男客多，以後新娘便回到主桌上，叫訂席。在一只長桌子上放著杯筷，兩邊上放有座位，桌朝南，新娘由喜娘扶著走到桌前立著，請祖母上座。在這之前，新娘要用手帕

洵美與佩玉

拂一下那張椅子，再將筷子舉起恭恭敬敬地放下，再舉起酒杯放下，然後向祖母敬一杯酒，退下，喜娘扶了跪下，向祖母行個禮。祖母也還敬一杯酒便走了。這時新娘可以坐下吃筵了，兩邊是四個女儐相和年輕的姊妹們陪座。坐下後我也不能眞吃，坐一會喜娘又向各位來賓講了些好聽話，我便要脫身了。

回到房中，脫下鳳冠一身輕，可是眼睛紅腫的地方極痛，洵美的妹妹給我搽了熊膽，感覺才好多了！新房裡的一切我是熟悉的。隔夜搬場車將家具等搬來後我就將一切擺飾都弄好了，這樣快是因爲我早作好計畫的。有不少人要來看的。就是祖母太胖不願走樓梯，嗣母怕熱鬧且身體勿好，少了她們二位，其餘都來過了。年輕人喜歡鬧，待新郎新娘在床邊坐下吃了蓮心湯，喜娘講了早生貴子等一串好話後，洵美的弟弟和朋友們就邊說笑話邊東翻西找起來。他們在被窩裡找到了紅喜蛋，在子孫桶裡找到了喜蛋和好口彩的果子，如松子、長生果、棗子、蓮心、桂圓等，大家哈哈大笑。他們還爲我們在床邊落地燈下拍照。

洵美被人灌了酒並未醉倒，我一天沒吃好飯並不餓，實在是這老式儀式太煩了，也太累了。這種場面我見過的。我姊姊、姑母、嬸嬸、嫂嫂結婚都如此。

鬧了一會，喜娘陪我到樓下婆婆房中道晚安，喜娘說：「小娘來請安了，請太太早點休息，小姐、姑爺也好休息了。」婆婆很和氣地說「好。好。」回到房中，喜娘這時要做工作了，她說：「請各位少爺小姐回去休息吧！這裡姑爺、小姐累了一天也要休息了。」如此一講他們見時候不早便一齊散了。

新郎新娘又喝了交杯酒，喜娘講了一些好話便退出了房門。洵美在外國睡過彈簧床，所以買的也是這種。而我家睡的是藤繃床，睡彈簧床還眞是不習慣。

37 我成了邵府新娘

第二天一早起來，就由喜娘扶了我下樓，到他家很大的灶間去行過「上灶禮」。我手握鍋鏟在鍋內炒幾下，喜娘在邊上說了些好話，就算行禮了。這時，已備好很多的燕窩蓮心湯，是向長輩送湯用的。我和洵美先吃，之後是喜娘將盛好的湯一碗碗送向祖母、洵美的生父母、嗣母和姑母。對祖母、生父母、嗣母還要送被頭一對、枕頭一條、門簾一條、鞋子一雙，這是一定要全收的。對洵美的叔祖母、嬸娘不單是送湯，還要托兩盤東西，盤內是鞋襪衣料、繡花物品、香粉香皀等等。他們一定要拿兩樣盤內的東西。這做法稱「送床筵」。

洵美嗣父前妻李氏所生有個姊姊，已有子女四人，住在娘家我的隔壁三間房中，她年紀較大，我以長輩相待，她雖是個很厲害的人，可和我還很處得來。我給洵美的姊妹兄弟都送了東西，給所有的男女老少傭人也都以新老遠近順序賞了東西。當天，新娘還要給來客所帶傭人賞「喜封」，都是銀元，還要是新的，上面貼了紅「囍」字。這筆錢花了不少。

送湯、送床筵是近親都要送的，東西送出不少，人家都客氣不肯收，喜娘必須讓來讓去，最後請對方一定收下，所以喜娘和我的傭人也得了不少賞錢。

第二天，喜娘還陪我下樓向各位長輩請了安。最重要的就是請嗣母上樓來。她第一次來

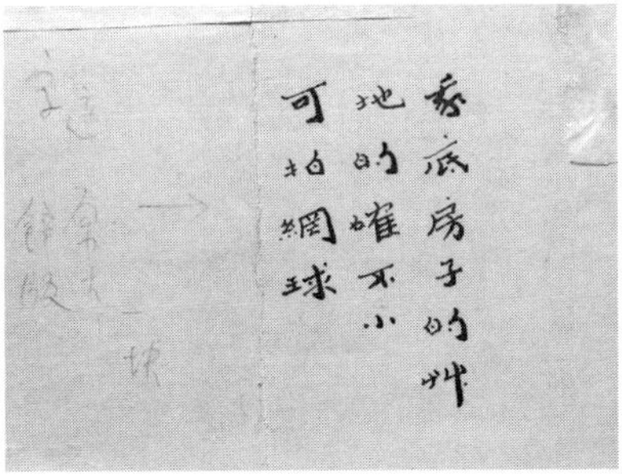

右圖：我和洵美住的花園洋房
左圖：洵美的字跡：「我底房子的草地的確不小，可拍網球」

到新房，很和氣，喜娘請她來行「開箱禮」，她客氣地說：「不用的。」但這禮節還是要做一下的，她就在十六只箱子間隨便看了一只就算了。這十六只箱子疊成四排，我特意訂了一只紅木靠椅，翻過身可成一矮梯子，專門爲開箱用的。我的箱子都是整張牛皮或羊皮做的描金漆箱，很輕。大紅漆底上用金描的花，裡面結結實實地放滿東西。爲了這開箱禮，我又花了不少錢，其實又何必呢?!省下些錢不是更好嗎？這儀式大約是古時凶婆婆行出來的吧！

不光是我要花錢，男方也要賞女方的傭人，我家有老宅，祖母、幾房叔叔，還有大娘，裡裡外外的傭人不知多少，祖母拿到邵家的「喜封」一千元，叫帳房分派。我是大娘的人，大娘拿到二百元，其中我的保姆就得一百元。其餘包括更夫、車夫在內大家分。這一千元「喜封」名叫「門包費」。姑母、姊姊結婚都是如此。直到我妹妹結婚，她與一中學校長之子結婚，因此就改良了，否則妹夫就娶不成老婆了！也由於時代和人物變化，免去了這些麻煩。

新婚期間我被叫著「新娘子」，名副其實開始在新組成的家庭中爲人了。新環境下，我變得文文靜靜的，話也少說了。

第三天過後，嗣母便回到她喜愛的二姑母家去住了，帶了一位老年女傭去。二姑母住在茂名路的弄堂石庫門房子裡，房間又小又暗，我不懂爲什麼她願意去？這也難怪她，青春年華沒了丈夫，孤孤單單有個知己朋友也好減去心中的苦惱。我這新媳婦還未與她相投呢！她去了，我倒省了請安的一套。

結婚的第六天，男女雙方約好行「會親禮」。我和洵美是表姊弟，故雙方的親戚就是這班人，回門之禮就免去了。筵席設在永安公司大東旅館樓上的大東飯店，一共十桌酒席，洵美的弟弟帶來了留聲機和唱片，留聲機是老式手搖的，供四個女儐相及姊妹們跳舞用，在未開筵之前他們跳起舞來。大家鬧著要新人參加，我才學會舞步，由洵美帶著還可以試試，眾人看了拍手叫好。我頭戴珠花珠鳳，身穿繡花衣裙，衣裙外加了一圈各色繡花飄帶，下攜小鈴，故跳舞轉身時，會發出悅耳的鈴聲。這衣裙飄帶是邵家姑太特別繡製的，說是傳家之物，其實京劇裡裝飾上也有用的，但在我這個家庭中像我這種裝飾跳舞卻是少見的。

過了六天，我可以靜下來了，喜娘也走了，整理了一下送出去的東西清單和餘下的東西，賞錢賞物結算下來當然超出了預算不少，但問題還不大，因爲以後的生活穩定了，那就用不了許多錢的，兩個人小家庭開支，何愁呢！

一星期後照相館送來了結婚時攝的照片，其中有張闔家照的，共十一個人。照片上的我眼腫，臉平，沒有笑意。我的笑原是很討人喜歡的。人家說我眼睛「花」，來奉承我。記得有次在外國照相館拍照，外國攝影師也讚美了我的眼睛，便想攝出這種獨特的眼神來，照了好些特寫鏡頭，未成功，大約是燈光照明技術上還達不到理想效果。

38 朋友們以畫誌喜

我們的房子前面有同樣的一宅樓。空著樓上，下面是個大會客廳，所以很清靜，也沒有小孩，連大人的講話聲也很少有。這樣便感覺一天日子過得很慢。我不出去，也極少去看望祖母，消遣的事便是花在帶來的一隻芙蓉小鳥身上，給牠打掃籠子，餵些小米、熟蛋黃等。洵美的妹妹每天來，兩個人沒有什麼好玩，針線也不需要做，什麼都齊備了。洵美經常出去，去書店，看朋友。他在法國畫院裡認識了幾個畫家，我最先見到的是常玉。

由畫家介紹了幾位畫家，在我們結婚滿月那天，洵美請這些朋友來看我，當然還請了志摩、達夫等文友，我們備了一席酒筵，是打電話叫菜館將菜帶來，由一位廚師來家燒的，極省事，無需家裡傭人操辦。

這些客人個個高談闊論，別有風趣。我在娘家從來沒有過這樣的氣氛，這是很熱鬧的一天。

這些人各有不同的特點，給我的印象很深，以後再見就很容易認出來。

江小鶼的身材瘦小，山羊鬍子，蘇州口音，但有法國派頭，他曾為洵美雕塑了頭像，洵美很喜愛，一直放在客廳裡。可

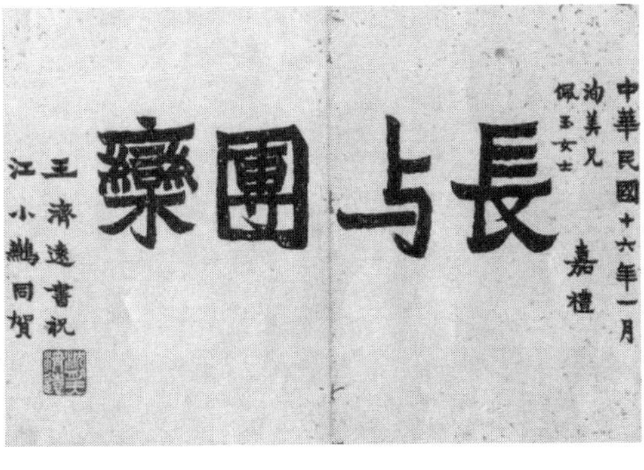

王濟遠與江小鶼贈字

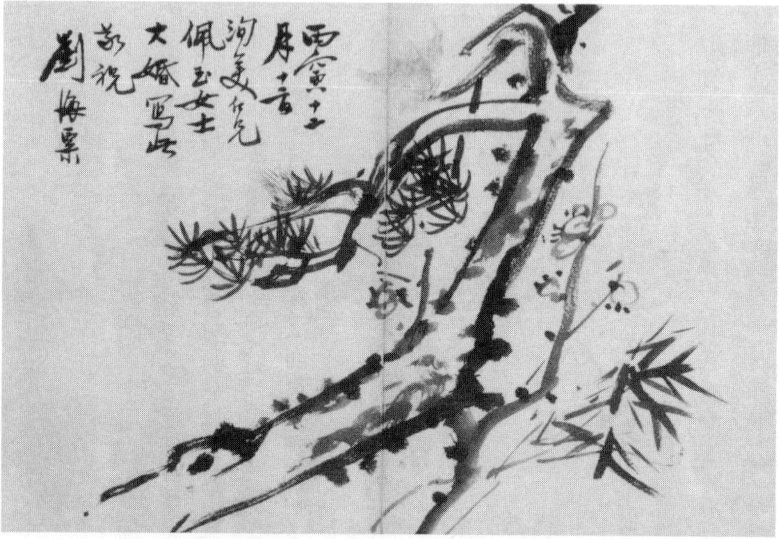

上圖：劉海粟的《松梅圖》　下圖：錢瘦鐵的《神仙眷屬》

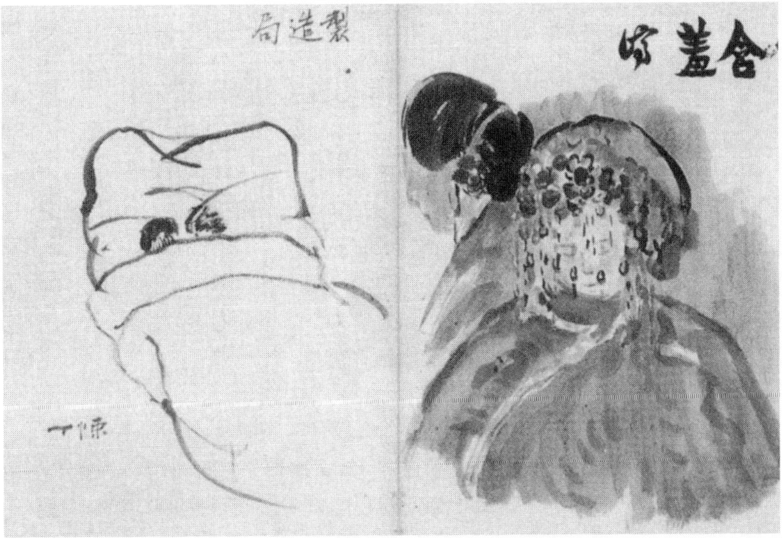

上圖左：丁悚的《製造局》 下圖左：常玉的《雙松圖》

惜他後來去雲南時，客死他鄉。

張光宇無錫口音，小胖子，小爆眼，頭髮不多，圓頭圓臉像個荸薺。他有兩個弟弟：正宇和涵梅。正宇是一團和氣，人到聲到，門牙稍向前，他是個活絡非凡的人，他和光宇、葉淺予都是漫畫家。三弟涵梅則不然，不多言，也是位畫家，因過繼給人，故改姓曹。

葉淺予娶的是舞蹈家妻子，後同往外國。

劉海粟身材高大，有點常州口音。

王濟遠是個矮胖子，肚子大大的，大臉，稀稀的髮在一邊。常州人，也是個畫家。跟王一起的汪亞塵也是畫家，金魚畫得很好。

丁悚戴眼鏡，尖嘴，是漫畫家。兒子也畫漫畫。

徐志摩，身高，不瘦不胖，白皮膚，戴眼鏡，很清秀斯文，他是位詩人。

在未入座前，他們都說應當畫一幅畫來祝賀我們的婚姻，劉海粟第一個拿起毛筆在一張宣紙上畫了幾筆成了一幅松梅圖，以後每個人都畫了幅畫誌喜。畫西洋畫的常玉用毛筆畫了雙松圖；錢瘦鐵以「神仙眷屬」爲名，畫了水墨山水；滕固和丁悚畫了漫畫；王濟遠江小鶼寫了賀詞。日本留學生、獅吼社的張水淇也留了畫。後來又由正宇發起：「大家都畫在一起不是更好嗎？」洵美找到一張扇面，於是每人畫上幾筆，便成了一幅山水畫，有的添上鳥兒，有的添上樹木的。最後志摩說：「我來寫字吧！」他寫了「洵美」二字停下來問我：「佩玉嫂嫂，還是稱您『茶姊』好嗎？」我同意了。以後，洵美朋友中惟有他總稱我「茶姊」。這件詩人與畫家合作的扇面，集各家才華，洵美視爲珍寶。

這些人談笑風生，興趣勃勃，飯畢又去書房領會了洵美書架上的書——洵美的書很多，

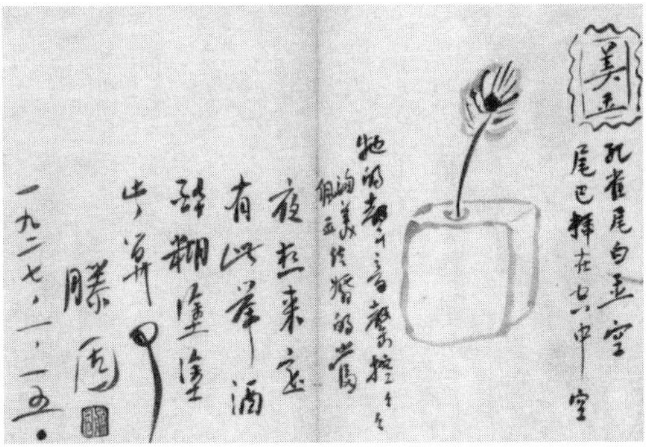

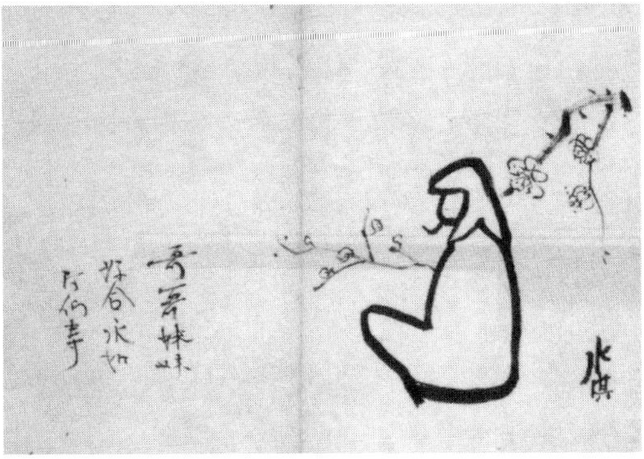

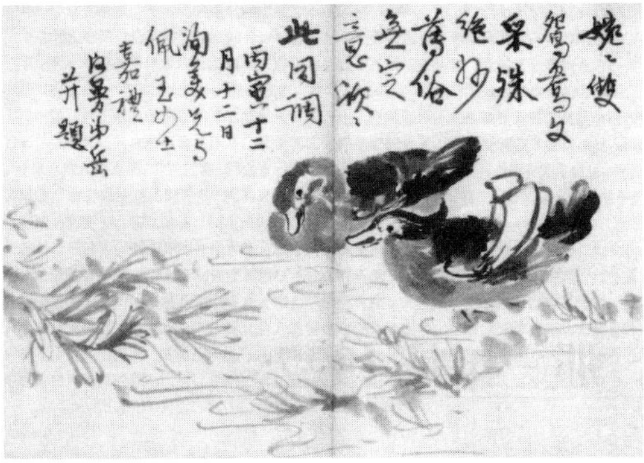

上圖：留德的美術史博士滕固贈圖　中圖：獅吼社張水淇贈圖　下圖：親友贈鴛鴦圖

做了一只頂天立地的大書架來陳列——直到盡興而散。

可惜這些畫在日寇侵華我們逃難時不及搬出，不知流落何人之手？（編者：二〇〇二年九月嘉德拍賣會上竟出現了這些畫作！值得一提的是在那本裱成「鴛鴦譜」畫冊中有一頁是參加這次誌喜聚會者的簽名名單，他們是：徐志摩、陸小曼、戈公振、郁達夫、丁悚、倪貽德、喬文壽、江小鶼、汪亞塵、常玉、劉海粟等。）

39 南京當官三個月

兩個多月後，洵美在英國認識的一個朋友劉紀文要回國了，叫他去接，接了就住旅館當天沒有來我家。洵美喜歡熱鬧，說說談談，家中常來的有同學顧蒼生和我三嬸母的侄子毛冬生，還有弟弟妹妹們川流不息地來玩。這時我已懷孕了，祖母心中高興，她六十多歲不算老，但總是希望子孫越多越好。

劉紀文不久便當上了南京特別市市長。孫中山先生生前曾有規畫，南京要建設馬路等，正是用人之際，劉紀文邀洵美去擔任祕書長。當然首先要讓家裡同意。洵美去邀了蒼生和冬生兩個助手。三個人其實都不是有這類做官本領的；但爲了在家裡無事，不如出去見見世面，想想自己也有文化，可以去幫幫朋友，我也以爲然，所以洵美別了我去了南京。在南京耽了兩個月回家了，幾天後又去了。工作在夫子廟市政府裡。他管的一項是爲建造中山路拆遷讓路，當然有足夠資格的人來指點工作。他們是初出茅廬的青年，況學非所用，工資多少也不去查問他，我不少錢，不想用他賺來的錢。嗣母給我倆每月三十元的月規費，我每月要補貼一點，因爲洵美去南京，要爲他添製衣服和備點他愛吃的東西。又過了一個月，他們突然回來了，說是南京打仗了！毛冬生在浴室洗澡，一個炮彈擊中了浴室頂層，他們害怕，就回來了。孫中山先生當家的時候，總統府打進了一個大炮彈，過後便是蔣介石的天下。世上的事太複雜，政治舞台上的人物變化不窮，我們纏勿清的。劉紀文從此不再來找洵美，當然他是高升了，他是個做官的料。

40 見曾孫祖母合眼

我的肚子一天天大，做了這許多衣服都嫌小，一件也穿不下，挺起了肚子怕見人，所以不出外，只想在家躲過了吧！

實在沒事可做，我便和妹妹兩個人「打麻雀」（四個人打，叫「打麻將」），很欣賞這副象牙麻將牌，洵美祖父叫一個有名的書法家寫的字，如「萬」字等寫得極好，此牌還加了一些花樣。我們二人是外行，來來不感興趣，還是吃吃零食吧！忽然弟弟進來講，祖母跌了一跤不能出聲，失去知覺了！大家急成一片。醫生看了說是中風了。

中風是危險的，後來腦子是清醒了些，但話還是講不出，半身不能動彈了，日夜要人服侍，兒子、孫子來幫忙，媳婦、女兒、孫女們輪流陪在邊上。

祖母想見四代同堂，所以大家盼我快點生出個兒子。果然在祖母病危六天後，生出來是

與其夫人盛佩玉女士
及公子合影(梅生攝)
新年之家庭樂
新年之家庭樂

個男孩子，高興極了！買了不少鴨蛋染紅蛋，分送給親戚朋友。普通的朋友也要送，只是生男孩要少送一只，成單數。一家也不好少送，否則失禮要被批評的。這事是姑母、娘娘去辦的。

祖母醫治無效，一天她想看看曾孫。姑母只好將嬰兒用紗蓋了頭臉，抱到前面房子去給她一看，誰知這一看後的第三天她便去世了。五個月躺在床上的痛苦消失了，五個月服侍她的人也解放了。

我在房中躺在床上做老式的「月子」。這個「月子」可不好過，吃東西有限制，說吃了硬的今後要牙痛，立久了今後要腳跟痛，碰了冷水會手指痛，所以我什麼也不做。孩子由我母親和姑母照管。說我身體勿好，找了位奶娘來餵奶，她是年輕的農村婦女，身體結實。

洵美做孝子，到前面老屋去的時候多，我要滿月後才能參加喪事。說產婦身上污，要沖去佛法的。每天有和尚唸經聲、鼓樂聲，經久不息。設道場、放焰口，死了人倒熱鬧，大約有錢人以此法來節哀吧！

我的頭生兒子，洵美爲他取名小美，大名邵潮，八月十八日大潮隨潮而生的。二位長者，我的生母和洵美的生母管理嬰兒太當心，袍裙、衣裳都太厚，小孩受熱口中發炎，故趕快從祖母老屋地下挖出罐子，將裡面盛的陳年雪水搽在口中，即癒。又因棉襖領子太厚，兩耳向前「招風」了。房中

我們有了第一個孩子

有小孩哭，第一次感到太煩了！孩子日裡睡覺，夜裡鬧，我母親說叫洵美寫張紙條去外面貼上，寫道：「我家有個夜啼郎，一覺睡到大天亮。」行人走過要唸一遍。又叫洵美畫一隻驢子，把畫顚倒放在孩子的枕頭下。這些奇聞怪招不知是哪裡來的？

41 我的祖母也走了

我一方面希望滿月後可以活動，但另一方面我又怕要去參加喪事。哪知禍不單行，我自己的祖母也在這時去世了，想不到兩個親家平日不親，如今攜手同歸了。

也許兩不相讓，她們年齡差不多，都爲人家繼室。我這祖母莊氏生一子行四，生一女行七。洵美生母是前室刁氏所生之女行四，這位刁氏祖母是我祖父最寵愛的，珍珠首飾都是好的，而且是大的。但死得早，女兒年幼。後祖父娶了這莊氏繼室，她手段高，在洵美的母親出嫁時，那妝奩所有好的、大的珍珠、翡翠都被她調換給自己了。洵美的祖母當然不恥見了。她們從不碰頭，也就不親了。

但話得說回來，祖父健在時，自責對不起自盡的刁夫人，也十分寵愛刁氏所生的四女兒，她嫁給邵家公子邵恒後，也十分寵愛邵恒。故當他到日本療養時，就把女婿夫婦（即洵美父母）帶在身邊。莊氏所爲當然是瞞著祖父的。

我滿月的日子到了，那天我母親準備了一隻白煨雞，要我一個人吃，而且骨頭要吃清爽，包起來埋在土裡。說這樣今後我就可以骨頭不痛。我一共生過九個孩子，都是這麼做的，至今已七十五歲了，骨頭倒是從來沒有痛過。

第二天中午，我開始下樓了，正趕上給祖母供飯的時候，要披麻戴孝，因爲洵美是長子長孫，我也就同樣要戴三年孝。供飯時有和尚唸經，孝子上香，拜後即入孝堂站在棺木邊哭。我祖父死時，我才九歲，不要我哭。現在的我大了，應當哭而且要哭出聲調。而我看到這口大而黑的棺材眼淚擠也擠不出。大概祖母和我平素不接近，感情平淡之故吧！直到我看了姑母、娘娘、妹妹們哭得很淒慘，我的眼淚才刷刷流下來了。

老式規矩，身穿重孝的人，要等到喪事過了七七四十九天，「斷七」後才可進親友家的屋，否則這個人家要倒楣的。當然除了公共場所，所以洵美跑書店的次數更多了。

我又去向自己祖母弔唁。盛家老宅遍掛白彩，靈堂上燈燭不明，鴉雀無聲。我們上了香、磕了頭，我立起身眼淚禁不住直淌，想到自己的出身和我母親遭到的不幸，祖父的家產來之不易，如今眼看這個老宅即將屋倒瓦散了。祖母在世大家還守一些規矩，因爲祖父的遺產尚有一部分沒有分。

在回家的路上，姑母講了一段事：祖母生的病是上吐下瀉的痢疾，不會說話的。祖母身邊有七姑母未嫁，四叔的正室四嬸母住得很近，四叔與七姑母是祖母親生，他們是祖母最親近的人，故服侍由他倆作主。其他人如大

洵美母親、佩玉母親與大家在邵家花園

娘、哥哥們常去探望就是了。七姑母守在祖母身側，日夜服侍，可見女兒一片孝心。然而，祖母吐的痰盂每次七姑母總是將紙遮蓋好了叫丫頭去倒乾淨的，還要她們注意「多洗洗」。這是講衛生，常識不差，其實內中做了手腳，早和丫頭講妥，痰盂要倒在七小姐房中。老太太吐的是最貴重的珍珠寶石！當然倒在她一人的手中了。四嬸是自己媳婦，熟門熟路，也順手牽羊拿去一些。聽了姑母之怨言，我當時對她說，祖母的親生子女在身邊送終，給他們多得些也是應當的。祖母從病重到斷氣很快，少受痛苦，這還是福氣的。

42 初見紅衣陸小曼

這時候好友常玉早已回法國，他的法國妻子不肯來中國。常玉送了洵美一幅浴女畫，洵美將畫掛在客廳顯著位置上。

徐悲鴻夫婦倆也回國了。洵美常念的二哥二嫂就是這一對。他們很親熱的，洵美非叫我去見見不可。他們才來，住在朋友家，這朋友姓袁，夫人是蘇州人。

我和二嫂蔣碧微倒很談得來，她講宜興話，身材還算高大，不苗條，長方臉，裝飾樸素，頭髮自然，才從法國來的人，法國話中卻有宜興音，說話時牙齒很齊。他們和洵美也談得很熱絡，我本來就不喜多言，笑笑就算作是我的態度了。臨別他們送給我一盒夾心的巧克力糖。

洵美是喜歡徐志摩這個朋友的，他誠實、有學問、爽快。他是詩人。洵美正好也在學新詩，更相契。所以又叫我一同去看他的妻子陸小曼。地址不熟找了幾家才到。我和她彼此稱嫂嫂。她穿了一件粉紅衣，身材不高，瘦瘦的，不笑時還算美，笑時微露虎牙，一口常州話，也常夾著北京話。說她經常會發病，要推拿才會好，故請了一位姓翁的推拿醫生。他能說會道，還能畫畫，會唱京劇，初次見面時，我還以為他是說評彈的呢！後來我多次見到翁醫生，是蘇州人，身材高而瘦，常跟小曼一起抽鴉片。志摩志堅才沒給他們帶上抽鴉片的陋習，真不容易，大約他一心專在文學上。

小曼很會交際，志摩和小曼住一幢中式二層樓的房子，有一亭子間，後來我和洵美同去過好幾回，故很相熟。

那天我們正談得起勁，又來了一位客人，姓張名禹九，是志摩以前的小舅子。志摩和張氏離婚娶了小曼。禹九並非來看姊夫，而是因為新月書店的事務來商量的。禹九身穿灰布長衫，腳著一雙用布條穿成的草鞋式的布底鞋。他有些鬍鬚，好像戴孝在身。

洵美眼熟這種布鞋，託禹九買一雙，但這鞋是別處來的，只能作罷。洵美到老也是這個脾氣，追求新異的東西，我和他不同。回家的路上洵美告訴我，小曼以前的丈夫在北京工作，姓王，很有點名氣。怎麼會遇到志摩我沒有問。

以後在我家的左隔壁（後來的新華電影院的東面）新開了一爿女式服裝公司，名「雲裳公司」。那老闆娘即是志摩前妻張幼儀。跟小曼嬌小玲瓏相反，張幼儀體質粗壯，大頭大腦，像是一個很能幹的人。志摩父親有此產業，她能幫忙管理。志摩離婚後是不回去的，她雖離了婚，仍與公婆同住，情同父女。後來我曾為出席劉紀文的婚筵，在「雲裳」做過一件白色銀絲喬其紗的長禮服。

志摩說他不問家事，與父也少見。他講了一個笑話：有一天其父叫他陪去某地，乘船去。父子難得這樣接近，談得很熱絡。志摩想，爲子者該爲父做些事，以表孝意。第二天早上起，見父已起身在船艙，他四下看看有什麼可爲父代勞的。見桌上其父才洗了臉的一盆水尚未倒去，他便急忙舉起面盆向船窗外潑去。其父一見大驚，大叫：「不可倒！」已來不及了。一副浸在盆中的假牙潑入湖中已消失無影蹤了。這是父子不常見面，父親的習慣兒子不知道，反添老父麻煩了！

（編者：母親說「怎麼會遇到志摩我沒問。」《海上才子》一書說，父親與志摩是在英國劍橋相遇。也有人說，他們在上海相識。現查到父親遺稿，上述說法均不確。其實，他們相遇具有傳奇色彩。父親在《儒林新史》中追憶：一九二五年，劍橋廣場中心，有位擺了三十年舊書攤的老大衛，每見到父親總是問他是不是姓「許」或者姓「徐」，因爲老人說三年前一位幾乎與他一樣面孔的中國人曾經懷著翻譯《拜倫全集》的願望回老家了。父親很困惑，那個跟他長相一樣的中國人是誰？在倫敦一個留學生提到了「徐志摩」的名字。

一九二五年暑期，他有事去法國，在巴黎，徐悲鴻對他講，「碧微、謝壽康和我們（指「天狗會」成員），全以爲你最像我們的兄弟，他姓徐，名志摩，一品詩人，江南才子。」很巧，沒隔幾天，他們竟在路上相遇了！志摩一見父親，就用雙手拉著他的雙手說：「弟弟，我找得你好苦！」原來他也聽到了父親的故事，也在四處打聽一個像他的人。

但是他們僅僅會了一面，在店裡喝了杯咖啡，因趕買船票，匆匆離別，第二天志摩就回國了。故他們相識在巴黎，相知相熟在上海。）

43 葬祖母餘姚尋根

洵美祖母的喪事是一件大事，每天籌備著一切排場。這一次父親去請了茅山道士來做道場，我是第一次見到的。由於邵、盛二家的祖上都信佛，道場都由和尚來做的。而這班茅山道士與普通的和尚不同；他們穿的是緞子上繡金花紋的長袍，腳穿白底高靴，手拿朝板，頭頂上梳個插了一支簪的髮髻。臉上疏疏的五柳鬚，腳不停地跨著方步，口中唸的什麼我聽不懂。他們不是用木魚敲打，也不像和尚站立如佛，他們的動作如京劇中的「跳加官」。道士當然不是演員，只是超渡鬼魂而已，但不知祖母在冥間，佛教、道教到底信哪個呢？

祖母出殯的排場相似我的祖父，但規格差得遠。作爲一個家庭婦女有這樣的排場已是難得的。可是家中用去這些錢，洵美父親不得不去借貸。

我自己的祖母出殯我們沒有去送喪。因兩家擇的日子很近，我不能分身。洵美祖母的靈柩是船托運的，直達餘姚。我們送喪的人乘寧波輪船去的，這種船還算大，在船艙中過夜，空氣勿好，又悶又熱，我便暈船了。兒子小美同去，幾個月的孩子，我哪有精神哄他，幸虧我二姊的「丫王」同去，她和我平日有往來，她什麼人的小孩都喜歡，所以全由她照管，我叫小美認她爲乾娘，她從二姊處出來後便嫁給了二姊的前夫，相處得還可以。

我們到了寧波乘火車到餘姚，再乘轎子到東水閶義莊。義莊前懸有「八省軍門」大匾，是皇帝所賜，因洵美曾祖父邵燦在咸豐年做過漕運總督。邵燦生三子，長子邵曰濂是京官，任太常寺正卿；三子爲邵友濂；二子早殤，即葬在義莊曬穀場中。義莊原是一王府舊居，大廳上梁懸掛三只楠木匣，內藏給文靖公、太常公、筱邨公的聖旨及誥命書。

靈柩運到後改換小船，送到名叫楊其沃的墳上下葬。墳墓棺材不是埋在地下的，祖父有四位夫人，所以墓前有五塊碑，祖母是邊上一個，打開石碑便見空著一個長方形的穴，將祖母棺材抬進去，仍將石碑封砌牢固，便完畢了祖母的歸宿。

墳莊屋是祖父在時建的，選了這地段，築了墳，又招到近處農民看墳及莊屋，每年給一些錢。這個地方農民家很少，人口也少，所以如果一個人住在那所莊屋裡，夜裡一定會作噩夢。

我們這些小輩也算完成了一番孝道，歸家心急，在這小小的船上眞是厭氣。在船頭看望野景，經過一條湖也名西湖，在蕭山地區，兩邊生著疏疏的葉子，瘦弱的小樹，下面是沒有精神的野草。人煙沒有，眞是上無飛鳥，下無浮禽，惟有我們船上的櫓在撥水的聲音。我們打起了呵欠。勞累了幾天，不約而同地都伏在桌上打瞌睡了。

到了餘姚仍住義莊，休息的一日我和洵美及弟弟一同出去玩，到了餘姚所謂的大街上，那裡的店極小，不見樓房，街上一家很整齊的文具店名「普文明」，這是邵家的叔公開的。

又去了一個小學校名「康節小學」。洵美告訴我，老祖宗邵雍是河南范陽人，是北宋大哲學家，曾創先天象數之學，著有《皇極經世》、《先天國》、《觀物篇》等，因他耕讀於蘇門山百源上，故後人稱他爲「百源學派」創始人。他與富弼、司馬光、呂公著等，恆相從遊，朝廷多次封官，不肯赴任，樂於耕稼、讀書與講學，紹聖初宰相章惇曾師事邵雍，邵雍自號「安樂先生」。六十七歲卒。元祐年皇上賜謚「康節」，故後人稱他爲邵康節。洵美祖父邵友濂爲紀念老祖宗，在餘姚辦了康節小學。

（編者：二〇〇五年五月，我們遊雲陽張飛廟，在牡丹亭邊見一清代建築：「邵杜祠」。上有清名人榜書「理學詩史」大匾一塊。據說明，唐杜甫、宋邵雍曾在此屋居住過，後被火焚毀，清重建。把後人的姓氏放在前人的前面，足見封建皇朝對邵雍之重視。因張飛廟將被江水淹沒，故拍攝「理學史詩」照一幀作紀念。

經考證，商務印書館臧勵龢編的《中國人名大辭典》中邵雍後代宋朝就錄有邵雍子易經大師邵伯溫、伯溫長子户部侍郎進士邵溥、伯溫次子邵博、雍六世孫邵復及雍十世孫邵光祖。清朝錄有道光進士漕運總督邵燦，即邵友濂之父。）

我們又去了一個小山，走不多遠在上面有個沒有門的牆屋，坐著一個雕像，他名「王陽明」。洵美告訴我，王陽明即明代大思想家、大散文家王守仁。因築室於餘姚陽明洞中，讀書其間，故學者尊稱他為「陽明先生」。此人五歲才會說話，他騎射、詞章、佛學無一不精，後考得進士，總督兩廣，明朝文臣用兵，沒有人能及他的。後格物致知，推重陸象山，世稱「姚江派」創始人。談話之中洵美流露出崇敬之意。

又走了一些路，有個尼姑庵，我們去看望了洵美的一個隔房堂姊，她在那裡帶髮修行，她家本住上海，父親死後遷居餘姚，無緣無故看破紅塵了。她送給我她自己曬製的菜乾。這是難得見到一面了。

「理學詩史」——四川雲陽張飛廟「邵杜祠」前紀念邵家先祖邵雍的橫匾

44 開書店取名「金屋」

回家以後洵美和幾個朋友交談，認爲可以開一個小書店，自己經營，請兩個年輕人來管理門市部和批發部，開支絕不要大。所以找到一個半開間門面的房子，尤其好的是就在老房子對面馬路上。從此洵美忙了。作家很多，便印了很多書出版了。

書店取名「金屋」，是因爲錢君匋設計的《金屋月刊》封面是模仿英國雜誌《黃色的書》，採用金黃色的緣故，與「金屋藏嬌」的典故無關。編輯洵美和章克標親自寫文章外，戴望舒、張道藩、郭有守等都有譯作，而朱維基好像譯的是莎士比亞的《奧賽羅》，徐志摩當然常有詩作，滕固則發表了小說《外遇》。其他作家張若谷、梁宗岱、張禹九及畫家常玉、江小鶼、徐悲鴻等也有著作與畫作發表。

大約在一九二八年初，洵美在自己的書店出版了譯詩集《一朵朵玫瑰》，內有莎茀、魏爾倫、高蒂藹、羅賽蒂兄妹、史文朋、哈代等九位詩人的詩譯作。譯著之名即來自古羅馬詩人卡圖魯斯所作之情詩之名。他還出版了文藝論集《火與肉》。在論文集中洵美盡情謳歌了上述詩人中的五位：即莎茀、史文朋、魏爾倫、高蒂藹與卡圖魯斯。同年又出版了他的第二部詩集《花一般的罪惡》，共收錄了他的三十一首詩作。這些書的封面都是他親自設計的，《火與肉》封面的題字及《花一般的罪惡》中的圖書裝幀，均出自他的手筆。

這個時期，可以說是洵美寫詩歌興致最濃的時期。自己有了書店，出版不用求人。不像《天堂與五月》還要拜託「光華書局」出版。開了「金屋」，除了出版了他的第二本詩集《花一般的罪惡》及另兩本詩歌譯作和詩論外，在《金屋月刊》上，差不多每月有一篇詩作發表。從一九二九年一月《金屋月刊》第一期起，至一九三〇年九月《金屋月刊》第十二期止，他就發表了〈永遠想不到的詩句〉、〈死了的琵琶〉、〈出門人的眼中〉、〈綠逃走了芭蕉〉、〈情贓〉、〈夜行〉、〈二百年的老樹〉、〈牡丹〉、〈你以為我是什麼人〉、〈假使我也和神仙一樣〉、〈母親〉等十餘篇詩作。在一九二九年一、二月份《雅典》的第一、第二期上也發表了詩作〈我不敢上天〉與〈冬天〉。其中除了〈夜行〉、〈冬天〉和〈母親〉，大部分都收進了他在一九三六年編的《詩二十五首》中。

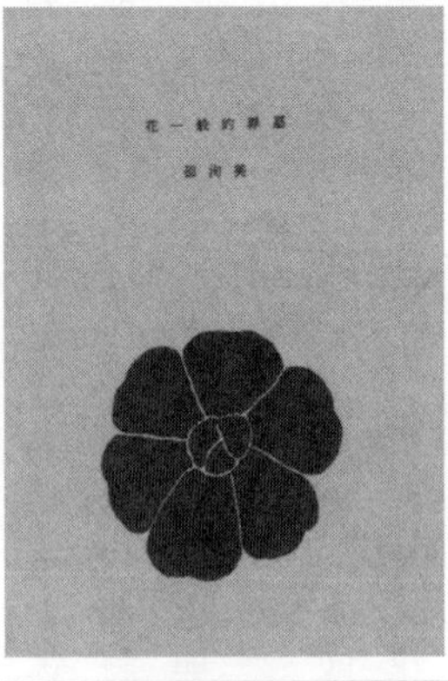

洵美為自己的詩集設計的封面——黑茶花
這裡寓有我的小名「茶」

萬里前程
洵美年輕時版畫小品

這個時期，洵美還在《金屋月刊》和《獅吼》上發表了散文（如充滿童趣的〈偶然想到遺忘了的事情〉）及小說（如〈搬家〉）。想不到小說〈搬家〉受到諸多好友的鼓勵。像達夫和秋原都紛紛載文評論。

（編者：一九二八年十月十六日《獅吼》第八期上刊登了兩封信。有一封是郁達夫寫的，全文如下：「洵美：今天來上海，訪你於金屋，沒有見到。送我的書，謝謝。看見《獅吼》第五期。〈搬家〉一篇大有George Moore的風味，是近來少見的飄逸的文章。這一類東西希望多多出現。可以轉換轉換風氣。〈迷羊〉的批評，當然是你做的，狠的切，我並且要感謝你讀得如何詳盡。

達夫上」

（第二封爲葉秋原致邵洵美的信，摘要如下：「……你的〈搬家〉，不是我恭維你，是我近來看得意的一篇，……你的〈搬家〉，的確爲我國小說界開一新紀元——至少發現了一條新光。……洵美，我倒歡喜你多做小說少做詩。我以爲你的小說更能盡量表現出你的天才；你的小說，實在足以見露了你，認識了你。尊意云何？」）

45 洵美入新月書店

有一天洵美在書桌上擺出了紙墨筆硯，略一凝神，便迅速拿起一枝毛筆，在宣紙上畫了一把扁圓形的茶壺，又在其旁畫了一只茶杯，寫了幾句話：「一個茶壺，一個茶杯，一個志摩，一個小曼。」他對我說：「志摩要我寫些東西刊登，一時來勿及，我就這樣交卷吧！」他把紙捲了起來，拿著便出門了。後來此畫刊登在良友圖書公司出版的《一本沒有顏色的書》上。

那天到志摩處聚會回來，洵美異常高興，說遇到不少朋友，大家興致所至，當場題詩作畫。洵美用中楷亂畫了幾筆，粗看是個墨團，細看像一張臉。他用小楷在邊上規規矩矩題道：「長鼻子長臉，沒有眼鏡，亦沒有鬍鬚，小曼你看，是我還是你的志摩。洵美。」大家見了哈哈大笑。純屬開玩笑也。

一天志摩的小舅張禹九來看洵美，因新月書店要招新股，有意請洵美加入。洵美想反正辦書店都是一回事，便加入了新月書店，時在一九二九年。

洵美繪畫並題詩贈徐志摩、陸小曼

徐志摩也是新月書店股東之一，其他還有新月成員胡適、林語堂、羅隆基、沈從文、潘光旦、全增嘏、葉公超、梁實秋、梁宗岱、曹聚仁、余上沅、方令孺等。洵美既然在新月書店，當然跟諸位都認識。那時林語堂提議出版《論語》，洵美當了後台老闆兼編輯。志摩編了《詩刊》，洵美集成《新月》雜誌合訂本出版。從此洵美和志摩更接近了。

有次志摩因去家鄉辦事，那時他在光華大學任教，故來請洵美去光華代課。他們所學相同，代課不成問題，洵美一口應允了。洵美爲志摩代課，約一兩個月。洵美年紀比志摩小十歲。年僅二十多歲要上大學講台，怕壓不了陣，他特地去配了副金絲邊平光眼鏡，穿上長衫，活像一個大學教授。可惜代課前因左腳扭傷未癒，走起路來一拐一拐，那模樣至今還留在我的腦海裡。就因爲代課，結果成了徐訏、徐遲和趙家璧的「老師」。寫《風蕭蕭》的徐訏後來在我家小住過。徐遲曾來借過英文打字機，洵美索性割愛相贈。洵美認爲趙家璧是位搞出版的人才，趙也幾十年一直稱他爲老師。

46 志摩家見泰戈爾

一九二九年三月，印度詩人泰戈爾第二次來中國，志摩招待他到自己上海的家裡住。女主人小曼告訴我，爲老人布置的房間很周到，雖是亭子間，地上鋪了厚毯，放了大墊子作靠枕，還有熏香爐和青色炭盆，放了木炭，給他取暖，連牆上都掛了壁毯，完全是印度式的，使老人感到就像在家裡一樣親切。可老人到晚上卻要求睡在志摩的房間裡。這樣老人睡在中國式的臥室裡，而小曼、志摩卻睡在印度式的臥室裡了。

一天，洵美同我一起去拜訪泰戈爾，並和他們同桌吃飯，吃的是中式自備菜。泰戈爾身材高大，灰白的大鬍子散在胸前。他穿著灰色的大袍，一頂黑色平圓頂的帽子端端正正地戴在頭上，好像我看到過的大寺院中的老方丈的打扮。老人態度嚴肅慈祥。志摩、小曼殷勤地招待他，他們在文學上經常探討，從而結下了深厚的友誼。他們的談話我不懂，覺得不是很流利。

（編者：父親曾先後譯過泰戈爾的三部著作：《兩姊妹》、《家庭與世界》以及《四章書》。當時因國際關係問題，均沒有出版。夏衍復出後，母親曾命我們起草寫信給夏衍，請他過問一下父親遺作的出版問題。後來姊夫方平曾告訴母親，他親見夏公給上海譯文出版社蒯斯曛先生的信，提出了出版父親譯作的具體意見。最終上海出版了父親譯的雪萊的《麥布女王》和拜倫的《青銅時代》，而北京的人民文學出版社出版了父親譯的泰戈爾的《家庭與世界》。）

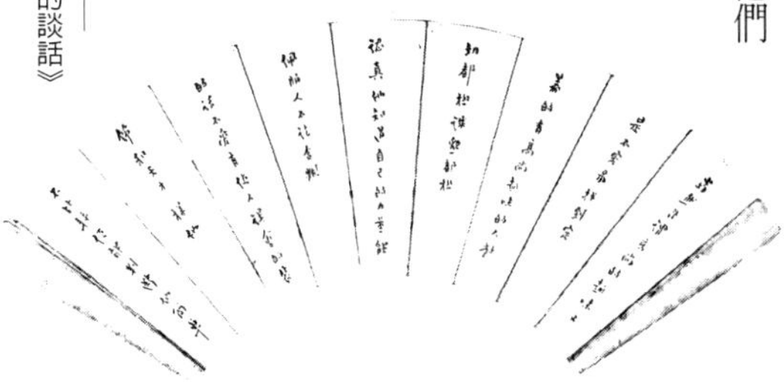

洵美寫的扇面——摘自《一個人的談話》

47 志摩似乎來道別

一九三一年八月，志摩來看洵美。我們的長女小玉才七個月，他見到小玉，把她舉起來說：「眞結實，可說粗、壯、美！」我們說笑著，充滿歡快的情緒。之後，志摩再沒有來過，直到傳來噩耗，志摩在十一月十九日因飛機失事而亡。洵美悲痛至極。他說志摩有結實的體質，有生龍活虎一般的精神，一下把他摔死，實在太慘。說著兩眼流下悲痛的淚水，我們久久不能平靜。後來他在一文中寫道：「志摩過去是，而且將永遠被看成是中國新詩的一位勇敢的先驅者。他死了，一去不復返了。但是人們認爲他現在正置身於那些不朽的人物中間。」

是沈從文趕到濟南去處理後事的。志摩靈柩運回上海，洵美去靈前吊唁，回家流著淚對我說：「聽說志摩的指甲裡都是泥，可見他從飛機墜下來的時候還沒有死呵，他尚有一息，還用手掙扎呢！」洵美還連連說：「眞捨不得啊！眞捨不得啊！他死得這麼慘！……小曼爲什麼要叫他回來呢？」知情人都知曉：因爲志摩那次去北平，半年未歸，小曼去信催他回來，回來又吵嘴。後來志摩要聽林徽音作學術講演，又匆匆回北平，結果小飛機撞在濟南附近的山上，眞是飛來橫禍。

失去摯友的洵美，惟一可做的是在悲慟中爲志摩出了《雲遊》詩集。小曼在序裡寫道：「洵美叫我寫志摩《雲遊》的序，雲遊，可不是，他眞的雲遊去了，這一本怕是他最後的詩集了！」洵美自己也寫一首悼詩〈天上掉下一顆星〉，他在詩中哀鳴：

啊！志摩，誰相信當秋深的夜半，
一群幽綠的磷火裡會有你！

他寫道：

你愛朋友，可是你走進了
一個不能和朋友拉手的世界：
這世界裡有寒凜的孤單，我怕
你不能忍受。你只能在陰空中
向身後瞟上一眼，看你的朋友
都在逼近他們自己的終點……

並說：

等路到了盡頭，宮殿也摧毀；
他們也會見到你，見到你……

眞的，當年的一群活躍在詩壇上的摯友們現在又在另一個世界重逢了。

48 老屋翻建「同和里」

洵美的父親、母親還有如夫人志同道合，在日夜的生活中，煙、賭已成他們共同的癖好。久而久之再加上祖母喪事，更債台高壘。他們不得不日夜思忖著如何擺脫「高利貸」，最後決定開個家庭會議吧，在老房屋上做文章。

這宅屋子裡是個大家庭：有姑奶奶、姑老爺，他們是父親的姊姊、姊夫；有姑太太、姑爺，是洵美嗣父母生的姊姊與姊夫。第一次家庭會上，他們異口同聲地提出一定要開源節流，但決不可把房屋賣去。我想到不論中國或外國，凡是人總是愛自己的面子，還關心到祖先的面子。父親當然見到，現在時代在進步，人家都把老房子翻造成水泥的新建築。他說：「我們的房子已屬於古董了，矗立在這大馬路上，使人人注目了！」洵美和我未發言，心中何嘗不想讓這房子改良一下！

父親有個朋友談起此事，如果房子拆造，建成弄堂房子，自己住的也造進在內，便可自己仍有自己的住房，餘下的租給人家，可以收房租。造房子的錢可將房地產去做抵押。於是又開了個家庭會議，大家都同意這樣做。搬家有困難，大家表示願意克服。有個朋友介紹了在膠州路的路角上的一所大房子作爲過渡地方，可容納我們這個大家庭的人。這時，洵美姊姊表示願意退出，她家大小共六人，還有兩個保姆，她當然搬到婆家去了。其實姑媽和姊姊她們夫家都是富貴人家，偏住娘家，我想勿出是怎麼打算的？

就此大家忙起來了，一方面接頭做押款的，是在一個錢莊裡，當然是高利貸；另一方面要介紹建築公司，還得研究圖樣。這些事我是不用管的，我只管搬家，對我來講是很方便的。新的家具、整齊的雜物、乾淨的東西，搬起來很方便。可是嗣母的事都在我身上，她的家具還簡單，雜物不多，因她常要住在好友我二姑母家中。可是箱子間和姊姊共一間，我叫嗣母去看看，她也認勿出自己的東西，所以我只好叫姊姊去看看，是她的東西先搬走，嗣母氣量大，故沒有話說。哪知嗣父生前愛收藏書籍，一次在杭州竟買下一個小古籍書店，所有書不分好壞，一起搬運回來了，很大的四十木箱，搬運費也花了不少。這些木箱書倒放了滿滿一間。四十只箱子疊了起來。所以有人說嗣父神經不正常，其實只是他愛前妻李氏，又愛書而已。

講到洵美父親和母親，他們那裡人多了！五個弟弟一個妹妹，還有好幾個保姆，家具古老、雜物很齷齪，祖母遺留下的和姑媽的東西也分勿清楚，老保姆的東西也在一起。四姑母也和我一樣的辦法，叫大家自己去認自己的東西，她氣量比我大得多，有人說她是個糊塗蟲，可有些事是沒有辦法的。她的身子太小，生了六子一女，她從不關心家務，這些孩子都是祖母帶大的。

如夫人本身是個小姐出身，對家務是不行的，她另住在別處。她住的地方原爲上海跑馬總會英人馬立斯所造，故稱「馬立斯公館」。親友就索性叫她「馬立斯」。她有一母、一姊，很有錢，對洵美父親是愛情專一，她無子女，對我們很和好，我們呼她「姆媽」，孩子們稱她「小好婆」，可是父親又和一個打煙大姊搭腳。

照我的建議，大家自認自的東西，所以很快房子便搬空了，搬到了過渡的房子裡，要等蓋好新房子才搬回去。

洵美對老屋是有感情的，他在〈搬家〉一文中寫道：「老屋是值得留戀的！這是我祖父四十年前從台灣回來的時候造的，我父親在這裡長大，我和我的弟弟妹妹在這裡誕生，我在這裡結婚，我的⿰王美兒便也在這裡誕生，但是屋子老了，不得不拆了重造。」

（編者：據邵祖丞（邵小美）兄說，除了「小美」、「邵潮」外，家父又爲他取名爲「⿰王美」，即盛佩玉與邵洵美姓名中各取一字，爲兩人結晶。家父告訴他讀「斐」音，「⿰王美」字可能是家父造的字。）

這件事總算解決了，靜下來可以心安些了，誰知又生了枝節！嗣母作出交代，將其夫的遺產給過繼的兒子洵美去接受。但除了房子並無現金鈔票。這時洵美的姊姊要求女兒也該有繼承權，她要五千元現鈔，洵美哪裡有呢？只好向錢莊多貸了五千元給她，我們有什麼話好說呢?!她是個能幹人，連夫家的人也都服帖她的。

有個汽車行，託朋友介紹要在我們沿馬路的地方造一個高大的汽車公司。樓上也放汽車，用電吊把汽車吊上去，放成一排排的車子。簽訂了合同，又通過批准。這地段可蓋三層樓房，故在其上又加了一層，三層樓上是幾個房間可另作他用。汽車行隔壁是個新建弄堂，父親取名爲「同和里」。我們自己住的房子造在出租房子的裡面，也是五開間的假三層樓，二層樓房間外是個長走廊。可惜天井不方正，因爲這塊地原是一個樹角的小花園，故造成這缺陷。汽車公司很寬大，方的門面，很大很大的玻璃櫥窗內陳列了新式汽車，這樣在新華電影院一排倒很相稱，這是後話。

洵美著浴衣像

在這段時間我們還天天盼自己的房子快點造好。日子過得還算快，小美週歲了，親朋都來祝賀，我們備了酒筵，夜裡還放電影，銀幕高高掛在大門內的院子裡。老式家庭流傳著老式規矩——一只盤裡面放了筆、算盤、尺、小木棍、笛子，叫小美用小手去拿一樣，這叫做「抓週」。我見小美拿了一枝筆，洵美大笑說：「很好！他長大了是個拿筆的人。」果然到現在已是個特級教師。

49 二十年代新消遣

這個時代的人閒手好逛的眞多，當然想進些財，又可以消磨時光，這樣便被外國或中國動腦筋的人來利用了。二十年代末上海有兩個跑馬場，又弄了兩處跑狗場，一個設在膠州路上名「申園」，一個在邁爾西愛路上名「逸園」。我到路近的「申園」去參觀過一次。像跑馬場這樣的範圍，經緯幾里路，地面上圍著一圈鐵軌，用一隻假兔子放在鐵軌上作誘餌，六個人牽了六隻跑狗，狗背上披了不同顏色的號碼布。觀眾當然很多，和跑馬一樣可以買狗的號碼賭輸贏。時辰一到，便開機鈕，假兔子飛快向前跑去，六個人一同放開攏狗的皮帶，狗便飛出去追兔子，兔子跑了一圈進到終點機關，便看哪隻狗第一個到終點，買該狗號碼的人便贏得錢。其他人的錢便輸掉了。愛這行的也可以自己去買隻狗，叫跑狗場裡的人飼養，那個人如果買的那隻狗跑了第一，主人便親自出去認領這隻狗，主人那時笑容滿面，光榮非凡。

又來了個輪盤賭場，好像是外國人辦的。賭客都是中國人，洵美的生母和姆媽、我的二姊是常客。有吸引力的地方去坐坐也很舒適，何況還備有中點、西菜，味道很好。姆媽請我去吃西菜的，我只是開開眼界。後來聽說我的四姊夫和別人合夥也開了個輪盤賭場，我實在不明白，他家姓李，是李鴻章的侄孫子，很富的，也去開賭場，眞是財迷心竅了！可他們不是吃這行飯的，最後結果很慘。

外國人在體育活動方面花樣不少，好像是捷克人或阿爾巴尼亞人，在我們的陝西南路體育館裡設了回力球場，倒很特別的。幾個外國人每人右手上戴了一只藤製的中間凹進去如中國瓷湯匙般的手套，說是手套不如說是只小小的藤筐，身上穿了各種顏色、不同號碼的衣服，站在台上，台後是方格的鐵絲網，這是防止球拋出來的。球比乒乓球大，有彈力，幾個人在網裡站好，吹了一聲哨子，便動手向那邊的牆上拋去，便用這只藤手去接，如此看分數，總之也是買號碼的。賭客都叫得出外國人的名字，也有以認識他們外國人爲榮的。這些場所中，中國人居多，所以我覺得在那個時代開而想財之人不少，他們不知賭場老闆是不會輸的，況都能做手腳，就是交易所買進賣出何嘗不如此呢！沒錢的人想錢，有錢的也想錢，越多越好。所以做投機的人富貴貧窮可以說每天在搖蕩中。

50 我放棄了訴訟權

人的智慧能推動社會的變化，男女地位也在變化中，以邵氏家譜而言，一向是只列男不列女，但到了邵友濂，已把女眷另類列出，也算是個進步。歷來的重男輕女，到了那個時代，一下子，女子也有平等的權利了。在金錢的關係支配下，更複雜了，假使利欲熏心，則造成不顧手足之情、夫妻之情，爭權奪利、厚顏無恥，「道德」二字是談不到了。在這種情況下，訴訟的事務紛紛出來了，所以一下子冒出來好些律師。律師事務所的牌子在大街小街上高高掛起。

我家祖父的遺產兩次才分完，第二次是祖母死了，將全部遺產放出來又分的。這時女兒也可有繼承權，所以幾個有新思想的姑母在原家庭教師宋靄齡的支持下，請律師訴訟要分得，這是法律允許的，叔叔們只得都表示願意服從法律。洵美的母親——我的四姑母該有一份，但命運勿好，在宣判前兩月忽得病去世了。

我是大房的女兒，下一輩了。大娘生二女，一共姊妹六個人，哥哥在外，他是長房之子獨得一份，和叔叔一樣分。當時分祖父的遺產時用的是抽籤法，寫好地產，分好幾份，誰抽到哪一份就是哪一份，所以沒有二話。現在第二次分，房產等第一次已分去了，我也勿去了解。聽說姑母每個人分到十幾萬，大姊、二姊是境況勿好，所以唆使我和我的妹妹一起起訴哥哥，從他那一份中去分些來。我說請律師要花錢的，她們說「樹上開花」好了，我不能同意。爲了遂自己的私利而將祖父的錢無故去給一個不相關的律師，並且傷了手足之情，故我沒有參加訴訟。

51 新雅沙龍朋友多

人的生活中總是有新的情況發生。洵美買了一輛黃色塌鼻頭的篷式汽車，價便宜不上千元，雖是新進口的貨，但機器差，開時聲音大。洵美在十七歲時便能駕駛汽車，技術很高，家中本有一輛老汽車，是他父母用的，雇了一位開車的司機。

吃大餐。洵美年輕時的習作

洵美除了書之外便是朋友，在外國認識了一位郭有守，年齡比他小些，這時也歸國了，很熟的，是好朋友，常來我家玩。後來有位朋友爲他介紹了楊雲環小姐，結婚之後便少見他們，後來聽說當了教育部次長，最後又在聯合國教科文組織中任職。他們結婚時我是去賀喜的，穿了件「雲裳」訂製的禮服，在平安電影院左隔壁滄州飯店，其後面是旅舍，有客房，飯廳可作禮堂，房間可作新房，很方便。張道藩當初回國和法國同來的女子結婚也在那裡，法國女子很文雅，不喜多言，後來我見過一次，她穿了一身中式衣服，很合適的呢！

洵美的好朋友陸續回國，最後大哥謝壽康也回上海了，當時住在我家。他把住在江西農村的大嫂也接來上海，據說她是童養媳，沒有文化，可大哥不嫌棄她。洵美在「沙利文」設宴爲她接風。想爲她更換衣服，可是我衣服太小，一件都穿不上，蔣碧微也很著急，結果還是穿著土布衣服上了西餐館，後來這位被譽爲「東方莎士比亞」的大哥也做了官，先當了中央文學院院長，後又當了駐外大使。

新雅茶室在北四川路上，文人雅興，每天在此喝茶、談文，一坐就是幾個鐘頭。洵美也是座上客，他不嫌路遠常去相訪，但又不能總將妻子丟在家裡，所以幾次邀我一同去，果然諸位名家都在品茗。寫詩的有芳信、張若谷、朱維基、周大雄、林微音、傅彥長、郁達夫；作文的有李青崖、趙景深、方光燾、葉秋原等。老朋友不用說，新朋友一見如故，談得投契，大家都成爲朋友，洵美他寫詩的興趣更濃了，也更常想去聚聚。新雅是廣東人所辦，上午供應茶，中午供應飯，洵美介紹我吃炙鵪鶉和竹雞。中餐還有西菜，用刀叉，簡單得很，菜單上只有香腸、鴨片蓋澆飯等幾樣供應，可是味道很好。

52 名醫救不了生母

嗣母素患一種精神病，會忽然暈過去，她的身體虛弱，瘦條條的身材，小腳，好像風也吹得倒。日常雇了一個保姆看護著，連她洗澡我也爲她擔憂，總是叫保姆立在門外聽聽聲音有否異樣。雖是嗣母，洵美倒是一片眞誠地相待。有一天她發燒了，請了她平日治病的醫生。醫生拿出體溫表量一下，體溫表塞入口中，哪知她用牙齒一咬，閉緊嘴便暈過去了。暈了一會自己又醒來，但口表被她咬斷碎掉了，在口中找不到一片玻璃，大家急了起來！醫生叫我趕快去煮一大碗洋山芋來給她吃，希望碎玻璃會隨大便出來的。嚥下的是水銀管的一端，就是玻璃碎屑也要弄破胃腸。醫生也只有這辦法，叫我們注意她的大便，所以我和洵美每天在她的大便中翻找。第三天才看到，果然插在大便中間，水銀管裡的水銀沒有漏出來，玻璃管和剩下的那一端合得上——水銀之所以不漏是因為咬在近一寸的地方，而且水銀頭正好朝下，真是運氣好，我們這才放下心來。

世界上的人有多少能算得上福壽雙全的？洵美生母的病來得突然，又太可怕，也太痛苦。病毒一下子封住了她的喉嚨和雙目，她口中全腐爛了直至喉嚨裡，故不能言語。雙目緊閉，耳朵是否還能聽到也說勿定，不聲不響也不能側身。父親請了二位留過學的名醫來診治，可也看不準，說是猩紅熱，又說白喉，可也不像，如此診斷，哪能對症下藥。當然先去驗血、打針，叫我們用棉花籤蘸了藥水不斷地為她洗口腔、洗眼睛，這屬於傳染病，當時大家急昏了，沒有人想到應送醫院，另外也有個緣故，她是吸鴉片煙的，醫院裡是不可能去的。

洵美妹妹極孝順，挑起了服侍她的重擔。但不能日夜維持下去，我豈能袖手旁觀，當和妹妹輪班。也顧不上自己和小孩，只有大家注意衛生，進出房換衣服，戴口罩，用藥水肥皂洗手。生母的身體生來矮小瘦弱，況是多年吸鴉片的，現在煙也不能吸，飲食也不能嚥，哪有抵抗力呢！到這地步打針也無效，病情加重極快，身上生出一顆顆的水泡，醫生開了敷用的油膏，塗在紗布上按到帶水泡的皮膚上，哪知外皮黏在紗布上，看到紅紅的肉，還有血水滲出來，我們看了目瞪口呆，毫無辦法，圍著她喚天也無用，看著她不聲不響地便去世了。她是有痛、有苦也說勿出，想要最後看看親人也張不開眼，連眼淚也流不出來，臨終前也不見她嚥氣。洵美母親，盛家四小姐，因母親刁氏不幸早亡，父親盛宣懷在世時雖特別恩寵她，到日本療養也帶了她。但她出嫁早，四十幾歲的人已有成群的孩子，最後子女和名醫也救勿了她的生命，這是夠悲傷的了！後來大家只有埋怨我們的新居是「拐角的房子」，是不吉祥的了。

53 男女永遠不平等

洵美生母死了，人們就用老一套方法送她。設靈堂、上祭、和尚唸經、做七。七七四十九天，每隔七天要做一次。最注重的是「五七」，出嫁的女兒都要回來做這個七，這天的祭菜要女兒供的。最熱鬧的在夜裡，叫「望鄉」，說是鬼魂夜裡要來望自己的家庭和親人。晚上和尚帶來了有格子的織錦長圍，如城牆，將它架起放在桌上，做成「望鄉台」。下面又設桌子，點好香燭。和尚唸經，孝子叩拜，像我們女的便要放聲大哭，因爲親人的魂魄來看活著的子孫了。總是一個大和尚帶八個小和尚，大和尚穿著大紅白格子的袈裟，小和尚總是穿深灰色和尚領的布袍。大和尚手托小碗，唸唸有詞，之後將碗中之水拂在左右，拂了一圈，孝子們再向台上磕頭。大和尚也有時要拜，他拜時總要一個孝子跟在他後面照樣兒拜。最後大和尚手中的鈴搖搖，小和尚唸經的嗓音也提高了，焚了紙紮的東西和錫箔便結束了。

還有一種花樣叫做下「血湖池」，因爲女人身上生孩子時有血，死後要進入「血湖池」中受難，所以在做七時要孝子爲母親盡孝。這次和尚要表演一下技術的，用毯子鋪在地上，拿了許多米攤在毯上，用手將米堆放成一支藕，節上有荷花，蓮蓬，上面要放紙紮的「城牆」，放一隻缸，缸中間算是「血湖池」。大和尚手持錫杖，命孝子不是哭就是拜。和尚又用了一隻缸煮好一缸紅糖水，這樣算是我們娘親在「血湖池」中的血，要我們子孫喝下去，我們便依法照辦，願意喝下一碗，子孫多，一缸糖水算不了多，分而飲之。喝完「血湖池」中的血，算是娘親得到超渡了，鬼魂從「血湖池」中解救出來了，不再受苦難。但還要和尚唸經作法，只見大和尚提高嗓音唸幾句經，便拿起錫杖把紙牆門鑿破，這時小和尚便敲打起來，聲音忽然熱鬧起來，這才算完事。

我們在廟中看到鬼蜮世界的圖畫上，有些鬼上尖刀山、受火刑、磨刑、下「血湖池」受難。陰間閻王永遠在任上，他也永遠是男的，而女人比男子多一刑罰，男女永遠不會平等！傳統下來如此，女子生孩子就夠痛苦了，死後還被他們做出這些花樣來，請問閻王你想過沒有？

54 小黑日夜想娘親

洵美的生母死早了兩個月，沒有得到女子的繼承權應得之財產。所以她的喪事費用又要父親債台高築一級。顧著面子，必須講究出殯的儀式及排場。父親和我們商量，說老花樣的掮旗打傘太俗氣，能不能簡單些。我提議：姑母逝世才中年，可用全副鮮花的儀仗，好比皇帝出來前的鑾駕，紮鮮花的店有的是。祖父出殯有部分鮮花紮的行牌、旗傘、亭子，還有幾只動物，也很有氣派。父親採用了這個提議。所謂鮮花，其實大多是松柏枝葉加上些鮮花而已，又好看、又清爽，還很清香，加上樂隊和吹鼓手，輓對，祭帳，送喪的親戚、朋友，孝子拿著「孝園」，都在路上走，看起來還算是長長的儀仗隊。

可是上海沒有墳地，當然最終送到餘姚去，以備日後買了墳地去安葬。我們又一次乘寧波船到餘姚。哪知以後時局變化，義莊被占去，棺材不准放，就由族中人移埋在外面空地下了。子孫也不得顧問它了。

失去了生母的洵美，當時極爲悲傷，他把思念之情昇華爲詩歌〈母親〉，以「荊蘊」作筆名，發表在《金屋月刊》上：

母親

天上刷了金，地上又漆了青，
沒有母親的最怕看見有母親的人們。
誰也不會忘掉你的，母親，永生的母親，
我們身上總留著你的一些蹤形。

說是你晚來會把星來當作燈，
說是你常會乘著月光來看你的兒孫；
那麼別忘了讓我們都看你跨上青雲，
讓我們都知道你已做了仙人。

我不信菩薩，但是一定有尊佛，
會在天宮裡指給你一條路去找快活。

要是你能找到鳳凰，啊，最好是白鴿，
千萬別忘了寄封信給你小黑。

（編者：「小黑」即父親邵洵美幼時小名，此詩發表在一九二九年六月《金屋月刊》第六期上。）

洵美的二弟自小調皮，嘴巴很油，說假話不打哽，又會拍馬屁，祖母往往受他蒙騙，所以最喜歡他。比洵美小一歲。他由朋友介紹了王姓小姐，上海人，身材高大，相貌不差，會開汽車，說是個有能耐的女人。姑母未病前，已爲二弟訂了這門親事。王小姐雖不是大學生，但是個活絡的人，很討邵家人喜歡。二弟和她太接近，不久她的肚子大了，所以趕早結婚，好在新時代不拘禮節，訂好日子結婚要緊。誰知結婚的隔日，新郎忽然失蹤了，新娘子與新郎平日寸步不離，當然要奇怪。她來到男家來等他，等到半夜新人還不歸，她便大哭了。

到了第二天清晨，二弟回來了，家裡人當然說他一番，他對大哥說了眞話，爲了與父親的丫頭發生了關係，這個丫頭的娘就是四弟的奶娘，所以不是好惹的。她已懷孕在王女之先，她家不放過二弟，叫他到蘇州去辦結婚手續，並也有結婚證書。這個丫頭自以爲先結婚爲大，但二弟的結婚是冠冕堂皇長輩認可的，雙方有親戚、朋友來賀喜，設有酒筵並大大地熱鬧了一番的。丫頭總是不能公開，二弟媳的工夫很好，管得二弟服服帖帖，外表面看如此，但丫頭先生了個男孩死了，又生了一個女孩子，所以二弟比二弟媳的本領大了一手。

55 訂購德國影寫版

新屋已造好，大家搬進去了。父親爲它取名「同和里」。二樓左面一半是洵美和我的，一間臥房，一間書房，一間小美的臥房，吃飯就在嗣母那裡的吃飯間。我隔壁一間是洵美妹妹住了，她和我很好，喜歡跟著我。左面是二弟的新房，中央一間作爲客廳，但有客也不去坐的，是老式的紅木靠椅、紅木大桌。這房子造得不理想，黑漆大門，水泥天井。爲了地皮不夠，院子成了斜方形，實在難看。連著後面房子的也像膠州路的房子那樣有兩層小屋，樓上是女傭人住的，下面是灶間和男傭人住的。但汽車沒有地方放，只得向外面專放汽車的地方租了一間，這是道道地地的弄堂房子。

債多，日子難過，想省下一些開支又辦勿到。那時的商店爲了銷路可以用「摺子」開支票買東西，當然只是對待富貴人家才這樣做。祖母在世時做下規矩，所以弟弟們用錢方便慣了，可是到一個時節，算下來用去的錢款數目驚人，雖然大多是吃食店的消費，除了姑母和我倆都做帳，他們只簽了名就能消費，當然最後要我們付帳的。

洵美書店出版書總是虧本，沒有進帳只有出帳，尤其他好客，日用開支也大，只剩「毓林里」火燒過的地皮，也做了押款，利息很大，想到如此下去，還是將它賣掉了，可以還清錢莊的押款，多下的一些錢可以辦些事業了。但是洵美愛好的東西多，經常看的是外國雜誌、畫報。他最愛的是西方影寫版印的刊物，所以想到當時中國沒有這種機器，如果自己有就可以印刷出版高質量的畫報了！腦子裡這麼想，事在人爲，居然不久就向德國訂購了一架機器，又訂了一些彩色版的小型印刷機，還從德國訂了油墨。這時便和光宇、正宇、淺予商量出畫報。當時這批畫家曾辦過《時代畫報》，因資金不足，出了一期就撐不住了，結果洵美投入資金，使其運轉下去。大家都贊同仍取名《時代》。等日後機器到了，先建一個小型廠，也取名「時代印刷廠」。這樣「時代圖書公司」雛形形成。

地皮賣掉了，還清押款，剩不下多少錢。機器要一年才到，在這些日子裡就有很多的事。就拿我來說，也翻了新花樣，研究起新居的木器家具了。請光宇、正宇爲我們設計一套書桌、書架。那時洵美有兩個朋友孫逵芳和蔡鳴從法國回來，他倆學的是法醫，通過他們又認識一個開小型木器店的朋友，所以我就將光宇、正宇設計的圖紙在那木器店裡加工製成了書桌和小書架。書桌很大，流線形的，薄的木板桌面，腳是用鎳格爾的圓管彎成的，二根從前彎到後的圓管就成了四條腳，桌子的一邊有二層的小抽屜，顏色桌面是淡黃色的，其餘是咖啡色，好看而不實用。房間小，故只放很少的東西，當然另設計有椅子等等。地上鋪了一條方格花紋的地毯，也是咖啡色和黃色的。用了紗的窗帘，牆是炒米色的，掛了二張好友常玉畫的人體素描畫，畫中的裸體女人是用木炭畫了曲線，再加上白粉筆勾勒一下，眞是極簡單的，用的是灰色和紫醬色的圖紙。

56 新月書店朋友多

接辦了新月書店，洵美叫林微音去做經理，但他工作能力不強，不大稱職。這時出《新月月刊》，後又出《詩刊季刊》和新月合訂本，爲志摩出《巴黎的鱗爪》、《翡冷翠的一夜》、《卞昆岡》（話劇）、《自剖文集》和《猛虎集》，陳夢家的《夢家詩集》、《新月詩選》和聞一多的《死水》也好像是新月書店出版的，另外有些青年詩人何其芳、臧克家、李廣田好像也是從《新月》走向詩壇的，〈洵美的夢〉即發表在《詩刊》創刊號上。

這時候林語堂、羅隆基、全增嘏、沈從文幾位與我們常在一起吃飯。羅隆基的夫人是華僑，膚黑、身體又胖。全增嘏是位五短身材的小胖子，圓圓的臉上戴副近視眼鏡，他有一位妹妹和他一樣的矮小。潘光旦是一條腿，木架撐了肥胖的身體當然很吃力，也是戴了一副厚玻璃的眼鏡，他夫人很樸素，她做的椒鹽佛手加桂花眞好吃，我總想學一次，但至今未動手。沈從文矮短短、胖胖的，這些人都很誠實。可是不久與我們分開了，有些人到北京去了，羅隆基夫人也回到她娘家去了，聽說離婚了。

洵美自作賀年卡：洵美願你有一個理想的新年

洵美的朋友多，老友走了，新友又來，每天忙個不停。梁宗岱和梁實秋我也見過幾面。宗岱是廣東人吧！梁實秋穿中裝，長圓臉，頭髮硬硬的、齊齊的，也是個老實人樣。李維建有一次帶來一張長大的立軸，仕女古畫，是他哥哥收藏的，明朝仇英畫的。洵美看了說，仇的仕女人物像有比例的，此畫上之人下部短了，恐是贋品。我想洵美哪有這個學問來鑑別呢！

自畫像賀年片：恭賀新禧

有一次來了一位錢化佛，他是愛笑的，年紀也大了，演過什麼戲的，現做裱畫的工作了，洵美在裱畫店裡遇到的。

記得有一次季小波帶給我們看他的「作品」，是套在手上做戲的木偶——一個穿了京劇武生戲裝的木偶。後來又來過，送了兩隻木偶給小美玩。一次小波爲出版精心編寫的《西洋畫史》，因資金不足，向洵美借貸，他還拿了已製好的西洋畫彩色銅版，交洵美以作抵押。洵美說：「我不是押頭店老闆，你要出書，我會幫助你的。」錢借給了他，銅版如數退回。

（編者：季小波先生一九九○年一月十五日在《文匯報》撰文〈邵洵美不是紈絝子弟〉一文中曾印證此事。他在一九八九年十二月二十八日在《文匯報》撰文〈我叫他「哈姆雷特」〉中又披露了一段舊事：「有一次我和邵洵美談到爲什麼人們學畫都到法國去留學，而不去美國？洵美聽了一笑，說：『巧得很，這兩天剛來了一位美國學畫回國的朋友，他叫聞一多，我介紹你們認識怎麼樣？』幾天後，洵美請我和另外一些人吃飯，席上便有聞一多。」）

萬籟鳴是南京人，也是笑嘻嘻的，有一手剪紙本領，用白紙照了洵美剪，剪下像放在黑紙上襯托出來，很像。他和他哥好像雙胞胎，哥名萬古蟾。

有一次洵美同我去看應雲衛，我見他聽人家和他談話時，老是側著頭，用手遮在耳朵前面，我暗暗好笑，採用這個姿勢大約耳朵不靈，那麼一般人應當用手遮在耳朵的後面才對，我沒有去了解他到底是什麼緣故。好像在他那裡還見到一個人是劇作家袁牧之吧？年輕穿西裝的。我還見到二次朱膺鵬，樣子與應雲衛相像，他的眼睛大，眼白上有紅絲，這朱應二位穿的長袍的式樣似乎老式了一些。

有位郎靜山有一陣常來，他拍照的技術很高，後來他到黃山拍攝了許多照片，他拿它技術處理後印成山水照如古山水畫，送我兩張十寸大的。後來洵美把郎靜山的成就寫成英文文章，送英國發表，郎獲得了國際攝影學會終身會員的榮譽。洵美愛朋友，喜談話。只要他在外面老老實實的，我也放心了，我那時大了肚子又不能跟著他跑。

57 長女誕生喜開宴

小美那時已五歲了，我才得第二胎！所以大家很高興。總算還順利，生下來是個女孩，爲她取名小玉，仍請黃瓊仙婦產科的老醫生接生。那時孩子的臍帶照老法要留得很長，將一段臍帶盤在肚臍上，說這樣孩子人了尿頭長。可這樣做孩子一定不舒服，況長了不易脫落，總得十多天，當然也易感染，眞是不科學。這位老處女醫生是洵美赴英留學時同船的同伴，這許多年來她的服裝一點不變，總穿長的黑色緞子背心，下面一條黑的長裙，她的醫術也同樣的保守。小玉在十幾天時臍中見有血絲，我急壞了，有個老傭講從前老太太醫過這個毛病，用大紅緞子燒成灰粉放在臍中，果然照法醫好了。我想用灰大約是可以使皮膚發炎處乾燥，爲何用紅緞子就不解了。

由於我的身體不好，不宜自己餵奶，所以我母親爲此很辛勞地要去薦頭店找乳母。薦頭店介紹奶娘是筆好生意，可以拿到奶娘一個月的工資，當然是雇主出的。薦頭店是中間人，必須和雙方都簽合同，簽合同當然還要另外給錢，不過可以提要求，如奶娘在餵奶期不可與丈夫同居，要斷奶後才能回家，這主要是怕奶娘私下懷孕，小孩吃了懷孕者的奶對孩子身體有影響；另一方面也怕她中途借故而去，如發生這種事可以向薦頭店交涉的。奶娘也提要求，斷奶時要多給兩個月的工資，送一套棉襖褲。簽好合同薦頭店每天會送幾位來讓我們挑，不管我們滿不滿意他們送來的總要付點錢的，名義上是車錢。我們則第一要她們驗血，血行了要看奶，但奶的成分老成問題，差不多出來當奶娘的都在家餵了自己的孩子一段時間，當然也打算好自己的孩子可以吃代奶品後才肯出來當奶娘。洵美講過一個故事，說外國某人患下一種必須動手術的病，醫生問他在嬰孩時吃牛奶還是人奶？他是吃人奶的，醫生才同意動手術，果然得救。所以我家孩子都是吃人奶爲主，再用奶粉作添補的。

父親喪了原配夫人，應當要補缺，候選人早已有了，當然就是我說的如夫人——「馬立斯公館」的吳沁梅了。她想舉行「受任」大喜，簡單地向親戚朋友宣告一下，大家見個禮。可總也須有些喜事儀式、設筵請客，請客時又如何對客人說呢？請帖又如何寫呢？最好有孩子結婚便可加入這個節目。可是當時又沒有兒子要結婚，便想到大兒子的女兒要滿月了，做個喜事可以請客。這大兒子洵美一向服從，在父親面前不曾講過「No」，便跑來對我講，我是無所謂的，這是借花獻佛而已，就樂而從之，不過要辦很多東西。爲了照顧我產婦的身體，結果約定做雙滿月。我和我母親出去買東西，忙了一陣子，添製了好些小玉的衣服。大娘有個規矩：第一個孩子衣服件數最多，有一只金鎖片，用大紅絲線打個八結，將鎖片縫在八結上面（八結現成也有買的），還有一只鍍金的胎髮盒如胡桃大小，圓形的，下面掛了大紅絲鬚頭，小孩滿月要剪髮，拿剪下的髮用手搓成如桂圓大小的一粒圓團，正好放在這盒中，掛在床上留作紀念。生第二胎時金鎖片便要小些，第三胎更小些，只「催生」到第三胎爲止。

父親說這次慶典要擺場面的，如夫人的朋友都是闊人家。所以我只好想出個好看點的排場：我準備了四只長盤放小玉的衣服，又弄來兩只玻璃盒子放首飾，我找了些珠寶、小鑽石，自己畫了圖案叫首飾店趕製鑲配起來。兩條金鏈下面掛寶石鎖片，兩副小手鐲，兩只鑲寶石的小戒指，這些東西要放在外面給大家看的，算是我娘家送來的。然後我又要去布置壽堂，做滿月就像做生日一樣，一定要紅紅綠綠燈燭輝煌，所以中間客廳裡掛著五彩繡花的堂帷，中央掛了一軸老壽星，紅木几案上當中供著三尊「福」、「祿」、「壽」神像，前面一張長方桌，用了大紅五彩繡花的桌帷，桌上放了紅燭壽字香，四盤壽糕、壽團、壽麵，其後才是四盤衣服和兩只首飾盒。爲一個小女孩如此隆重準備是少見的。場面很熱鬧，大家讚美這些小衣服。當然「醉翁之意不在酒」。

到傍晚客人陸續全到了，這班客人是活神仙，所以將道喜見禮安排在前面。開席前請大家到廳上放好兩只靠背椅，先向大房嗣母道喜，是大兒子夫婦——我和洵美先跪拜，嗣母立著受禮。第二對是二弟夫婦，其後便是諸弟妹跪拜了。這以後便是向洵美父親和如夫人（我們叫她「姆媽」）道喜了，父親也謙虛，立著受禮，姆媽當然不坐，她更謙虛，還我們半禮。再後便是姑夫姑母。邵家的親戚都分散在各處，我面上也只有大娘、大姊、大姊夫、二姊、二姊夫幾位，他們是姆媽請來的。二姊是她的好朋友。當然我們也向大娘和我母親行跪拜禮。再之後便是親戚朋友們道喜，我沒有朋友，就來了小美的乾娘。洵美有幾個朋友是常客，不用請的，我家房子不寬敞，人多了筵席也攤不開。好在我幾個叔叔自從祖母去世後各人將南京路上的住宅賣了遷到新的地址了！四嬸也去世了，四叔的女人有幾個，行蹤不知在何方。五叔住北京，七叔和繼七嬸官場很忙。我纏勿清我哥哥的眞實情況，聽說以前喜歡的兩個小妾都和他分開了，各自都回到蘇州去住了。哥哥和哪一個妾的外甥女同居了，並且生了孩子，他弄得境況很窘，所以也未請他。這些都是嚕里嚕囌的事，大娘心中當然不開心的，我故不問大娘，何必叫老人家心酸呢！

這天都由姆媽出面，這班朋友給小玉的見面錢一定很多，並且那時的女客都該給傭人賞錢的。我一律不管，交姆媽和父親去辦，當然酒席也花了不少錢。我就只給了自己傭人的喜封，別的我沒有花錢。闊太太手頭很寬的，我的二姊給的禮是很重的。筵席擺了六桌，我將來客一一請到各桌就座，敬好酒，請姆媽招待飯菜，我便脫身到自己家裡人的一桌上去坐了。洵美有幾個朋友來訪，看到家裡在辦事便走了，只留了兩個經常來的朋友用餐。姆媽是個常在外面應酬的人，所以會猜拳助興、喝酒，這樣便鬧猛了。吃過飯她們擺了兩桌麻將，她們都愛好這東西，牌桌是少不了的，好在她們倒也客氣，到晚上十二點便結局了。

58 國難與《時事日報》

洵美自任主編的《金屋月刊》出到第七期就停刊了。《新月月刊》還在維持，但許多朋友都北上了，金屋書店也關閉了。洵美的腦子裡還是盤旋著出書印書的大方向。正巧碰到張光宇的二弟曹涵美想在上海做些事業，德國影寫版未到，所以和洵美又辦了一個鉛印部，兩個人拿出資本很快便買到普通機器，找了工人。好在有以前書店裡的兩個職員王永祿和錢伯明可以幫忙。洵美待人和善、待職員們如朋友。但鉛印部上海有的是，所以生意少，難以維持，這時候《時代》尚在出版，就算是一筆生意，他倆也不會把全力花在上面，因此該部便轉售他人了。

洵美每天喜歡和朋友談文嚼字研究外文，手不離書，外文書有厚的很重，他拿著看幾小時也不怕手痠。他喜歡喬其馬亞（編者：即 George Moore，通譯喬治・莫爾。）的文章，回國後還寄錢去國外買來他新出版的書。他又有新朋友來訪。李青崖年齡大些，身高體胖；施蟄存瘦瘦的，二人都戴眼鏡。葉靈鳳中等身材，章克標不喜多講，總是笑嘻嘻，他的模樣像日本人，好像他會講日語的。趙景深、臧克家、張樂平、豐子愷等，我都不熟。洵美在國外交的朋友我倒比較熟，他們回來總請我吃飯。我在家照管兩個孩子，洵美從不關心孩子，所以抱孩子也抱不像樣。這時候嗣母常來家住，有句古話說「假子眞孫」，鬱鬱寡歡的她一定也想有個天倫之樂，故常和小玉玩耍，終於我們也見到了老人的笑容。

洵美自攝像

這時候德國影寫版機器終於運來了。廠房設在楊樹浦平涼路上，好不容易請人來裝配好，但問題很大。人家介紹來的一位技術人員，哪知是個技術學得不到家的人！試印好久不成，請他回去了。所謂影寫版是很不簡單的，那時上海沒有這種機器，洵美只好看了幾本關於影寫版的外文書，研究得很詳細。還看過不少有關顏料的外文書。之後洵美和表弟盛毓賢帶了幾個學員一再地實踐，幾個月後竟然有了眉目。當然要求精益求精才可接生意，但版上網線不夠細，沒有專門人才來刻是達不到目的的，只好先印自己的《時代畫報》來試試。

哪知一月二十八日來了日本侵略者！上海閘北區人心惶惶，我們家人都憂急萬分，洵美好不容易借到了三百現洋，卻被二弟要去了八十元，當然物價不穩定。洵美倒是精神十足，和王永祿、孫斯嗚等籌備出了抗日快報《時事日報》，揭露日本人殺害我們的同胞，有慘無人道的照片，也有十九路軍英勇抵抗的照片。快報很小，不到半張報紙，以戰地新聞和前線照片爲主。

這時我懷胎近產，無法去過問洵美的工作。自己還很著急，怕萬一半夜要生，路上又戒嚴，醫生不來接生。故託醫生找來一位護士住在家中。我很運氣，在吃午飯前又生了個女兒！說也可惱，可以說一年生了兩個。我的母親總是爲我操心，找奶娘的事也總是包在她身上。她到各處薦頭店裡去找，可這次非常困難了，在這兵荒馬亂的時候，人家不肯出來做奶娘了。最後找了一個年紀近四十歲的江北人。她說自己的孩子丟了，她是從閘北鐵絲網中逃出來的。

洵美爲二女取名「小紅」。小紅的生日很好記，農曆年初一，老古話說年初一生是「要飯命」，說是要到一百戶人家去要一口飯，便可以「改運」，我母親就照辦，幸弄堂裡人家多。

我們住在英租界，未受到大損失，日寇不久便退了。

59 嗣母仙逝葬餘姚

我和洵美這些年裡運氣不通，這時候嗣母忽然患病，我又不能去服侍湯藥，嗣母有一親侄子和媳婦，我們喚他們爲阿官哥、嫂，故一切託之。哪知嗣母的好友我的二姑媽要陪夜，不辭辛勞，嗣母喜歡，我們只好從之，誰知病重醫療無效，幾天便去世了。好在有阿官哥嫂，當下嗣母的遺體放到樓下大廳中去了。房間中東西要整理，阿官哥和洵美先打開了保險鐵箱，將裡面的東西一起拿出來，她有些什麼貴重東西呢？洵美不知道。以前祖母講過她是有兩件貴重東西的。但有一天嗣母住在二姑媽家，說兩件寶貝被強盜搶去了。說當時嗣母一嚇便昏倒了，二姑媽說去報警，結果未抓住強盜，不了了之。那時洵美尚未結婚，他承繼大房產業，這是祖父遺命，他並不貪圖家產，故聽到這些傳聞也便算了。開箱時洵美不識貨，笑嘻嘻地對阿官哥講：「這不是鑽石寶貝嗎？」阿官哥告訴他這是假的，嗣母失去的要大得多。遺物中最值些錢的是四只翡翠的馬鞍戒指，我挑了一只最好最厚的給了阿官嫂。他們可作證沒有好東西可給洵美的蒯家姊姊了。後來阿官哥告訴我們，嗣母一件寶貝是一顆大鑽石鑲了只金別針，造型是只螃蟹，十條金腿，肚子便用這粒大鑽。另一粒鑽石則鑲成了菊花形的飾品，是佩在女帽前中間用的。我們三個人都不是「財迷」，首先要考慮嗣母的大殮，她有髮結，所以叫人到紮珠花的店裡去紮了一只紅綠珠寶的花，要放在她的結上，還到銀樓去買了一枝現成眞金的錫杖，像唐僧用的那樣，插在結邊。棺木當用最高級的。送終用的衣服，嗣母早已自己做好，她是有心人，連錫箔也折好了不知多少，她平日沒有事便以此爲日常的功課，那錫箔這麼多存放不易，所以是折好外形，中間不展開，疊在一起便可省地方。她折得大小一樣閃閃發銀光，當時葬禮必要用這些，她考慮到了因此都早備好了，省得我們下一代爲此花不少時光了。

阿官哥講，要爲姑媽做佛事。做《梁皇經》，此經要在七七四十九天唸完，他姑媽備了這些錫箔就是爲此用的。洵美當然照辦，「得人錢財，爲人消災」，話是對的，但洵美又要去借貸了！父親兒子大房二房流年不利，靈柩放過四十九天，要照生母的排場出殯，到餘姚同嗣父的墓合葬。

嗣母靈柩仍是小船運，我們很多人仍乘寧波輪船到慈溪換乘火車，這次簡單，靈柩不到義莊直運墳頭，沒有搭莊屋，洵美早託了餘姚的叔叔先下葬了，一切布置安排好，所以很快的當天便把事情結束了。

也和洵美祖父那樣，他嗣父的墓地是三個穴，嗣父居中，上手是蒯家姊姊的母親李氏——李鴻章的繼女。這個嗣母姓史，葬在下手，也是官家子女，她家後代不多，其侄阿官哥一直沒有工作，可憐他找到一件事，要出門的，跟姓陶的表親一同去做生意，他一去未回，聽說病死他鄉。幸其妻很好，對幾個子女教育有方，兩個女兒孝順，一同生活。這是後話。

一九三三年邵洵美夫婦和兒子小美在餘姚嗣父墳前與邵家親戚合影

這次葬禮，邵家的餘姚親戚和洵美嗣母李氏和史氏的親戚以及蒯家的親戚都見了面。邵家的親戚計有邵曰濂（太常公，曾任清太常寺正卿）的兩位孫子邵雲鶴（孟朔）和邵雲驤（柳門）。柳門堂兄曾與洵美合資接辦過《時代畫報》，並在中國美術刊行社任職。還有洵美的姊姊邵雲瑛（邵婧芝）及其子大彌侄及小彌侄。雲瑛又稱蒯太太，她先生是在英國大使館當外交官的蒯孝先（景生）。小彌侄蒯世京曾任楊樹浦發電廠總工程師。大彌侄蒯世光，後移居美國。邵友濂（筱邨公）一房的有洵美的嗣母李氏和史氏的親屬，阿官哥等，洵美的妹妹邵雲芝以及小美。親戚們難得一見，大家在嗣父母墳前合影留念。可惜的是此張珍貴照片遺失了。

（編者：正當本書出版之際，幸得邵雲鶴之子邵朗鈞堂兄的幫助，他寄來了這張珍貴的照片，還寫明：「攝於一九三三年，攝影者爲蒯世京。」邵先生原爲濟南鐵路局總工程師、全國人大代表，現退休在濟南。）

60 悲鴻為我們畫像

初夏的一天午飯前，悲鴻和郭有守同來我家，我們就留他們吃飯，有守太太在上海，要去陪她，故未留下，悲鴻則答允了。我們便添了些小菜，準備了汽水，佳餚饗客不在話下。此間有段空閒時候，悲鴻便提出要爲我們畫像。我們家裡作畫寫字的工具有的是，所以馬上叫洵美站著，悲鴻覺得洵美二手垂下不理想，就讓他彎著左臂，摜了一件脫下的西裝（洵美跟當時一般的文化人一樣，夏天有夏天的料子製成的服裝，很少單穿了襯衫到外面去的），右臂半垂手中挾了支香菸，畫的是大半身的素描畫。這位畫家眞不差，不消多少時候，便將洵美的面部輪廓、特點、神態、風度用簡單的線條都表達出來了。像畫好後，在畫的右下方寫道：「庚午長夏寫洵美弟——悲鴻」。

吃好飯喝好茶，悲鴻是不吸菸的，休息了片刻，他提出要爲我畫像。我不用化妝更衣，本來穿好一件喬其紗大黑花的旗袍。悲鴻怕我吃力，做模特兒是要有耐心的，所以叫我坐著，選了一只椅子、選了背景，當然不是靠著坐，畫的時間比畫第一張長得多，大約是我們不太熟，抓不住我的特點。爲了衣裳的花也費了時光。他甚至叫我休息了一會兒再坐著畫。當然畫不能像照片，尤其我的臉一笑便變了樣。

悲鴻知道洵美想北上跟諸位新月股東討論「新月」的事，臨行時跟我們說：「你們沒有出門旅行，這次可以先到南京、後到北京去旅行一下，我在南京家裡等候你們，我可以爲你們訂下旅館房間。」當場我們就同意了。

洵美像，徐悲鴻作於一九三〇年

61 悲鴻之邀南京行

大伏天過去了，但天氣還熱，聽說北方連中午時也不怎麼熱，所以我們未到立秋便決定去旅行了。三個孩子仍託我母親照看，孩子本來有保姆，我母親只要在各方面督促一下就行了，但我母親每天要奔波一趟。爲了我自己去玩，眞是很對不起她的。洵美找人去買了兩張快車票，我們的行李簡單，僅一只手提箱和一只小提包，自己帶些吃的點心，到那裡去做客，用不著帶什麼去送人的。

南京這古城很雄偉。洵美以前來過這裡，故不需悲鴻費心，我們二人自己去找了旅館，在大行宮中央飯店，很大的三層樓房子。起初那裡沒有小房間，故暫住大房間，房間連著會客間，我們又不需在會客室裡會朋友，實在太浪費！

我們到南京的消息傳到張道藩那裡，他請我們到他家去吃飯。他已做官了，住在丹鳳街，可是房子如此差，二層樓二開間的，像上海石庫門的房子。外國夫人穿了中國服裝來迎接我們。一桌坐了八九個人，悲鴻夫婦也在座，悲鴻就住在隔壁，是座大房子，聽說為了作畫，他特別造了大畫室，如此大的房子要很多錢的。道藩房子差，大約那時的官銜還小吧。

當天道藩又約我們去紫金山天文台，開來了一輛老式的轎車。汽車在紫金山的一條狹小的路上往上開，山高路陡，我是提心吊膽了。車在這天文台下面停了，要走上去，我沒有這興趣，便坐在車中等洵美回轉。

第二天，悲鴻請我們吃中飯。天氣尚熱，我倆在飯店洗了浴便出去了。先到一位姓袁的先生那裡小坐，因孫逵方也來了，約好了明天同出去玩。之後我們便到悲鴻家裡。二嫂碧微宜興口音，聲音和相貌相襯，很熱忱地歡迎我們，二哥則拿出最近的新作，是很長的一幅畫卷，有四五個人，有三四匹馬的巨幅國畫，我們一面看畫、一面談畫。悲鴻講，此畫取材於《列子》，一天秦穆公見伯樂老了，不能為他相馬，請他推薦一個接班人。伯樂薦了一個姓九方的能人，可他把相中的一匹黑馬說成是「黃馬」，穆公大失所望，伯樂卻解釋說此人只重視馬的內在品質，而忽視其外在皮毛，見其精而忘其粗，結果那匹馬果然是匹千里駒。我想作為藝術教育家，悲鴻想借此說明發掘及提攜藝術人才之重要與艱辛！

（編者：我們查閱了徐悲鴻的創作史，記載有一九三一年創作《九方皋》巨幅畫，家父母有幸先睹為快也。）

二嫂在準備飯菜，桌上放著做好的兩小盆「色拉」，黃黃的，其他都是中式菜，她做菜的手藝並不佳，在畫作上，房內也不見有她的作品，只見二哥為她畫了不少，有油畫肖像等。她在法國學些什麼呢？怎樣和二哥結合的呢？我沒有問過洵美。告別悲鴻夫妻我們很高興地一路上看看商店，慢慢走回到旅館。

夫妻最是親近的，但也不可能感應得那麼靈敏，洵美在肚子痛，我哪知道？到痛得難受的時候病狀全盤托出，他上吐下瀉了好幾次，這種情況我沒遇到過，我也不知道南京醫院在何處？只得馬上打電話找孫逵方，他的臉像猴子，有個綽號叫「孫猴子」，他立刻趕到。那時洵美已四肢無力，還發燒，逵方見到這情形說：「勿急，是食物中毒！」他便去買藥了，服的是德國藥丸，藥特靈，居然漸漸地平息了，還吃了些退燒藥。這一來洵美的身體虛弱了，談不上出去玩，逵方也天天來看他，還送來食物調理病人，整整十天才恢復了健康。

後來託人買了兩張往北平的臥鋪票，繼續旅行、訪友的行程。在這個旅館豪華的大套間裡我們僅住了四天便換到當中的小房間裡了，幸虧換了，否則十天下來很貴了，單是房間要九十元一天呢！

62 初上北京訪老友

開往北京（平）的列車，臥鋪包廂是十分華麗的，兩個人的床位，上下鋪，邊上有只小沙發似的椅子，大紅絲絨的窗帘。

途中火車突然逐漸慢下來甚至停下來了，正值夜裡，窗外黑黑的，又不是車站，洵美急急地走出去查問，也未知其故，只問到這地方是「臨城」，從前在這地方出過事，有夥強盜搶劫過。我說搶東西不愁，我們穿素，連綢緞衣服也沒有，更不說金質首飾了，說著開了窗向外張望，哪知劈劈啪啪的無數只蝗蟲撲到我們頭上、臉上，我們趕快關窗。這時隔著玻璃窗朝後看，只見好些人下車，手中提著燈，還拿著白色的布，往邊上的地裡走去，過了一會才見大家笑嘻嘻地上車，手中提著「白色枕頭」，哪知枕頭套中裝滿了蝗蟲。這次是蝗蟲大造反，只要有亮光，蝗蟲立即撲來，他們手中有燈並撐開枕套的口，蝗蟲便自投羅網了，他們捉了這許多，說是可以吃的。我要了一隻來看看，完全像是隻「叫哥哥」，就是熱天上海小孩喜歡買的那個叫得很熱鬧的昆蟲「叫哥哥」。有人告訴我：這蝗蟲是不同的，它們頭上有三橫，如王字。後來火車又開了，只見有人到餐車去，有乘客也邀我們一起去吃醬爆蝗蟲，我們從未聽到過，便去看看，只見他們手拿麵粉做的薄餅，將蝗蟲夾在中間捲起來便吃，吃得津津有味，我們看了膩心，便走回去了。

一到天亮，增加了人的精神，也感覺火車的行駛快些了，我兩眼睜得大大的向窗外望去，看到一路上是淺黃色的土牆、矮矮的平屋，很少見到人，田地上種有瘦而細、稀稀拉拉的高粱稈子，地裡的泥土旱得裂縫了，可見那裡的人生活得很艱苦。

火車一站站地過去，快到目的地了，頓覺心花怒放，久仰的北京終於看到了。坐上了出租車，一路見到的也有舊房子，矮的、小的，我們從大城市上海、南京來，眼前見的這大城市是不理想的，但古老的城牆和城門洞倒也別有一番情趣。到了旅館，洵美主張先去吃東西，離西單不遠，他想吃羊肉「火燒」。這條街上沒有，就吃餃子吧！隔座一個人叫了一百只餃子，我們商量了一下，胃口小，叫六十只吧！誰知北京餃子特別小，一口一只，洵美說我們該叫一百只的，兩個人吃後也不想再添，沒吃飽就算了吧！並不覺得好吃。

第二天到西郊清華園去看望潘光旦先生，路較遠，故一早便起身了。潘先生夫婦都在家。潘先生有殘疾，總是一條腿，靠著腋下的木杖行走，走得還算快，他走到面前連聲說：「歡迎你們。」潘夫人請我們坐了便去端茶，他們說話，我便四處看看他家的陳設：老式平房，大方格窗，家具簡單，是個儉樸的家庭呀！潘先生除了穿西服外沒有洋氣，但他的學問很好，我相信比洵美要好得多。他性格開朗，學生時代愛好體育，因跳高傷了腳，被庸醫鋸去一條腿，但動作仍很敏捷。這天我們沒有在他家吃飯，約好明天去胡適之先生家再會面。

我們在外吃過飯孫逵方便找來了，住這旅館也是他指點的。下午他同我們到東單。有不少小小的商店，他買了一件白玉佩件送給我。眞是羊脂白玉，古時候可以佩在衣帶上，可惜現在沒有地方可佩。但總得受而謝之。我在地攤上買了一只硯台，還算大，還有紅木蓋子，只要兩元錢。洵美也在那裡買了一把小洋刀，它是外國貨，長方的，圖案是一張外國鈔票。我們在前門那邊吃到了羊肉「火燒」。我不愛吃羊肉，雖然烤的比涮的羊腥味少，但我也接受不了。又走到一家吃食店，有奶酪賣。洵美興高采烈地說：「想了多少年，今天才買到了。」

買了四盒，是放在紙盒裡的，紙盒包裝很差。聽說宮廷御膳房秘方不易製，故很貴，四盒要四塊錢。吃吃是牛奶味，因製乾了故很香甜。

第二天去胡適之先生家，在北大，路也遠，到了目的地，也是走進去找。適之家也是平房，但他家比較講究些，窗子也是大方格的，家具書桌、方台、椅子等都是古老的紅木，有個會客間也比較大。他知道我們去，備了一桌菜，還留了朋友一同見面。都是老朋友：梁實秋、葉公超、梁宗岱等，只有梁宗岱是穿西裝的。洵美他們見面便是談書、談詩，談剛買到的書、書中的文字等等，都是英文的，我是門外漢，談不上去，所以默默坐著。胡夫人去忙菜，端碗上菜，我初次去他們家，不熟悉，也不能去幫她。直至請大家坐下，無非也是冷盆熱炒之類。大家圍坐在一桌，有女客，他們應當換個調兒了，這是西方的禮貌，在筵客時要有說有笑地吃喝，還處處要照顧女賓。所以就講講故事，使大家熱鬧起來。趣事笑話講了幾個，我只記得二個。其一是公超講適之愛吃淡的皮蛋，他又愛看京劇，有時來勿及吃飯就要去看戲了，便剝了幾只帶在身邊，邊看邊吃，而且百吃不厭。我想淡的皮蛋很難吃的，難得聽到這種吃法。其二是胡適之講到吃西瓜要會挑西瓜，今天有西瓜吃呢！據研究過的人說西瓜皮有部分是白的，這是伏在泥上之故，並不是壞，反而甜。我心中想著：你們幾位書生說得如此簡單，要看色、聽音、看摘下的藤是老還是嫩，還要挑脆皮。說是這樣說，還是要有買瓜經驗才能十拿九穩。我不喜多說話，況不善講普通話，只是笑臉對付之。飯畢拿上兩大盆西瓜，切好一塊塊的，他們敬了我一塊，我未吃，好像不雅觀。

洵美想去參觀北大圖書館，公超陪我們去的。我是第一次看到如此富麗堂皇的圖書館！書架上的木頭光亮，書很大，放得整整齊齊的，從小到大。我以爲是精裝本，很厚很大的也都是金字羊皮面裝訂的。地下鋪的比柚木地板好，不知是什麼木料鋪的，走上去沒有一點聲音。門是兩面開的，特別的厚，只看到上面像是咖啡色皮被釘成斜方格子，就好像我的鴨絨被頭那樣。圖書館是要隔去內外室的聲音，讓學者能安靜地思考，故大門、地板都很講究。

公超身高、下巴圓圓的，還算胖，他的夫人不高，也不胖，她極文雅，這以後我們好幾年沒見，直到解放前夕，她一個人來上海我家辭行。她已發胖了，動身到台灣前當然是大忙特忙，故未多談，就在樓下稍坐。正好我家一群孩子在吃中飯，她看看桌上的菜，對孩子們說：「要多吃菜才會胖，你們吃菜呀！」孩子們見生人害羞不下筷，她哪知我們的經濟狀況！在小菜上也有限制的。她這一別，去了台灣或國外，從此訊息全無了。

到北京旅行還有幾天可逗留，先看朋友後作遊覽。第三天去沈從文家，也是平房。以前去的兩家是在大學校內，有園子、樹木，他家是從胡同進去的。北京蓋的都是四合院、三合院，他的比較小。洵美講：「你看，都是些平房、矮牆，故講俠客神出鬼沒的，屋頂上跳上來跳下去的，當然是可能的，而不是虛造呢！」從文先生在家，還有位老太太。家具的陳設更簡單，桌子、椅子、書架、書桌，極少有雜物。從文先生的精神很好，要陪我們到故宮去，說有位朋友在那裡整理宮內的畫。由他帶路便直達那個朋友的工作室中，果然那朋友手中拿著一幅手卷，大約在修理古畫。畫很多，一卷卷堆放著。從文和洵美見他忙，不便請他帶我們參觀。但那時有件奇怪的事：就在那工作室外間，放著一卷卷的料子，有緞子、綢子。緞子是黃底五彩花的。因爲可以外買的，我就選了一卷緞子，是深米色、圓壽字如洋錢大的，質地是絲，但粗粗的。買一卷十幾元，二丈不到。後來我做過一件旗袍，用咖啡色滾邊眞不差呢！可以洗的，但因緞子是皇家色彩，平日我不能派用場。

從文在故宮裡有事，我們便出來自己在故宮裡看看，我又是大開眼界了。每個宮殿陳設了各種東西，金製玉雕，琳瑯滿目，古瓷名畫記也記不清。但珠寶鑽石不多。我看在眼裡的是三方田黃圖章和一只金質方形、高高的塔形物，它是皇太后放頭髮的器物，大約是放梳下的頭髮吧！眞是好福氣，像普通人的頭髮梳下來只能投入垃圾箱裡去。每個殿前有銅獅子一對，分左右，巨型香爐邊上是白石欄杆，白石階橋，這些都傳到現在，大家可以看到。但在我看來皇帝的起居並不講究舒適，就算紅木寶座上加上墊子也不過如此。那一間結婚用的皇室並不富麗堂皇，那隻硬床和深色帳帷並不舒適美觀。

又看到慈禧太后的照片，看到歷代的皇帝像，眞奇怪，大多是瘦瘦高高的顴骨，大約吸鴉片的多！有一殿前有棵並枝頭樹，樹身已長得又高又大，我只聽到人說是「並蒂蓮」，故記之。有一殿中全是鐘，一只只的各種不同的自動鐘，大約是當初外國進貢來的。

這次只是匆匆看了一下，因爲肚子餓了，我們到北海的「仿膳」去吃午飯。一菜一湯之外最主要的是吃窩窩頭，叫了十只還必須要盆炒肉米。洵美告訴我這是慈禧太后吃的菜，故取名「仿膳」。我說，苞米粉很好吃。洵美說北方普通人吃的是極粗的粉，太后才吃特製的。

飯畢洵美又想要去看個朋友，其實我跟著他到朋友家是很乏味的，可是我一個人沒有地方去。他也知道不能光爲自己，所以先同我去東安市場，讓我買買東西，也可以帶點回家去，我呢，可以買的看勿中，看中的是買勿到的，因此打定主意：不買。他走到水果部見到「濱瓜」，買了一只，打開一嚐，不甜。他的目的想看看有無「肥城桃」，極甜，放熟了可以用麥管吸著吃，他也不了解要哪個季節上市。

洵美要去看孫大雨。他在某處租了一間房，才搬去，家具尚未備齊，買到一只木書櫥，面子上有雕刻的圖案，很細緻的，簡直是藝術品。大雨招呼了我們，拿出好些外文書來，我一看書都是乾乾淨淨像新的一樣，從這細節上看，他是個細心人。他是個詩人，他的相貌是又高又大並不胖，皮膚黃黑又粗，長而大的臉，戴眼鏡，和我們講話帶上海浦東口音，他走路很文，輕輕的腳步。從他那兒出來我對洵美講，他是個詩人，眞是不能以貌相人呀！

有段時候孫大雨和洵美常相見，但爲了一件事，二人便不往來了。事情是這樣的，我三嬸的侄子毛冬生和洵美幼年時很好，不知怎麼他要借一筆錢，洵美做了中間人向大雨借到了。我不明白洵美何以知道大雨有錢借出來！借錢的中間人也便是保人，借一定期限到時要還的。而這個毛冬生不守信用，拖拖拉拉，到期不還也說明中間人不負責任，所以大雨就不開心了。我平時曾對洵美講，一個人一世不做中間人。不做保，一世無煩惱！可是他對老話總不聽進耳朵裡。

這天我們去擺闊了一下——到就近的「皇家飯店」吃西餐。飯店高而大，廳中窗帘、門帷都是紅絲絨的。洵美叫了一杯威士忌酒，我喝了一杯薄荷酒。薄荷酒綠色很甜。我未出嫁時，在哥哥和二姊夫家經常吃西餐，他們雇傭了專燒西餐的「西崽」。記得那時大娘喜歡裝在白色陶瓷瓶中的「克里莎」酒，我的老保姆便要去空瓶做取暖用的「湯婆子」。而我總是愛飲薄荷酒，所以回憶當年當不忘此酒。這一餐用了好幾塊錢，但花得值，很是高興。我們回旅館無事可做，講好我還要去故宮遊一次，所以早些睡覺了，起初睡得很沉，可是作了一個可怕的夢，夢見一隻黃色絨毛的東西，瞪著兩隻綠而圓的眼睛向我臉上撲來，我一驚便嚇醒了。我把夢告訴了洵美，他一笑而已。

第四天重遊故宮。這次遊故宮是走的另一條線路，因爲要看香妃的浴盆。看了大失所望，原來是只石製的圓形盆而已。顏色像水泥，還不如我五叔家的綠色大理石浴盆好看呢！聽說香妃身上有種香味，皇帝愛之，取名香妃。我說句笑話，香妃是外國人，皇帝是喜歡她的狐臭吧！

香妃有張很大的配了架子的照相放著，她不是穿旗服的，她的臉並不豔麗，看來像是個誠實的人。

那裡有輛皇帝騎的不高的腳踏車，我忘了是三隻輪子還是兩隻輪子。後又經過一處很狹的地方，走過去是珍妃自盡的井。這井上有淡綠色的石圍，口很小。我說珍妃的身子怎麼如此瘦小，這麼小的井口哪能投得下去呢？除非別人把她塞進去才行呢！但又想想或許是後人把井口重新修過了呢。

宮裡的東西大部分看了，出宮門後洵美興致勃勃想去買些他平素需要的好印泥，他喜歡圖章，上輩也留下很多，有刻好的和未刻的，他自己也能刻。有一天向錢瘦鐵要了一把刻刀，它能刻象牙章的。洵美說，章刻得好還要印泥好，所以這次非買不可。文具店在琉璃廠，我們乘電車去的。北京的電車踏級低，上車方便，座位分在兩邊，我注意到北京電車頂上通電的「小辮子」是一根的，這跟上海的不同，跟南京的也兩樣。有文具店的街道很狹，故要下車走去的，最好的文具店靠牆都設有玻璃櫥窗，內放文房四寶，還有信箋、信封。店中間放了兩只玻璃櫃，放著印泥盒，大大小小價格不等。洵美挑了一種中檔的印泥，印泥連同瓷盒也要七塊錢。瓷盒是放在特製的一只方形織錦緞盒子裡的，當然這也得算在成本裡的。我買了不少齊白石畫的石印信箋紙，白石的畫筆法簡單，花鳥、魚、蟹、蝦、水果、菜蔬之類淡淡的在信箋上襯托。如果誰毛筆字寫得好，用了此信箋則更佳，可惜我的字勿好，買了保存至今。洵美又買了不少毛邊紙和宣紙，以備回家大大地練習毛筆字呢！他已滿足了願望，興致更高，兩人談著話，手中拿滿了東西，我拿的是一大卷紙，挾在一條臂和胸之間，臂便橫在胸前。走了半條巷子，忽然我的臂上劇痛起來，啊呀一聲！我立刻向臂望去，是一根極細、深黃色的針刺在肉裡。洵美一看說是被蜜蜂刺了，它的針留下了。馬上爲我拔去那針。洵美惋惜地說這隻蜂回窩一定會死的。我想起夢中怕人的東西，必是蜜蜂的頭，得此預兆，迷信講起來它和我有前世一劫的。我很痛，便走往藥店買了小瓶紅藥水，搽了不止痛，無心遊覽即回旅館。

再過兩天我們要離開北京了，故孫逵方來看我們，他見到我臂紅腫又痛，即告訴我：「蟲子刺了搽些氨水即可勿痛。」果然改換了新藥一搽就不痛了。

過了兩天腫也退了，不痛了，所以約好去頤和園，那條路很長，我這幾天玩得已經有點累了，再加上被蜜蜂刺興趣也減少了，我便坐在長廊椅上休息，他們朝前走去，當然看到像故宮那些珍貴的古建築，好像有一處都是名人的石碑，他們看得樂而忘返了，而我一人更感寂寞。附近應該也有茶室飯廳吧！我之前沒有留意，故一人走到就近的地方看看，見有一房間，有一只很精緻的沙發，桌子上有鐘，有古式檯燈，古式彩色玻璃的花瓶，地上鋪了地毯。後來洵美告訴我這是慈禧太后的休息室。那裡有隻像石頭造的船，我們沒有走近去看，大約也是太后在那船裡飲酒賞花的。總之我看到了北京皇宮和行宮，屋頂都是琉璃瓦的，有黃的、綠的和紫色的。這是上海少見的。這次旅行我也算開了眼界，不枉此行了。

63 過天津堂兄設宴

結清了旅館費，我們便動身去天津，住在德國飯店。我們去看羅隆基，跟他討論新月的事務的結束。美國留學回來的羅隆基住在義租界的一幢二層樓房子裡，沒有園子，是極普通的房子。上樓見到一位很漂亮的女士，她就是王右家，他們同居了。他當時任《益世報》的編輯，這天我們去得早，在他家吃午飯。

從他家出來，我們到天津馬路上去參觀一番，那裡和上海的外灘一樣，一幢幢高大的大廈、銀行等，馬路潔淨，那時車輛還不多，人也不嘈雜，原來那是租界。我們想走到中國地界去看看，哪知才達到這段路口，便見十分熱鬧，車多、人多，顯得街道不寬，我們便沒有再向前去。

回到旅館沒有事做。洵美說房中還有些太陽照進窗來，便叫我坐在梳妝台前的凳子上爲我拍照，拍了好幾張不同樣子的，有坐在沙發裡的，也有由鏡子裡照出的倒影、背影。

第二天來了一件沒有想到的事：收到一張趙道生堂兄的請帖，請我們去六國飯店吃夜飯。這堂兄是我大娘的親戚，洵美是不認識的。我和他一直不通訊息，哪裡知道我們來了天津呢？

鏡子裡的盛佩玉
一九三二年在天津旅館洵美為佩玉拍攝

晚上到那裡一看，眞是一個豪華的大飯店啊！飯店建築宏偉，上了大理石階才到大門，進門道生兄已在迎接了！雙方笑著說：「好久不見了！」道生又說：「聽到你們來的消息眞是高興，今天請了朋友一同敘敘。」一面講著已走到餐廳了。

餐廳金碧輝煌，中間是長方桌，西餐總是那些排場，不去談它。房中立著的人都笑臉相迎。道生兄的大姊，是我從小熟識的。道生又介紹了大姊夫，姓馮，馮家也是有名望的。這位姊夫有神經性頸椎病，頸子歪了，我是初次見面。道生兄另外請了二位先生做陪客，我不用交談，由洵美去一一敷衍。

道生兄的妻子，是初次相識。她很年輕，也很美麗，穿著旗袍，她與我穿的旗袍料子和色彩均不同，當然她是交際場中的人物也，必須講究服裝、髮飾和化妝品香味，她指上戴著很大的一只鑽戒。道生兄穿著西裝三件套，西裝外套敞開，裡面是西裝背心，扁扁的口袋中掛著金色的錶鏈，這種打扮當時有些富人都如此。可洵美沒有學過。

道生兄這次請我們大有「顯寶」之意，第一，妻子的美貌；第二，這個大飯店是他辦的。我是看得很多，故當時也不在意。向大姊問問太姑姑的健康狀況和談談家常而已，久不相聚便生疏了。

餐畢，道生兄的妻子問我要否去洗手間，我便和她一起去了。洗手間也很講究，豪華的浴室設備。我爲了要和她相熟一些，故在那裡談談。她告訴我生了個女兒，未滿週歲，已是很麻煩了。她年輕，有些孩子氣，我們共同語言不多。

三〇年代的盛佩玉

從大姊談話中略知一些道生兄的事，他父親不要他上官場。我想起他家一向文明，又在交際中有了個出類拔萃的小姐——跟了張學良的趙四小姐。兒子要個一官半職並不難，何故叫他兒子經商？創辦這樣的大飯店，也得要去交際、周旋，難道不想致富嗎？他父親曾任上海鐵路局的局長，時間不長，大約對這職位不感興趣，不耐煩了！

我們向主人道謝、告別之後便各人歸自己的住所，此一別便再無見面的機會了。我們這次北上旅行訪友到此便結束而歸了。

在北京、天津的這些日子裡，洵美終於知道了這些新月成員都已各就各位，也無暇顧及這個「新月書店」。洵美也無能爲力支持這個書店，只好在一九三三年六月結束了「新月」事務，從此「新月」就銷聲匿跡了。

64 達夫丁玲〈瑠女士〉

到家很高興，和子女們又在一起了，洵美也高興，聽到廠中的生意有好轉，《良友畫報》加盟了！自己的《時代畫報》也能有銷路，廠裡便能維持下去了。《良友》是趙家璧主辦的。

我們去旅行連路上算進去總共二十天，大家庭中人多，所以總會有些變動。三弟畢業後要到法國留學，學醫。同行者是同學謝保康，江陰人、戴眼鏡、圓圓的臉，經常來我家，善說「死話」——就是笑話中帶諷刺性的，可博得聽者大笑，外國人謂之「幽默」。

三弟動身前交給我一紙包的信，讓我代他留著。以後當然我要看一下究竟：原來是他和我堂妹通的情書，情書退回來了，一大疊。三弟和大哥最好，也學大哥用的套頭信箋、信封。洵美為我寫信專用的是在「伊文思」外國文具店裡買的、淺黃色的、角上有個小圖案、紅和黑加金邊的信箋，很美觀大方。三弟的鋼筆字也學大哥，洵美寫字自有一體，極好看，細微處不容易學，他和我寫信便用這種體。三弟學得還不到家，主要是每筆不緊湊，故沒有大哥的字好看了。後來這份姻緣未成，堂妹嫁了一位獸醫。三弟出國要用很多錢買船票和生活費，要去換法郎，還得做西裝、皮鞋之類的，父親的錢也是錢莊做押款時做寬了。當然最後三弟學不成回家了。那個保康一起回國，他家原不富有，到了法國，家中不匯錢去，父親寄給三弟的生活費，一個人的兩個人用，三弟性情很好，自討苦吃，怨不得人。

有一天晚上，洵美帶我去訪友。在一個人家的簡單矮屋前，空地上擺著一只方桌，飯後飲茶、談笑，興致很好。同座有郁達夫、其妻王映霞，這個人家就是朱維基家。

達夫很瘦，削臉，高顴骨，小眼，鼻子不挺，他們一對都是杭州口音。這位映霞身高，體壯，尚文雅。洵美讚達夫的〈遲桂花〉是一首詩。

維基是譯〈唐璜〉的，各人有各人的長處，我和映霞也敷衍了一番，我不大喜歡與她交談，這次見過便沒有再見過他們兩個人了。

維基後來倒常來，他是上海本地人，曾譯過義大利詩人但丁的《神曲》和英國詩人彌爾頓的《失樂園》，彌爾頓和但丁都是洵美崇拜的詩人，故有共同語言，他譯好英國拜倫的長詩〈唐璜〉來給洵美看的，很虛心。他的眼睛很大，有紅絲，好像在巡捕房裡做工作的，日夜辛勞之故。

何家槐、徐遲是光華大學志摩的學生，也是寫詩的，只來了幾次，他們不是一起來的。徐遲瘦高身材、長臉，穿黑長衫。

朋友總是近近遠遠的，我再講一件事。有一天下午來了三位客人，在書房坐了片刻即走，洵美相送，下樓時我才見到他們的背影，內有一女子短髮圓身子，回過身來，對我一笑，洵美說她的名字叫丁玲，是位作家。這位作家沒有再來過，遺憾未再見面。

後來海外親友來信給我說，在美國華僑界中發行甚廣的《世界日報》上，有位署名「史太婆」的作者，連續作文論及邵洵美的軼事，甚至考證出原出於志摩手筆的〈瑙女士〉，洵美也寫過續篇。瑙女士者，「叮鈴瑙琅」是也，乃是以丁玲女士之遭遇爲素材而創作的小說。

丁玲夫君遭遇不幸後，沈從文爲幫助丁女士攜幼女返湖南，曾向志摩借款，而當時志摩手頭不寬裕，自顧不暇，就轉請洵美接濟她們。洵美跟她們素有交情，於是拿出一筆錢，給她們做盤纏，並申明這不算借，談不上要還。

志摩認爲丁玲是位勇敢的女性，十分欽佩，所以寫了短篇小說〈瑙女士〉，登在《新月》第五卷第十一期上，洵美懷念志摩，又重續了他寫的〈瑙女士〉，並在《人言》上發表〈徐志摩的《瑙女士》〉一文。文章披露：志摩原想把「關於他朋友的一段故事」寫成長篇，跟他談過此文的構思，但後來連標點也不過只寫了一萬多字。故事只開了一半場，他就走了。洵美心想：我何不把它續下去？所以他順著志摩的思路，在《人言》續編〈瑙女士〉，一氣連載了三十期。後來由於在編輯方面略有改革，另闢「藝人閒話」專欄，精力不濟，故而在《人言》第二卷第四十期刊出了〈爲停刊《瑙女士》啓事〉。這就是續寫〈瑙女士〉的大致經過。

《人言》周刊，洵美在北新書店的印刷廠印，有一次他去校樣，我同去過。在四馬路上很小的門裡，樓上一間小房裡，遇到了錢化佛。洵美的朋友很多，除了張光宇、正宇、葉淺予為《時代畫報》不可缺少的人才外，其他還有幾位，來了新的，老的就不見或少見了，各人有各人的愛好。淺予娶了戴愛蓮後也便不見了，妻子出國去表演舞蹈藝術，他也同去了。還有位黃敦慶先生也常作《時代畫報》的顧問。

65 為省開支又搬家

《時代畫報》總是虧本的，開支大，影寫版一方面印價大，另一方面是印得不夠好，人家不一定需要用影寫版的，這是冷門貨了。因為印刷油墨是進口的，成本大，所以僅靠一筆《良友畫報》的生意，資金還是周轉不靈。洵美資本薄，要在銀行透支，利息又大，哪能實現他那不可能實現的理想呢！由於他感情用事，款待文友，恣意揮霍，而我又不善持家，以為夫唱婦隨是賢德，終於入不敷出，加上大家庭，諸弟妹不懂事理，開支超出預算，我往往就要去補貼了。

父親與洵美感到難以維持下去，故又一次開會，大家商議節省開支的辦法。將大家庭分成四個小家庭，分開負擔。原房出租，二弟也有工作了，故二弟夫婦倆在愚園路上租了一所房子住。姑母好辦，跟姑夫去。父親帶弟弟和一個妹妹和姆媽住，他們換了一所大些的房子一起住。大家搬家要花錢，只能是各人負擔了各人的。

洵美和我由朋友介紹在巨來達路租了一所外國人的房子，房東是一對老夫婦。花園中有兩幢洋房，他們自己住一幢，出租一幢。但房東講好：前面一個大草地園子不屬租出範圍。當然這一對老人喜歡清靜，我家有孩子，或者怕弄髒了他的地方。這也很好，我們也不需什麼花園草地，這房租很大，超出預算時的標準了！洵美總講慢慢地計畫好了，自己該相信自己的能力。但此話不見實現。

日子很快過去，待不到多時，其父又和洵美商量房產做押款、利息如此高，利息再滾上去收下的房租也跟不上交息，外加生活費已縮到這樣，也不可能再省了，哪有可能把房產贖還來呢？所以打算將房地產作價售給錢莊，算清本息。可是起先押款做得大，故餘下不多，父與子六、四分。兒子當少些，這是當然了。

父親平日不和人接觸，朋友極少。洵美到劍橋讀書時，他還擔任中國輪船招商局經理。現在是在家做慣了老爺，成爲大事不會做、小事不肯做，在聖芳濟學校校董名冊上掛了個名。可憐剛拿了這筆錢，其中一半已被姆媽拿去還賭債了。

日子過得快，錢流得追不上日子，洵美和我已不到滬上社交界交際了。服裝也不奢華，可是洵美要吃得比較好些。早餐愛西式：雞蛋、培根、圓火腿、忌士少不了，吃麵包、愛喝咖啡；午餐愛吃葡國雞、非洲咖喱雞、香菇菜心、油爆蝦等。對四川的豆豉也感興趣。但他最愛的就是書。外文書很多，不講究是否精裝，故書架很多，放滿了長長短短大大小小沒有排列整齊的書。中文他還能寫，小時候家中練帖，他喜愛的碑帖有張黑女碑（早年練過），也愛清何子貞的書法。後來就不常寫了。

（編者：我們子女在幼時，常見父親一空下來就用二個手指書空，以練習書法。他編輯出版的眾多書中，有的書名和作者姓名都是用毛筆親寫，其中有爲夏衍出版的第一本翻譯著作

《北美遊記》，上海書店出版社出版的《論語選萃》扉頁「論語社同人戒條」也是他用毛筆親書。）

洵美英語講得很好，有一天他拿了一只錄音機來，想錄下自己的一篇英文的文章。他朗讀，機器錄，在這時候對這些設備不熟悉，所以錄下來的磁帶放出來聽聽發現聲音不眞，也不大清楚，再請朋友試試，也如此。所以我勸他不要買下，省些錢，他也想到自己也沒有什麼值得要錄的，他便將它退去了。這落地的收錄兩用機是進口貨，價格很大的。

新租的這幢房子是二層樓的，上面三個房間，一間做了書房，這書房內的一套書架、書桌也是請正宇設計的，書架沿壁做，除了房門和壁爐，書桌做得比第一次設計的書桌有更多的抽屜。用黑漆，因爲門窗等都是白的。一樓前後兩間用的是拉門，後一間是餐廳，前一間是客廳。洵美訂有大本的外文雜誌，上面有宣傳家具、窗帘、床罩等的廣告照片，尤其對房間的布置很有幫助。我們到大馬路上的一爿家具店去看了看，洵美看中了一套餐室家具，長方餐桌，八只靠椅。靠椅的背和坐墊是用麻繩編織的，還有酒吧檯和玻璃櫥，顏色是深炒米色，柚木木質，很堅固，其價一千元，餐廳的家具就齊全了。可是前間會客室裡尚空，我想，沒有什麼外國朋友來，何必要洋派呢！就是有幾個客人要來也可在書房招待的。我們人多，房間不夠用，我決定將會客室做了大兒子住的房間，把拉門鎖了，搭二隻小床，由老保姆陪。大兒子尚幼，在江灣嶺南學校住讀，樓上兩個房間，一間我們夫妻住，一間是兩個女兒和一位保姆住。

66 介紹梅蘭芳藝術

洵美認識一個外國音樂家派栖，經常有音樂會是由他指揮上海交響樂團在跑馬廳市政廳裡表演。我去過一次，這個派栖，矮胖個子，穿了白襯衫，外穿一套黑色「燕尾服」，活像一隻「企鵝」，我見了暗暗好笑。

在那裡洵美又新認識了一個徐娘半老的外國女人弗萊茨，聽洵美說，她原籍匈牙利，自幼在美國長大。她嗜好文學，著作頗豐，並與各國大文學家多相往還。她留華有年，爲《中國評論周報》編文學欄。她曾在上海組織過萬國戲劇社，當時在跑馬廳市政廳（後改爲大光明劇場）的音樂會也由她催辦。歐美文藝家來華，多半由她招待。她每星期有一兩次舉辦中外文藝家沙龍，邀客聚談。洵美戲稱她爲「花廳夫人」。此人善交際，服裝新穎，面貌秀麗，並不富貴，但很多人樂於和她相識。由她又介紹了英美菸草公司的三位經理，一個名司密斯，美國人；一個名勃拉海斯，英國人；還有中國的一位經理名陳心惠，也一起如同弟兄一般，凡他們請客必邀洵美。

元旦節他們送我兩盆花，是我很喜歡的花，較名貴的，我忘了英文名字，深紫色的，花形如蝴蝶。洵美回送他們的禮物是一人一份中國老式的漆器。它其實是我們的孩子在除夕日從我母親處得到的禮物。我母親裝了許多可吃的東西，東西的名稱都叫「好口彩」，放在一只紅漆的圓木盤裡。我家三個孩子三盤。還有壓歲錢用大紅封袋裝著，上面寫了「長命百歲」放在食品上面。壓歲錢取出給了孩子，餘下的用汽車送給這三位經理。這是他們遇到的新鮮的事，感到稀奇。像他們有錢人什麼也能有，所以洵美聰明的辦法是送後親自去解釋一下，所謂「好口彩」的東西每樣都有名堂，如蘋果代表「平安」，棗子代表「早子」，桂圓代表「團圓」，新年裡糕團店做出的兩塊糖年糕上面放兩只糖元寶一紅糖一白糖的，則是代表「幢寶發財」的意思，長生果代表「長生不老」。洵美的外文好，能說得天花亂墜，結果他們極其高興。這禮物眞是價廉物美了！

有一次，他們大請客，有沙遜，弗萊茨當然在場，也請了梅蘭芳。他們想跟梅先生談話，邀請洵美做翻譯。洵美讚美梅的演出，講他手指動作、表情變化多，加上眼睛和手指的配合就能表達更多的情感，隨即就請梅先生做出手指的各種表演，大家才了解他的藝術。

後來又有一次他們去看梅蘭芳在劇院演戲，當然又請洵美去，他和梅便認識了。記得一次我和洵美在紅房子餐館吃西餐。梅先生正在那裡請客，一見洵美便離座前來握手，梅先生穿了西裝，神采豐豔，在台上可算一位佳人。餐畢又來告辭，表現出恭敬誠意的樣子。

洵美自從認識了三個經理，增加了外出社交活動。人是不能分身的，這裡忙了，那裡便疏了，家中來客也稀了。

有一天我的二姊夫來，只有我在家，招待他上書房坐。我不喜歡問長問短，娘家的事更不想打聽，故談不出什麼。他平日知道我的性格，所以說：「聽說你們搬家了，特地來看望你們在什麼地方，以後就可以知道你們新屋的地址了。」他茶也不喝便告辭。下樓我給他看了西餐室的家具，他感到很美。其實我的境況早已不是他想像中的了。他很有錢，曾任台灣銀行經理，家中有西餐間、中菜間，房子是自己的，很大。杭州有別墅。總之他是誠意而來，他一向像做阿哥的樣子想到我們。

67 宴請蔡元培夫婦

洵美每天對事業上的事倒並沒有放鬆，由於正宇的人頭熟，洵美也認識了言慧珠、白楊、張瑞芳等演藝界的朋友，這是爲了畫報題材不可少的。

有一次洵美爲畫報組稿訪海上名人，我也同去。去的是褚民誼家。尚未進屋，在園內即相遇了。他是方臉，有疏疏的黑五柳鬚。他帶我們到亭子裡看他的一只特製大球，這球的確不小，放在亭子中間，我沒有看清它的裝置，主人說這是他練太極拳用的。我想太極拳是推推摸摸的，可能此球是可以滾動的。我們談了一會兒便告辭回家，主人還客氣地送了出來。聽說他是有官銜的。在那裡聽到有位楊杏佛也在，我沒見到此公。洵美不想做官，此去也只是爲《時代畫報》增添照片而已。

又有一次洵美請蔡元培夫婦在大東酒樓吃夜飯，並邀了正宇三兄弟作陪客。蔡夫人是我們的表姊，我們叫她小名福官姊，很久未相見了。蔡的身體瘦，見老。姊姊身子胖，看起來比較年輕得多。席間飲黃酒，乾了好幾杯，又說又笑，談笑間洵美又大談起影寫版技術，可謂「三句不離本行」。席散，很親熱地握別，此別也就再沒相敘了。

我們住的法租界沒有英租界大，各國的人都有。有一次我們到一家俄國飯店去吃飯，要了一只羅宋湯，湯中有塊牛肉，還算大。該店的特色菜，是用一根很長的鐵簽串著十幾塊小牛肉，放在爐火上烤，烤好即拿給我們吃，這種食品煙熏味重，我不習慣。

有一天傍晚，我們到一家名「DDS」的咖啡館去，那裡有各式蛋糕，我要了一杯可可奶油和一些蛋糕。這地方中國人去的不多，在那裡我看到一只鐵架上放著一只賭博機，機前是一塊玻璃，裡面是捲筒紙上畫著三行不同的水果，要玩的話必須先向店裡買一些角子樣的籌碼，籌碼投入穴中才可開動機器，如果機器轉動停下時三行水果都是橘子，則機器中積著的錢會全部傾出給你，則是運氣好贏了！如果都是檸檬，則只出來六只角子，而大多數時候，三行的水果都不同，那就輸了，錢被吃掉，所以聽人家說這個賭博機器叫「老虎機」。我也想去碰碰運氣，買了一塊錢共五只籌碼，總算有一次開到了末彩，是二只橘子一只檸檬，出來了二只籌碼，也就是說我還是輸了六角錢。

我的身子一向瘦弱，但在懷第四胎時由於沒有反應倒是胖了不少。我母總對我講，這次在產後月子裡一定要把身體補好。有些人眞的是產後連老毛病也會根治，所以我聽她的話，中午睡一會兒。

又一日洵美告訴我去探望了一個朋友的病，是傷寒症。好多天了，病得兩眼凹進，瘦得可怕。我便問：「他是哪一個？」他答：「沈宜甲。」我記起此人了，只見過一面，他瘦長身材，臉無肌肉，眼、口較大，穿一套裹得緊緊的西裝，湖南或四川口音。洵美又說現在他吃中藥了，有個陸仲安中醫，用大藥是有名的，大藥是多加藥味並增加分量，他告訴洵美，中醫要他用上人蔘，比較好的，可是哪裡有錢買呢！我便拿出我母親給我的兩支人蔘，是她用四十塊錢買來給我生孩子用的。我對洵美說：「本來我就覺得太多，我只要再去買少量的就行了，你快將它送去給他吧。」這位中醫醫道不錯，不久他便治好了沈先生的病。

我每生孩子我母必備的人蔘，用在孩子露頭頂時，馬上吃備好的人蔘湯。往往是邊上立個人，還得先將早已在藥店磨好的人蔘粉放在杯中加水調好，到孩子露頭時吃下，算是幫助產婦加把勁把孩子生出來吧！

沈宜甲不久便找到工作了，是否張道藩的關係不得而知，就任之前來向洵美道謝、辭行的。其在何處任職，我沒有問知，總之以後便不見面了，聽說他的職位很好，身發、財發，命運也好。

世界上的人，性格各不相同，洵美有個表弟也是我的堂弟，有一次誇口說他能一次吃四十塊醬豬肉。那天碰到蒼生、逵方、正宇弟兄等，便跟他打賭，大家一起上「老正興」飯館去吃飯，看他表演。肉的錢是大家出的。果然他嘻嘻哈哈地把四十塊肉吃下去了，還吃了半碗飯。他告訴我們：「只有肥肉才好吃下去，所以越肥越好。」他們賭的是輸者請贏者到館子裡去再吃一頓。過一天果眞原班人又一起到該飯館去吃酒了，還猜拳，酒過三杯，酒興大發，小杯換成了大杯，便「鬧酒」了，酒壺灌滿，一次次端上桌排成行，大家面紅耳赤、額上流汗，好勝者非要灌醉對方不可，最後醉的就是堂弟了。汽車送回來時，見他臉已變白，口也不開，幸虧逵方在側，檢查之後即拿來醫藥箱打了一針，總算無事。但他像生病那樣難受了三天。這眞是自作自受，拿自己的身體去拚，哪有這種尋開心的？

68 我讓小美去住讀

那時裝電話很普通，只要先付給電話公司一筆押金，以後只是每月以打過電話的次數計費，我們照付就是了。我家費用是不多的，因爲家裡沒有青年人，我是極少打電話出去的。打來給我的電話總是娘家的，來個通知而已。

這次電話是大姊來的，洵美聽到我嘎了一聲，便沉默無語地掛斷了，當然知道是不祥的事。二姊的寶貝女兒離開了人間！這是件想不到的事，上天何故暴戾處罰到我二姊家中的小孩身上呢？這下大娘和二姊傷透了心。大娘視此女孩爲掌上珠，大家順著老人的心，也總是逗著孩子玩。這下怎不心碎呢！二姊也把此女孩視爲自己的命根子、丈夫的寶貝。有時夫妻不和，看到女兒氣就消了。

八歲的孩子死了，喪事大排場，這是當然，因愛生憐、由憐悲之極，則注重其事。那時我懷孕七個月了，想到素來的情誼便去弔喪了。好在可以穿件長大衣遮蓋了肚子。喪家總是一片哭聲，正在入殮，我想去見最後一面，大家勸阻了。因孕婦是不能見死者的，叫我上樓去坐。

在樓上見到了二姊夫，他兩眼紅腫，我叫了他一聲，不由得兩眼淚下，坐了一會兒我便回家了。想想大娘提起那句話：「黃梅勿落青梅落，白頭翁送走少年郎。」咳！年紀愈老見到的悲、喜事就愈多！

我們家有三個孩子了。小美老大，長大妹四歲，男孩和女孩的性情大多不同，小美和兩個妹妹玩起來靠勿攏。我做娘的就想到小美該可以上學了！上了學有同學們可以一起玩。突然聽說有個嶺南小學，是廣東人司徒先生辦的，校址在江灣，很遠，學生差不多是七八歲的孩子，都是住讀的，聽說管理、教育、衛生都好。他們冬天三天洗一次澡，六天測量一次體重，房間寬暢，每人一隻床，這些條件很合我意，我是贊成極了。

其實我腦子裡早就對廣東人有了好印象，學校中廣東孩子居多數，這便是我理想的學校。我小時候喜歡聽廣東人說話，唐紹儀有兩個小女兒，老七、老八，他們廣東人叫「七家」、「八家」，這兩位的身材好，面孔又美，穿的是西裝連衫裙，我比她們年紀小，她們很喜歡我，對我講話總用廣東調裡夾幾句她們會說的上海話。

她們的外婆便是我二姊的婆婆，所以二姊去看望婆婆，總是帶我去的。可是去的次數太少，想學幾句廣東話都不行。我喜歡聽她們講話，還注意看著她們發出聲音來的嘴形。好像講廣東話時嘴是拱起來的。大約我感覺小美的嘴扁了一些，所以我叫他去這所廣東學生多的學校。一下要離開親人到一個完全不認識的地方去，我母親再三不同意，她對這個外孫百依百順，總得爲他考慮多一點吧！我也有些怕大人過分寵愛他，會把他養得任性，所以我對什麼話都紋絲不動。

路遠有自己的汽車接送，兩星期回家一次，一星期家長可以去探望一次，送些東西。我們爲他備了行裝、衣服等，還帶了一只長方形的大餅乾箱，裝滿了高級餅乾和糖果，再用一只竹籃子裝了蘋果等。學校有個規

盛佩玉抱著小美

定：要備一只放換下來衣服的布袋，上面寫好學生的姓名。

小美從小脾氣倔強，我知道他不會捨勿得離開家人的，我親自送他去學校，到那裡辦好一切手續。司徒老師講了些校規，並介紹了學校裡的生活、衛生等，叫家長放心。在這片刻，小美已和同樣大小的廣東孩子一起交談了，我便放心地走了。學校的外圍地方很空曠，可以停好些汽車，我找到自己的車子，同時看看四周人家的車輛，雖也不是新的，但都是名牌，就是我家的那輛車是退了光的老爺車。

假日小美回家告訴我些學校的事，他和同學們相處很好，兩個月他已能聽廣東話，不久也就能講廣東話了。他說永安公司郭家的孩子和他很好。

我母親每星期必要去買些小美愛吃的，一次買來一客西餐，叫我送去。我因爲準備帶些家裡洗好的衣服，稍遲了才去，學生們都已在餐桌邊坐好，四人一桌。學生桌前有一只桌子是一位中年體壯的老師坐的，當然老師是廣東人，學生都面朝他，他桌上有只收音機，吃飯時在聽唱歌呢！我只好立在門外，等大家吃好才去叫小美。如果我馬上把他叫出來，影響他吃飯，這可能是不守紀律的，這方面我算是注意禮貌的。

有一次我接他去早了，正好孩子們排了隊，才洗好澡，一個個在測身高和量體重。小美總不胖，可筋骨好，不大生病的，這跟學校管理有關。平日帶去的東西老師要檢查的。因爲老師們研究出來，孩子多吃糖會多生病，所以請家長把糖拿回去，以後勿送糖，多送些水果。我們一直知道多吃糖會蛀牙齒，不知還有其他害處。

好友孫逵方歸國好幾年了，如今立了業，也該成家了！朋友們很關心，介紹了商務印書館主人張菊生的女兒。逵方和這位小姐也是初次相見。他平日很相信我的眼光，這次特地來請教我。可是我也只見到過這位小姐一面，也沒有交談，還是在郭有守結婚那天，我坐在新房裡，她坐在外間。我的眼睛正好望出去，看到她穿著新穎的服裝坐在外面，似乎身材高高的，當然看不到她是否穿高跟鞋，可是她的臉我看得很清楚，她很和善。所以我不假思索便讚美了她。逵方矮矮的，我想有些男人看起來矮，但站在女人身邊也可能差不多高。從相貌來看，逵方瘦長臉，大眼睛，無獨有偶這位小姐一樣是長臉。逵方以後與張家小姐成沒成婚，我沒有知道，因我那時傷了四女，太悲傷之際沒有人會談這些，知道我什麼都不感興趣，哪裡會去吃喜酒呢！

69 孟樸虛白和耀仲

曾寫過《孽海花》的曾孟樸，跟他的長子曾虛白開過一家門面不大的書店，名「眞美善」。孟樸年紀比洵美大得多，雖是一老一少，可是十分談得來，洵美很謙虛，常去拜望他。

洵美跟孟樸交情非同一般。洵美告訴我，此老是一位稀世奇才，也是一位最懂得生活趣味的人。洵美曾經以一個女讀者的身分給他寫信，跟他開玩笑，一時成爲文壇上很熱鬧的事。孟樸告老回鄉後，洵美曾到常熟曾園爲他祝壽。孟樸逝世後又親去爲他弔喪，並在《宇宙風》中發表悼文《我和孟樸先生的祕密》。

〈編者：一九八五年家母的文章〈我和邵洵美〉在《湖州師專學報》上發表後，我們的堂兄邵朗鈞先生將此文寄給了台灣的哥哥邵紘，他又轉送《傳記文學》發表。不料引起台灣諸老友的關注。

最令人感動的是，當時已九十五歲高齡的早已擱筆多年的新聞界前輩、曾孟樸長子曾虛白先生親自寫信給《傳記》主編，要求發表他近日撰寫的〈邵洵美與劉心舞〉一文，並同時發表他從舊篋中尋得的洵美先生悼念曾孟樸的〈我和孟樸先生的祕密〉一文。主編劉紹唐立即在《傳記文學》第五十四卷第三期上發表了上述二文，並刊登了曾孟樸遺影及九五高齡曾虛白近影。又在首頁發表了虛白先生有關邵洵美逸事致編者親筆函的墨跡。

文章開頭是這樣寫的：「讀本年一月號《傳記文學》載邵洵美夫人盛佩玉女士所撰〈我和邵洵美〉一文，往事前塵，重現心頭，不勝感慨之情。洵美是先父孟樸公和我合營眞美善書店時所交最親暱之文友。讀此文後，頓憶洵美當年塑造一個假想的女人，使我深受感應，迄今記憶猶新，特簡述以求邵嫂佩玉女士之印證。」

接著他追述了數十年前發生在上海的一段文壇佳話。孟樸父子曾合譯了法國印象派文豪比樂·洛蒂所著小說《靈與肉》，此書描寫女人性的解放與幻滅。一日忽接一位署名「劉心舞」的女讀者的來函，表示了讀此書後的感想與批判。以後老作家與「心舞小姐」一來一往的風趣而浪漫的信函，均刊登在《眞美善》雜誌上，引起了年輕讀者的關注。對話產生了轟動效應，雜誌銷路特好。孟樸公逝世後，邵洵美在《宇宙風》上發表追悼文章〈我和孟樸先生的祕密〉，坦白自己就是「劉心舞小姐」的塑造者。虛白著文說，其實先父孟樸公早就識破這是頑皮的青年朋友邵洵美的「傑作」，他正利用洵美的一而再，再而三的「故弄玄虛」，製造和演繹了一個文壇上文學批判的最浪漫的故事。

可惜的是家母已仙逝，不能當時就印證曾先生敘述之事。姑且以本書來權作印證吧！）

老先生還有個兒子留學德國，是位內科醫生，名曾耀仲。我想他是老二。人家有以「伯、仲、叔、季」的排行來取名字的。這位醫生穿中裝，口音帶常熟音，性情緩慢，看病人很細心。有一次他爲我打靜脈針，很在行。

他的診所設在他住家的下層，他住的老式牆門房子地段很好，在跑馬廳大自鳴鐘對面的一條馬路上，名「祥康里」。檐頭掛只鳥籠，養了隻八哥，會學幾句人話。診所裡沒有護士，只有個男助手。

有個熟醫生看病就方便，他也有電話，那時醫生都可以出診，當然出診費要貴得多，我們一家人有了病都請他來治的。

70 可憐的小小咪咪

我懷孕要找婦產科醫生，以前三個孩子是黃瓊仙醫生接生，後來黃醫生年老不出診了，她介紹了鄺采娥醫生，是留法歸國的婦產科醫生。這醫生眞好，有耐心，講話文靜，診斷細緻，以後就請她爲我接生，她有自備汽車的。她的診所在慈淑大樓，聽說在南京路上，是哈同的房產。

這次我已是懷的第四胎了，人家說老產婦好像老母雞生蛋，我不接受這樣的看法。因爲我每次一樣的痛，所以在產期前十天我便開始緊張了。我總是去怪老天爺的不公平，爲什麼單叫女的受痛？有時我瞎想：女皇生孩子也一樣痛吧！

孩子終於生出來了！又是個女娃！這孩子兩個多月便會對人笑了。胖乎乎的、圓圓的小臉上有兩個酒窩。到了三個月更靈巧了！兩條小腿一屈一伸的和著小手旋來旋去地活動著。兩隻小眼睛笑得彎彎的引著大人對她說笑，她不大哭，也不像老三那樣鬧。

多個孩子我更忙了，每天早起是爲了去注意孩子們穿什麼衣服，厚薄如何，自己先要去領會一下天氣變化情況。夜裡要去每隻小床前看一下兒女們被子蓋好沒有。做母親的都是這般關心子女的。而父親在這上面責任卻很少。

想不到老天的懲罰又落到我身上。我的小小咪咪忽然病了。「小小咪咪」的名字是我取的，自認爲她是最後的一個孩子。起初，奶吃得少，後來更少，奶在她嘴邊也不肯張開嘴，給她糖水、奶粉都不肯吃。這樣三個月的小嬰兒醫病當請產科醫生來看看，鄺采娥醫生來檢查，全身查不出有什麼病情，沒有寒熱，也不積食，眼淚鼻涕也不流，所以只開了些平常的什麼藥。吃了一天藥並沒有見效。第二天我便急壞了，告訴了洵美，後來由洵美請來了一位男的兒科醫生鄺安堃醫生，回國不久，鄺采娥醫生的弟弟。我心中一喜，認爲這下總能轉機了。他先檢查了小小咪咪的全身，又檢查了奶媽的身體，並敲了幾下她的膝蓋，也找勿出什麼毛病。吃藥當然吃進去的也不多，奶放在她口中都不吸，病一天天加重，打破了我的希望，我喚她，我說：「咪咪，哪裡勿舒服？你能告訴我嗎？」我用手撫著她的每一個部位，她兩隻小眼睛還是看著我，嘴裡只「唔唔」的哼著。我的心裡一陣絞痛，腦子裡想著該如何辦？耳朵裡也覺得脹痛。人的五官是表達感情的工具，小小的心靈不會發言，直對著我看，這種難受，何以名狀？我即轉身在房中亂走，走來走去，並呼天叫地大哭起來。可這只能將我心中的鬱悶發洩出來，對孩子卻無濟於事。我一直認爲孩子太小，卻沒有想到送醫院。留過學的醫生也沒有這個建議。到了第五天，我母親和洵美看我身體虛弱，精神幾乎已崩潰，勸我說：「大人的身體也要緊，求你不要再親自照看了，除了這個孩子還有幾個小的要你去關心，這裡會有人照顧的。」其實他們知道醫治無效了，這樣的嬰兒，已經四天不吃了，怎能吃得消。

大家逼我走開幾天，在淮海中路上的陳偉達飯店樓上開了一間房間。這幢房子像旅館，又像別墅，除了西崽，沒有見到過一個中國人。

我依然一夜沒睡著，本來我換了床就不能很快習慣的，更何況我對小小咪咪還不死心。隔夜家中人送東西來，我首先問來人家中的情況。她說：「醫生為她洗了冷水浴。」我一聲不響，嘆了口氣，心想：這個情況是在急救了！我叫她回去請我母親和堂弟一起來一次。他們來了，我便將心中的事囑咐了他們。我說：「小孩雖出生僅一百天，她是一切都不懂的。遭不幸的責任都在家長，我的心永遠是遺憾的，現在悔之不及，只有給她好好地安葬了，一定要買一口好木料的小棺材，穿著新的衣服，有一件粉紅色的袍子，有窄花邊的，長可以遮過腳。」又託堂弟找個公墓。

小小咪咪終於離開我們了！在永安公墓裡買了一個穴，墓碑上漆了「邵小咪咪」四個字，葬禮結束之後，我沒有馬上回家，我不想再住在這所使人傷心的房子裡了。託了朋友們代我們找新房子。我心中當然還念著家中三個孩子，不看見也不放心，但是洵美難得帶他們來，因為怕我要聯想到少了一個小的。

我每天獨坐在旅館陽台上，不能安靜，想到了二姊的家，難怪他們深深地悲傷。咪咪只是一點點大，我也捨勿得失去呢！何況二姊的女兒囡囡已經八歲了。又想到當我生出來是個女的時，心中還安慰著二姊：你們失去了一個女兒，而我得了一個。哪知兩個是一樣的命運呢！我又聯想到那次去二姊家弔喪去壞了，莫非因姊姊來邀咪咪妹妹去作伴了。想想又哭了。

洵美感覺我身體勿好，要我出去散散心，每天總是陪我上街，吃點心或是吃飯，或商店裡轉轉。有一次去劇院看《楊乃武與小白菜》，女演員是白玉霜，演棒棒戲，她不胖不瘦，身材恰到好處，表演帶些風騷。我心情勿好，唱詞根本沒聽懂，小白菜在豆腐店裡大約在想念楊乃武，有一句是：「還不見他來收房錢！」洵美馬上告訴我：「這句眞好！因爲一般人對來收房錢的人是不歡迎的、討厭的，這流露了小白菜的眞情。」

這段時期裡，我吃東西沒有規律，腸子勿好，胃口也老是勿好。洵美也覺得如果能再搬個家，搬到印刷廠附近，倒也可方便不少，所以就在廠的四周再找房子。

洵美怕我冷清，故還是陪我在外面尋找快樂。那天我母親、雲芝妹、姆媽來玩，洵美請她們一起上西餐館吃西餐。餐室不是很大，人多客滿，空氣悶熱，我們中國婦女穿著又不像外國婦女那樣露胸露臂，以致我深受其熱，回到住所便咳嗽且吐，氣都喘不過來了，好不容易平了些，還是又咳又喘，並有痰。經醫生診斷爲氣管炎引起的哮喘。之後，姆媽、雲芝妹、我母都來看我，姆媽說：「氣喘只要平氣，家中有平氣的特效藥。」立即回去拿了來，一是奇南香一小包，二是煙燈、煙槍等一大包。她親手拿些奇南香末放在鴉片煙頭上燒，叫我呼煙槍嘴，吸這個煙，這種香聞聞眞的好香！但氣是一下子還沒有平。她以爲奇南香是平氣的，鴉片是麻醉的，可是對我這病卻不生效。後來還是醫生用藥來調理才漸漸好了，大約沒有根治，幾年後又復發了，痛苦之極。

71 麥克利克路四十七號

房子找到又搬了家，離市中心遠了一些，但是對洵美是有好處的。因爲時代印刷廠在楊樹浦平涼路二十一號，我們的新家在印刷廠附近麥克利克路四十七號，兩處僅隔了一條馬路。這房子也有假三層樓，有浴室，設備齊全。後面連著兩間傭人住房，樓下還有汽車間。這條馬路極清靜，沒有車輛喇叭聲和嘈雜的人聲，鄰居大多是外國人，就是房子不太新，房間也不大。下面分前後兩間，後爲餐廳前爲會客間。樓上也前後兩間，前房是我夫妻倆的臥室，後房是三個孩子的，我爲他們做了兩隻三尺寬六尺長的床，特製了護欄杆，以防孩子滾下來。事先我將我陪嫁的一對嵌玻璃的紅木大櫥賣掉了，因爲太大了，不好放，當然很可惜，還是廉價出售的。我將此錢買回一套木料差的家具。那時興用壁燈，有壁爐。我就將一對壁燈安排在壁爐上面。三樓是假三層，屋頂斜到窗口，故房間不大，那只黑漆大書桌放進了這間房，但四周便沒有多大餘地了。只好把書架放置在下面會客間裡了，好在沒有大沙發。三樓還有一小間，放了箱子和雜物。

洵美覺得書房放在三樓太冷靜，拿書也不方便。我思考後又爲他設計了一間書房：我們房間前面有個陽台，裝有現成的窗，雨淋不進來，可以做小書房。爲這小書房我又去買了一套藤家具，計有：中間僅一只抽屜的長書桌、書架、一

在上海，外國攝影師抓拍盛佩玉的笑容

上海外國攝影師為盛佩玉攝影

只圓形靠背椅、一只長躺椅。洵美也很欣賞，放在陽台上恰恰正好。但要走來走去的地方不多了。這套藤家具很牢固，用了幾十年也沒有斷過藤。可惜到最後僅留下一只藤書桌了！

新家大門很小，木頭的。花園中與鄰居花園相隔用的是竹籬笆，大門一直通到屋前石級的是一條很長的水泥路，路和籬笆間有些泥地可以種些爬藤的花草，中間是一片綠油油的草地。草長了，可以叫花匠用割草機來推一下的，但花木必須由我自己來種。孩子們很高興，常在草地上拍球，翻筋斗。

我不常出去，有時汽車空時也可用一下的，問題不大。只是對我母親來講，離得太遠看我們都不便。所以不久又託人在對面馬路上找了個弄堂房子，租了樓下前後兩間廂房，讓母親搬進去住，這樣反而可以天天見面，雙方都安心了。

洵美住得靠近工廠，當然對廠裡的事務、人事、業務更能深切地了解，但影寫版冷門，成本高，生意難接。自《良友》承印後，又接到了《生活周刊》，好像是鄒韜奮主編的。和《良友》、《時代》一樣大小的開本。遺憾的是廠裡沒有專門的技術人才，洵美和堂弟經常跟工人們一起研究再三。曬圖和網版是關鍵。有一次我看到銅子印出的字又不清楚了！心裡很急。他們有了辦法，在銅模上修字，大約從刻圖章中得到啓發。洵美能刻圖章，其嗣父愛這件事，故家中有印譜和不少石章。畫報如要套色，那種活不易幹，在這個廠是傷腦筋的事呢！但最後還是克服了困難。

洵美又在平涼村租了樓上的一間房，掛出了「第一編輯室」的牌子，又和顧蒼生及其友周壬林、楊天南、章克標等出版了《十日談》雜誌。「第一編輯室」裡人才濟濟，生氣勃勃，常常都有別出心裁的藝術作品和文學創作冒出來。這是洵美搞出版興趣最濃厚的時期。文藝家們每天碰頭，洵美說：大家要尊重藝術，提高興趣。意氣相投，以致他們經常圍了一桌有說有笑，一面開動腦筋孕育出傑出的作品。這段時間裡，洵美除了印《生活周刊》、《良友》外，自己先出版了《時代畫報》半月刊，由張光宇、張正宇、葉淺予、黃文農編輯；繼而又出版《時代漫畫》，由魯少飛、王敦慶編輯；另有《時代電影》，由包可華、席與群編輯；《時代文學》，儲安平編輯；《萬象》，張光宇編輯；《人言》周刊，邵洵美、顧蒼生、周壬林編輯；《十日談》，章克標、郭明（即邵洵美）編輯。此外還出版了巴金、張資平、沈從文、盧隱等作家的自傳。

在這些刊物上，洵美陸陸續續也寫了不少作品。有詩，也有雜文、短評、隨筆之類，他的筆名有浩文、紹文、邵浩文、郭明、逸名、邵年、閑大、初盦、荀枚等。

盛佩玉坐在花園石凳上，陽光充足

魯少飛作《文壇茶話圖》

《文壇茶話圖》說明：大概不是南京的文藝俱樂部吧，牆上掛的世界作家肖像，不是羅曼．羅蘭，而是文壇上時髦的高爾基同志和袁中郎先生。茶話席上，坐在主人地位的是著名的「孟嘗君」邵洵美，左面似乎是茅盾，右面毫無問題的是郁達夫。林語堂口銜雪茄菸，介在《論語》大將老舍與達夫之間。張資平似乎永遠是三角戀愛小說家，你看他，左面是冰心女士，右面是白薇小姐。洪深教授一本正經，也許是在想電影劇本。傅東華昏昏欲睡，又好像在偷聽什麼。也許是的，你看，後面魯迅不是和巴金正在談論文化生活出版計畫嗎？知堂老人道貌岸然，一旁坐著的鄭振鐸也似乎搭起架子，假充正經。沈從文回過頭來，專等拍照。第三種人杜衡和張天翼、魯彥成了酒友，大喝五加皮。最右面，捧著茶杯的是施蟄存，隔坐的背影，大概是凌叔華女士。立著的是現代主義的徐霞村、穆時英、劉吶鷗三位大師。手不離書的葉靈鳳似乎在挽留高明，滿面怒氣的高老師，也許是看見有魯迅在座，要拂袖而去吧？最上面，推門進來的是田大哥，口裡好像在說：對不起，有點不得已的原因，我來遲了！露著半面的像是神祕的丁玲女士。其餘的，還未到公開時期，恕我不說了。左面牆上的照片，是我們的先賢，計有：劉半農博士、徐志摩詩哲、蔣光慈同志、彭家煊先生。

那時又來了一位新朋友徐訏，以前在光華聽過洵美講課，以前也來過二次，這次來他向洵美要求在我家借住一段時間，爲了要寫《風蕭蕭》，洵美同意了。

〈編者：自從一九三四年秋天，搬到麥克利克路四十九號後，不到一年時間，家父寫作將近十五萬字。一九三五年寫了〈我的書齋生活〉一文，記錄了當時他夜間寫作情景及母親對他的關愛：

孟子曰人之患在好為人師，其實人生而好學，見新奇即摹仿，甚至見人販古董發財，自己亦拚命在舊書簏中摸索，其患乃在也肯承認為學生耳。近人復古之風大盛，語堂、大杰諸子爭買明代禁書，我見而羨慕因亦周旋。於灰墟中得我始祖康節公擊壤集舊刊本，詩內玄妙不知所云，從知古人非我伍也。二十四年盛夏書應永祿我弟　握囑　洵美揮汗作

我平時讀書寫文章，都在夜間，所以坐在「樓上書房」的機會多，因為它最近我的臥室，倦了，跨幾步便到床上。但是當我準備要全夜寫文章的時候，便只能等在「樓下書房」了。那時候兩個大房間裡只有我一個人，咳嗽，刮洋火，便不會鬧醒人家；天亮了，自己炖杯牛奶，或是走到對面弄堂裡買些油豆腐，誰都不會覺得討厭。寫文章，讀書，本來是最個人的事情，也許老婆可以了解你工作的價值；可是為他們想，總是一種無謂的犧牲。你工作的時候，他們不好意思來纏擾；工作完了，你又得休息，嫁給你一百年，至多只有五十年在一起。尤其像我這樣喜歡惹是招非的人，白天總是不在家的時候多，一回家便得尋了書讀；書拿到手，電話又來了。朋友又喜歡要我寫文章，因為我最明白編輯的痛苦，要二三千字我總肯為他趕寫。我於是要茶，要水，要香菸；忙了老婆一陣子，結果她又只能把我一個人留在房裡，關好了門，去叫小孩子不要笑出太大的聲音，隔了一兩個鐘頭來張一張，看我仍是伏在桌上寫，於是再關上門，要是我已躺在椅子裡睡著了，便把燃著的香菸頭先丟在盂子裡，再把絨毯子輕輕地蓋在我身上。想到這種情形，我便十二分慚愧：一個人究竟不應當自私到這種田地。可是看見一本心愛的新書，便總買回來讀；朋友要文章，總是滿口允認。

據《長城》二○○二年第三期李廠寧文中提到晚年的徐訏、葉

靈鳳、曹聚仁等作家常在香港聚餐。一次茶敘時追憶家父逸事談興甚濃。葉還說到，香港停戰那一年，家父從上海到香港，在葉的書房參觀與暢談之事。可見徐訏等老友沒有忘記他。）

72 張氏兄弟的盛情

我們家裡的來客不多了。也因爲路遠，而且洵美有些朋友可到編輯室去會見的，但還是必須備好些菜，因爲洵美何時帶人來吃飯難以捉摸。

這年我三十歲生日，張家兄弟對洵美講，應當慶祝一下。所以約了幾個人籌備，用簡單的吃茶點方式來慶祝，免去老一套備酒筵等禮節，因路遠房子小，我本來也怕煩，聽說簡便，當然同意。

到了那天，張家兄弟用三輪車送來一盒西式奶油蛋糕，很大，爲了怕汽車門碰壞，所以特坐三輪車，二兄弟用手托著送來的。蛋糕面上都是奶油花，中間一塊糖粉片上一個紅壽字，邊上三十枝彩色小蠟燭。大蛋糕放在小圓桌上，恰好跟桌面一樣大。我家裡有的是咖啡、牛奶，這樣倒眞是很省力。

將三十枝小蠟燭點起，客人到齊了，我母親、小美的乾娘、雲芝妹妹都來了，還多來了一對夫妻，那是正宇介紹的陳小蝶及其夫人。其父就是筆名「天虛吾生」的著名文人。他們叫我用一口氣將蠟燭吹滅，我用了三口氣才全吹熄。這套規矩是外國人用的，是什麼禮節？好像是對孩子用的，我們用來慶喜而已。他們看我吹蠟燭，便哈哈大笑了。之後便用切麵包的長刀將蛋糕一份份的分成塊，放在盤子裡饗客。加上喝咖啡，這樣在一間房中很熱鬧了。可是蛋糕又大、又厚，孩子、傭人一樣分也吃不完。

十一月寒天也不覺得冷，小蝶的夫人善於交際，一見便熟，後來我和洵美去他家打過兩次牌，他們的房子很好，好像小蝶的父親是不知什麼實業社的老闆，生產「無敵牌」牙膏。小蝶在文學方面的成績我不清楚，大約編過一個文藝刊物，也不是像包天笑、張恨水這樣的作家。有一次他們請客，席上有杭州市長周象賢，見到了他們過於阿諛奉承，以後我們再也沒去過他家。

三十年代，「漫畫王子」珂佛羅皮斯所畫洵美漫畫像

洵美在弗萊茨夫人處結識了來自美國的「漫畫界王子」、墨西哥畫家珂佛羅皮斯。他們深交後，又介紹珂氏會見了上海美術界的各路菁英，特別介紹了張氏兄弟跟他認識。有一天在古撥新村張正宇家裡，珂氏主動提出要爲洵美造像。畫了許多張速寫，有正面的，側面的，臉笑的，臉板的都有。第二天他竟送來了一張帶有少許色彩的黑白畫像，洵美十分歡喜。據說，珂氏也爲正宇造了像。

陳巨來是篆刻好手，能刻極小的字，當時洵美常去他家，洵美極佩服他的藝術呢！就在他們家見過，人瘦瘦小小的。洵美請他刻了一對章，像火柴頭那樣大的尺寸，可能叫微雕。

洵美曾從他的伯伯、嗣父壽卿公處，接收遺產兩萬卷古籍詩書，共四十多大箱書，全是從徽州、杭州收集得來。嗣父聰明英俊，有才華，二十多歲時與沈琪泉等四人被目爲上海的四大才子。原有宋版本，可接手後，請從德國回來、暫住我家的好友滕固（若渠）整理編目，只剩明本了。宋本早讓人賣了！劉大杰正在尋覓晚明禁書及小品，故懇請約定在一個夏日星期天，叫洵美在大草坪上開箱「覓寶」。大杰戴了草帽，他夫人撐了傘，我換了舊衣服，洵美拿了筆硯坐在石階上編書目，從早晨八點忙到下午五點，共開了七大箱書，三四千卷書攤了一草地，可要的書一部也找不到。

洵美親自設計的藏書票，上面書有「洵美的書」

聖誕節那天，孩子們希望的是能吃到巧克力做的糖「雞蛋」，還有糖兔子，這是他們認爲會帶來好運的東西。我們隔壁住的是外國人，他們家孩子隔了籬笆招手叫我們的孩子過去玩，我母親便跟了孩子去到鄰居家的客廳中，廳裡有棵聖誕樹，上面繞著紅綠色錫紙條，白白的棉花像一片片雪花放在樹上，還掛了小天使、小鈴鐺以及五彩的小電燈泡。

我家小孩看了眼熱，我母親對外孫們也是百依百順的，回家後立即出去找聖誕樹，找到了樹，也劈了一根樹幹，樹幹的下部還裝了一橫一直兩根很重的腳，怎奈樹還是挺不直，豎不起，只得作罷。

73 上帝還我一女兒

很快地便到春節了，春節前夕——大年夜是個難關！洵美的父親總是被姆媽逼著還賭債，欠人家的錢說是要在年前還，拖拖拉拉到大年夜，實在逼得厲害，又是年前最後一天了，所以姆媽總在這天和父親吵鬧，最後告到洵美面前。洵美平素是個孝子，一定會幫助解決的。這一來，也就變成了我的難關了。如果沒有這件事，我們過新年是會很愉快的。家離廠近了，廠中同人便來來往往地要比往年熱鬧得多。

洵美很忙，出版什麼全靠文章，大多來自投稿的作者，所以洵美也添了不少的好朋友。以前認識的好友做了官便不會再來看他，但有這麼一件事。有一天，來了兩位客人，忽然洵美請了張道藩來一同在樓下餐室裡談了半小時的話，他們走後，我略微問了一聲，洵美說是鄒韜奮的事，究竟什麼事我沒有去關心。但韜奮先生的《生活周刊》一向委託洵美的時代印刷廠印刷的。

（編者：我們曾在《解放日報》連載小說〈愛國七君子〉中讀到鄒韜奮與張道藩在父親寓所會談之事。）

我又懷孕了，上帝領走了我的小咪咪，現在又想還給我一個孩子！

我母親和我準備了最薄的的料子爲嬰兒做連衫裙。天太熱，不能用包的辦法了。陰曆的六月初八生了，又是一個女的，我高興極了！

我母親這一生，心全在我身上，從不說聲煩，這次見我又有孩子，興匆匆地又爲我去找奶媽了。可是我太不關心她了，也沒有了解到她坐了包車出去了，路遠，小街道不比柏油路平，來去的顛簸，及至到家下車，下身流出不少的血。她是個老式人，不肯讓醫生去檢查。她自己認爲沒關係的。我對醫學沒有知識，雖看到她瘦了一些，並未加以注意。

這個嬰兒用到奶媽便不吃奶粉了，她很胖，可是在五個月時亦生病了，突然發燒，甚至全身皮膚發暗。這次我警惕起來，不再找留洋醫生，而是請了沈竹如老醫生來看看，這位老人有多年的交情才答應來的，果然服了他的藥，大便一次次的下來後，便逐漸好轉。病了好幾天，她也不見瘦。起初我們喚她「毛毛」，她屬豬，「豬」跟「珠」諧音，洵美爲她起名「小珠」。當時洵美說：「小美，小玉，小紅，小珠，不都是很好的名字嗎？」我又想起了還沒有取名的小小咪咪。後來女兒們長大了，自己討論了選用跟「小」字同音的「綃」，洵美同意了。她們的名字改爲「綃玉」、「綃紅」和「綃珠」。

74 初識「密姬」項美麗

弗萊茨介紹了一位新從美國來的女作家項美麗前來看望我。她身材高高的，短黑色的捲頭髮，面孔五官都好，但不是藍眼睛。靜靜地不大聲講話。她不瘦不胖，在曲線美上差一些，就是臀部龐大。

她是作家，和洵美談英文翻譯。如來我家吃飯，便從吃飯筷子談到每個小菜都翻譯了，她倒是精心地聽著、學著。她和我同年的，我羨慕她能寫文章獨立生活，來到中國、了解中國然後回去向西方介紹中國的文化。我對她的印象很好，她也一見如故。洵美懂的事很多，學貫中西，她找到洵美這條路是不差的。

沒幾天她便在外灘大馬路的橫路上的一個小公寓樓上租了一套小房間，用了一個四十多歲的西崽，買菜、打掃、燒菜一切包在他身上，他也很誠實。

項美麗那樣的人在中國上海是個有磁性吸力的人物，在交際場中如沙遜等外國人都認識她。因此洵美也認識了不少人。

她也經常請我去吃飯，因爲這個西崽燒了幾樣拿手菜是我讚賞的。外國人和中國人有相同的癖好：女人、酒、香菸，想不到的是他們還喜歡鴉片，所以姆媽給我治病的那一盤東西，拿到了項美麗家。

項美麗的名字是由她姓名 Emily Hahn 上翻出來的，我們喚她「密姬」，也是洵美爲她取的，取名那一天我在場，以後她用這個名字寫了本外文書，在國外出版的。

密姬買了一隻猴子，當然是乾淨的那一種，大約叫「猿」。但不像公園裡那種難看的猴子就是了，放在房中亂搞亂跳，她不嫌討厭，每出必抱在臂中。有人認爲這是她沒有孩子的心理變態。這是錯了！我認爲她是要人人注日她，這個辦法很理想呢！但洵美惡之，她見洵美到，就拽住了這猴子。我的孩子喜歡去看牠。這猿猴有牠有趣

項美麗和她的寵物

的地方：吃香蕉會剝皮，吃花生會吐殼，手如人樣拿東西。

75 洵美杭州遇車禍

我家添了一輛新式的汽車，深咖啡色的，車價當在千位數了。我是同意這個式樣的，這筆錢是要花的，因爲洵美有這些外國朋友來往，像那輛老爺汽車未免太遜色了，況且老車機器老，駕駛很費力。洵美十六歲會開車，技術很好，可算老資格了。

有個孫斯鳴，是羅隆基的學生，因此關係和洵美相熟，也是位能寫文章的人才。有一天和洵美約好到杭州去，開自己車子去，沒有幾個小時就能到的。帶了年輕的車夫，行李也簡單，還帶了些吃的，用六瓶礦泉水代冷開水飲用。

洵美自己先開一段再由車夫開，孫斯鳴和車夫就坐在後面。公路上來往的車子不多，洵美就開得快了些，哪知四隻輪子之一飛了出去，那車子缺了隻「腳」，飛衝向前，洵美趕快剎車，已衝在田邊了，擱了一半在田溝裡。洵美摔得滿臉是血，嚇得另二人六神無主了。洵美突然想起了礦泉水，叫他們開去了蓋，向臉上沖洗，洗過後現出兩處傷口，仍流著血，他又想到了牙粉，他用的牙粉是一種外國紅色鐵圓盒的，這種牙粉有藥性止血作用的，所以拿它塗在傷口上，果然止了血。

公路上有車子經過，看到這裡出事了，停下車問情況，他們三人便搭上車到杭州醫院裡去了。醫生太差，傷口不縫兩針，只搽些紅藥水用紗布膠布貼了。後來又複診兩次，沒有發炎就了事了。

出事當天便有電話來叫我去。我當然著急，拿了我的加上他的日常用品，當天即到達，見到了他們。總算運氣，並不是大傷。汽車則出錢叫人拉到公路上，裝好輪子，居然還能開，機器未壞，車上的漆也未擦去，損失不大。我便在杭州湖濱新新旅館住了一個星期。每天爲他看傷痕、搽紅藥水。一處傷在眉毛裡，一條細縫，可以不被注意到，另一處在顴骨下，面頰上，比蠶豆瓣小一些，這一處的皮膚鼓起一點，洵美裝著騎士風度說：「好像外國人比劍，這像是被對方用劍刺傷留下的一個疤。」我只得付之一笑了。

盛佩玉在花園裡

這一個星期裡孫斯鳴和洵美寫文章，但也不能叫我冷清，故天氣好時陪我出去玩，我們有個照相機，洵美爲我照了一張很滿意的照片，就是穿了那件白底黑圓花的旗袍，廠裡有設備，後來洵美又爲我放了一張十二寸的大照片。

76 結婚十年話甘苦

我和洵美結婚已十年，其中經過了多少的事情。成了夫妻便要同甘共苦，說起來容易，做起來難。單講我生了五胎孩子，懷胎與分娩的痛苦，操心孩子，把孩子領大，終日還要爲洵美打算。整天的圍著他們轉，我心中有時也感到煩惱。

回想起我做姑娘時，服裝上多少講究，現在連脂粉也懶得碰。聯想到一首詩：「虢國夫人承主恩，平明騎馬入宮門。卻嫌脂粉污顏色，淡掃蛾眉朝至尊。」我並非嫌脂粉污顏色，蛾眉也忘卻去掃了。我是煩心事多多，也顧不上那些了。

這十年裡自以為聰明的我，算了一下經濟帳，從來沒有盈虧相抵這種事。由於洵美的花樣多，而我每次聽到他提出的要求只要是光明正大、合情合理的事要花筆錢，我總會全盤接受。若我同意了，從不顯難色，爽爽快快幫他，讓他去辦事。我不看重錢，故不會為錢去盤算，大概我太無用吧！心中何嘗不急！自己這些錢如數用完了，洵美也就向銀行透支，結帳時非還清不可。這時他和我商量，移東補西的辦法，只有將我的首飾拿到當鋪去作押，以後便可再透支，也可能會贖回來的。也只有採用這方法了！只是我的東西第一次進當鋪的門。凡人總有虛榮之心，而且在娘家面上要扎面子的，所以我擔心，希望娘家不要在這關鍵時刻來請帖邀我赴宴，否則我沒有貴重首飾可戴！

盛佩玉在杭州郊外

我每天在家把孩子身上的事做好，便到園子裡透透空氣，其實是勞動，種花、賞花，其中也有樂趣。到了秋冬季節，花已凋謝，要整理籬笆邊的一長行菊花，菊花已成了枯枝。我自小怕軟蟲，哪知好些菊花根夾著泥裡有白白的肥而扁的軟蟲，雖見了肉麻，還是要去除掉。我是用了鉗子將蟲取出來再弄死它。有沒有殺蟲藥可以預防？我沒有這個常識，只好以後少種些吧！以後在這長條籬笆邊我改種了淺藍帶紫色的長葉蝴蝶花。

77 我母親得了絕症

我母親還是每天來，我擔心在心裡，只是一見面先向她臉上看起，氣色總是不佳。經我們幾個人勸說，她心中才動搖，講好過一天去醫生處檢查。這是婦產科醫生檢查的，醫生在病人前講，這已是很久的病了，不能用吃藥的辦法，而是該拍張片子看看。我叫洵美向熟醫生問問有何辦法治，都認爲要先拍片看看。

從片子看出了是癌症！我總求能治好她，那時不主張切除，只知道要用鐳錠照射才有效。我母親認爲既有醫法，也想試試。

聖心醫院有鐳錠科，所以去聯繫住在頭等病房。安排了陪伴母親的那個伯伯和我的老保姆交替日夜去陪伴。治療先要用X光照，每次好多分鐘，我母親睡在板上，本來她的背部就是挺勿直的，所以受苦不淺。人更瘦、血色全無。

這個醫法不高明！我母親很痛苦，也怕了，要回家，所以汽車上帶了藤靠椅，接到我家，她是立也立勿起了，抬到三樓上預備好的床鋪，暫停了這種治療。當即請老醫生來服了調理的補藥，漸漸人能吃東西，還可起身，但病還在身。

我母親在醫院住的那些天，我沒能好好的去陪她，因三個孩子都生病出痲疹了，房中的三隻床每隻床上是個病員，好像開醫院一樣。三個孩子一樣的病，因此不必隔離。小美、小玉疹子出得很好，惟獨小紅出勿出，成肺炎了。西醫叫送醫院，就近到了聖心醫院兒科室。小珠那時尚未見有何反應，故早將她搬到樓下了，我憂老憂小，做什麼都沒心思。小紅住醫院叫個保姆去陪住了二十多天，病癒之後身體也胖了。

78 母親的可憐身世

我以爲我的父親是個花花公子，直到最近讀到了祖父的檔案，才知他在二十幾歲，爲抗日出征過高麗，清帝加封二品官銜，後任湖北德安府知府。我母親約在二十歲左右嫁給我的父親，不久父親即帶她到湖北上任，在那裡生出我來。那時的湖北地方很苦，電燈也沒有，衛生設備更不可能有。我母親除了丈夫一無所有，既沒有親戚，更沒有朋友，誰來照顧產婦呢！

父親是個小小的官，任德安府知府，管自己身上的事還來勿及，一介書生，怎會有做官的經驗呢！更不會想到要照顧產婦的身體！只是有一件事還過得去，那就是當時我父親可是專心一致地愛我母親的。

我二歲不到，父親棄官回到上海，租了一幢兩層樓房子給我們母女住，湖北奶媽帶了來。這主要是大娘另眼看待，沒有叫我母親搬進她的大宅——辛家花園。

好景不長，殘酷的老天劫去了她的丈夫，她帶了四歲的女兒去奔喪，才知道有了一桌子的苦命人，明白了丈夫妻妾成群、明白了丈夫對女性的不尊重。

雖然後來守孝三年離開了盛家這扇大門，但自己是個沒有能力的人，何況祖母強令四歲的我歸大娘領養，使她失去了親生的骨肉，當然痛上加痛。爲了不遠離我，她不肯離開上海，經友人介紹了一個在上海的福州人，他年紀較大，有兩個兒子，他們同居了。她還得領大這兩個兒子。我喚他伯伯，他已不做事，靠福州的老家匯錢來生活。我母親是蘇州人，同這外地人生活在一起哪能愉快呢！飲食方面便不相同。當我告訴他，母親病了，身體要靠調理，住在我家各樣方便，他也知道這個病情，沒有理由不同意的，所以一口贊成。

我家房子不寬敞，聽說對面馬路三號「徐園」有宅空房子是一幢三層樓房，還帶有花園和汽車間，我去看了很合意。當即弄好契約，房租大了點，當時尚可周轉，這下如意算盤打成了，擇吉日搬家。

路雖近，我還是叫了搬家汽車，我做事喜歡爽快，勿愛貪小利，所以不驚動廠裡的人來幫忙。

我們又搬了新家，可以說生活是很平靜了，就是擔心我母親的病，她怕我急，在我面前不表現出來，其實她的痛楚沒有一天減輕，痛時就服止痛藥。我只知道讓她高興，身體好些可以有抵抗力時就叫吳家乾娘、堂弟陪陪她，也只能在家裡作樂，三個人打打麻將而已。

盛佩玉母親抱著小外孫

我呢，洵美的事情多，他出去衣服等都要我漿洗燙平，鬍子、頭髮也要我端詳。他的鬍子是小八字式，總是要我爲他剪，因爲鬍子是一面厚、一面薄，要用小剪刀修得一樣薄，鬢角要一樣高低，哪怕是到理髮店去理好了髮，回來依舊要我修一下。中裝裡裡外外都由我去做，連皮鞋尺寸也只有我知道，由我去買。只有西裝量尺寸他才不得不親自去西服店裡走一趟。

79 警告洵美按時歸

那次密姬要演出外國話劇，請我和洵美去看，我倆一起去蘭心電影院看她演出的。她有一班外國閒人捧場，滿座的觀眾打扮得整整齊齊都穿著夜禮服。我也穿了最新的一件長旗袍。密姬穿了淺灰色外國綢緞的連衣裙，裙子較長，但不是古裝，燈光一照，眞是十分美麗。這齣話劇是獨幕劇，演員不多，她是主角，演到後來她走到台前講話，她說了長篇大論的話，怎奈我一句不懂。洵美當然聽得懂英語，可是坐在他身旁也不能要他講給我聽這齣戲的情節，外國人看戲就算竊竊細語，也是沒有禮貌的。所以我是厭氣，除了看密姬演出，其他也無別的美麗的女演員，一些也感不到有趣，也沒好笑的地方。

又一次，請我倆去看舞蹈，也在蘭心電影院，有一個中年外國婦女，是密姬和弗萊茨的朋友，演芭蕾舞的。好些芭蕾舞演員穿了白短裙一次次出來表現天鵝的動作。當時我聯想到如果來個中國式的「百腳舞」，一定也很精采。排演一條長「百腳」（蜈蚣），演員身上可穿黑紅金的衣服或短裙排列成行，手臂、手指做著各種動作或舞蹈姿勢，天鵝舞的音樂節奏很合適可用以配之，揉來扭去活像一條完全的「百腳」。

後來換了一場舞蹈，沒有換台上的布景。出來了一個穿金色舞衣、身體強壯的男子獨舞。跳的也是芭蕾舞。

最後上台的便是那位中年婦女舞蹈家，也是一個人跳的舞蹈，只記牢她跳時頭動頸不動的，她很瘦，但她化妝過的臉在燈光照射下看看很有趣的。

回家後洵美告訴我，跳芭蕾舞可以治療我的胃下垂，大約是豎蜻蜓或腳尖跳躍。我不肯去學，答曰：「幾下子也治不好的，要常去我便辦不到。」聽說胃下垂只要人發胖，肚子便可將胃托上來的，可是我從未胖過。

密姬後來搬到近西站那裡去住了，有朋友回國，將家具、房子讓給她了，當然密姬可以省些開支。路遠，我未上那裡去過。她有時來的，有一次和我去拍了兩個人並肩的照片。在外國人開的一家照相館內拍的，攝影師是外國人，見我的臉覺得別致，特別是一笑的神態，他要攝出此神態，這可是我第二次遇到這種情況了。可是每次拍後沖出來，總感到不理想，大約是燈光打得太強，明暗對比度不夠之故吧！

密姬的生活是靠教英文和寫文章，她請到洵美幫忙是太合適了，洵美幫著她翻譯些什麼，當然把很多時間花在她身上，所以我每天要問他一天裡所幹哪些事，他每次匯報說幹了什麼，又幹什麼。我聽了，哪裡便可相信他呢！

項是單身女子，自由得很。洵美，我又不好不放他出去，我應當要防一手的。因此我向洵美提出抗議，我說：「我不能跟著你走，你不能放棄對事業的管理，也不該對其他朋友疏遠交往。日裡出去你總說得出名正言順的理由，但你往往很晚回家，我不得不警告你，日裡出去我管勿到，也就是看勿到你究竟在幹什麼！當然我也不應當不相信你，我們憑良心講，你也要爲我著想，日裡我夠忙的了，忙了你身上的事還要忙孩子們身上的事，所以忙得想勿起你在幹什麼；但在夜裡，一天的事忙完了，孩子們也睡著了，如果你還在外面，我一個人便會想到你，想便是想入非非，我當然苦悶，可以從結婚前想起，我一切都是爲了你，你也當心中不安，現在我只有這種辦法，下這個警告給你，如果夜裡過了十一點你還不到家，那麼不怪我模仿沈大娘的做法，打到你那裡去。」所以他記著，不敢誤卯。沈大娘是一戲中人物，爲挽救婚姻，打上門去怒斥第三者。

80 痛慈母魂歸故里

一天，有一位文弱書生模樣的人來求見。他來自天津，手裡拿著一封信，原來他是洵美的表弟，是陸姑母生的兒子名陸龍茂。可是洵美未見過陸姑母，印象之中好像小時候聽到過有個姑母嫁給了陸家。表弟生得清秀，瘦瘦的，年才二十出頭些，可是老氣橫秋的。他能找到我家的地址，可見他在文學書本上也在用功。不錯，他能談些看過的書。對這樣的人，洵美總是會歡迎的，來者不拒也。爲他在吃飯間裡搭了一隻床讓他睡，他來上海其實是無目的的，一不爲入學，二不爲謀工作，故每天無事可做。洵美給他看很多書，還和他談談詩文，想必他在這方面是求進步的。

洵美忙於外出，故他們也很少見面。他也每天出去跑跑，每餐回家吃，後來學作洵美，留了小八字鬍子，年紀輕輕，又瘦，眞是惡形可悲。他一住三個多月，大約其母望子早歸，才爲他買了火車票回去了。

事情眞是層出不窮，小玉、小紅生「腰子病」了——腎炎。只得停學，服藥，吃淡食。剛醫好了，接下來又是小珠的病——腸炎。洵美想起有個朋友宋梧生，他是法國留學的，是位老資格的醫學專家，好像他是棄官行醫的，是宋慶齡的好朋友。果然宋醫生被邀請來家爲小珠看病了，他診斷、開藥，三天後小珠便好了。

人家講，時來運轉，我呢，好運不來，壞運當頭。端午節，我家備了節日的好菜餚，爲了我母親不下樓，故備了兩份小菜。端午節要吃黃魚的，其實平日也一樣吃的，可是孩子們在這天總會高興一些，所以過得很愉快。

一天過去，到第二天我上樓去看我母親，她告訴我：「舌頭被魚骨刺破了。」她手中拿著一面小鏡子，叫我再看看，一看之下，我便吃一驚，舌上有個灰色比黃豆大一些的東西，高起來像一隻小小的菌。怎會一天便成這個樣子呢？我急在心裡，我母親的病又發展了！又知道她每日疼痛，非服止痛藥不可，如何辦呢?!上海治癌症的醫院也無好醫術，後來由洵美的朋友介紹說有位姓葛的醫生，在蘇州新辦了一座鐳錠醫院，不須先用X光照便可用鐳錠放射。

我母親有個叔叔我稱叔公，住在蘇州，我便去了信，請他前去了解並預約住院。和叔公約定了日子在蘇州車站接，上海我這裡用藤椅將母親抬到汽車，到了火車站，再用它抬到火車上，盡量不走路，洵美和堂弟送去的。

洵美回來告訴我，這醫院的基地是從前處決犯人的地方。我母親是蘇州人，當知情，所以她經過此地心中感到有泥土氣。去了不到十天，病情一天天惡化。我們立即去蘇州。

我們趕到蘇州的第二天，母親的雙目便看勿見了，但神志還有一絲清楚，聽得到我們的聲音。我在隔房痛哭，她還能做個手勢，叫我勿哭。以後便氣不平，好些時光喘啊喘，看了眞是難以忍受。我眞是忍不了，跑去她的房中，跪在地上拜，叫：「老天爺，不要再叫媽媽難受了！」果然聽她微微地咳了一聲，便嚥氣了。

洵美和叔公到城外昌善局寄柩所聯繫，這個所就像殯儀館，可以辦大殮，專門有一班人的，其後靈柩又可停放在那裡。堂弟去買棺材，當然用高級的棺木，這是我母親一生告終的大事，我們準備處處用最好的。又打了個長途電話告訴姆媽，她便和吳家乾娘、小玉一起來蘇州，其他的人一處也不驚動了。

三天到了便大殮，我們爲死者沐身，穿好襯衣褲，加上夾的、再加上絲綿的衣服，其外面是個大紅繡花的長襖，帶帽子的，故在帽子中央頂了一顆比較大的珍珠。「生不帶來死不帶去」，雖是這麼說，我想帶去爲伴也是可以的。

當我母親進入棺材要蓋棺之前，親人們要見最後一面，我便大哭起來。自小她是這樣的捨不得離開我，及至我成了人、成了家卻又不能照顧她。這個痛苦的病魔害得她皮包骨，跟先前光彩照人的她宛若兩個人了。她年輕時的照片，身材頎長，臉蛋豐滿，熱情而聰明的眼睛，算得上是美麗的一個！那時，她怎想得到會遭遇這樣的痛苦來結束一生呢？

我們在靈岩山公墓買了四個穴的墓地，選了那種極堅固的方法，在墓穴裡面「繞椿踏足」，是用刨花水和了水泥放在穴裡的牆和柩之間的四周將其踏結實，以後硬得鑿也鑿不動。

81 密姬《宋氏三姊妹》

洵美在這些日子裡又有一個名叫呂志剛的朋友來，年近五十，頭髮早白，配上他的白臉，倒很勻稱。他是學法文的，他和但篯生一同來的。洵美早先認識其兄但蔭生。但家生二子一女，蔭生、篯生都學法文，妹妹在市三女中爲教師。其父大約是當官的，家中有些古董。後來應生在外任職，故就此沒有再見。兄弟倆都是矮小的身材，弟弟還瘦些，他不多言，法文也不精，懶寫文章，吸吸香菸，優閒得很，和呂志剛愛好相同，愛打橋牌，他們參加了青年會裡的橋牌比賽。呂得了一只有蓋的碗形瓷獎杯，很高興地帶了來，便放著不帶走了，洵美好喝茶，他就將獎杯送給洵美了。

我家經常有幾個熟朋友川流不息地來看洵美，好熟悉的我不用招待他們，如果洵美不在家，他們也可自由自在地坐一會兒，喝杯咖啡。若是吃飯時間，便會坐下吃頓便飯。像鄭仲賢、謝保康、但篯生是經常來的。鄭仲賢是葉澄衷的四公子的老婆的姊姊的兒子，他讀書不用功，只會極少的英語，開汽車到是能手，可惜像他們是不可能當駕駛員的。一無事做，鬆鬆垮垮的。有一次和人開玩笑被刺傷了面神經，故眼和嘴有一些歪，好像中風過的人，他是洵美小時候認識的朋友。謝保康去法國兜了一圈而已，未學到什麼，他想娶雲芝妹，未成，娶了個同鄉江陰人。雲芝妹在二十七歲時嫁給了姆媽的一個親戚鄭慕良，他們租了一樓一底的弄堂房子，在法租界桃源村。她丈夫在外地戚墅堰發電廠工作，她有一位年輕保姆陸妹陪伴著，陸妹倒是位誠實、可靠的人。

密姬由宏業花園搬到法租界淮海中路一七五四弄六號，在宏業花園的房子裡拿到了兩只長而高的書架，還有些書是那個朋友給她的。密姬很聰明，但並不靈巧，可是被她動足了腦筋，知道洵美有辦法可以合作寫出些有歷史價值的著作，故而決定為宋氏三姊妹寫書。由洵美介紹採訪了孫中山的夫人宋慶齡及她的姊姊宋靄齡，求得夫人們的不少資料和照片，果然寫成一本厚厚《宋氏三姊妹》出版了。洵美日裡天天為密姬忙著，將中文資料翻成英文。

我在家又要生第六個孩子了，夜裡夢見燕子飛來，後來孩子就取名小燕。

不久接到蘇州叔公的信，約定日子，我母親可以落葬了，選好了黃道吉日，那天我們邀了姆媽、乾娘，帶了四個孩子去向外婆告別。小珠僅兩歲，平日我領的，帶在我身邊可以放心。我母親喪事從簡，沒有講排場，如出殯儀式等都免了。我認為鋪張對死者、對小輩均無益。

82 日寇進犯逃難忙

小朋友的書上有個故事講狼來了！狼來了！到後來狼真的來了。日本人幾次來侵犯，這次進攻我們祖國的大城市上海了，來得特別快。也許我不關心時政，麻痹了，哪有風吹草不動的。

敵人這次由吳淞口登陸，楊樹浦成了前方了，及至風聲緊急，消息傳來我便大吃一驚，不知採取什麼措施了！第一是要逃命，但眼看這些東西，還有這五個孩子，憂慮萬千，徬徨躊躇。不知拿些什麼走好？當然先拿緊要値錢的東西，平時箱子理得很好，再加些重要的進去。抽屜裡東西需要的，又來勿及處理，只有全部往包袱裡一倒。被褥等等都用被單打了包。家具等如何處置要看洵美能叫到幾輛車再定。

洵美和堂弟清晨出去叫卡車，跑東跑西的，卡車都被人家捷足先登得去了。想盡辦法總算弄到一輛卡車，眞是不容易。幾隻床全搬去，要緊的箱子有幾只，洵美需要的書籍也打了包，平日吃飯用的桌椅和需要用的鍋碗瓢盆，保姆們的東西是她們勞動所得，比較要緊，好在件數不多，一同搬上了車。車裡已滿了，那些全套的家具均留下，滿以爲明天早些去叫卡車，再拿點出來，今天先逃出人，我還認爲可能幾天就會擊退了敵人的，以前兩次日本人也來侵犯過的，哪知這次我估算錯了！

我們暫避辣斐德路桃源村雲芝妹家中，我家有兩輛汽車，洵美駕駛一輛，還有一輛是駕駛員開的。我和孩子、保姆們分乘在兩輛汽車裡。車子不能開快，只見四面八方的車子、行人來來往往，也是車上堆滿了箱籠器具，也那樣的大包、小包。有掮的、挑的、背的，有老夫婦、有帶著幾個孩子的年輕媽媽，總之人心慌慌，攜幼、扶老地逃命。

逃難哪有不損失的？不比搬家那樣舒舒齊齊，這個只有小說、電影上才看到的情景，只有身臨其境才能眞正體會到了。

印刷廠裡的職工和工友早一天已安排了，讓他們先回家，有兩位工友走散了，來不及跟大家一齊走，其中一位還受了傷。廠門也只好緊閉了。機器和配件等都來不及搬出，只拿出一方玻璃網線板，放在我汽車裡帶了出來。

（編者：家父在「七七事變」後與項美麗合辦了宣傳抗日的《自由譚》，從第二期起開始連載他數萬字的〈一年在上海〉，共載六期，對逃離楊樹浦徐園的情景作了詳細描述：「『八一三』那天父親與母親是下午三點多逃往蘇州河南面的；我們車子過橋將近四點半，有兩位工友走散了，不及和大家一同走，他們五點多鐘出來，竟然被日本兵用機關槍掃射了，他們幸虧都懂得趕快伏在地上，只有一個腿上受了傷。他們說當時射死的男女老少不止幾十百千。不知那有三個小孩的一對夫婦會不會在裡面？不知那一對六七十歲提著小手巾包的老夫婦會不會在裡面？」〉

雲芝妹早已將下層全部讓給我們。可是東西多，擠滿了這宅房子，我想如果明日搬來了其他東西，還可以放在天井裡和門外面。先搭好兩隻大床，便沒有多大的空間了，只好再放一只吃飯的方桌，桌底下放了椅子。每人日常用的東西都帶來了，有很多東西放到雲芝妹的房裡和女傭陸妹的房裡。夜裡保姆們在雲芝妹房裡地上搭地鋪睡，駕駛員只能住到他哥哥那裡，他哥哥在洵美父親那裡，也是開車的。父親和姆媽住在法租界幸福村。

一夜我未睡著，天一亮叫醒洵美去叫卡車，哪知在第一天的下午，楊樹浦地區已封鎖了，中國人不准進去了。我失望極了，尤其擔心和愁慮的是：日本人進攻下，我們的戰士們劇烈抵抗不知情況如何？這是緊要關頭，勝者進、敗者退，雙方作戰相持多日。我天天望、夜夜盼，盼望有個好消息來。我這裡聽炮聲很遠，我住的房子有個曬台，夜裡我上去遠眺，只看到遠遠的間斷地有一個個紅色或綠色發亮的光球由下而上升，這是我第一次看到在夜空放的信號彈呢！

租界是日本人不能進的，所以很多人都逃到那裡。洵美照樣出去忙，父親、密姬、朋友們都住在租界上的。我們總在盼呀，望呀！可是敵人還不退，經常有飛機在天上來往，不知哪方的？有時飛得低，可以看清楚機身，飛機聲音很大地飛過屋頂，我們擔心機槍掃射，所以都到樓下去。雲芝妹那時有了身孕，身體不好，總在樓下自以爲安全一些。

有一天，一隻飛機在高空飛得極快，大約這個空軍駕駛員慌張之故，投下了偏離目標的一只炸彈，卻投在我們前面弄堂的住家浴間頂上，擱牢在上面，當然屋頂、牆磚震裂開來了，炸彈卻未炸開，這是奇事，大家感到幸運，否則我們也挨到炸彈片呢！

我們住得太擠了，密姬爲洵美找到一宅洋房，在麥尼尼路，是很講究的建築，有假三樓，柚木地板。房間下層有兩間。二層一大間、兩小間、一個浴間。三層也有兩間。另外後面有小樓，上可住人，下放汽車，但只好放一輛。花園不很大，獨門獨戶，可是房租很大。在安全地區找個房子如覓寶一樣。

這次去叫搬場卡車不費事了。大難逃過了，搬家的人也少了，所以叫了兩輛卡車，因爲連臨產的雲芝妹一家的東西一起搬走了。雲芝妹的東西不多，小家庭簡單，所以堆了東西的卡車裡還可以立上幾個人進去，保姆們都上了卡車。這樣我們家人在自己的一輛汽車裡擠一下。好在路不算遠。我們把一輛舊汽車賣掉了，因爲新地方的汽車間只好停一輛車。

83 戰火中兩件快事

住了不到半個月，雲芝妹要生產了，早已約好鄺采娥醫生來接生，她家和我家住得不遠了。雲芝妹肚痛她就來了，可是產婦陣痛頻率不高，漸漸地反到平靜起來，醫生看看陣痛不夠勁，她說看上去一下子不會生，她回去了。我的心裡有些緊張，所以陪著雲芝妹，她也痛乏力了，便睡著了。到天亮她肚子又痛了，我又請醫生來，醫生也以為這下好生了，哪知又失望了！鄭醫生很有耐心，總是安慰她，雲芝妹急得哭了幾次，她的丈夫不在身邊，我是百般體貼，給她吃營養好的東西，她吃勿下，我還得像哄小孩那樣哄她吃。到第三天雲芝妹又肚痛了，這次倒痛得像樣些了，一陣接一陣地痛，直痛得嬰兒露頂，產婦痛得力氣全無，我很緊張了，醫生的臉也嚴肅起來，大約想打催生針吧！總算雲芝妹突然來了個大陣痛，產門開大，醫生便將嬰兒接了出來，是個女孩。大人小孩全無恙，我便寬懷了。我在這件事上經驗也算豐富了，這樣的三天，我差不多沒有合過眼。

雲芝妹的奶多，自己餵了。孩子的衣服雲芝妹和陸妹已自己做好，我便省事不少。講到雲芝妹也很可憐，邵家是六個兒子就這一個女兒，母親很喜歡她，尤其是祖母。她小時候小名叫毛毛，祖母是蘇州人，有事總喚毛囡。哪知喜歡她的親人先後去世了！雖還有個父親，畢竟男人比不上女人細心、貼心，像這位父親根本不會顧到她。所以雲芝妹結婚時，她是不聲不響的，她夫家沒有什麼人，我沒有聽到、見到過他家的人。她丈夫在戚墅堰發電廠工作。我和她是表姊妹又是姑嫂，該很親近的，我是應當照應她的。陸妹忠心耿耿服侍她，當然她的性情溫和，所以主僕有感情。我們過著很愉快的日子呢！大家一起看護著她的寶貝女兒小芸。眞是寶貝女兒，因爲她以後沒有再生！

我們搬到這所房子裡喜氣臨門。那個鄭仲賢經常來我家，看中了阿二。阿二是一位傭人的女兒，十九歲的農村姑娘，圓臉、較胖、有福相，來了就耽在我家，抱抱小燕。他們已兩廂情願，阿二的媽也答應了，但仲賢沒有家，也沒有工作，就是有個娘親跟著闊氣的姨母住，有個大姊也很闊，但在外地，還有個妹妹在聖瑪利亞女中做老師。她準備做老小姐不結婚了。我想這種情境，仲賢娶親他家總該給點錢的，可他娘為了這兒子不上進，並不關心他，由他娶個農村姑娘也好。其實是好得再好也沒有了，仲賢跟著阿二和她媽一起回農村生活了。我這個「粗做」（女傭）沒有兒子，就像招女婿一樣，我當然幫助此這位「粗做」，成全他們一家去農村。從此我沒有再見過他們。

十年後，我為小燕要進初中，去看仲賢的妹妹，她是中學教師。在她那裡我見到了阿二的女兒，她的身體強壯，臉也圓圓的像娘。那時仲賢已去世，看到他妹妹很照應這位侄女，我也高興。我還見到了仲賢的娘親，雙目失明，坐著，自己不會走路。聽得我到，她馬上用手扶了椅子把手立起來叫我：「茶小姐！」向我感謝一直照應仲賢的事。他妹妹留我吃點心，所以我在那裡多耽了一回，也便看到了女兒待母親的孝順，使我心裡感到無比的高興。

喜臨門便有突如其來的喜事。一天，三弟急匆匆跑上樓來叫我：「大嫂嫂，請你下樓去接接她。」我問：「接什麼人？」他說：「下去看了便知道。」我跟著他直奔到門口，原來是一位女子，我並不熟識，但見到他倆的面部表情，我心中明白了幾分。我便攙了她的手同到樓上，這個女子怕難為情，不聲不響，我打量她一番，她的身材還算高，不胖不瘦，皮膚不算白，眼睛很大，額上髮型圓，下頦兒也圓圓的，一副老實相。

三弟對我講：「大嫂，我們要先住在你這裡了。」我說：「再好也沒有了！騰出個房間來，可是在三樓行嗎？」三弟樂意的，就這樣三弟在這裡安了臨時的家。

在這當口不用婚禮、免了一切困難，本來只要兩廂願意最重要。三弟曾和我堂妹談情說愛，後來吹了。婚姻是要有緣的。世界上有千千萬萬的人，美的、醜的總會成雙作對。俗話說，一只饅頭一塊糕，總會搭配起來的。配成夫妻還不難，有始有終同甘共苦才算得上是眞摯的愛情和幸福。在談情階段山盟海誓，這是靠不住的。像他大哥，當初說得連香菸也不抽，哪知後來吸香菸不算，還吸雪茄和板菸，有時連鴉片也呼呼，這有何說呢！多年的夫妻，總不能爲此而離婚吧！三弟這一對倒是自始至終的眞摯愛情，後來一連生了五個女兒，個個漂亮，可謂「五朵金花」也。三弟雲駿因留學法國學醫，故後來協助洵美編輯過「時代科學圖畫叢書」。三弟媳文化水平雖較低，但她立志要上學讀書，在三弟的支持下，竟然達到中學程度，成爲一個有修養的賢妻良母。

84 搶運出了印刷機

這個困難時期有多少人在受苦難，這也不用我說了，講講我自己，苦雖沒有吃，但心中的憂慮一日甚一日，家中毫無收入，周轉就得上當鋪，最貴重的首飾已入了典當，本來總是要贖回來的，現在哪來這筆周轉的錢？況且有一定期限，到期不贖還得付清利息，否則東西沒收。去押的東西估價極低，這本來是件不上算的事，以爲能贖回才這樣做，現在看來危險了，叫我怎能不心痛呢！

我滿腦子的愁慮向誰去說？明知洵美沒有錢的來路了，家中有這些孩子，平日開門七件事，一件也不能少，如此境況又回憶起做姑娘的時候吃穿不用愁，無牽無掛，心中舒暢，笑也笑得出來。那些長輩們見到我總是喜歡輕輕拉一下我的手臂，叫我回頭看看。我心中有數，報以一笑，如她們的願，她們說：「茶寶一笑眞像一朵茶花。」

講到茶花，洵美如果見到花市上或什麼器皿上有茶花的，總爲我買來。他寫了一本詩集，名《花一般的罪惡》，一九二八年由金屋書店出版，設計封面時想勿出圖樣，便畫了一朵茶花，是黑色的，印在米色的封面上，很別致。現在的我哪會再有這天眞的笑容呢？

我出嫁時那些天的憂慮現在逐漸成爲現實了。我是傲性子的人，急在我的心裡，表面上是沒有影響，況且是個耐性子的人，也不會動火，惱怒，不像有些人，會借題發揮，發洩發洩胸中的悶氣。洵美是個書呆子，我必須提醒他，我說：「我們的財物也只是這台印刷機了，何不託人把它搬出來。就是廠不能再開的話，有句俗話說，窮、窮、窮還有三擔銅。楊樹浦現在中國人進不去，那裡屬於英租界，是否可託外國朋友想想辦法？」我這一說啓發了洵美的思路，也便動了請密姬幫忙的念頭。

密姬的朋友很多，果然找到了巡捕房裡的那個洋頭頭，又託朋友爲她找到好幾個俄國機械工人。我們廠也派了兩個有經驗且熟悉這台機器的技術工人，和他們一同進廠去，兩天便將這台機器全部拆下來了。眞是再好沒有！連一只螺絲釘也不缺。（這是後來再裝起來時發現的。）鐵的東西重，用載重卡車搬來的。

當時我們已租好兩間汽車間，就在密姬家對馬路有一排平房，專放汽車的。放機器正好滿滿兩間。這機器很大，也很高，分三層，所以搬來是很不簡單的事呢！

85 淮海路一七五四弄十七號

爲了保護印刷機，這時我們也就再一次搬家，搬到了離印刷機最近的淮海中路一七五四弄十七號。全弄堂三十宅房子，惟有這宅空著，像是命裡該派就的。我們好比鳥兒一樣，臨時築巢在樹上。一旦寒風吹、暴雨打，難以安息了，窩就搬來搬去。逃難到蘇州河南面，就搬了三次家，從桃源村到麥尼尼路，再到淮海路，洵美說這是一種波浪式的流浪生活。而這次搬到一七五四弄十七號，哪知一住就住了三十年！就在這宅舊而小的房子裡，我嘗到了甜、酸、苦、辣，領略了盛、敗、興、衰，一言難盡的悲慘情景。

那幢西班牙式的房子小，人多，急需家具，密姬託了徐園巡捕房裡的人，允許我們去搬出點東西。舊房子聽說已遭到過洗劫。

我們搬出了一套餐用家具及房間家具、箱子和一套西餐用的瓷餐具及吃咖啡的一套杯碟等。這些瓷器是放在酒吧檯的櫃子裡的，故順手一起拿出。而我陪嫁的那些整套大大小小碗碟以及茶杯等都未運出，紅木茶几、靠椅、箱櫃等也未運來。牆上的照相架拿來了，那張盎格爾素描畫就在相架裡，竟然沒人拿去！奇怪的是就獨缺放在照相架內的我在外國照相店裡照的一張半身像。有幾張古畫被撕掉了扔在地上，那些朋友爲我們畫的尚未裱好、夾在硬紙板裡的畫及珍貴扇面也不見了。大約徐悲鴻、劉海粟當時也有點名聲了！

很可惜的是我平日喜歡的古董、小擺件等，在壁爐上的和玻璃櫥裡的，一樣也不見了。玻璃櫥是鎖著的，已被打碎，當然是爲了拿裡面的東西。櫥上國外進口的一套車邊白玻璃器皿很貴的，倒還在。後來這套東西寄放到密姬家中，並非是送給她，實在我家裡放不下。大沙發一套只運來兩只小的，也很大，只好寄放在人家了。我母親遺有兩只箱子，倒是拿出來的，裡面是現代人不要用的東西：外國古台鐘、大理石擺件和古瓷器，也寄在毓賢堂弟家了。

房子小了，二樓有三間房加兩個廁所。大件頭的東西放不下，一只大櫥就占了一面牆壁，兩疊箱子和門又去了一面，加隻床小美的房間就這樣放了。雲芝妹一間，和小芸及陸妹同住。還有一間是小玉、小紅和老保姆帶小燕住。除床之外放了只桌子，在窗前還放一疊大大小小的箱子，當然也包括保姆的一份。洵美和我住在樓下。下面是兩間相通的房間，中間無拉門，不像以前的。做房間只好用大門帘拉拉，裡間讓洵美做臥房兼書房間，放了床、書桌、書架。外間爲會客間兼吃飯間。我和小珠只好住在陽台上。原就裝有四扇長窗，我在窗上裝了紗的打摺的窗帘，外面還放了厚料子的長窗帘，裝飾一下，還像個房間，倒也可放隻大床和一只小衣櫥。地下是水泥地，我放了地毯。吃飯間有一扇門通到灶間，邊上有個走道間和一個小小的房間，只容放一隻單人床，另一個保姆睡在那裡。後門就是武康路。一進後門有個小小的天井，邊上還有個小小的廁所，僅一只抽水馬桶。其後面是一間小小的放煤間。可惜沒有假三層樓。但也可稱得上「麻雀雖小，五臟俱全」呢。

住定下來，應當吃飯勿忘種田人！密姬出了這份力，該謝謝

盛佩玉和邵洵美最後的住宅：淮海中路一七五四弄十七號

她。因爲她請過這些幫忙的朋友喝過洋酒，酒很貴的，不能叫她破費。所以我送了一只極好又厚的翡翠戒指給她。當然拆裝機器的錢是不用她付代價的。

搬進這所房子的第二天，有個人來講搬到新屋要給他們一筆進門的「喜封錢」。他穿了一身不清潔的布衣褲，我便明白了，他是個「地痞」，來要「保護費」。對這種人不能不應付一下，免得以後作梗。我對他說：「喜封是隨我賞付的，給你兩塊錢吧！」他說住這房子起碼該給十塊錢。經過討價還價，給了六塊錢才了事。像這樣的事，記得還是當時搬進同和里時也有發生，哪知過了這許多年，還有這種地頭蛇！

淮海路花園裡兒女們合影

洵美經常走過馬路，他不會注意街上的各種商店。而我極少出門，也不知道市場上有收購店或寄賣店，況我的腦子單純，希望日後會好轉，所有的東西物歸原主。我床上原有席夢思床墊，爲了這床墊有彈性，懷孕了睡著不舒服，所以換了一隻藤繃的，現在剩下這又大又重的東西，不知售去，又是寄在人家裡。這家人洵美認識的，名劉碩甫，他身材魁梧，一臉大麻，喜說笑，又能做西菜，愛收藏外國各種小刀。第一次到我家來看洵美，當他見到我時對我說：「洵美嫂，我早就認識你的，在你還是小姐的時候，在新世界裡，你眞漂亮，我盯過你梢。你看到我嗎？」我也答了：「怎會不看到你呢！你有這樣的特徵呀！」大家聽了哈哈大笑。

有一天，劉碩甫請我們到他家裡喝咖啡，見到了他的妻子，樣子很好，就是眼睛有點異樣，眼珠子不太靈活，她說話慢慢的、不爽快，可能性子溫和，她和碩甫二人性子好像不同吧！劉碩甫親自動手做了一樣火腿蛋，即培根煎雞蛋，手藝倒是不差，用葷油煎，蛋白嫩而白，蛋黃不流又不實。又拿出他收藏的小刀給我們觀賞，小刀放在盒子裡排列著，有古式的，刀柄上刻著花紋，也有現代的，可是沒有多少把。收藏東西，當是長遠計畫慢慢來的。

又認識了一位明耀五，身材不算高，戴了副眼鏡，很誠實也能寫文章。洵美曾推薦他到《大英晚報》去做編輯。他說的話我不大懂，大約是四川人，因他家能做四川泡菜。

我們的屋子小，東西攤勿開，人也老團聚在一起，直到睡覺時才各自從客廳回房，很鬧猛，一天天很快過去。一天下午，忽然二姊夫來，這時洵美不在，該我去接待他。進門便是吃飯間兼著會客室，亂糟糟的，小珠正坐在痰盂上大便，臭烘烘的。我忙將小珠的事交給保姆。走去請他坐下，隨手斟了一杯茶，他說：「這房子太小了，你搬出來也不告訴我們，使我們一直牽記著你，所以我來看看。」我不等他再往下說，便領他到我與小珠住的小房間裡講給他聽，這長門帘裡的一間只好放隻單人床和書桌、書架，洵美便睡在裡面。小珠又跑過來了，我便抱了她，講給他聽：「我只好睡這陽台上，好放個大床，我帶小珠睡，你看看可想而知，一目了然吧！」他說：「你太艱苦了。」我們沒有話談。他便說：「有什麼事，儘管打電話給我。」當時我便答：「大約沒有什麼事的。」他便走了。從此沒有再來過。我回房，感到很淒慘，我自己的哥哥、姊妹沒有關心過我，而他每次聽到姆媽嘴裡傳給他的消息總會來看我，其實他很想幫我們，可是我這個性子，他知道很難說話。

日本的魔掌伸到了上海，鬼子不走了。聽到了很多的殘酷

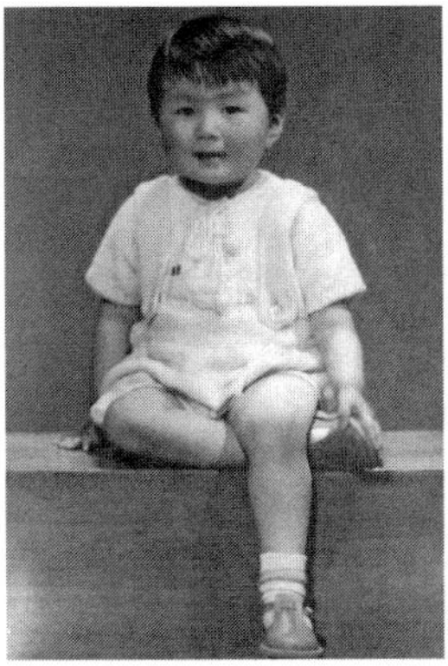

小珠

事件，也見到了鬼子耀武揚威把刺刀向著無辜人們的照片。有一張照片是日兵用槍上的刺刀鑿破小商販的棉襖，衣裳縫裡流出來的是米，灑了一地。在困苦的日子裡，小販想賺些錢唄！假使他過了關，米價當然高價出售，他們是用命在幹投機呢！還見到一張照片是一個日本兵站在橋上，中國人走過那裡非要向他鞠躬，否則要挨打。

在淮海中路家中

我們的口糧當然不容易買到。市上什麼東西都是奇貨，沒有錢沒有勢的人眞是愁煞。

當時買的米裡有很多砂屑、石子，是不是米店暴利在秤頭上占便宜？想想不可能，在這困難時期中國人不應當沒了良心來刻薄自己人，況也沒有這種膽量，除非是日本人幹出來的。在他們的統治下，由他們擺布。每日三餐的淘米要挑出不少石子、砂屑，要花去好些時光，眞可恨！想想馬虎點吧！將亡國之民吃些砂又算得了什麼！

奇怪的事很多，日本人會對那些清朝遺老遺少感興趣！使他們吃香起來。洵美的五弟被看中了。一躍而爲汪僞稅務局長，聽說這是因爲他的祖上是清朝的大官僚。做漢奸不論大小，總是有財有勢，漢奸風行一時了，像來了個瘟神，使各方都傳染到了瘟病。當然若本身抵抗力強，便傳染不上的。也有的人，假使一人得「福」，全家有「幸」，所以雲芝妹便搬出我家，重立門戶。我和洵美搬到樓上合住一間，他樓下的房間就成書房兼會客室了。

86 避暗殺住密姬家

非常時期洵美的許多老朋友極少有人來，他經常去密姬那裡，終於合作寫好了《宋氏三姊妹》初稿，後來她又去了香港、重慶補充採訪，最終完成了此部著作。（編者：一九四一年此書在美國出版了。）

她又用英文寫了一本書，到外國去出版的，我只知道中文名《潘海文》，另有外文名字叫《潘先生》，這本書內容寫洵美的多，也寫了有關我的一些事。（編者：一九四二年此書在美國出版。）

洵美同時在家編輯出版了一本大開本的圖文中文月刊，名《自由譚》，封面上三個大字是他自己寫的「洵美體」。內容是抗日的。創刊號封面畫是一個手托被日機炸死的孩子的悲憤的農夫。《自由譚》是大刊本，我記得洵美選印了一張畫：一個日本女人在走繩索。後被日本當局發現不准印刷廠再排印，只得停辦。依靠密姬，爲他在外文印書廠中印出來。

（編者：資深老編輯姜德明先生在二〇〇〇年一月二十九日《文匯讀書周報》撰文〈邵洵美與《自由譚》〉中，推測《自由譚》的主編與發行人名義上是項美麗，實際上是邵洵美。「也許正是邵考慮到當時租界的『孤島』環境，有意請一位外國人來出面辦理雜誌，借以躲避日本占領軍的阻礙。……這種辦刊手法，在當時『孤島』亦絕非一例。」姜先生的推測得到家母的印證。）

同時用密姬的名義又出版了差不多大小的一本英文雜誌，名《*Candid Comment*》。洵美用英文發表了〈Poetry Chronicle〉〈新詩歷程〉和〈Confucius on Poetry〉〈孔夫子論詩。刊於溫源寧等編輯的《天下》》。

（編者：〈Poetry Chronicle〉已由我二姊邵綃紅及姊夫夏照濱教授合譯成中文，發表在一九八五年南京師院《文教資料》第二期上，此文二姊譯爲〈新詩歷程〉。）

洵美整天在家忙這些，時值夏日，經常弄得汗流浹背。我只好幫他打扇了，本來有一隻三角牌進口的電風扇，可是買來還未用幾次便賣掉了。凡是熱愛祖國的人，都起來抗日，洵美算一個吧！他是埋頭苦幹，自己編輯，他沒有找到群眾的力量，又不找組織，但也無組織來找他，也無群眾來看他。日本人容不了他還在自由發揮，故下了命令要暗殺他。密姬得巡捕房告知，洵美只好避在密姬家中。我每夜去伴他，約住了半個月呢！

在密姬睡的房間隔壁，我經過那個房間，在露開的門口，見到一位戴眼鏡的中國女子，身材不高，又不胖，長臉，她也是藏在密姬那裡準備出版一本書的。洵美告訴我，此人姓楊，叫楊剛。好像她從不跨出房門來和洵美交談的，所以我不加多問。但她給了洵美一篇毛澤東先生著作的外文翻譯文稿。洵美還告訴我，這是第一次譯成外文。後來洵美除在《自由譚》上介紹了毛先生這篇抗日著作，並將這篇著作校對、用英文印刷、祕密發行。對象爲在上海之外國人。

（編者：這篇著作即指《論持久戰》，家父在《自由譚》第二期的「短論」中介紹說：「……毛澤東先生的新著便值得使人讚揚了。這本《論持久戰》的小冊子，洋洋數萬字，討論的範圍不能說不廣，研究的技術不能說不精，含蓄的意識不能說不高。但是寫得淺近，人人能了解，人人能欣賞。萬人傳頌，中外稱讚，絕不是偶然也。」）

打擊我的事又來了，押去的鑽石首飾過期了，不能不贖，認識了那裡一個姓賈的，經常去抵押，故極熟，他很幫忙，但過期了，現在不能再拖了。我們轉了一個念頭出來，是否可通過擔保，讓我們把抵押品借出來，再由我們去賣了錢來贖回押品，但要加上兩年的利息，數字就大了。押了的鑽石不值這麼多錢，本想能多下點錢來用用，嚴酷的事實打破了這念頭。洵美對我看著，心想這麼大筆錢哪來？我只有嚥下一口氣，從牙縫中說出：「讓押頭店吃沒了它吧！」我想，少了這裝飾品又何損顏色？開口向人借錢才是難堪的。我作好了自己的思想工作，決不爲此傷神、傷身，決不踏洵美祖母的覆轍。不過，說心裡話，總還有點耿耿於懷吧。

87 蘇州探母祭娘親

我母親安葬後，我們沒有去掃過墓，不知公墓裡是否按照我的要求辦妥？我心裡一直想去看一次，但這個年頭我不敢去。現在堂弟在蘇州工作了，蘇州有了人，可以照應著，故我寫了信託堂弟爲我在旅館裡開個房間，再到火車站接一下。

那日很順利，堂弟陪我們一起去靈岩山公墓。這次我簡單地帶了小燭台、少量的供品食物，總算拜祭了一下我的母親。哪知以後許多年甚至幾十年沒能再去，聽說「文化大革命」時，不論平地或山上的墓穴都被挖了，想想可憐，多少人家的寒骨不知散在何地？

這次我帶了孩子們去的，難得出門，洵美也有空閒，所以一起住了三天。掃墓花了一天，還有兩天玩了一次「拙政園」，在蘇州街上走走看看，計畫到「吳苑」吃小食，孩子們還是給些吃的會感到興趣。

「吳苑」是個有很多桌子的大茶館，而我們醉翁之意不在酒，是去吃東西的。有樣東西吸引了我：有一婦女托著盤子叫賣的，其中有一小食是圓的洋錢大小，白底上有紅心或綠心，細看其實是白米粽子切片，中間放了白糖玫瑰或白糖薄荷，很別致，我是愛吃糯米的。

那裡還有賣甘草梅子、黃蓮頭、五香豆、西瓜子。女孩子都愛吃，所以茶館地上不清潔，瓜殼、彩紙亂拋。邊上還有一間有聽「說大書」的，同時可以泡壺茶，邊喝邊聽。有個男子托了一盤是挖耳朵、剔牙齒的竹籤，兜來轉去地叫賣，小小白白的圓球裝在竹籤子上，也好玩呢！

我們又去了菜館，記得我於很多年前在蘇州菜館裡吃到過「松子鱖魚」，又嫩又肥，這是蘇州有名的魚，這次去菜館裡，沒有這種魚了，今非昔比，魚到哪裡去了？

本來想遊一下虎丘，但我又有了身孕，免了吧！孩子們覺得沒玩夠，可是他們剛進新學校，讀書不能多脫課，結果玩了三天還是回家了。

88 孩子進世界學校

我們搬到淮海中路一七五四弄還有一個重要的原因，就是弄堂隔壁有個著名的世界學校。孩子們上學方便，所以從大兒子到以後的小兒子，八個孩子都曾經在這個學校讀過書。這個校屋以前是國民黨元老李石曾的藏書樓。記得有一次，我經過時，還看到花園地上曬了很多書，有藍色布封套的古書，一套套的。

李石曾曾創辦世界社，有意讓世界學校貫徹他的教育宗旨。學生一年級開始講普通話，讀古文，念英文。音樂、美術、體育並重。

記得就在世界學校後面的一間精緻的小禮堂裡，洵美曾經代表世界筆會中國支會的會員，送給蕭伯納一套十二只北京京劇人物臉譜。這是我們去北京時在東安市場買的。洵美告訴我，蕭伯納開起了玩笑，指著長白鬍子和他有點相像的老生臉譜笑著問：「這是不是中國的老爺？」張若谷搶著用英語回答：「是舞台上的老頭子，不是老爺。」蕭裝著聽不懂，又笑指著一個花旦的臉譜說：「她大約是老爺的女兒吧！」

世界學校的校長姓何，他的家就在我們的弄裡，所以我經常看到一個瘦小穿了西裝、總垂了頭走路的老實人。他的妻子也是誠實、可靠，也是不會和人交談，她在另一所小學當老師，我們雖然很熟，但我不喜歡串門，所以孩子的事總到學校去看他們。

三個大的都送進了世界學校。小美三級，小玉五級，小紅六級。小美有英文課，他不笨，但也不聰明，老實、不善交談，在家喜歡看俠客和偵探書，《七俠五義》《小五義》《七劍十三俠》等，還喜歡看連環圖畫，他看書的速度極快，可以說是一目十行。他中學時我特請了一位老先生，教他讀些古文，這孩子有耐心，但太老實，便吃勿開。

89 洵美成了集郵迷

在這困人的日子裡，洵美總是和我談些有趣的事。他說：「郵票有各色各樣的圖案，我們以前不懂，現在有幾個郵票店，你可以去看看。」他知道我喜歡小玩意之類的東西，帶了我一同上街，先走過一家外國人開的郵票店，外國郵票有新的、舊的。舊的就是蓋過郵戳的，我不懂什麼値錢不値錢，挑上面有馬的、有蛇的買了幾張。洵美買了一套詩人的新票。他愛好很多，在當時的情況下，他就對郵票開始重視、收集起來，幾次和我去看看，總買些回來，外國舊郵票一紙袋裝著好多，各色各樣，大約是各地都有，只要一塊錢。又買了只鑷子。

洵美喜歡研究。郵票多了必須買集郵本子來裝，先是外行，買了一本大而厚的。上面每張開頭印好是哪個國的，哪種郵票的樣子，印出幾張，各國都有，任意由自己對照著去貼，

洵美喜歡變體的，這才有意思，如能找到一張，多麼高興呢！後來認識了陳志川，有個國粹郵票公司，這樣他又認識了不少的集郵家和郵票商。他懂得了：清朝的郵票有好幾種是名貴的。既集郵，怎能像開始時那樣集幾套！我也這樣想，所以花了很多錢去買，他還託人去找清朝時的舊票，有人代他找了十幾只貼有蟠龍一分票的信封，沒有變體。在貳分票的信封中，竟眞的發現了有個變體，「貳」字的腳特別粗，這是與眾不同的，居然被他找到了。這又不値錢，可他眞是興高采烈地去拍了放大的照片。

又買了外國音樂家、科學家爲圖案的整套郵票，後來懂得了名貴的郵票要用玻璃紙袋

裝。又買了另一種一排排裝郵票的本子，要用鑷子夾了放進去，一半在外，排好了紅紅綠綠各色各樣一套套的，很好看。居然我們買到了些清朝的名貴郵票。當然古郵票也是物以稀爲貴，他是研究了，也寫了些文章，投稿在集郵雜誌上。我算了算經濟帳，破郵票上花了好幾百元了。他對我說，東西在，等於錢還在，各國都有集郵的事。可他沒有想到，流動資金沒有了啊！跟他講也無用，對他笑笑完事。

民國試製票中之珍品

邵洵美

民國最早之試製票，厥爲飛船圖案之樣票。此票爲孫中山先生在大總統任內，親自設計。原票圖案長二十三咪，闊二十咪，刷色棕，值價五角，雕刻銅版，印於厚洋紙上。張賡伯君已數次爲文論及矣。

此票以余所知，存世僅有一枚。初爲袁醴園君所藏，曾刊載郵乘二卷二期。後袁君逝世，此票即不知下落。前年羅偉廉醫士購得郵集一部，飛船圖案樣票儼然在焉。羅醫士不知其爲何物，以示張君，經張君詳爲解釋，始悉爲試製票中之大珍品。但張君猶疑爲非袁君故物，不敢確定其稀罕之價值。後此票歸余所有，遂取郵乘所發表之照片，與該票對照研究，蓋此票無齒孔，剪裁之痕跡，極易辨認，乃知余所得者，果袁君原物，世間固未有第二枚也。

此票雕刻甚精，何以製而不用，殊多疑問。但觀其中文字樣，爲中華民國郵政六字，與孫中山先生當時手諭「普通票用飛船圖案」等語，適相吻合（在新光五卷一期發表），而票中法文字樣乃爲 LE TIMBREDE LA REVOLUTION CHINOISE 譯意當作中國革命紀念郵票，可知承刻者，定爲西人，不諳中文，遂有此錯。蓋手諭中同時復有關於紀念票之設計，承刻者不察，遂將張冠李戴。製而不用，其爲此乎？

余謂此票固試製票中之大珍品也。言其歷史價值，則爲中華民國最早之試製票，言其稀罕程度，則至目前爲止存世僅有一枚；言其藝術趣味，則其雕刻之精，爲我國他票所不及，確係出自名家手筆。但此票尚有更可寶貴之處在焉！要知其雕製年份，乃在民國初元，當爲西曆一九一二年，孫中山先生以大總統之無上權威，竟毅然決定用飛機爲圖案。查世界各國最早用飛機作圖案者，爲一九一七年發行之美國航空郵票，而機械文明十分落後之中國，竟有孫中山先生，遠在一九一二年，已知航空之重要，更欲暗示機械文明與科學精神爲我國當務之急，鄭重手諭，以飛船爲中華民國第一次發行之普通郵票圖案。此票乃先知先覺之鐵證也。其重要關係我國整個新文化，在國際上之地位，價值之大，可想而知矣。

90 女兒太多叫小多

洵美只管自己的事，而我即將生孩子了。一九三八年陰曆五月二十五日，我肚子痛，叫了鄺醫生來，還帶來一位護士。她看看我陣痛還不緊，對護士說她先回去了，過一會若陣痛緊，即打電話叫她來。後來護士看我樣子快產了，打電話去等了好一會兒才到。總算還好，等醫生到了之後嬰兒才生出來，又是一個女兒！

醫生爲什麼遲來呢？原來她去看電影了。好在鄺醫生還算細心，關照了家裡人，她在什麼影院，一旦有事即打電話到影院。叫影院的人用尋人的燈箱，燈箱上寫好尋找人姓名，服務員舉燈箱沿一排排座位邊上走著，她會留心看的。電話、汽車都是快速的東西，所以來得及。她認爲是負責了，我卻覺得她太馬虎了呢！

洵美聽到又是一個女兒，他講女兒太多了，取個名字就叫「小多」好了。一連串六個女兒，洵美到現在才覺得多了。

小多胖胖的身體圓圓的臉，圓而有肉的鼻尖，厚邊的一雙耳朵，很乖巧的，這是奶媽的一份功勞。但她的意志堅強，從小打針不怕痛，自己露出小膀子，看醫生的注射針鑿進自己肉裡去，不哭不叫。

這次做月子的時候，少了我母親的照應，所以什麼事都要由我一個人來打主意了，首先我不按照老規矩限制產婦的行動和飲食。奶患退去後，四天便起身走出房門，做點小事情。菜飯上也不限制，這樣省了不少事。

雲芝妹和吳家乾娘前來探望並道喜，她們送給我一些小衣裳。

自從雲芝妹搬出去之後，我們極少見面。大肚子時我很少出門，所以乾娘倒很接近她了。本來我們三個人是極要好的，今天她們來，我心裡極高興，笑也笑得出來了。

她倆講了些新聞給我聽，說：「現在有很多的闊

小多的乳母

太太，派頭大，在打扮方面『別苗頭』，首飾方面勾心鬥角地換花樣，衣服漂亮不稀奇，一粒大鑽石還算不了，要一套頭鑽石戒、鑽石耳環、鑽石別針、鑽石手鐲。或者要藍寶石的一套，或者是翡翠的一套，等你滿了月，到戲院裡看得到的。」

我想從前也有一家叫李紀高的，他的妻子經常有這種派頭，去看戲總是訂了一個包廂只坐三個人：丈夫、妻子和獨生兒子。兒子年齡和我相仿，招風耳朵，身體很弱。我看不慣他家那種派頭。他的娘帶了很多首飾，但面無笑容，三個人不說話的。爲兒子的婚姻，曾動過我的腦筋，我不願配這個親。現在她們講的一定是漢奸家裡的太太們。

乾娘說：「你的叔叔盛老三在日本人那裡得了個發財事情，鴉片煙是他一個人經營的，所以闊得很，太太的首飾卻不如人家，聽說本來很窮，太太也不知哪來的？現在架子大得很呢！」我說：「我的三叔早去世了，不知哪個遠房叔叔自稱『盛老三』，冒名頂替。日本人又以爲是正宗的清朝遺少了吧！遠房叔叔是拿不到我祖父遺產的，當然有好幾個沒有錢的呢！這個人『鴻運高照』了，是暴發戶了。一朝得勢，自然小房子換了大洋房，坐上新汽車。男的立刻換了面孔，女的馬上搭起架子。」她們說：「這種女人第一要保養好一雙玉手，用蘭花式手指夾著一支香菸，表示派頭大。第二身上服裝要天天用時新的料子、式樣來翻行頭，炫耀自己的身家。」我聽了好笑，暗想這般東西好日子不會太長的呢！這是我的心裡話。只是在雲芝妹面前，我沒有說出聲。

幼時的小多在玩車

乾娘把話說開來了，她說：「我有件事要和你倆商量，維勛一直在家不做事，家裡經濟上困難，雖然他妹妹由香港匯來些錢，換成這裡的錢僅四十元。我們領的小寶也大了，讀書也要錢，另外，他也好出去動動，在家也難受。我想託毛小姐（雲芝妹，跟老三是龍鳳雙胎）向老五說說，給他一件事。他太老實，給他一個小差使好了。（維勛，即我二姊之前夫。維勛的妹妹即唐紹儀的妻子。）」口中說出來的話即是她心裡的打算，哪容我來參加意見呢！是託雲芝妹去謀事的啊！我同雲芝妹講：「五弟的人不精明，學問也勿好，從小少讀書，但他的身材倒是高大，我們笑他是個繡花枕頭，肚裡墨水也少。現在竟然連日本文也懂得了。」雲芝妹說：「見日本人用不到講日本話的，況且有翻譯。」我又說：「稅務局這樣廣大的範圍，他居然能對付各方（日本主子和汪僞），倒是不容易的。」雲芝妹告訴我：「他妻子的一個叔叔很精明，多計謀，又配上些她面上的親戚朋友，都能爲他辦事，有錢、有權便不難成事。以前覺得沒學問，但他肚裡另有個『做人』的門檻。他自己說的：『人只要少開口，便看勿出你肚裡有多少貨色。』所以他出去接見無論什麼人，總不大講話。」那時他上面除日本人還有周佛海呢！雲芝妹還講：「現在他夫妻倆都吸了鴉片煙，都很瘦，他的岳母吸這煙，身體勿好了，一定會傳染的。」乾娘素未與諸弟相熟，故已同雲芝妹一起上他家去過，雲芝妹就住在五弟家附近的弄堂裡。

這時四弟、六弟先後下水都成了五弟的屬下，也都成了家。官大住大房子，官小住小房子，來往很近，理之當然也。四弟娶妻蘇州人，其岳家在上海開一家具店。六弟娶妻是姆媽的螟蛉女。洵美雖不走一條路，這個哥哥富有手足之情，現諸弟妹均成了家，也是好事一樁了。

91 我大病中的安慰

兩個弟弟結婚我均未去，因為碰上我生病了。這一病差不多八個月起不來床，幾乎喪命。發燒也不高，身體勿能立起來，有時要發喘，很像肺有病，應當照個片子，可我立勿起，故想了個辦法，請醫生將X光機拿到家裡來照。只要有錢、有熟人，還是能辦到的。可照出來沒有什麼大問題。

其實我們太沒有常識，思想也不開放。不能立起來走，可以由醫院裡來個擔架抬的，也可叫輛救護車上醫院去，那倒爽快多了。X光機拿到家是不容易的。還要搭了架子將機器架起來，真是大動干戈地忙了一番呢！

後來六弟叫了一個德國的醫生來為我看病和打針，打了不少的針，也不知打的是什麼藥水針，總之隔兩天打一次，一些也不見效。兩個月後請他不要來了。

洵美也有好些醫生相熟，他可是從不在醫學知識上研究，只是去請教請教。他只有一門心思在文學上，而我自己為什麼不去研究呢？老依賴著他，結果不但耽誤了自己，也耽誤了孩子們的身體。

這時密姬突然要回國了！叫洵美同往美國一遊，洵美因為我病未癒，沒有作考慮。我在病中，她走我也未送，也不知她是如何處理猿猴的，是否帶走呢？西餐間的一套木器家具還給了我，哪裡有地方安置？便售去了。她留下幾本書，以及兩只大而高的書架，這倒給洵美派了用場。我和她從此不再見面了。

我這場病命不該絕，漸漸好起來了！這些日子裡，家裡的六個孩子很好、很乖，這給了我大病好轉的機會。我的大女兒小玉，是個聰明伶俐的孩子，有大姊姊的榜樣：安靜、耐心、事理清楚、胸襟開闊、不爭論，將兄妹團結在一起，妹妹都服從她，故我在孩子問題上不大操勞。爸爸常不在家，姊姊帶頭圍在我床頭，大的講大孩的事，小的講小孩的話，總是引我發笑，這是她們的一片孝心，使我內心稍獲安慰。

洵美這一陣也出不出什麼花樣，在家研究郵票。

六弟對我很關心，他又有一個能治哮喘的中醫針灸醫生，他覺得自己這幾天喘好些了，便是打了金針之故，所以馬上叫這醫生也來爲我治治。醫生姓方名仲安。其實我的病已減輕了些，已能下樓活動了，但總想能治根。

醫生來了，我們加以招待，茶、菸之外還備有點心。他的身材高大，說上海話的，很氣派。他拿出一捲布包，攤在桌上，裡面排列著不同長短、粗細的金質的針，拿出了兩支短而細的。我問他是否要脫去外面的絲棉襖？回答說不用，可在外打。就在我後頸骨下面的兩邊用手指按了幾下，大約在摸正穴道，將針鑿進去，然後他用手指將針捻了幾捻，問我：「覺著嗎？」我似乎有點感覺。大約半小時後，他又捻了幾捻，少頓一下便將針拔出算打過了。方醫生隔三天來打一次，一個半月白過了，一點也沒見效。

好在不要我們送紅封。請他吃吃，花不了多少錢。然而他不是那種大方人，開口叫洵美爲他翻譯。針灸書我看到過一本，好像是法國某人研究針灸的書，法文譯成中文的，現在他要洵美爲他把中文譯成英文，他要出版一本外文針灸書，洵美一口答允了，好在閒著呢！

他爲我打針只需半小時，可一坐下來要談一個半小時，談敞了才動手。老保姆講有句老話說：「嘴郎中無好藥。」我說這不能一概而論。沈竹如老先生也善談，還是有眞本事的。

講到貨眞價實，我想到了那一天，顧蒼生的父親顧麗江突然來我家，他聽兒子講起我家有幾件古瓷器。他是個識寶太歲，收藏很多眞眞假假的古董。我說的眞眞假假是我認爲或許他也會有眞貨識不正、假貨當成眞的時候。他看到我家有只天藍色的青釉桃形古瓷筆洗，說是很名貴，是宋窯燒製的，很值錢的；其他幾件清朝年間的酒杯和直口盤雖是官窯所燒，但價值不能相比。我們聽了極爲興奮。把筆洗當寶貝似的裝盒保存。

後來洵美在郵票公司裡遇到一個外國人，他是集郵專家，也是瓷器大收藏家，英國人台維德。洵美告訴我，他還是個侯爵呢！他要看看這只桃形筆洗。一看之下很喜歡，他說：「我也有一只，在英國家裡。」他又說：「你肯割愛的話我便能有一對了。」他出五千元，可是現在他手上的郵票價值沒有到此數，回國後立即全數寄給洵美。洵美想，這桃形筆洗該稱國寶吧！國寶流入外國是不好的。因此沒有答應。此事作罷了。

後來聽顧麗江說，價值還要更大，故洵美準備待價而售。多少年裡，洵美的朋友，都是一流的權威專家，有陳萬里等諸位，有說是宋窯，有說是雍正仿宋窯，但也屬官窯，也很名貴。我們把它擱置一邊，自我欣賞了。

92 邵月如與「王先生」

洵美的父親邵月如和我們分開過後我難得再見他一面。姆媽也不大來，我們搬到淮海中路，後門即是武康路，離幸福村極近。可是他們已搬往愚園路雲壽坊了。因為家裡少了雲芝妹，弟兄們又都組織了小家庭，為了節省開支，當由大屋搬至小屋。父親從小是大少爺，一直到現在是老爺，雖一度做過中國輪船招商局經理，也是掛名的，自己失去發財的機會，只能把希望放在兒子身上。如今果然有幾個兒子「光耀門庭」，心中很滿意。哪知自己的命途多舛，忽然得病，沒有幾天即不治而去世了。

他病了我也不知，我的身體尚未完全復元，大約洵美怕我抱病出門探望，沒有告訴我。父親斷氣時，才打了電話叫我立即前去。這地方我是第一次去，到愚園路還得東張西望地看弄堂口的號碼和名稱。待我趕到，急奔上樓，父親已身體躺平在床上，壽終正寢了。我在那裡未見到五弟們來，難道他們還在「辦公」嗎？

大約日本人的管制下死人是不能在家擱太久的，所以姆媽一面哭，一面對兒子講，打電話叫殯儀館來車子接。

漫畫《王先生》，其人物造型取自洵美的父親

父親他年未過六十，是個瘦高身材、長長的臉、其下巴頦兒特別翹，人家說，翹下巴是長壽之相。可是他等不到發財的兒子們送來的孝敬，「老太爺」這個稱呼也沒有降臨，他去世了。也未達到出殯的排場，反而簡單地將靈柩運往家鄉，在餘姚祖墳旁邊葬下了。我們都未去送葬。但是他的形象後人還能看得到。洵美的好友葉淺予在《時代畫報》上連載了漫畫《王先生》，其中的「王先生」就是以他為原型創作的。邵月如隨「王先生」留存於世。

93 洵美託病離虎口

日子一天天過得很快，我好比一棵茂盛的樹，上面的葉子被陣陣朔風吹落得光了！這是說，我把金的、銀的、銅的、鐵的和錫的甚至於木的陸續換了錢來過日子。我們假若想發財，有的是門路，但洵美在這方面倒是和我同心同德的。

像五弟，住了大房子還不滿足，買了好些房產，又自己設計了一幢花園洋房，房子式樣像三角鋼琴，他認爲是百年大計。

日本人並未漏掉洵美這個「遺少」，傳人來聯繫。洵美答以有病。洵美眞是極瘦，有鴉片癮之故，看到他的身體，他們便信以爲眞。爲應付說客再次糾纏，我們需要把準備好的答詞預先「演習」一番。當晚洵美試問我，反被我先問了他。我說：「想發財嗎？（我老用「發財」這兩個字，認爲用不上「富貴」兩個字。）假使發了財，只不過住大洋房，我們過去也住過了。男人只不過穿講究的服裝，吃山珍海味，坐新式、高級的汽車。這些，我們也都享受過了。最舒服的是人家向你拍馬屁、戴高帽子。在菸的方面，也許可得到各種高級品，大約也就是這些滋味吧！但做了官，官上有官，你也要去拍馬屁，你又不會這一套舉動，受人節制你又不習慣。更要緊的是：人只一世，名節第一，你已學文，何苦再變呢！講到我們女人倒是可以珠翠滿身，服裝華麗，私房滿鐵箱，出去應酬賽服裝、比首飾，風頭出足，可我沒有這個勁頭。我們當有自知之明，所以今後勿再談它吧！」

（編者：八十年代初，我們曾陪母親到上海長樂路父親好友孫斯鳴先生家拜訪，他治療肝病剛出院，他在懷念父親時深情地說：「洵美先生具有中國人的民族氣節。弟弟落水，他正氣凜然。有一次怒斥他五弟邵式軍說：『邵家沒有你這個子孫！』」

家母去世後，父親好友秦鶴皋（雲汀）先生告訴我們：有一次邵式軍來看父親，父親電話中對秦先生說：「儂來白相嗎？我牽隻狗給儂看看！」這隻狗指誰，不言而喻了。）

洵美在家也不寫詩作文，真可謂在家「孵豆芽」，就是在家窩著，這也難過，方始找到一個可以消遣、悅耳，又可聆市面的一樣東西——收音機。它是外國貨，有長短波，一百四十元買來的，一直擱著沒有用，我不喜歡它的聲音，現在不知為何要用它的聲音來激活我的腦子，拿它解解心中之悶和愁。

洵美也常聽，如聽朱瘦鵑說長篇小說《啼笑姻緣》，每天到時播出的。大的二個女孩也能聽，她們聽姚慕雙、周柏春的滑稽，我們總是笑開了聲。

收音機的廣告效率很大。就是可以電話購貨，我買到過白貓牌的毛線二斤，顏色是洋紅色夾白絲的。還有聽了一個廣告，我買了一條藍白大花線毯。花樣新型大方。還有水果店做的廣告：「糖炒栗子，一元四角一盒」。其盒四方形，如裝月餅大小的紙盒。真是良鄉栗子，不大，還很均勻，送來時還是熱的呢！

姚慕雙、周柏春還做了一個香粉的廣告，小玉、小紅打電話去買了一盒。是過了一天有人送貨來的，一小圓盒，並沒有特別的香味。但小玉一見此人很高興地告訴我：「周柏春自己來送貨！他穿了西裝。」小玉、小紅去看過他們的演出，故認出來了。

（編者：來訪者究竟是誰？為何應付「說客」需要父母費神「演習」一番？母親筆記中沒有詳說。事情也正巧，在二〇〇六年四月二十四日《解放周末・讀書》上刊出伊人先生書評

〈我對邵洵美懷有好感〉，同時刊出名爲〈孤島歲月的往事〉，即本書上述章節。

不久，讀到報紙的有位親戚邵毓華女士（她年逾八十，因輩份高，我們稱她爲「太姑姑」）打來了電話，向我們揭示了謎底——「說客」原來就是汪僞第一號人物汪精衛。

太姑姑說，當年她從餘姚來上海讀書，就住在淮海路一七五四弄邵家，那是幢西班牙式小洋房，當時大阿媽（小美哥的奶媽）曾親口對她講，有一天，家裡氣氛有點緊張，門外停了幾部汽車，花園內站了幾個彪形大漢，分明是「要人」來訪。她進去送茶，只見一位來客說，「邵先生你家的房子太小、太舊了，何不換壹幢寬敞些的房子住住？」說著叫隨從人員遞上，並打開了一個小皮箱，裡面是一疊疊鈔票。當時只聽邵先生回答：「汪先生，我家雖小，但盡夠我們一家子住了，謝謝你的關心。」

太姑姑說，老阿媽現已作古，但她講的那件事，仍記憶猶新，給你母親回憶錄作個補充吧！故存此一說，以待進一步考證。）

94 小玉臉上的瑕疵

生活艱難我不怕，就怕孩子生病。小玉眼睛梢上生了一顆粒子，結果到南京路一眼科醫生處動了手術。哪知對著鏡子揭開紗布時，她驚呆了：粒子不見了，但眼皮卻吊了起來。小玉極愛美的，一身清潔，現在面孔上有個瑕疵，心中好不傷心。沒有醫好她的眼睛，這件事也是我心中永遠忘不掉的一樁憾事。

95 冷清的四十壽辰

我天天在家忙家事，匆匆又十年了，我四十歲了！生日那天也沒有做壽的那一套，只備了麵條，備了些好吃的菜餚。

這天大娘和大姊來的，我也用這些來招待。大娘素來是坐不牢的，這大的年紀，就喜歡打牌，而我就不愛這個，家中沒有設備，哪能奉陪呢！我很想她多玩一會兒，可她們就是匆匆地要走了。大姊和我這一別永不再相見，最後她可憐地雙目失明，不久去世了。我沒有去吊唁，那時我又在病中了。大娘以後也未再來我家，年紀大，無人再伴她來。

我的生日在冬天，所以在秋天我提前去拍了照片，秋天衣服穿得少，可以照得好看些。這次照得的確很漂亮。我印了十寸的各兩張，兩個式樣的，馬上配了鏡框掛在牆上。

在我生日的那天，來了兩個人：曹涵美和顧蒼生。記得三十歲生日，曹的兩位兄弟：正宇和光宇送來了一只特大蛋糕給我。這次他倆是爲了談畫而來。現在是難得見到了，不像以前。他們見我牆上掛了兩張照片，覺得稀奇又加讚賞。顧蒼生最喜歡開玩笑，一定要一張，他挑了一張要我從牆上拿下來，那麼涵梅說他就要另一張。我說勿要拿下來，我本來每一式樣都印了兩張呢！他們哈哈大笑，正好他們每人一張，拿了便去了，口裡連連說：「謝謝。」我心裡其實是捨勿得的。我的照又勿是一張好畫，還不是看過後丟掉的。

96 演拳術洵美中風

一年又一年，看到的是孩子們的成長，心裡就也有些安慰。首先是小美考進了大同大學。小紅入中西女中。小玉的身體一直勿好，所以休息在家，沒有入學。她是個聰敏要好的孩子，每天在家自學，所以字也寫得好，數學也行。手很巧，針線活兒一看便會。當她十六歲的時候，有一天，姊妹幾個坐在一起看小書《連環圖畫》，其父立在旁邊，看到一本畫得好，尤其人物線條畫得細緻，栩栩如生，便問小玉：「你畫得出嗎？我取小說裡的一段情節，其中的人在幹什麼告訴你聽了，只要你畫兩張，一前一後，給我看看你的功夫！」過了三天，她便畫出來了。她很認眞，翻看了看過的小書，研究了房屋、景物、布局和人的服裝、衣褶的畫法。人的身子和手腳很難畫，但她平常和小紅喜歡畫人，所以不難。她說難在衣服上，樹木花草、家具可在別人畫的畫裡模仿。這是她第一次畫，當然哪有人家畫得好呢！總算在父親面前交代出來了！洵美覺得畫得還可以，對她說：「平日能多學習，多看看人家的畫，以後就做這行工作也很好的。也是一門藝術專長。」後來小玉果然從事過將外文連環畫上的畫用描圖紙描下來，爲翻譯成中文連環畫的出版做了些工作。

我的心裡稍得舒暢一些，馬上又來了一個急煞人的事！一天上午，洵美突然感到不好，眼睛嘴巴一下子便歪了起來！我在旁邊看到這樣，叫他、問他，但他話也不會講了，嘴唇也合勿攏，而且唾沫往下滴。

我急得一點主意也沒有了，馬上叫來保姆，她說：「這是突然吹著了怪風之故。」她告訴我：「清晨，園中空氣新鮮，邵先生深吸了一口氣，覺得精神爽快，提起了興趣，對孩子說：『我打拳給你們看。』並馬上擺起架勢，使勁用拳擊東，又轉身擊西地舞蹈著，贏得孩子們哈哈大笑。哪知過了不到三個小時，就這樣了。」洵美少年時，其父曾聘了拳師教他習拳，教會過幾招，但長久沒有練習了，這下可出事了！

我馬上打出了兩個電話，一個請醫生來，一個叫姆媽來。先來的是醫生，檢查之後，他說這也屬於中風，是傷了面部神經，沒有性命危險，但馬上也不可能好，需要用電療，開了方子，服他的西藥。

姆媽後到，她一本正經地講：「快去弄黃鱔血塗在面孔上，再用只金鈎將右面『嘴巴肉』鈎起來，沒有金鈎可以用只金鐲頭。」這兩樣東西都沒有，怎麼辦呢！姆媽就到人家那裡去借，等她借了回來時，黃鱔也弄來了，馬上殺了，將血塗在右邊臉上，半爿面孔血紅，嚇人，血容易乾，一乾就引起皮膚收縮，當然會感覺不適意，至於鱔血是熱性還是涼性，我沒有了解，總之不起任何作用。金鐲頭借到一只扁而沒有花的，很光，放進嘴裡，從一邊嘴角鈎起「嘴巴肉」，鈎起要用力拉，可是著力點在哪呢？耳朵皮是軟的，只能用繃帶從頭上繞一圈再吊上金鐲子，總之這些都使洵美難受，這一夜便不得好睡了。

小紅與小多

第二天他情況好一些，人也清醒了，稍解了我心中之急。他堅決不要用這兩種東西治療，這時他的嘴尚不能閉緊，但唾沫不流出來了。眼睛尚未見好。在床上休養了幾天，服了西藥，才逐漸有力氣，能慢慢在房中走些路。又過了幾天，準備上醫院去做電療了。

他父親一輛「四〇〇號」汽車已售去。我向六弟借了小汽車，並叫他陪去醫院。開始是每天去，後來是兩天去一次，汽車仍需借來，但可以自己去不用人陪了，一共不知去了多少次，總算眼能閉，嘴能合了。不過若留心看他，還是有一些痕跡的。

很多年以後，小美有一次見到父親對人說話時擠眉弄眼，心中起了疑惑。其實這個樣子我是經常見到的，洵美腦子裡念頭轉多了，如寫文章，抬起頭時，眼睛便會一眨一眨的，右眼皮會一牽一牽的，這是他中風留下的後遺症罷了。

他經過很久的電療後，緊接著他的頭髮漸漸變白，滿頭都是白髮了，看過醫生也沒有明確的診斷，我又急得非凡。總算被我想到了我母親的叔叔在蘇州是名中醫。便馬上寫了封信，告訴他病情，向他求醫。當然他很快來了回信，談了病理，還附來一張中藥方。洵美服了幾次，又來了複方，慢慢地他滿頭白髮漸漸地脫落成了光頭顱了。而又在上面生出稀稀拉拉的黑頭髮，好像野草蔓延漸漸地生滿了一頭，恢復了原來面貌。洵美高興極了，叫我把叔公開的藥方保存起來。

97 哥弟相差十八歲

到了下一年裡，小馬生出來了，孩子屬馬。洵美是屬馬的，故爲孩子取名小馬。

哪知嬰兒在第四天時，就被發現頭上有一粒如膿頭的痱子。護士爲他搽了紅藥水，過了兩天粒子大起來了，發炎了，是感染，這位護士該有責任的，如何好說呢！還是治病要緊。

只幾天的嬰兒呢！馬上請來西醫兒科陳琦醫生。這時小馬已發高燒，生命危在旦夕，醫生急忙打針，頭上開刀，除去了不少膿血。醫生指名還要一種特效藥水，好不容易買來一瓶。後來高燒退下去了，頭上的癤子也逐漸消了，可是藥水打下去後背部卻起了一個水泡，大約是過敏反應。醫生耐心地治這個小小的後背水泡。夏天皮膚勿易長肉，藥物又緊張，陳醫生很負責地每天來看，又帶來他自己留存的一種藥粉，大約是消炎生肉的，是鐵聽子的外國貨。他有信心治療，經過二個月才長好皮肉。

我在這許多年中連生了六個女兒，這次生了個男孩，大兒子和二兒子年齡相差十八歲！人家看成「物以稀爲貴」吧！故親戚朋友裡，有幾個送禮來，因此小馬週歲的那天，我請大家在南京西路上一家西菜館吃中飯，帶了小馬去，吃過飯便到照相館爲他拍了照片，又胖又笑。爲了吃飯勿忘種田人，故後來將一張照得好的放大到十二寸，送給陳琦醫生。洵美在照片邊紙板上寫了表揚和感謝詞，陳醫生也很高興，將照片掛到他的診所牆上。

98 日人打門闖進來

中國人民沒有放棄中國，戰爭沒有停止。日本人必然提心吊膽，怕空襲，所以來了個「燈火管制」。派人到一家家講要用黑布做窗帘，黑布燈罩，要遮得夜裡不露一絲亮光。一宅房子總要有好幾扇窗子。家裡哪有這些黑布？所以想了個辦法：夜裡，我們集中在兩間房中，夜飯早些吃，孩子的事、回家作業等早些做好，到睡覺時才分開，用手電筒送孩子們上床。這樣可以省去不少布，少花一筆錢。

有一天夜裡，小多生病了，忽然嘔吐，保姆聞聲醒來，急忙起身下床開燈，她們的床頭靠窗子，不留心身子牽動了一下窗帘，當然露出一線亮光，只不過一、二秒鐘的時間，哪知我們弄堂裡是有日本人巡查的，他發威的機會找到了，馬上進園來打門。園子裡有扇大門，只是用插銷的，他很容易地弄開插銷闖進來，直接拳打腳踢地敲打裡面的門，嘴裡還罵著人。我和洵美未睡著，聽到如此響聲，洵美說：「我去開門吧！」我說：「還是我女人家去好。」我便急忙下樓去打開門，日本人氣沖沖地用中國話斥責一頓。我忍氣吞聲地告訴他，孩子生病嘔吐了，照顧她不小心露了光，向他賠罪。他又大大地訓了我一番，然後大搖大擺地走了。

所謂光陰似箭，說得也太快了。度日如年又過慢了。平平而過，未免太容易了。怎麼講呢！洵美和我過的日子是窮而又煩躁的。生病！添孩子！弄得他腦子不得安靜。古話說，窮而後工。可是他筆也懶得動了，日常無所事事，坐著抽菸，從香菸抽到板菸，我們過的日子好像在等待著什麼。其實他是一籌莫展、愁悶在心，才會這樣子的。當時洵美寫過一首詩（未發表），表現了苦悶的心情：

一個疑問　　邵洵美

我的中年的身體，卻有老年的眼睛，
我已把世界上的一切完全識清，

我已懂得什麼是物的本來，事有終始，
我已看穿了時光他計算的祕訣，
我知道雲從何處飛來復向何處飛去，
我知道雨爲什麼要下又爲什麼要停止，
今天招展的花枝不便是昨天招展的花枝，
要尋昨天招展的花枝便得回復到昨天裡，
我更知道人類原始的祖宗還是個人，
還有雞比雞蛋先生也是不變的定理，
可是我的知心的朋友請你們仔細靜聽，
我眼睛前面還有一個更大的疑問，
我始終想不明白現在這一個時局，
究竟是我的開始還是我的結束。

99 為自由洵美出走

極少有朋友來了，但箋生是常客，他是不多談話的，因爲沒有地方要去，所以常來坐坐，這也很好，可以排解洵美的寂寞，疏鬆一下精神。可這次來，想勿到他對我們說出了他有一個打算。他說：「我們一天天地憋著，等於坐以待斃，我們可以出去走一次，看看情況。你要走的話我們一同去，越早越好。」這番話引起了洵美腦子的活動，他便立起來說：「走吧。爲了自由，堅決地鋌而走險，急何能擇？」我叫他們帶小美一同走，洵美允承。那時小美已大學畢業，戴方帽子拍了一張照，也給了我一張。他是學政治的，同學們的畢業論文裝訂成了一本冊子，他寫的論文是有關朝鮮的。

我爲他們備好了出門行李，籌好了錢，他們從杭州去。姆媽的姊夫和外甥在那裡工作，因此有照應的，由杭州到富陽，再到淳安。

可是一走一直沒有信回來，我心裡也很急。我只有準備把自己的身體養好，萬萬不能再病，家裡的負擔現在可在我一個人身上。況以前我發哮喘，洵美深解此病，喘有痙攣高潮，故每在高潮，必使我安靜，房中無聲，連他的身子也不動一動。現在他不在身邊了，雖他從不爲家裡做一些勞動，可是我發病少不了他！

100 洵美小美歸來了

任何一件事將結束總有個尾聲，可是這個尾聲是很大的，也很恐怖——天空中來了飛機，在屋頂上繞過的，忽上忽下，其轟鳴聲震耳，房子也似乎震動了。總是在午飯的時候，好幾次我們手捧著飯碗，飛機就由遠而近地來了，眞是可怕的聲音。可能那方定時讓飛機飛出，到這裡也就定時飛過。我家這幾個孩子聞聲便嚇得放下飯碗跑，我叫他們別跑，出去更危險。我聽人家講，牆壁角落不易塌，所以叫這些孩子把小椅子放在牆壁角落坐好，前面放一只長沙發，讓他們定心地捧著飯碗吃飯好了。我只好這樣慰撫他們了。

有一次大家在樓上，聽到的聲音更響，我們是二層樓房，質量又差，聲音使房子似乎震動，孩子們更驚惶失措，急忙撲在地上，往床底下爬去，還叫姆媽快些來，我們的床是西式的，較低，大人的身體根本鑽勿進去的。其實沒有事，大家好笑了。

有一天，我為孩子們買鞋子，到大馬路去，那裡店多，能挑得到合適的尺寸。哪知東西沒買到，天空響起了飛機聲。我在馬路上走，聲音極快地過來了，我急忙避到靠身邊的商店裡。聽到機聲過去了，我便出來再向前走，可飛機倒又在頭頂上了，驚得街上來往的人竄來竄去。

因為不久前有過一次，在大世界門前的馬路上墜下一顆炸彈爆炸，死傷了不少人，路中央崗亭裡的警察也炸得飛上了天。這條馬路很熱鬧，有旅館、商店，夏天乘涼的人多，來往的人，或坐車的人都被傷害。有的削去了鼻子、有的傷了手腳，各醫院都出動人員救護，醫院住滿了人，慘不忍睹。

想不到東躲西藏這樣一跑，時光過了好些，我的肚子也餓了，所以想能避到一個有飯吃的店，便好一舉兩得。見有個沙利文西餐館，我奔跑過去。點菜、等菜、吃菜，這段時間飛機過去了總算沒有再來。

人家講，飛機由高而低俯衝，可能會掃射地面，那便得要撲倒在牆邊地上，以防萬一。我說像我這樣的人缺少機靈，怎會這樣去做呢！

我這個人不會周密地考慮，像人家開始戰爭時，便避到內地，賣去了房產、家具、各種東西或退租房子。而我呢，是要看管這些孩子。我們若丟掉了這個破鳥窩，搭勿起新窩的，只好聽天由命了！老天不負窮人和苦命人，日本人的大勢已去了，大小漢奸都準備走路，五弟他們收拾東西也來勿及，還想得起手足之情嗎？他們是急得要命的辰光了，像吳家乾爹、堂弟之類，當的差事太小，沒有撈到稻草的便逃不起來。六弟到台灣去，後來聽說又到香港去了。後來雲芝妹也移居台灣了，總之一別成爲永別了。

想不到音訊全無的洵美、小美、但篯生這樣快回到了家裡！他們在淳安，聽到勝利了，馬上就起身往回走，因爲多少人想回來，路上擁擠不堪，他們不能等待，顧不上山路崎嶇，有段路地上有水，竟赤了腳跋涉了一段。這樣快，還比不上人家的快，人家有汽車飛輪，所以到家他們是狼狽不堪了。

當天晚上我向洵美了解經過的情況。他到達淳安便不得再往前。那地方有不少人都等在那裡，老的、少的。洵美的外甥、他姊姊的大兒子蒯世元也先在那裡，像他年齡的抗日青年有很多。因爲那裡要辦個外國語學校，培養英語口譯人才，所以招學生，還得要找老師。洵美和小但外語好，被校方看中了，要強制他們留下來，不給他們往前去。他們先要了解洵美的爲人，因此見到了那裡好幾個聞人。杜月笙也是其中一個，洵美跟他是初次見面呢！後來傳來抗戰勝利消息，學校也就沒能辦起來，招募的或強留的老師、學生也都各奔東西了。

我一直沒有告訴洵美，我和杜月笙的老婆——老五有個關係。老五出身貧苦，小時候是我母親給了她家錢，爲我母親的使女。她比我大一歲，一直跟隨著我母親長大。我母親有個專梳頭的婦人，又將她介紹到一個所在，遇上了杜月笙，那時杜尚未發跡，老五便跟定著他走了。後來杜有了權勢，杜是棄舊戀新的人，又娶了個老七。但老五爲杜生了二子，故在杜家有特殊地位。

洵美的姆媽交際有一手，和我二姊在一起，認識了黃金榮、杜月笙、金廷生等人的老婆，這些都是闊太太，有一次老五對姆媽講：要見見我母親，卻無一見之緣，我母親已有病，我母親說等病好些當設筵迎見，哪知病重往蘇州一去不復返了。

有一次我的大娘做生日，在湖社請客，二姊夫操辦，姆媽來賀壽，貴夫人很多。姆媽又向我提出：「老五想見見你，跟她見見吧。」我說：「這次不好見，老五出風頭的時候我們相見，好像挖了她的根子。她的臉要過不去的，以後會有機會的。」我心裡想，叫我去看這班人，還得去敷衍，我才不高興呢！後來我始終沒再見到過她，聽說她和兩個兒子到國外去了。

此次帶小美去淳安富陽，途中艱難情況如何，洵美沒有多講，但從多年後他記在隨筆札記本中的當時寫的兩首詩中可略知一二——

其一

一九四五年，得抗戰勝利消息，遂返上海，途中在富陽遇雨，停泊江邊，一夜不得入睡。此詩所用猶是此種字彙，現在讀來，格格不入。

停船江邊待曉行，一夜青草綠進城；

昨宵有雨墳頭忙，不知抬來何處魂？

另一首，因札記缺頁，前言爲「……年尙不滿四十，痛哉！」不知是指行船中所見的歷史人物遺跡之隨想，還是指逃難中早夭的難友。

其二

雨中溪水重，山外白雲輕；
廟裡方七日，世事少千斤；
人幼責任大，母老骨肉親。
夕陽無限好，只是近黃昏！

最後兩句借用舊句子，切事實也。

（編者：爲查詢父親第二首詩中所痛惜紀念的人是誰，特地請教了小美哥，他說途中是有二位不滿十四歲的小兄弟得病而雙亡。但詩中不知指誰，會不會是筆誤，將十四寫成四十，不得而知。）

勝利的日子到了，眞是熱鬧，尤其上海，什麼都是爭先恐後。大約各地都一樣，後來重慶回來的這班人各就各位了。單講租房子，都要講金條，我們對門十四號房子像我家一樣大的，一個什麼報館裡的人便用了幾條金子訂下來的，我聽了吐了吐舌頭，假使我家遷移了，回轉來便成無家可歸了！

洵美的人緣很好，那些從淳安回來的年輕人和他很親，跟著他的外甥也稱呼他「娘舅」，他變得有很多的「外甥」了，其中有幾位外文很好的。有個南洋人陳少雲，回南洋去了又來上海，特地帶來一包「榴槤」，並不太甜又不香，還有怪味。洵美介紹我要嚐一下，他說：「這東西以後我們吃不到的，『留連忘返』就是這個東西呢！」還有一個「外甥」也是回去再來的，送給洵美一只菸斗，尺寸特大，木質好，洵美很喜歡。眞正的外甥倒是沒有回來，我沒有問其所以然了。

洵美常和他們到花園飯店，房主我記得是程麻皮的兒子，沒有多久，此飯店關門了。程家的兒子在靜安寺路角造了一座八卦式的房子，建築厚實，他家是收藏世家，藏有好些古銅鼎。洵美講有一次他和朋友一起去那裡觀賞了這些古鼎呢！

有句俗話叫「逃得脫和尙逃不脫廟」，倒也確實如此，五弟走了，也不知其去向。其妻被監視，每天審問她，查問他們所有的東西，要全部交出來，當然她想能多留一些，因此軟禁在房子裡好些日子。

姆媽還講「盛老三」的事。他沒有走得脫，夫妻隔離查問，兩人招的口供不一樣。我想，審問的人一定很機靈，有察顏觀色之才能，用了擠牙膏的方式，像這種情況的人家不少，這些暴發戶，他們差不多都是南柯一夢吧！

二姊家我是極爲擔心，總不想問知她家的情況，料想不可能好，乾著急不好受，但又猜想她的特殊好友們都已從重慶回到上海，應當助她一把。可能問題沒有這樣嚴重吧！想不到有一天的傍晚，二姊夫親自打來了電話，他說：「茶，我要動身走了！現在大家都來這裡，你一定也來，我叫汽車來接你。」我回答他說：「我在生病呀！不能前來了。」他唔了一聲說：「眞的嗎？」我答：「是眞的，你保重身體。」講了這句我難過極了，心亂了，想勿出有什麼好往下說的，也沒有問他動身往哪裡去？但我又說了一遍：「你保重身體！」兩邊便都掛上了電話筒。從此再也沒有聽到他的聲音。後來知道他往日本去了，和日本人一起走了。我回憶他對我的誠意和關心，並且不忘記我說過的話，他在日本，「茶」要用日語講，我相信他老腦子裡是忘不了本國語言的，他肯定想回祖國，掉不下這班妻兒老小的。

可是在兩年後，姆媽告訴我，他在日本生病，已去世了。他向我告別時，我身體是勿好，可也不是病得不能出門，爲什麼不去再見一面呢！

當他走後，二姊搬了小房子，她太胖，不到兩年中風而死了，我一直沒有關心她，所以在今天我的腦子裡忘不了這些事，眞是遺憾終身了。

101 「時代」牌子掛起來

我們的一個家沒有變化，坐吃山空，加上印刷機放置的房租不堪重負。現在人家都在活動，那麼這架機器也該活動起來了。所以洵美先去了解，原廠址是空著的，他和廠裡老班底人馬商量後，就在原地址的房子裡搭了起來，搬場、租房、搭機器是大問題。其他職員、工人住宿、技術室、辦公間、飯間等開銷也積小成大，又是一大問題，洵美只得託人向銀行貸款透支，總算將「時代印刷廠」的牌子掛了起來。

廠裡的工作人員就是以前的一班人馬，後來加了一個天津人，叫陳濟嚴，這人身體結實，有妻子和兩個兒子，年方三、四十歲，他很忠實，在廠裡擔任外勤，他和氣又很勤勞，其妻也很老實，不多言。

廠裡才開始營業，只好先印《時代畫報》，靠著這個當然很難維持，影寫版問津的人少，其實《時代畫報》本身就好像廣告一樣，做出樣子來，比廣告還有效呢！

另外，有件想不到的事，洵美集郵時認識了郵票公司裡的陳志川，他介紹了他的姊夫束全寶，大約勝利了回到上海辦了個《自由西報》館，在愛多亞路吧！聽說洵美外文好，便邀他到報館裡去工作。那裡已有主編叫李才，福州人或是廣東人，他怕人家去奪權，對洵美是更不歡迎了。以至於東很爲難，洵美便掛了個名，爲《自由西報》顧問，洵美並不在乎，可以不用每天去上班，不是很好嗎？

這時候便認識了一個蘇州人攝影師顏鶴鳴。此人在一家電影製片廠工作，這廠址在淮海西路一個弄堂裡進去的，他是個五短身材的小胖子，一臉笑容，他有妻子、女兒的，可是他疏遠了母女倆和另一個女人同居，就住在陳志川那個公寓下面的二層樓裡，這公寓在淮海中路常熟路口。他這個女人是胖胖的鐺鑼臉，下頦很短，皮膚白而已，她就是會奉承人，比陳志川的太太活絡多了。他們倆喚我們「娘舅」、「舅媽」，叫得很親熱，洵美當然昏了頭，經常去他家。

這時顏鶴鳴在搞十六厘米的小電影片，攝了梅蘭芳的一段戲，好像是《貴妃醉酒》。後來農民銀行要辦製片廠，要向外國買攝影機，派顏去辦理，因顏懂得攝影機，但他一些也不會外語，故邀請洵美同往，由洵美作翻譯，他去看貨。洵美未去過美國，有此機會何樂而不爲呢！

洵美習慣穿中裝，他要帶一件可在房裡穿穿，所以我爲他做了一件咖啡色暗小格子的呢

中年時的洵美

夾長衫，買了一只牛皮手提箱，不大，飛機上隨身攜帶的東西要輕的吧！

洵美準備出國前曾對我說，將廠中一切事完全交給我去管理。這份苦差事，我並不以爲難，本來也在我肩上挑一半的。

動身那天，我到飛機場送行，有鶴鳴的女人，我們立在飛機旁邊照了相片。這隻飛機很大，乘客全上了，飛機立即開動，在跑道上向前慢慢地由低往高飛去，我們乘汽車各人還各人的家，我不喜歡這個女人。後來我一個人便沒有去過她家。

102 我決定恢復《論語》

我身上負擔不輕，印刷廠雖不大，也有好些人員，開支也不小，這是不能拖延也不能賒欠的，所以總得想個辦法。

過去我一直跟著洵美經過了很多事。他讀書、買書、寫書、編書、出書、譯書，一切都圍繞了書，因此我的腦筋也花在這上面，我便想起了《論語》。以前《論語》的銷路很好。有了它，往往廠裡的盈虧能相抵。眼前不想有什麼利潤，只要能周轉得過去便行了，那麼最好讓《論語》復刊。但談何容易，要去求得外稿，主編何人？想到此，真感到困難重重。

我的腦子不停地動，先要找個主編人，在朋友之中一個個找過去，可是他們和洵美是熟朋友，和我並不如此熟，那我又怎知他行不行呢！可我又想，事在人爲嘛，我繼續想，想到了李青崖老先生，他是誠實持重的，不妨我前去和他商量。

問到他的地址，路很遠。到了他家，知道他兒子是個醫生，他和兒子同住。也見到了他的妻子，他們倆的身材很匹配，都是胖子。李先生身高且胖，行動累贅了，他總是稱呼我「阿嫂」，像自己人。我將廠中的困難和我的設想、要求全盤托出。他也為我著急，他靜靜地聽著，好久不出聲，當然他在考慮能為我做些什麼，他說：「以前《論語》投稿的人我可以去訪問一下，聽聽寫稿人的意見。關於主編人，你找別人吧！」我再三懇請他幫忙，一定要請他親自出馬，因為我對出版的稿酬、文章審稿等都勿懂。我說：「我再三考慮了，我相信你，你也了解我家，你幫我是最好的了。」他才對我說：「過一個星期請你再來。」

到了說定的日子，我不怕路遠再去看他。他說：「這件事我可以幫你做，但你要同意我去找個人幫忙一起編，這個人由我負責好了，因為我年紀大，有關聯繫的事我不能跑。」我聽了一口答應，這個人由他負責再好沒有了。我還說：「你譯的莫泊桑著作照舊放在《論語》裡刊出。」這個關，總算通過了，我的擔子輕了一半。

印刷廠幹些什麼呢？想把《時代畫報》出版好，這事更難。眼看機器搭裝好，應當試車，單能開動還靠勿住，要印些東西出來看看才好。我又想了幾天，最近在路上遇到黃敦慶先生，他是矮矮瘦瘦的，大眼睛戴了眼鏡，他的性情很好，誠實可靠。我若能出份畫報，則可以一舉三得：一試了機器，二算作生產，三為時代印刷廠影寫版做了廣告。如黃敦慶能幫助我編一本什麼畫報則行了。我託人去請他來，告訴他我想出份新畫報，不比雜誌，可以簡單些的。他一口答應我去弄明星的照片，他說：這還不難。過了兩天，他弄到大大小小上海各明星的照片，挑了一張秦怡的、一張上官雲珠的，將她們的小照片放大到全頁。我又看到兩張照，一張是白楊坐在汽車的駕駛座上，手放在駕駛盤上在開車。另一張是個外國有名的女明星，坐在汽車裡，面孔正朝窗口望。我將這兩張照拼起來成一張，白楊駕車像放到半頁大小。黃敦慶見了稱讚說：「你也能做編輯了，這倒是特別的照片呢！」其他明星張瑞芳等都是他排編的，大小不等，我請他爲畫報取個名字，他說就叫《星像》好了。大約十開本大小，封面淺灰色，大紅字，字有白邊。大字印出來倒還不差，網線不夠細，印刷上的技術還不過關，《星像》印數不多，售價不貴，好像一角一本，全部售完。

廠的地方離我家太遠，我不能天天去，家裡還要我照顧。好在有兩個人幫我，一個是洵美的叔公，一個是堂弟。叔公認識一家銀行裡的人，爲我透支開了戶頭，堂弟管理廠裡的事，他們每天向我匯報，所以我勿用過分操心。但有時周轉上脫了節，那這二位「左右臣相」要起矛盾，我就不得不動腦筋調解擺平了。

李青崖請來的一個年輕人，不胖不瘦，矮小，看樣子樸實，大約學生時很用功的，住在廠中，我見到他不談《論語》文章事。既由李老先生負責，我就不插手進去，否則就不尊重主編了。

103 承印公債姑母情

這個時候，政府要印公債，我的耳朵裡聽到了便又入了我的腦子。我問了廠裡的職工，影寫版能否印公債？他們說照樣好印，就是接不到生意。我馬上請他們去了解，待知道情況後被我想出了一條門路。我的五姑母盛關頤，和孔家很熟：宋靄齡曾是五姑母的英文教師。

我不妨託她找個門路。這種事我從來不肯做的，可現在實在是爲了工廠的生存，出於無奈。

一切眞是想勿到的，我在衡山路上一個大公寓的最高一層樓見到了五姑母。可以說是多少時候不相見了，她一見我眞高興，喚我小名「茶」。小時候她一直很喜歡我的，五姑父林薇閣也極喜歡我。我一直不和他們來往，可以說是個無情的人了。我向她訴說了來看她的原因，她立即告訴我，負責公債的人和他們很熟，她爲我去談談看，讓我第二天去聽消息。

接著我們聊了家常，談到了五姑母、七姑母爲爭自身權益勇敢地跟兄弟們訴訟法庭的事，談到了七姑母和宋子文沒有結果的戀情，又談到四姑母，祖父如何寵愛自己的四女兒——洵美的母親。她說，四姊告訴她，洵美自幼聰慧，五歲上家庭私塾，八歲就能對答外公盛宣懷出的上聯，十歲左右就領了弟弟妹妹辦了《家報》，是一張三十二開的紙，仿日報形式，把當天聽到的見聞記下，複寫數份。母親、老祖母、住在家裡的李家姑母都能分到一份。可見洵美從小就是個出版家。

（編者：抗戰勝利後，曾住洵美家的李姓姑母曾把她收藏的二期《家報》還給了洵美。轉抄錄如下：「小喜阿媽昨天重一百二十斤，今天重一百三十斤，因爲她將銀洋廿五枚、雙角子一百枚、單角子一百枚、銅元四枚帶在身上，以便隨時逃難。」另一則爲：「據傳，氯氣炮並非綠色云也。」其中「小喜阿媽」即四弟的奶媽。）

談興很濃，我不便過分打擾她，便告辭下樓，她執意要送我，我原先沒有想到她住得這麼高，是這幢樓最講究的樓層。外國人喜歡住在頂層，這是有道理的：建築好、空氣好，還可登高遠眺。我沒有去五姑母的房間，經過的客廳布置極簡單，長桌、幾件椅子都是紅木的，沒有雕花，很光亮，地板打臘的，所以乾淨得沒有一點灰塵。我不屬於客人，她叫我在坐起間見，那裡的家具是西式的，但並不洋，布置精細。走出房門牆壁是淡紫紅色的瓷磚。我沒有像劉姥姥進大觀園那樣去參觀，就告辭了姑母。

果然沒過幾天，回音來了，是個好消息：我們廠能接到這筆大生意了！以後我再也沒有機會看到五姑母了，聽說她在一九四八年底一九四九年初跟姑父回台灣去了，姑父在台灣是一望族，其弟林伯壽也是台灣聞人。姑父本人就擁有十幾家企業，姑母沒有子女，當時曾想叫我當她女兒。她喜愛孩子，晚年在北投辦了「薇閣幼稚園」，收養貧兒。想到這些親戚，我不禁神情黯然。

104 旅美歸來感慨多

洵美回來了。洵美在美國六個月，除了在西部洛杉磯影城辦理購買攝影機外，又到了東部紐約等地訪友。他去看林語堂，可林語堂正往別處去了，只見到他的夫人和女兒，孩子們已成大人了。見到唐瑛，她還不見老，唐瑛即參加女界義賑會彈琵琶唱小曲使青年貴公子傾倒的唐小姐。見到張歆海夫人韓湘眉，還見到宋靄齡。我說宋靄齡大約老了吧！他說還不大見老，她住在美國很大的公寓裡。還見到密姬，已嫁了個英國人，生了一個兒子，可經濟並不富裕。

洵美說：「顏鶴鳴幸虧同我去，我認識了一個朋友，是米高梅電影公司老闆——梅耶，他介紹了攝影機公司裡的人，特別幫忙，還打了折扣。」顏此去收獲不少，還帶回來一只新式電冰箱。

洵美帶了點小紀念品給我們，我得到一瓶名牌香水，我不捨得用，一直珍藏到現在。給小美、小玉一人一只男式與女式的手錶。給其他孩子們帶了幾枝筆。張道藩曾對洵美說過，他自己沒有好手錶。他給三哥一只很有趣的錶，好像殼子是透明的。哪知後來他又轉送給了碧微。

我為他準備出門用的一只小皮箱，他也忘了帶回來；為他縫製的中式長衫，他送給了一個喜歡這件衣服的美國青年。

他們回來後，當即向委任人交代清楚，便是完全結束了這件事。我想洵美眞是為他去做翻譯了。

《自由西報》他已無心再去。有一天，我和洵美在路上行，迎面走過來一個半老人，不算高，身寬、額闊、大腦袋、方臉，穿一件藍布半長衫，走路有勁、昂首向前看，手提公事包。洵美告訴我，此人便是《自由西報》的李才。我急忙停步一看，我說，這人儉樸，是足智多謀者，又是個老資格的人，你比不上他，以後你勿用再動腦筋去什麼《自由西報》館了，家裡的事管管，你回來了，我當把《論語》、《星像》等交還給你了。

哪知他接手後和李青崖談妥了換去原編輯人，答應李翻譯莫泊桑的譯稿仍繼續連載，他請來一位朋友林達祖（蘇州人）為《論語》的編輯。

洵美主張在《論語》封面的中間加了一方漫畫，《論語》是幽默雜誌，銷路不差。洵美安靜地、專心地辦理這本雜誌。廠裡生意差，好久才來一筆生意，故洵美不常去廠裡。《論語》可在家和林達祖一起編排。他放棄了集郵，也因為收藏的名貴郵票大多賣去了。他對我說欠了顏鶴鳴五百元美金，將郵票換了錢，歸還他了。在美國開銷大，為朋友服務還貼了本。我應當相信他，如去問顏，這是不顧他的面子了。相信他是自我安慰，這是我惟一的辦法了。

印公債的負責人姓陳，後來洵美知道他在聖約翰教過外文，到他家去拜訪，一見如故。洵美喚他先生。見到了師母，姓孔，很和善。兒子已很大了，她的相貌仍很年輕。她是寧波人，善敷衍，我去過她家好幾次，是請吃飯，她能外文，譯了一本書，請洵美修改。

洵美認識一個名為許國璋的瘦高身材青年，他也喚洵美為「娘舅」，英文很好，常來談談外國文學；其妻黃懷仁也是瘦高身材，人和善，眞實，不會花言巧語地敷衍人，能書草楷，和我們很相投，尤其和小玉、小紅善好，也常來我們家玩。

105 姑母邀小玉赴台

講講我的孩子們。大兒子在大同大學畢業之後，交往的同學、朋友不多，老和姓朱的、姓陳的、姓殷的來往。姓朱的哥哥好像大力士一樣，會氣功，他們都是家在上海的。小美的天資沒有其父聰明，不善談吐，不善敷衍人，但和其父相同的地方是沒有野心。好在我既不想做官太太，也不想做皇太后。

大女兒總是身體勿好，我的喘病倒好了，可她也生這個病了，她性子好強，病好一些便像沒有病過一樣，精神十足，勞動在先，眞是前不顧後，直到起不了身，才在床上休息。

洵美在台灣的妹妹邵雲芝一家

六弟、雲芝妹兩家在台灣。雲芝喜歡小玉，想叫她去寶島玩一陣，或者身體會好些，正巧雲芝妹叫保姆陸妹去台灣，小玉有這個伴兒，我們便答應了她同去。小玉在台灣住了一陣，學會了游泳，洵美不放心，想要她回來，她的性子剛強，膽大，小姑娘一個人乘了船就回來了，在船上發了風疹塊，路程遠，海上顛簸，不用講，到家便病倒了，身體仍如舊，一些也未胖。

我有一個太姑母，當然姓盛，胖胖的身體，鵝蛋臉，大大的眼睛，小嘴巴，四十多歲信教的，以前不和我往來，這陣子想起我便來玩了。人總有一種脾氣，走慣了的地方便會想到去坐一會兒。她來一點事也沒有。這次見到小玉病在床上，她心中捨勿得，她這個人很喜歡孩子的，總是大喉嚨哈哈大笑，今天她笑勿出，陪在床邊坐著，後來做了禱告，大約求主讓小玉的病快些好吧。

小玉經過調養休息不幾天便好了，以後好些日子太姑母都沒來。有一天，她來了，她說家裡忙，因女兒要生產了，她是來向我們告別的，要到台灣去照顧女兒。哪知她乘的太平號輪船沉入了海底，她也葬身船上了。這樣善良的人卻得到如此遭殃的結尾。聽說這船上裝的物資超重，才引起此悲慘事也。

106 小兒屬豬名小羅

這些日子過得安靜，但是麻煩事又出來了。我年四十三歲忽又懷孕了，人家說，四十四生個無意思。那我總算早了一年！

我生了八個，從來沒自己餵過奶，這一次被老九打破了紀錄。自己餵和自己睡，倒省了我不少事，冷熱上不用擔心了，飢飽上也可留心了，還省下了奶媽的工資。就這樣到三個月我加了一頓奶粉，但他不習慣另一種奶頭，經常不肯吃。過了周歲，小孩就容易帶了，吃稀飯再加麵包等。

我叫洵美為他取個名字，他想了好久，在紙上寫了好些個名字，沒能取定。他說暫時仍用小字排行，他哥哥叫小馬，屬馬，洵美也屬馬，所以叫小馬還有點意思。這年屬豬，總不能叫小豬吧！洵美一想，突然說可以叫小羅，不是還好聽嗎？就取了這個名字。每個人有個名字，取名字時肯定動過腦筋，各有各的意思，這是件很慎重的事呢！

詩人為孩子取名雖缺乏詩意，但卻簡單明白，希望他（她）們跟他一樣，沒有野心，他惟一的喜好是讀書，他說過：「蹉跎莫嫌朝光老，人間惟有讀書好。」他說這是翁秀卿讀書樂自勉詩。他惟一的追求是做一個詩人。正如他在〈你以為我是什麼人〉中寫道：

小羅與小多

你以爲我是什麼人？
是個浪子，是個財迷，是個書生，
是個想做官的，或是不怕死的英雄？
你錯了，你全錯了；
我是個天生的詩人。

〈編者：「人間惟有讀書好」是家父爲小紅姊的「紀念冊」寫的題詞。題詞日期爲民國三十六年一月十七日。用藍墨水鋼筆寫。並寫「小紅永誌心頭」。

〈你以爲我是什麼人〉見民國二十五年上海時代圖書出版公司出版的家父詩集《詩二十五首》。

記得有小弟弟後，父親一有空就一定陪幾個孩子一起玩。一次，父親將小羅藏在棉被裡捲起來，一揉一搓，結果變成一只花瓶，我們緊張得叫起來：「弟弟變沒了！」他又一揉一搓，將弟弟變了回來！他總會用各種方式逗我們開心。

一天晚上，奶媽給頑皮的大弟弟小馬洗腳，洗完的一隻腳是白的，另一隻腳是黑的。父親就樂哈哈地對我們說，「你們快來看，一隻是麵粉店老板，一隻是煤球店小開！」

回憶往昔，其樂融融，眞是感慨萬千啊！〉

107 《論語》停辦捕小鼠

洵美這陣子和錢瘦鐵往來很勤。這天他來，見到小羅午睡起來，尚未穿襪子，他撫摸著小腳說：「像個佛腳！」小孩皮膚白嫩，腳背肥肥的，腳趾排列勻稱，他覺得好玩，摸著。洵美也能刻章，家有幾方象牙章，要用鋼刀刻，故向瘦鐵要了一把鋼刀，又向他要了一副對聯，這兩件東西洵美很喜歡的。可是對聯不用說，已不見了，刻刀在小羅那裡。現在小羅是個工人，他也能刻章，南京藝術家王養輝說他刻得還可以呢！

我和洵美對面床鋪，我帶小羅睡。日子很快，他已二周歲了，活潑、伶俐，洵美很愛之，每外出回來總買了一塊巧克力糖，分成好幾小塊，用紙包了，等早晨小羅醒了，他便拋一塊到對面小羅身旁，這是很快樂、很高興的日子。

洵美習慣夜裡不早睡。我們都睡熟了，他便不好作聲，怕驚醒了我們。他總是看書，當心好翻書的聲音；喜歡喝茶，也總是輕手輕腳地當心倒茶的聲音，他已做慣了不出聲的動作了。

哪知突然出現一隻小老鼠，不知從哪裡縫隙裡鑽了進來，很小，找也找不到。洵美說：「你們白費時光，將東西都翻遍了也不會看見，還是我來！」

他在夜裡放些餅乾屑在床邊的地上，等牠來吃，房中沒有其他吃的東西！牠肚子餓了一定要出來覓食的。深夜小老鼠果真出來了！小心翼翼東走西跑，大約嗅到了香味，走到了餅乾屑邊，又不敢張嘴，向後停一會。洵美手中一直拿著一只香菸聽子，一動不動，等牠覺得沒有危險放膽去張口細嚼美味時，洵美急忙將聽子朝下扣去，他輕輕叫我說：「小老鼠捉住了！可是捕在倒扣的聽子裡，如何辦？」我早為他想好後面處理辦法，用一張薄鐵片，在地上橫插過聽子，撳牢，翻過來，不是合上口逃不出來了嗎？要弄死牠那就不是用火便是用開水澆了。除掉了一隻又來一隻，一窩四隻都是洵美用這法子除掉的。可見洵美的耐心很好。

《論語》是幽默雜誌，年史很長，從一九三二年九月十六日，二十六歲的洵美創辦《論語》半月刊，並請林語堂擔任主編起，直到一九四九年五月解放前夕被當局勒令停辦，共出版了一七七期。先後由林語堂、陶亢德、郁達夫、林達祖、李青崖、明耀五、邵洵美任過主編，並請章克標、孫斯鳴、周大瀅幫過忙，前後斷續行世十七年半。《論語》抗戰後的復刊，我也盡過力。讀者當知道，幽默文章中肯定有諷刺、俏皮、滑稽，當然被當局勒令停刊，這是尾聲。

108 新時代試出「新書」

解放軍進入上海，在蘇州河那面兩軍交戰，炮聲轟鳴，火光在高處望得見。我們不能到廠，心理萬分著急，和留在那裡看廠的兩個工人通了電話，知道他們很安全。沒有幾天聲音便平靜了，聽說大軍得勝要過來了。謠言四起，我們更急壞了，我們的後門是沿馬路的，急也沒辦法，以為沿馬路的門不太平，這是我們太不了解，這次來的部隊是有紀律的，真是不同於過去的任何部隊！夜裡我家窗子一扇不開，熄了燈，也不敢看，後來果然來了聲音。夜裡雖鴉雀無聲，只聽到刷刷的布鞋聲，很均勻，並不太長的時間，隊伍過去了。

自此之後，洵美很高興，爲迎接新時代，手中看的書也換了樣，開始研究新的學問，所以買了不少新書。要看懂，要理解哪能這樣容易呢？所以他很想能有這麼個人來和他講講、指點指點。這時候有人介紹了一個老頭，很瘦的，自稱是懂得馬列主義的，這個人姓汪，叫汪馥泉。後來他的兒子也來，大約談到出版上去了，所以洵美輕信了他們。顧蒼生也在擔心以後做些什麼事，還有一個什麼人，大家合股，開了一個小小的書店。書哪裡來呢？自己也不會寫這些文章。好像印出來的書也都是翻版的，大約也不是正宗的馬列主義書籍，所以銷售的書都退回來了。書店連籌備到關閉不到三個月。

109 遠送機器上北京

好像是國家新聞總署來人聯繫，影寫版機器要賣給國家。洵美和堂弟是負責人，爲了保證機器質量的完好，要親自將機器正常運送到北京的。談好了工人全部由北京接收，管理人員北京不需要。如果我們全家一起去北京，火車票是不用自己買的，新聞總署可以報銷的。

洵美料理好上海廠裡的事，拿到一筆錢，工人、職員解散，要付解散費的。餘下的錢當考慮以後的生活了。我算算可以存入銀行，用利息來生活，那時的利息高。不這樣做，錢用起來方便，揮霍得快，這筆錢要精打細算地用，以後沒有第二件東西了。洵美說：「應當找個工作做，這次到北京的機會倒很好，羅隆基在北京，周總理很器重他，還有沈從文等朋友不少。」我說：「我也喜歡住北京，這次不要車錢，可將孩子都帶去，你如得了工作，不是可以省些事。上海房子不要退，叫堂弟和小美住。」他又說：「廠中有個職員陳濟嚴也成了失業者，可叫他跟著我們去，北方人語言方便，他有力氣幫著搬搬東西，可他有妻子和兩個尚幼的兒子。」我說：「請他們搬到我家和堂弟們一起看家好了。」

打算很如意，大家到了北京，先在東交民巷的中國旅行社住下，開了兩個房間。堂弟和濟嚴住在別處。

這是一九四九年的冬天，旅行社有暖氣，外面很冷的，可是孩子們眞高興出外去逛逛了。第一天他們回來個個都累了，因爲到北海去玩，湖裡結了很厚的冰，北方人都在溜冰，有很美的姿勢，可她們不會，只能從湖的這邊走到了湖的對面，這是第一次，已經很不容易了。冬天花木都受苦，沒有了色彩，沒有精神，惟有古老的北京建築和紅磚琉璃瓦永不變色。我對孩子們說，慢慢地去玩好了，北京遊玩的地方多的是！

110 景山東街乙一號

旅行社不是長住的地方，我們託人找房子，居然找到了一宅高級平房。這是一位姓蔡的造了兩宅同樣的房子，自己住一宅，另一宅空著，地址很好，在景山公園的東面，我們出大門便見到景山的五只亭子，崇禎皇帝就吊死在景山的山上。

這條馬路叫景山東大街，我們的門牌是乙一號。房租很大，以小米作價來算。房間不算小，大房間可搭兩隻大床，還可放桌椅。還有多間臥房。進門是個園子，水泥地，牆上有雕花的窗。進門是一個大間，一半可做會客間，一半爲吃飯間。灶頭是廣東式的，可烘烤食物、煮熱水和燒飯。還有一間浴室，有西洋式浴盆和馬桶、洗臉盆。眞不差，我很高興。

孩子們在九龍壁前

馬上和陳濟嚴到舊貨木器店購買家具。連著好多天，挑選布置房子裡的一切用具。沙發一只大、二只小。中間放一張小桌、四只凳子。這桌椅式樣眞別致。形如一片葉子，紅木做出樹杈子，很細巧。桌面、凳面都一色雲石，我很愛之。吃飯桌也是雲石面的紅木方桌。就是床綳，到處都是木板的，沒有席夢思或棕綳、藤綳的。床架倒是西式的，房中還買了只梳妝台。這時家具舊的不太貴，所以很順手地又將三個小間裡的床、桌買好，這些是木料，但式樣都較差。這些事我出主意，其他全靠濟嚴了，他還爲我打折扣呢。

小多在北京景山東大街乙一號家前

家安好了，遇到的第一件事就出了「洋相」。開門七件事，柴米油鹽醬醋茶。早上聽到門外在喊：「賣香油了。」我們想正好燒午飯油還沒買呢，孩子們就拿了錢和瓶開門去買了。見一位大媽推著一輛裝著各種桶和瓶的車，就說我們要買生油，回說沒有，又問豆油有嗎，說也沒有，有香油。孩子們想大約是各地叫法不同吧，又加問了一句能燒菜用嗎？大媽說當然可以，就這樣買了二斤香油。等到燒午飯時，把油倒入鍋，一股麻油香撲鼻而來，這下才知香油原來是麻油。這二斤香油可是吃了好長時間呢！

洵美一到北京就忙著去看朋友，也有極少數朋友來。這時候許國璋到北京，就任外國語學院教授，才到的時候，單位房子沒有派好，故許妻黃懷仁住在我家，許先生住在旅館。我們多個伴很好，我心裡又要為女兒們打算找學校。

盛佩玉在北京中國商行留影

房子裡的東西備齊了，要找個燒飯阿媽，又是濟嚴的朋友介紹來了一個四十多歲的董媽，天津人。北方人會做麵食，餃子皮擀得很薄。

這麼多人到北京，等於搬了個家。這樣輕而易舉都弄好了，錢是可貴的。但麻煩又出來了，洵美總是不舒服，連著幾天發燒。

111 與悲鴻最後一見

洵美的身體稍微健康點兒，便和我去看徐悲鴻，這時他已和廖靜文結婚，生了兩個兒子。

我見到了廖二嫂，她年紀很輕，也美，穿著時新，比起蔣二嫂大不相同，聽說她是二哥的學生。

我見到二哥，他比以前老了，發胖了，穿著長袍更顯老態。孩子尚小，我們去時，正在睡午覺。二哥帶我們到他倆房間看看，只見他倆同睡一張床，睡得正香甜，我們便輕輕地退了出來。

到畫室，看到桌旁畫好的一卷卷的畫，插在一只大圓口、高而直通的圓形瓷瓶裡。當然另外還有許多畫。另外有間房，壁上掛了很多油畫，我們去了不到兩個鐘頭，看到了人，也看到了畫，便告辭了。大家很高興，夫婦倆送到大門口。以後洵美再也沒有去過北京，和二哥也就是這最後一見了！

從徐府出來，走到王府井大街，洵美念念不忘孫大雨的那只雕刻木櫥，說去找找看，當然失望而歸。這種特別的東西，可遇不可求，哪裡會有？要碰巧有人賣出來才行。

112 羅隆基請吃燒賣

又過了兩天，洵美和我上老羅家。他已去過，路已熟悉，我這是第一次。這房子是平房，當然和一般人的四合院不同，進門就見到水泥地的園子，中間有個小型噴水池，但沒噴水。北面有個長房間，南面是個大客廳，左、右各有房。我們就坐在客廳裡，都是很大的紅木桌椅，那時客廳裡沒見沙發，是中式氣派，但我感到室中太空。

他告訴洵美，對面是小會客間，周總理來就在那裡坐。

我們也沒有多少話談，告辭了。他送到門口，說過兩天請我們一同去八面槽的雨花台點心店吃燒賣，是很有名的，到時他來接我們。

到了那天下午，老羅乘了一輛舊汽車來接我們。到了那店門口，有個院子，要走進去才是飯廳。記得我們在樓上單獨的一間裡，這店不大，老式的，不一會便送上燒賣一大盆。老羅教我們怎樣用筷子夾在它的搭頭上，其中有一包湯，外面皮子不會破，這就是特別的地方。吃時輕輕咬破皮，先把湯吸了，再品嚐，我們嚐到了這個味道，眞是名不虛傳。

洵美的身體老覺疲乏，外面的活動全在我。陳濟嚴爲我作嚮導，經過一次導遊，以後我便認識了。我的普通話講勿好，常常講得像外國人說中國話即所謂的「洋涇濱」。好在北京話我都聽得懂，難得要翻譯。

113 交易所巧遇七嬸

有一天經過一個交易所，洵美說有個朋友在裡面，我叫他領我前去看看，他去看朋友，我獨自一人看熱鬧。只見一間不算大的房間，靠牆是一張大書桌，上面除了紙、筆外，還有一只電話。椅子排在兩邊，都坐滿了人。交易所是買進賣出股票的，有四個經紀人坐在桌旁，一個人管電話、叫行情、報數的。這個人腦子靈活，附帶嘴巴快利，口齒清晰，好像體育場裡球賽時的解說員，使人十分佩服。我耳朵在聽，眼睛瞧過去，突然看到了前面坐著的竟是我七叔離去的七嬸！在北京稱她爲「八姑太太」。我倆立即招呼，難得一見很高興。她一直和五叔離去的五嬸在北京有來往，我更高興，這裡也有兩個親戚了！請她告知了五嬸住址，以備回家告訴洵美後，一同去拜望。因爲她是洵美的表姊彭清淑，早死了娘跟著父親，嫁給五叔，未生兒育女。後來嫁了一個軍閥陳樂山，陳有又長又大的鬍子，鬍子咖啡色帶點黃，從前人稱他「黃鬍子」。五嬸和二姊好，與陳初婚時到二姊家，我見到過一面。現在和兒子生活在一起，她跟陳生的一子，名陳士修，在銀行工作。

濟嚴介紹了他的朋友，名王鍾華的，王的妻子在輔仁小學教書。我心中起了打算，孩子的上學不妨託在她的身上。後來我叫濟嚴邀她夫婦來我家玩，他倆很誠實，大家也談得來。有時他們還帶了兒子來，兒子才一歲多，我把小珠入中學之事託她幫忙，找個好些的學校。有個貝滿女中，以前也是教會學堂，她爲小珠報了名，說要考，果然小珠考進了這個學校。小馬進北京小學也是她幫的忙，小孩接受快，沒幾天就一口北京話，還能唱快板。回家便先要拍蒼蠅，要交給老師一火柴盒子「戰俘」。當然學校裡是在動員開展衛生運動呢！他還學著同學唱的「冰棍兒敗火，拉屎兒不要怪我。」大家聽了都好笑起來。

小燕、小多因要進六年級畢業班，未能如願。小玉去藝術學院報考，試畫落選了。其實她畫還可以，不知她遇到何人，也不說一句勉勵的話，就完了。小玉很懊惱。

洵美身體總是不健康，懶得出門，朋友也少上門。張正宇只來過一、二次。廠中的工人楊竹雲和肖杏生來過一次，告訴我們很多工人去接家眷來北京了。

許國璋常來談談文學，洵美精神上也舒暢了。後來許國璋學校裡配了房子，接走了妻子黃懷仁，我們都感到冷清不少。

這是夏天，我買了一只中式冰箱，買了冰放進去，上面有格子，可放食物。洵美愛吃

小燕與小多

「忌士」，有一家名「井崗山」的店，是俄國人開的，有個胖俄國女人在服務，會講中國話。有出骨的凍雞、圓火腿、外國臘腸。「忌士」是紅色外皮裡面黃的，如一只西瓜大小，可以一片片切開了稱分量再賣的。還有一家法國麵包房（即咖啡館）有西點、冰淇淋、蛋糕、糖果、麵包、飲料等。我常去買麵包，讓洵美夾了忌士吃。爲了他胃口勿好，我總爲他買他愛吃的東西。

有一天有人來叫我們做好防空預防工作，用紙條貼在玻璃窗上，園子裡要挖個坑。我們都沒這力氣，只好請濟嚴做了，園子不大長方形的，也不寬，就在窗前挖了個長方的坑。其實當時很太平，大空沒有別國飛機。

小珠每天上學去，穿了一身淺灰布的學生裝，她很愛清潔、整齊。衣服要筆挺，董媽爲她熨的，大約學校校規很嚴。

按七嬸提供的地址，我們去看了洵美的表姊（即我的五嬸），在八面槽過去一條小巷裡。沒有注意有沒有樓，她住在樓下兩間。我們去見她，她正在梳頭，她並不見老，五十歲過頭了吧！變得不多，笑起來還是很花妙。洵美和她沒什麼好談，我從小也不接近她，多年不見，哪有什麼好談。坐了一會兒便告辭了。請她上我家來玩並告訴她我們的地址。

過幾天她來了，請她吃些點心。後來她兒子來上海看我們，自報了姓名陳士修，才知道是她叫兒子來看我們的。我買了一只很精緻的黑色小手提包，託他帶給媽媽以表示想念。誰知和她在北京的一見卻成永別了。

114 兩女兒病倒北京

在北京，小紅生病了，咳得厲害，吐出如深紫色的痰，天啊！這是血呀！醫院查出是肺病，住進了頭等病房。

頭等病房僅一個病人住，叫小玉陪，小玉身體多病，也不能太累。後來小多陪的時候多，可憐小多一個十一、二歲的孩子，整天關在病房裡，除了姊姊沒有人能講話，只有偷偷地哭了。

醫院病房費很貴，好像也是以小米折價計算的，每天吃西菜，住了好些時光，也花了不少的錢。小紅的腿還是個問題。這時堂弟已回上海，叫他去聯繫，和醫生講定後住仁濟醫院。故叫堂弟又來北京接小紅回上海。

小紅屬「骨癆」，肺部結核菌侵入腿骨去了。上海醫生說必定要先治肺病，營養要好，身體強壯了才可動手術。所以日隔日的送菜、點心、水果、奶粉等等，還有外國魚肝油，差不多二個月後就能動手術了，但要家長親自到醫院。

小紅走後我又著了一場急，小玉發高燒人如昏迷狀，房東蔡先生介紹來了西醫，檢查後說是胸膜炎，立即打針服藥，幾天後便復元了，總而言之我急了這個急那個，一直沒有安靜過。

115 悵然離京返上海

洵美在北京得不到工作，苦惱、氣悶，在家裡惟有書是他的伴兒。他在會客間的長沙發上拍了一張照片，人很瘦弱，誰爲他拍的已記不清。

一九五〇年國慶節舉行解放後的第一次大遊行，鑼鼓喧天，紅旗飄舞，人們扭著秧歌，歡呼聲熱鬧非凡。我也興高采烈，帶了小馬跑到南池子口觀看，遊行的人們聚集在天安門前，參加者一層層圍著，我們只好在邊上看，看不到天安門正中，只聽到天安門前在表演，既然看不到，只好回家。

小珠是學生，參加遊行隊伍裡的表演，早幾天就在學校裡練習了。她見到毛主席在檢閱台上。這天晚上有焰火，我們家在故宮的背面，以爲能看到焰火，大約不是四方放的，也可能被城樓擋著，故我們只聞聲而不見焰花光。

到了一九五一年，上海來信說小紅要開刀了，讓我們回去做主，醫院要家長到場。事有湊巧，蔡房主要房子了，叫我們另找別處。洵美想，既然北京沒工作，也不可能住開兩地，開支大，有這三個因素，還是回上海吧！

他這一句話，我又該倒楣了！好不容易在北京

五〇年洵美在北京家裡

弄得像個家了，現在就是處理掉這些東西，也夠麻煩了。買進的實物變回錢來又要大打折扣，吃虧很大，但又有什麼辦法呢！只能吃虧唄！別的東西我都不可惜，惟獨「紅木雲石秋葉」小桌子一套，我捨勿得丟！那不是可以運到上海嗎？可我的性格是這樣的：爲了捨勿得，弄得多出麻煩來，這樣的事我是不做的。硬硬頭皮割愛就是了。又忙得我滿天星斗，也帶累了濟嚴忙了十天，還得解雇董媽，她也戀戀不捨。

我先叫兩個大的女孩回上海，帶些輕便的行李，我便大刀闊斧、快刀斬亂麻那樣，把房子出清了。

回到上海，到郵局領取寄回的書，一捆捆的，到火車站運輸處去領回兩只大皮箱，這次上北京的事便完全結束了。

116 孩子們都在努力

一家人全都回到淮海中路這個小宅裡各就各位，擠得很熱鬧，洵美不來軋鬧猛，一個人靜靜地坐在椅子上看書，這是他的第一樂事。

從北京回來後不久，小多得了肺部淋巴結，大約在北京醫院裡陪的時間長了，傳染了，臥床休息了半年多，後讀了個暑期補習班，居然同等學歷考取了南光中學。小燕考取了肇光中學。小珠回來後轉學到了聖瑪利亞女中。

一天洵美對我說：「小美年齡勿小了，不能老在家，雖然她前段時間翻譯了《彼得大帝》，但眞要幹這一行，可能比我更難。我看到一本書講，蘇聯還有舊貨店，不妨讓他到舊貨店去，按勞取酬，做個職員吧！」上海寄售店有幾家，堂弟說要一筆錢加進去合夥才行。所以加入了原書店職員錢伯名所在的「永豐寄售行」。店在陝西南路，是上海惟一一家專售外國唱片的商店。這就是好幾個人合夥的了，堂弟也是一名，都是老闆兼服務員。

後來小美認識了一位聖芳濟中學的體育老師張覺非，介紹他去該校教英文，洵美的父親曾任該校「校董」，此後該校改名「時代中學」，至今他尚在該校教書。

（編者：宋路露在二〇〇一年十一月十三日的上海《民主與法制》報上刊文〈上海灘最後的小開〉，詳細記錄了我哥邵祖丞（小美）當時開永豐寄售行的情景，並刊登了訪問他的照片。）

小紅經過醫生動了手術，從背部到臀部下面要用「石膏殼」，她反穿了件單衣，便睡在「石膏殼」上，直接碰到石膏的地方才塞些棉花條，然後「石膏殼」連人一起睡在木板上。木板如小床的木繃一樣長短。要蓋被又必須要透空氣，故在木板中間鑿了一只只小圓孔，還量好尺寸開了一只較大的方孔，供大小便用，還做了扇小門呢！

我眞擔心，說勿定她這樣難受的情況要半年時間呢！可她下了決心忍受一切痛苦也要治好這條腿！經過夏天，她也不叫有啥不舒服，每天老保姆爲她洗抹搽爽身粉幾次，她也很坦然，常和姊妹們說笑，除看書外還和妹妹們打牌，放一塊薄板在她胸上，擱高了枕頭，玩得很快樂，這樣，我安心了不少。

日子一天天地過去，身體虛弱的小玉也爲自己的前途在努力，她通過收音機學俄文，又在業餘學校學簿計、會計，還學過速記。她每天認眞地聽，拿了紙、筆學習，絕不輕易缺課，按照老師講的內容去測驗、去考試。雖然考場地址很遠，她踏了自行車去，不避風雨，不怕發病。有志者事竟成，果然她考得很好，畢業了。她這種信心是可嘉獎的！

小玉的字寫得很好，她也懂得人情世故，和氣、講道理，洵美喜歡她，家裡的開支也交給她管，她每天記帳，但洵美的開支較大，光記帳又有什麼用呢？所謂家庭記帳是爲了有個參考，不必要用的錢以後可省去。雖小玉每筆支出都上帳，父親要用總得放鬆，他另有用處嗎？我不追問，帳上有數了。

117 烹飪課與化工廠

孩子們都很努力，我們怎麼辦？曾想在上海開一爿餐館，可我對中西餐、點心畢竟了解甚少。正巧看到一個烹飪學習班在招生，我和洵美商量了即去報名。

參加學習班的人基本上都是太太們。學習有課本，中英文對照，中餐、西餐、點心都有，什麼名稱的菜用什麼料、用多少料寫得清清爽爽，每天在學習班裡老師講解、老師表演，學生品嚐。回到家則是我來燒，洵美和孩子們品嚐，有時還有評論呢！倒也有趣。

有一天洵美和小馬的乾爹吳鈞和談到化學工業上的一些事，吳是學化學的，在復旦大學任化學教授。洵美問：「市上需要石炭酸，容易做出來嗎？要做就要做CP級（強度）的。」吳說：「可以一試。」洵美便到書店找外國化學書，果有這石炭酸一門。二人天天研究，這時王永祿也在，講到試驗便各自去備好東西試。王去準備了煤爐、玻璃試管等，還有配上的原料等等，然後就在樓下試驗。吳經常來指導，我和小玉也參加幫忙。

洵美花了心思，一而再地在家試驗CP級石炭酸，後來果然試驗出白而純的結晶的東西了，大家眞高興，他們想可以大規模試驗一下了。

洵美想到有個好友哈脫門回國去了，他的房子交給姓張的西崽管理。空關著呢！所以去聯繫，我們願出房租，當然他何樂而不爲呢！一口答允了。

這地方在虹梅北路上，靠近盲童學校，外國人有汽車，不怕路遠的。這房子很好，中國古典式建築，房樑極高，房前有草地、池塘，樹木花草齊全，塘裡有外國荷花，一朵朵清幽地漂在水上，眞是個極有趣的地方。我帶了小羅一起住到那裡，其他孩子們休息日也去玩，那裡空氣好，孩子們可在草地上拍球。

地方有了，王永祿是籌建人。陳濟嚴這時也在，他也是設備採購人，爲了路遠，只好住在那裡。生產試驗設備都備齊全了！大桶的苯和一罈罈的硫酸、石灰等等也都有了，過濾瓶是大號的，玻璃瓶、管等也都是大號的，耐酸罐是找了專門的地方去買來的，還要一根攪拌棍也是花了好幾天才買到的，還砌了特別的兩個大灶頭，一切條件都成熟了。

人手尚缺，我說：「可以叫丁金水來做。」金水是人家介紹來爲我家燒飯的，江蘇人，年輕，已娶妻，我說家裡燒飯何必要年輕人，年輕人還是當工人好。記得以前洵美二弟的保姆將她的外甥介紹來做燒飯的，他叫沈尤生，當時我也安排他到時代印刷廠裡做了工人，後來他也跟著機器去北京了，不久全家都遷京了。這些人以後一個也沒有再見到過。

這個花園裡的花非常漂亮，和一般的公園或私家花園的花品種不同，孩子們喜歡花，打算到花叢裡去摘些花插在花瓶裡，誰知花叢裡都是奇怪的蜘蛛，非但大，而且個個背上是五顏六色、不同的圖案花紋。把孩子們嚇得都逃了回來，再也不敢去了。

有一天，洵美爲小羅捉蟋蟀。聽到在一塊方石底下有蟋蟀在叫，馬上拿起了罩子，用手去扳起石板，卻見到一條火赤練蛇！嚇得趕緊放下石板，去叫了張家的人來，把蛇打死了。這樣一來，洵美不讓小羅單獨隨便到花園裡去玩了。小羅才不到五歲呢！

吳鈞和經常來看看，但總不像以前小試驗時效果好，這位大學化學教師也感到技已窮矣，如製液體呢馬虎點還可以，但市上多的是，製結晶體就困難了。這時「立德化工社」的牌子倒是已經登記出來了，可東西做勿出又有什麼辦法呢？商量研究後，只有將招牌和一切器材、原料盤給了一家藥廠，連三個人也被接收去了。

後來，濟嚴到了北京某藥廠工作，金水也在新藥廠，他家離我家很近，但從未遇到過。有一次我去市場排隊買魚，金水的妻子在我前面，她見我排勿到了，即將她的魚送給我，推來推去，給她錢她不肯收，我推勿過她，便說了聲「謝謝」，收下了。

118 我當居民小組長

我們的居民委員會稱「淮二居委會」，那是一九五二年一次居民代表開會，派出所的張同志也一起來參加會議，他叫我出來做點事，里弄裡大姊們推我爲一七五四弄的一個小組長。這條弄堂分二個組，另一組選了八號的一位大姊，她姓屠，人緣很好的，總是笑咪咪的。我們倆就忙著擔負起這些里弄的事。

水電要抄表、收費，傷腦筋的是要算帳，不能算錯，要公布在黑板上。抄表收費要人家在家，否則得再次上門，還得跑腿。發魚票、肉票倒想出搖鈴叫大家來領的辦法，可以省事，但要注意票不能缺少。隔壁淮二小學有兩個工友，他們沒有空，我每次總是親自送去的。

接下去要選舉人民代表，這是每個公民當家做主人，有權選出自己信得過的人來代表人民參與國家大事，每個十八歲以上的公民能得到一張選舉證，然後投票，經過各項程序選出代表，很不容易。

我們有時還要配合防汛，有時要宣傳「四防」，總之爲人民服務，我很高興。

小玉自學掌握了不少知識，先在永豐寄售商店幫忙，商店小，空氣不好，她有哮喘病，來去在路上風吹雨打，又很操勞，不合適，之後我家人都退出了「永豐」。

我這八個孩子都能管理自己，大女兒小玉更是能帶領好弟弟妹妹，教他們洗衣，踏縫紉機，自己爲自己裁衣做衣，騎自行車等等，弟妹們都服她，聽她，所以我不用爲孩子們操心，心情寬暢。每天從早到晚，我都可以將時間放在里弄工作上，自己也常提醒自己，如今接觸的人多了，該一切爲公，爲人民服務，所以我的精神很好，腿裡有勁，可以說我把全部精力都寄託在里弄工作上，開會我必先到，聽了報告回去立即行

小芸與小馬

動。

這段時間裡小美教書很成功，和一位漂亮的俄語老師結了婚。

小紅幸運，開刀時認識了醫生吳生一和吳守義，醫生們看到小紅愛學習，有考大學的願望。對她說：你的身體即使是出院了，還不能劇烈運動，要讀大學除非是在我們看得見的學校，我們可以經常監督你，否則大學讀了，腿還不一定會痊癒。就這樣，小紅考取了第二醫科大學口腔系。在學校，二位醫生的確是非常嚴格地繼續關心著她的病。

小珠從聖瑪利亞女中畢業後就結了婚，她曾在出版系統當過校對員。

小燕從肇光中學畢業後進了教師培訓班，分到浦東成爲一位小學教師。

小多於一九五四年考進了時代中學，和小美在一個學校，一個是老師，一個是學生。小多讀書很自覺，學習成績好，入了團。入團第一天回到家裡，看到四位客人在家打麻將，這些客人幾乎每天來打牌，而家裡經濟困難，似乎都是借了錢供應他們飯菜的，父母不好意思打發客人，她便在晚飯後大聲對客人們說：「我今天入團了，明天開始如果你們再來我們家賭博的話，我將會去派出所報告。如果你們來我家看望我父母，我還是歡迎的。」就這樣，我們家再也沒有麻將聲了。

小馬在南光小學，小羅在淮二小學，兩個學校在我們家的東面和西面，每天上學一個朝東一個朝西。

119 翻譯名著洵美忙

洵美將立德化工社結束後無事可做，有個上海出版公司的秦鶴皋先生是洵美的朋友，介紹他譯了馬克·吐溫的《湯姆莎耶偵探案》一書。秦先生是長臉、瘦高身材，忠厚人，他筆名「雲汀」，是位資深老編輯。這本書銷路極好，很薄的三十二開本，又再版過。

這之後出版公司裡有兩個青年編輯經常來我家拜訪洵美，他們很和善，一個胖的名王科一，一個瘦的名方平，身材都不高。他們將自己的譯作帶來給洵美看，一起研究文字。王科一身體強壯性情豪爽，侃侃而談，方平是慢條斯理，性情幽雅。這兩個人都愛好文學，孜孜不倦，尤其是方平，克勤克儉。他們這時是爲了英國奧斯汀的《傲慢與偏見》譯文將出版前來請教的。洵美對我講，這兩個是有爲的年輕人。每當他們來，洵美總是笑臉相迎。

王科一家近，故來得多。他來了又說又笑的，和我家人很相熟。他有妻子和一女兒，熱天他是赤腳穿鞋子，洵美沒有寫字檯和沙發，窗邊只有一張方桌，邊上幾只凳子，他來了便坐在桌邊椅上。他有個習慣的動作，將腳從鞋子裡探出來，踏在鞋子上面。好在方桌面遮蓋住了，下面他的腳就自由活動了。

（編者：王科一先生是上海譯文出版社編輯，除了翻譯奧斯汀作品外，還曾翻譯狄更斯《前程遠大》等書。「文革」初期，他帶了一包蹄膀肉看望家父。不久聽說批鬥很凶，開煤氣自殺了，家父大慟。）

洵美想譯書，他找了一本外國名著譯了好些章節，寄去北京人民文學出版社，給他們試看譯稿，該社覆信來說，此稿已有人譯成了。他想再另譯些去吧，他還未想到換本什麼書時，該社倒來信叫他譯英國雪萊詩作《解放了的普魯密修斯》。此稿譯完後，上海新文藝出版社叫他和佘貴棠二人合譯一本蓋斯凱爾夫人的《瑪麗．巴頓》，該社指明要洵美爲佘貴棠校正。這稿件完成後，出版社看到修改加工過多，所以改爲合譯。之後又有一位賈步武的《渴望》譯稿也要洵美校正。

一九五六年，洵美又接洽好北京人民文學出版社，譯了泰戈爾的《家庭與世界》、《兩姊妹》和《四章書》。

爲了翻譯和校稿，洵美特地添了張新書桌，放在臥室，他開始時叫小紅抄過有關翻譯方面的文章，後來叫小玉作其助手，謄寫其翻譯的稿件，自己也作了一些翻譯方面的札記。（編者：家父五十年代曾翻譯了馬克．吐溫的《湯姆莎耶偵探案》一書且十分暢銷，得到啓發，認爲翻譯經典著作既不脫離自己原有的文學工作，又可以謀生。於是在一九五五年三月開始行動起來，並備有一本「案頭隨筆」。隨時記錄有關翻譯的心得。

這是一本用過的舊筆記本，翻開小本子可以看到從一九五二年五月起，他就叫長女小玉爲他摘錄了魯迅譯浦氏藝術論的摘要共計十六頁，還有他自己用英文寫的摘錄計五頁。

爲何寫「案頭隨筆」？家父在一九五五年四月一日是這樣寫的：「一九五五年三月，爲了代人校稿並自己譯書，總算第一次在臥室内安置了一張書桌，以免孩子吵擾。休息的時候，依舊手不釋卷；文章似乎也是人家的好。偶有所感，想到便記下來。蓋所以備忘耳！」

有幾則隨筆是家父對翻譯之見解。特抄錄數則如下：

嚴氏論翻譯所謂「信、達、雅」三事；「信」與「達」人言甚是，惟對「雅」字，每多怪論。此處「雅」字不作「高雅」、「風雅」、「古雅」解，嚴氏之意無非是「文章好」而已。

近人譯文，以最上品而言，信則至多九十分，達則可有九十五分，文章好的卻少得可憐。蓋目前譯文學作品者，未必皆文人也。

——一九五五年十一月十五日

最近與人談文章要簡明通順。我說：「簡明者，用字不多，亦不少也；多則不簡，少則不明。通者，每句要通也。順者，整篇要順也。」不論創作翻譯，均可用來作參考。

（此則隨筆沒有日期，也沒有題目）

最拘謹的譯文，和最荒唐的譯文在我國都可以見到——一字一句的死譯，和既不瞭解原文，也不能掌握本國語文的瞎譯！

（此則題目爲〈翻譯〉，無日期）

有幾則隨筆是涉及他的翻譯計畫的，抄錄幾則，以便翻譯史研究者查考：

一九五五年五月十二日寫道：「今日收人文（人民文學出版社）信，將翻譯計畫寄去……」

一九五五年五月二十日寫道：「我已決定譯《解放了的普魯密修斯》，數日前曾專致信增嘏兄，乞伊將復旦藏書抄示。今日得回

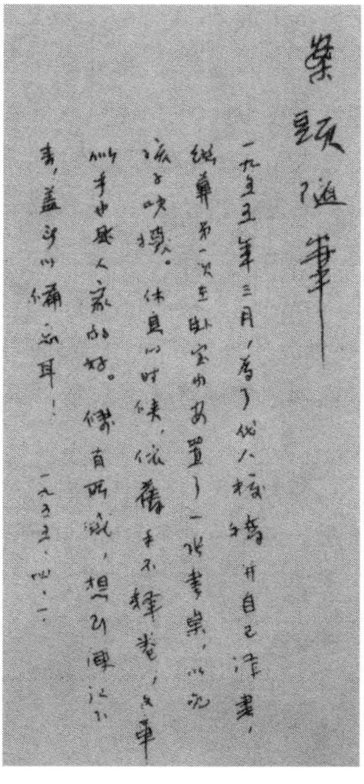

洵美的「案頭隨筆」手跡

信，十分欣慰，增嘏誠老友也！目錄如下……（共八本書，書名略）」

一九五六年三月十三日寫道：「作家出版社寄來泰戈爾作品四冊；兩本小說，兩本戲劇。」

一九五六年三月十五日寫道：「每天除早晨讀一章雪萊詩及譯詩外，又安排相當時間讀新近北京寄來的泰戈爾作品。今日又將《四章書》讀完，接著開始看《永別了，朋友》。全部讀過以後，當寫提要與初步體會……」

一九五六年十一月五日寫道：「今日起寫《解放了的普魯密修斯》譯文序。」可見從翻譯此詩集起始至結束，歷時一年半有餘。

隨筆還記有家父校稿有感：

一九五五年五月五日記有：「今晨校方譯的《白朗寧夫人十四行情詩集》，並校序文，又讀傳略，有感：我一天天明白，詩是跟了天才走的（即對於詩的了解，全靠本人的才氣）；學問是跟了年齡走的（當然我的意思是說，生活經驗越豐富，思維便越有條理）。」

此「案頭隨筆」從一九五五年四月一日記起到一九五六年十一月五日共計十六則，最短者僅一行二十一個字，最長則不過二小頁。全部用紅墨水寫的。相隔了六年後，家父在此小冊子空頁上又開始寫筆記。他取名爲「讀書隨筆」。並注明：「一九六二年二月二十二日以後摘記」下面蓋有邵洵美印。但僅在八月二十五日寫了七行字，便結束了。「讀書隨筆」僅一則而已。

目前有位作者在《海上才子》中，多次聲稱「邵洵美日記」如何如何，其實是他曾借閱這本小冊子，未經本人及家屬同意，抄錄了並發表了幾則隨筆！現在原件在我處。家父是否有日記？家母和小美兄均說，家父曾用英文斷斷續續寫過幾年日記，在受審時上交未發還。）

120 痛惜愛女離去早

一九五六年夏，小紅畢業了，分配到南京市口腔病防治所，她的腿病徹底好了，我們都爲她高興。

而小玉則是很可憐，她從小多病，這病是由小來的，該是父母的責任。不怪父母怪誰呢？

她長大成人了，是個最要好的孩子，誰知事與願違。她要齊整，卻一隻眼皮上破了相；她要工作，病卻離不了身，所以她痛苦在心。她比我能幹，因爲家裡什麼事她都能料理得很好，我相信她像個大人了。

有一天她主動地提出要去醫院透視一下心臟，我當然很高興，督促她馬上去照。她拿了X光片回來，告訴我：「心臟有些毛病，叫我去看醫生。」我便說：「那你就該馬上去看醫生啊！」她認爲是氣喘病，我也不懂，總之我太不注意、太不關心她了！

一天，她和朋友去看電影，有冷氣開放，她是受不了的，回家後就發喘病了，她一發病便不大開口了，我看她喘著便也不敢多問，心裡爲她難過，總想給她吃點什麼藥使她馬上不喘。平時她自己會吃藥的，所以不須我去拿藥，我只好讓她安靜使喘平下來。這是我自己生這病時的體會。當她不吃東西時，我總要她吃些進去，這樣病來時才有抵抗力。給她喝點稀粥或什麼補湯，可她總吃得很少。我那時沒想到可以送她進醫院。她沒有發燒，以致更耽誤下來。

一天，她說要吃紅燒牛肉，這是她最愛吃的一樣，我聽了很高興，一清早買來了，叫老保姆去燒酥了，又燒了些軟飯。她吃了小半碗飯，我心裡眞高興，今天她的胃口開了，並且喘也平了一些。但她不開口說話，也可能是疲乏之故吧！過了幾個小時她感覺悶熱，時在夏天，太陽很烈，照到樓上小房間的窗裡，掛了竹帘還是遮不了熱氣，房間小，空氣流通不暢，她連連呼熱，但不出汗。她的父親也爲她著急，沒想到去借個風扇。我看隔壁房間比較陰涼些，就叫堂弟幫忙將她扶起抱到隔壁的床上。

那天晚上，中蘇友好大廈正好有活動，幾個妹妹都拿到了票子，尤其小紅不日即將去南京，本想一起去玩玩，看到姊姊痛苦的樣子，都不忍離開。總算小玉換了房間安靜了下來。考慮到妹妹們留下來也起不了作用，而且哮喘是喘不死的，所以不掃大家的興，還是讓幾個妹妹去玩吧。

九時許，她突然又喘急了，而且大叫：「悶煞了。」妹妹們回來見此情景都不敢聲張，各自回房睡覺，就這樣她叫一會兒停一會兒直至次日晨，她又感不適，要換房間，所以又換到了帶陽台的南面房間。睡了一會兒，小多陪著她。到十一點左右，突然她又發作了，小多給她噴藥也不行，她還感到悶，透不過氣，小多就叫姊姊靠在她身上，一面根據姊姊的呼吸節奏在她胸口撫摸，希望能幫助她呼吸。同時我打了電話叫三弟立即過來看看。漸漸地就聽不到小玉再叫了，小多也不敢動，大家以爲她又睡著了，也不敢把她放躺在床上。不一忽兒，三弟到了，一看就說已經不行了，他給她打了支強心針，說只能死馬當活馬治了。眞的，她就再也醒不過來了。於是我呼天喚地地大哭了。

洵美痛在心裡，她是他最愛的一個女兒啊！小玉的死使洵美一下子衰老不少。有一天，他在抽屜裡發現了一張小玉的病歷卡。其實她常瞞著我們去看病，她得的是肺氣腫，因爲她經管家用，知道家庭經濟不寬裕，她不忍因她的病而使家庭經濟雪上加霜，所以不肯使用好藥，一直瞞著家人，多好的孩子啊！

洵美大慟，埋怨自己爲何平時不關心小玉的身體！小玉患如此嚴重的氣喘病，自己還常抽菸，污染空氣，從此他下定決心不再吸菸。他認爲自己太糊塗，爲了保持清醒的頭腦，以後多關心孩子們，他還下決心不再喝酒。果眞都做到了。

（編者：小玉姊是一九五六年九月一日離開我們的。家父在「案頭隨筆」第十二頁中，家父用紅筆寫道：

「長女小玉，因氣喘連年，身體過弱，忽然加劇，一病不起。痛哉，小玉存世二十六歲，爲人精幹聰慧，識情知趣，有幽默感，事親至孝，交友多義。短短一生，雖無大建樹，而所作所爲，亦是動人感天！如能寫爲小說，亦可傳世，當然須由我親自動筆。願天假我年，以遂茲願！」隨筆日期恰爲玉姊逝世當日，可看做是家父對她的悼文！

另有一則：「十月五日，今日爲小玉五七祭期。日子過得何其快也！活人復有幾個三十五天可

五〇年代邵洵美

活！」

又過了一日，家父恍惚間若有所得，將一首難懂的〈薄伽梵歌〉，譯成通俗的白話文後，頗爲得意，記下隨筆。他在最後寫道：

「奇怪的是：此次我並不眞想譯，亦並不眞想如此譯，忽然拙筆自寫，如有神助。憶小玉生前雖讀書不多，亦愛弄筆墨；全憑天才，自有妙諦。想其借手與我耶？爰誌其經過如上，以紀念我愛女小玉之靈。」

一九五九年八月人民文學出版社出版了家父翻譯的雪萊敘事詩《解放了的普魯密修斯》，在一九五六年十二月二十五日寫成的譯者序中，家父最後寫道：「長女小玉在我翻譯的過程中，一直幫我推敲字句，酌量韻節。她又隨時當心我的身體，給我鼓勵，並爲我整理譯稿，接連謄清三次。這部譯作的完成，多虧了她的協助。現在本書出版，她卻已經不在人間了。謹在此處對她表示最虔誠的謝意，以志永念！」）

121 洵美參加哲學班

洵美有個朋友名孫斯鳴，是羅隆基的學生、民主同盟上海市委的負責人之一，他經常來玩。一次，他邀洵美去參加哲學學習，學習辯證唯物主義和歷史唯物主義，這是上海市政協組織的業餘政治大學，經常要去的，地址在南京路新華電影院隔壁，很多年前是外國人開的什麼體育館。

洵美學習很認眞，很用功，這時他的身體已發胖了，上、下樓梯總是腿要加把力，停下來就氣喘吁吁，每次走出弄堂坐三輪車去的，但上車遲鈍，下車怕踏空。

下定了決心，克服了困難，總算畢業了，得到了一張由校長石西民署名的學習證書，上面還貼了他的照片呢！洵美開心極了，家人也爲他高興。那是一九五七年五月。

上海石西民授予洵美的政協學習班證書

122 筆洗與悲鴻的畫

同年冬天，利用小多放寒假的時候，我和小多又去了北京，這是我第三次去了。

小多見小紅姊去了南京工作，故她考南京工學院，被錄取，這是一所全國重點大學，極不容易的。臨行洵美在她的紀念冊上題下了「謙虛使人進步，驕傲使人落後！記住這兩句話，可以少犯許多錯誤」的勉勵話。

爲何又上北京呢？一是因爲洵美有只宋窯桃形「筆洗」。五十年代我們送印刷機到北京，回上海前寄放在羅隆基那裡的。洵美本打算讓北京博物館收購的，託他送去，省得上海再派人送北京。哪知洵美與北京、上海的博物館聯繫，都沒得到確切回音。而老羅反右運動中又有了「問題」。洵美想，我們的東西，還是不便交給他再去辦理，那麼去拿回來吧！早有此心，但沒有決定行程。

原因之二是，忽然有一天新的二嫂廖靜文來上海，爲了二哥徐悲鴻去世後要成立一個紀念館，作一次徵求二哥畫作的旅行。一次，她邀請上海的親戚朋友們聚會，在某菜館吃中飯，我一個人去的。在席間見到張若谷的妻子，她在一個招待所裡管理外來賓客的汽車調度工作，故二嫂請她一同入座，我們相見，很高興地交談起來了。回家我告知洵美：二哥的畫都列入紀念館展覽，他很高興，可他沒有什麼其他的畫了，僅剩兩幅二哥爲我倆畫的像，打算由我親自上京送去給廖二嫂放徐悲鴻紀念館。

決定上京後就寫信給陳濟嚴，沒有說何日到，但講好住在他家裡。總想有了地址怎會找不到呢？叫小多陪我去。母女倆去北京，當然買勿起臥鋪，可是硬席坐得很舒服，軟坐皮墊，如臥鋪那樣，只是一廂子裡要坐幾個人。

冬天日短，三輪車又慢，濟嚴的家在郊區藥廠，可我們連藥廠也找不到。我眞發急，忙叫三輪車，拉到市裡，看到有個小飯店，就先塡飽肚子吧！我向那裡人打聽近處旅館。飯已吃飽，便叫了三輪車去旅館。

我倆住進了崇華旅館。不算大，有暖氣，一房四張床都空著。我倆到了這暖呼呼的房間裡，馬上洗洗抹抹就上床睡覺，明天的事先放下。

到了第二天算帳，兩隻床花了四塊錢。決定先去外國語學院去找許國璋家。陳濟嚴的妻子已去過他家，故他們應當也知道陳濟嚴家。

許國璋住學校宿舍，房子很好，有小陽台、小浴間，他們養了兩隻相思鳥如小鸚鵡，隨牠們在灶間裡飛。許夫人黃懷仁很會燒菜，留我們住了一夜。

這次肯定找到了地方。濟嚴家也不差，一大間房間還有一小間。冬天取暖用北京爐子，既可取暖，同時可燒飯，很節省的。

濟嚴告知了徐悲鴻紀念館的去向。我和小多帶了兩張畫像去了。這房子好像是二哥以前的家，其大半重新建築裝潢成紀念館，其一小半是廖二嫂住的老房子。二嫂招呼我們坐，沒有談得幾句，她轉向裡間去了，見到她似乎很忙，我便交了兩張畫像告辭回去。她便說帶我們去看看紀念館吧！這當然是我應當要看的。跟了她走到館裡，地方不大，並排兩間，壁上都掛了畫，中間有杜，也掛了畫，素描、油畫等。我是外行，但這次看到的比以前早期的畫果眞更蒼勁，是爲傑作了。我和廖二嫂不太熟，故少交談，便道別，至今未再相見。

第四天去了羅隆基家。他在家裡，說有病，但我看勿出他有病態，精神還可以，並不見瘦，見了我們他很高興。告訴他我來拿筆洗的，洵美在上海已去信聯繫了。他即去拿出筆洗。他說現在放在他這裡無法給人看的，你來拿好極了！他很高興地送我們過院子到大門口。這也是以後沒再見過面的一位。不久，聽說他患糖尿病去世了。

這次由上海動身到北京共花去了十天，當然到街上去看看，買了一些小吃帶回家，蜜餞的果脯太貴，要留些錢爲洵美買點奶酪，他最欣賞的食品，孩子們也喜歡吃的。

筆洗拿回家，洵美又東跑西跑去聯繫博物館的負責人，哪知遇不到他們，只好把它放在櫥裡。換不了錢，生活艱難，我只有再找些東西去店裡換些錢來，但數目小，怎能支持這個家呢？

123 我當上衛生主任

人的身體健康很重要，但外來的疾病防不勝防，例如蒼蠅、蚊子、老鼠、蟑螂、臭蟲都能傳染細菌。領導布置下來：要除四害，關心人民的健康。

居民委員會屬於街道辦事處領導，辦事處召開了愛國衛生動員大會。會後，我們的淮二居委會主任梅大姊馬上組織落實衛生工作，首先要確定衛生工作的負責人。在討論會上，大家選我當衛生主任，並各組選了衛生小組長。

我得了這個職務，回家後便大動腦筋，如何著手呢？該先做兩件事：第一步很容易，把辦事處同志給的標語口號抄寫在五彩紙上，一條條的分貼在淮二居委會管轄範圍的牆上。家中會寫字的人多，一下子便成了。第二件事是要細心全面地調查現有情況，到各個組、各個地方去查看有無衛生死角，把這些記在筆記本上，以後可作爲工作重點。

第二天我履行職責，先找到小組長，一同到各居民戶去查看。時在三月初，標語上寫明三、四月是蚊蠅繁殖的時候，所以要注意孳生地，對蚊子就是要翻缸倒罐，打掃陰溝澆藥水。對蒼蠅要注意糞坑、糞缸。糞坑當時我們範圍內還不見，糞缸在個別花園中有，必須動員主人加蓋子。要每天清潔垃圾箱，不積垃圾，宣傳用蒼蠅拍子積極捕打蚊蠅，並時常注意空中有無過冬的蚊子。裡裡外外要勤查。我一是有時間，二是有精力，不過最要緊的還是大家要合作才行。這倒也不難，只要我和居民們一起動手搞，誰都是愛清潔而厭惡害人蟲的。

臭蟲也十分厲害，爲了它，我動了不少心思。臭蟲白天不見，都躲在縫道裡。那時居委尚未採用敵敵畏，我聽人家說用紅辣椒薰棕綳或用開水泡了紅辣椒洗，這都沒有多大效力，我買了紅辣椒給四三五號一家試過。這四三五號裡人家很多，是以前武康大樓的公用汽車間。它分二層，下層放汽車，上層可住駕駛員。汽車間很大，可以停好多輛車，所以上面也隔成了好多人家。大鐵門進去很深，光線很差，房子是老牆壁，有裂縫，是臭蟲的藏身好場所。我給了六六六粉，放在床的四隻腳周圍。聽說臭蟲會從頂上跳下來，還不是跌到帳子上，鑽到床上。

臭蟲躲在牆縫裡，蟑螂比它大得多，也很難除。我帶了DDT噴壺跑人家。武康大樓裡蟑螂躲在灶間架子縫裡，差不多各戶都一樣，放碗的壁櫥是建房時就造好的，要拆下來不大可能，所以沒辦法動員拆，我只好用藥水在牆壁縫外噴，蟑螂出來叫他們自己勤捉，那時還未見有蟑螂藥，後來衛生所裡的醫生在會上教了我們一個捉蟑螂的辦法，用噴壺放好DDT，在噴壺前用鐵絲裝上一支短蠟燭，點上火，用力打氣讓藥水射在火上，火便四射，這辦法用在方桌裡滅蟑螂效果是眞好。我的手動作很快，所以辦事處陳同志跟了我去做表演。但必須有力氣的人來協助，因爲要將方桌子翻轉，方桌的四只屜斗要拿走，就在這小屜斗口噴進藥水和火，蟑螂就逃出來了，要很快地踩死它。

我膽子大，有幾家衣櫥裡有蟑螂，便叫他們將裡面的東西都搬出來，檢查一遍，我就將這噴壺點火法教他們使用，蟑螂貼壁，僅幾隻而已，並不如方桌裡那樣多的。

還有一戶人家很整潔的家具，可是兩只沙發有臭蟲，這是很不好的，可以帶到來客的家裡去，我幾次動員，總算將沙發拆開來把臭蟲消滅了。

夏天傍晚時，蚊子在空中會「打團」，就是聚在一起，可以在面盆四周塗上點肥皀水，然後將面盆朝蚊子團翻來覆去地撲，蚊子會黏在面盆四周。

蒼蠅在菜場的魚攤上、垃圾上飛來飛去，眞是難辦，我見到店裡有捕蠅的竹籠，我買了四只，這籠子是圓的，是用竹片紮了外形，外面用窗紗圍著，中間底部有一格子，放著魚腥作爲誘餌，蒼蠅進了籠子往上飛，就逃不出去了，眞是可以捕幾百只蒼蠅呢！用開水一澆，蒼蠅便都死，籠子還能再用。我把四只籠子放在四個弄裡託了負責人管理，魚腥我在菜場裡問人家要一些魚肚臟、魚骨頭都行，每天檢查一次，也不難。

我又想了個辦法，叫小朋友們課餘時間捕打蒼蠅，我做了許多小紅紙旗，拍一百隻蠅得一旗，貼在光榮榜上，五百隻可換一面大的紅紙旗，小朋友們很高興，每天交來很多，或瓶裝，或紙包。這樣我是忙著做紅旗，還要用竹籤數「戰俘」數，得用開水燙死它們，最後還得燒去，不留後患。

關於滅鼠，我爲了要做出成績，必然更好地與群眾配合。老鼠多，我介紹了幾種捕鼠的方法，可是人家哪裡有空！有如此耐心！所以我買了捕鼠的鐵絲籠子，放在居委，讓人家來借，買了好幾只，那時居委沒有這筆費用，居委主任沒有工資，我當然更沒有。

辦事處對愛國衛生抓得很緊，故開會多，我的腦子也動得多，像上班一樣，還得到處跑，但我信心十足。

辦事處要來檢查一百戶人家的除「四害」情況，我得提前幾天去查好，因爲上級是抽查，我只好要求每戶都要做好。哪知辦事處同志一起來檢查的那一天，別處都好，就是查到中南新村前面的短房子裡的一戶人家，在一破木箱裡睡了一隻老鼠。那時我眞難爲情，有何好說呢！老鼠是臨時跑來的，辦事處同志知道我責任心是很強的，沒有說什麼。

有時候兄弟居委要蒞臨檢查，我當然又要忙一陣。後來要組織人到街上宣傳不要隨地吐痰，要備紅袖套。這以後又布置紅十字會去開會，派人去學包紮。當然我先去動員相當的人才，我知道武康大樓裡有兩位因病在家的女醫生，一姓朱，一姓林，我並不認得，但我上她們家去說明來意，請她們去參加會議，她們大約已認識我，所以都去了。後經主任說服，請姓林的那位負責了紅十字會的事，她們都會包紮。

這件事我負責完了，又開始宣傳計畫生育。開大會之後，辦事處的周同志帶來了幻燈片，叫我們召集婦女們來看。可開會總會有不少兒童同來，大大小小年齡不等，這個會兒童不宜參加，我想出了組織兒童們在另外的房間，備了凳子和不少連環圖畫、小人書，讓他們坐著看。

中南新村裡的多數人家都有蜒蚰，游過的地方留有一條銀白色的痕跡，這是除七害的另外一件事。我在一家花圃裡買到一種藥，是紙袋裝的，上有「價一角」字樣。我買了十包給居民們試試。真神奇，只要灑一點其中的粉末在陰溝邊上，第二天就能發現好幾條都死在藥邊上。後來居民們都要，還是叫我去買，在靜安寺那面，我很樂意，費些時間是沒有關係的。

衛生工作花樣很多，兒童打預防針、種牛痘、打小兒麻痺預防針等等，我怎麼去記呢？所以備了兩本練習本，畫了格子，記上姓名、男女、年齡、年月日、次數等以備查閱。這辦法辦事處的同志都說好，以致別的居委要學，本子便東借西借了。

上面又布置大家捉麻雀，這又是另外的事，在除「七害」中，我當執行。組織分派好各人的位置，有些人用草紮了草人，或紮個人架穿了衣裳，風一吹兩袖飄動，這是用來驚嚇麻雀，不讓牠停下來，這些是放在屋頂或陽台上的，另外不少人手拿長竹竿驅趕麻雀，使牠力竭，連趕連打，打下的都要捉牢交數。要和其他居委評比的，我地區的樹木多，又寬敞，所以沒有示弱。

124 掃盲綠化煉鋼鐵

以後要掃盲了，我有些文化，所以把我算作一名掃盲老師。我對領導說：「省力些，我教一、二年級的好了。」辦事處布置有掃盲組、掃盲學校，這都是業餘的夜校。借了隔壁的南光學校。他們叫我教一年級，來上學的多數是勞動大姊，三十多歲的，還有一個單位裡的炊事員，年齡比較大，這些人連自己的姓名也不會寫。我在黑板上寫，照書上的字從一點一橫教起，他們總算能識幾個字了。掃盲的一年級很簡單，沒有拼音，沒有算術，認字不爲難，及至教會寫自己的姓名，她們高興極了，所以叫「盛老師」的聲音很高。幾個月一本書讀完了，結束要考試，第一本書上有一課內容是講寫請假條的，考試題目就是寫張請假條，居然有個勞動大姊能考出來。

武康大樓上是三年級的組，是沈大姊擔任教師。有時她叫我去代課，有位解放軍的家屬——一位奶奶，很用功。她們學會寫字了，但字寫得不端正，所以我先示範，然後對她們說，以後該寫得好看，必須要整齊。所以大家很歡迎我的。大家知道我不辭辛勞吧！

掃盲領導經常叫我去看看學生，如果他們缺課或不上學，要我去了解情況。有兩個學生在掃盲學校三年級班的，是部隊的炊事員，我只好進部隊大院去找他們，他們不上學的理由是缺了課跟不上，我便在灶間裡爲他們補課。灶間很大，爐灶、鍋子都大，這時候倒不見別人進來，好像這部隊在高安路上。勞動大姊都住在雇主家，我也去輔導，半年時間掃盲便結束了。

上面又布置要綠化，大家選了一七五四弄二號樓上的董大姊爲綠化主任，又推選我爲副主任。

這班大姊都很好，很負責，並能齊心協力。在綠化工作上，一些細巧的、愛清潔的大姊們都出來參加的，這不單是種種花木，還要開闢個園子，地點在中南新村大門邊上，用鏟挖泥，除去磚石，推車運石，倒泥以及種樹，工程很大，夜裡也出工，高懸了汽油燈，我們的興致越來越高。董大姊家有鋼琴，她懂音樂，她寫了〈綠化夜戰〉的歌，大家認爲不錯，便組織了十幾位大姊一起唱。這時候正在唱〈社會主義好〉的歌，我們居委也要去表演，先在區裡，後來又到市裡，去的就是我們這班人。

綠化的事也很忙，陳同志帶領幹部去檢查，要評比的。這是一個夏日，太陽很大，十三個居委會的綠化負責人和陳同志一起到每個綠化點去檢查。我們的綠化主任董大姊嬌生慣養不想去，叫我去，我去了。想我年輕時嬌生慣養比她還勝一籌呢！我戴了草帽，從早到午後也沒有坐過歇過，在烈日下到處檢查人家的綠化情況。陳同志看快到午飯時分了，尚未看了，便叫我們先回去吧！有的人也便走了，我說我不用先回去燒飯，跟你看完好了。後來的評比，我們居委得了第二。

不久又布置要大家去幫助別的區的居委綠化。這是一定要派人去的，會上報名時大家都不作聲，主任爲難了。我便帶頭報了名，主任就此說：「盛大姊年齡大尚報名，你們應當學她。」眞的大家都報了名。我們這班人全都去了，還加上幾個小組長和兩個男的。

那個居委會很遠，還得乘車，錢要自己掏腰包的，還要帶飯。我們這班人倒是樂天派呢！能吃苦耐勞，感到很快樂。到那裡大家動手挖泥，我們已懂得鏟泥時要用腳踏一下鏟子。那裡接待很差，小菜只有青菜，每人一勺子。第二天去時有位大姊帶了辣醬，我們就跟她學了。我分派的地方是石子地，實在硬，用了丁鎬還費勁，請那位男的幫我在上面鑿幾下，總算被我挖成一個大穴。以後又在另一塊方地上挖泥、翻土、施基肥了。連續去了將近一星期，皮膚一下子就曬黑了，這對我是算得上最強度的鍛鍊了。

我們居委又提出要挖陰溝泥爲綠化施肥，這倒好辦，一七五四弄裡地上好多方形的水泥蓋下即陰溝，所以很方便地打開蓋挖出陰溝泥裝在鉛桶裡就可送出去。居委組織大家排了隊伍送，我一個人拎勿動，只好叫小羅幫忙，兩個人用扁擔挑，小羅年少比我矮，我便把身子彎低些，一老一小，大家看了都笑起來。

又號召要大煉鋼鐵了，居委要派人去一家廠裡敲石子，每天去三小時，從早上八時開始到十一時回，帶了一只小矮凳和一把鎯頭，每天不脫班地去了半個月吧！我們居委也算煉出了一小塊鋼！我每天很忙，好像無牽無掛，家裡窮，我是無辦法，長此以往，可以說不足掛齒了。小玉病逝，對我是當頭一棒，但死的死了，活著的還終究要活下去。雖已過了一陣子，可我心裡總還念著她，但肩上負擔的任務要去做，倒也可以散散心中的悶氣。

綠化當然要保護，雖然樹木茂盛，可是樹上有蟲，尤其是新種的楊樹，葉子上生出了刺毛蟲，我應當要想辦法。那時還沒有向路邊人行道樹噴藥水之舉。我跑到隔壁，向花店老闆請教，眞的有了辦法。店裡有盒了裝的粉紅色粉狀的藥，包裝紙上是外國字，老闆告訴我加水的分量，我買了一盒，居委主任叫了一個男的借來了打氣噴藥筒，到每棵大樹去噴，倒是很有效的。

居委要辦幼兒園，開會討論誰家能讓一間房間出來，當然有個花園草地最好。大家推舉我家鄰居十九號的王大姊家，並請她負責籌建，她也是空閒的人，所以答應下來了，在樓下，需要些東西，當然應當去扶助，我便送了我用過的兩條布的長門簾給幼兒園。

125 讓出房間辦食堂

上面又布置下來：大躍進要爲人們開伙創造便利——辦食堂。這件事不容易，一要房子，二要人才。居委主任和大家一起討論了幾次也沒有人肯讓出一間房子，別的居委已逐漸辦起來了，我們不能落後。明明有的是大房子，但建築講究的不捨得當食堂，怕讓人弄髒了。我看到好幾處的房主人有這樣的思想。不知怎的，我看不下去了，我說：「我家可臨時借用一下，但我家太小，放不下幾只桌子，灶間尤其小，我也要燒飯的，便攤不開來了。」主任說：「當然要大些的地方才好，你家小，暫時借用一下。一方面我們再另找房子就是了。」我還說：「這不是我一個人可以做主的。」回家問了洵美，他說由我做主。這時小美、小珠、小燕結婚另住別處了，小紅、小多在南京，一個工作，一個學習。家裡僅剩我們夫妻倆和小馬、小羅二個兒子，還有一個老保姆。所以我做主將樓下的兩間客廳和飯廳以及封閉陽台都無償地借給了食堂，灶間裡的兩個灶頭也給了他們，我自己緊縮一下，用煤氣灶燒飯。炊事員是請了兩個大姊，會計嘛，在我們弄裡找到的，姓朱。桌子也是我家的。開過討論會，動員大家輔助，捐出一些碗筷、長凳、蒸籠等。我拿出了些碗，大家陸續地也拿來些，就此辦成功了。我家有院子，所以熱天便不見擠的。

哪知食堂就一直在我家辦下去了！不知是居委會不再去找房子了，還是其他人的房子眞緊張得不能擠一下。大房子裡的人不可以擠，那我是小房子怎麼就能擠了？這是人的性子不同，並且我和洵美是不會講條件的，他們房租也不出，食堂就這樣開辦下去了。

上面又布置下來一個重大任務，全市要體格大檢查，這當然是我衛生主任分內的事。居委會開過大會之後，各組統計人數，每戶都要登記，我區是第一醫院來醫生的。到了檢查的日子，我們早找了一個地方作檢查點，醫務上的設備是他們備好了帶來的，我們居委則是要派人合作，如消毒等。我當然又求武康大樓的兩位醫生出來幫忙，我自己當然在內。由我聯繫一組組居民分時分批前去檢查，眞是不少人，婦女多。我還要傾倒髒東西及用過的棉花籤等。兩個醫生單管消毒器械、橡膠手套等。我在自己居委做了兩天，還幫其他居委做了一天，手腳不停，身體還行，我瘦得很，不會腰瘘的，這也是鍛鍊之故。體格檢查還要透視，醫院開來一輛X光透視車。還查沙眼，我的眼睛也有輕微沙眼，查出患沙眼的人較多，就在每個小組裡選一個人負責每天爲患者滴眼藥水。

126 我得獎洵美被捕

我在淮二居委會當一七五四弄的小組長是一九五二年開始的，後又兼衛生主任，工作上有了少許成績，一九五七年徐匯區人民政府給愛國衛生積極分子發獎，整個居委會只發到一張獎，這一張獎是給我的了。區裡開了授獎大會，那天，在衡山電影院裡，紅旗飄揚，鑼鼓喧天。參加會議的有企業領導，也有居民代表，到那裡先聽領導作報告，然後發獎。企業的同志先上台領獎，居民在後，呼到我姓名，這時我心中極高興。這形式我從先領獎的那些人處已學會，我照樣就行了，我獲得的獎是一張獎狀和一只印有「獎」字的搪瓷杯。

第二年，即一九五八年七月，我又得到這張居委會惟一的獎狀了！是「除七害衛生積極分子」獎，由徐匯區人民委員會發。這次發獎較簡單，就到辦事處去領，單是一張獎狀了。洵美爲我高興，說家裡人我是第一個得獎者。這是一九五七年和一九五八年上半年的事。

到一九五八年我在淮二居委會爲人民服務已六年了，正在我精神煥發的時候，突然來了個晴天霹靂！當時，我又得獎了，高興萬分地到南京去看女兒，我是隨小多大學開學時一起去的。才去了兩天，第三天便接到家裡來信，說出事了，叫我速回。是小馬寫的信，他年幼不知打電報。我和小多馬上打長途電話回上海，才知道洵美被抓去審查了，家裡被抄。我便急忙買了車票趕回家。

家裡弄得亂七八糟，洵美就此不見。

當晚我作了一個噩夢：海中漂蕩著一隻帆船，它已經舊而失修，一家人拖兒帶女在船裡

盛佩玉在一九五七年獲徐匯區政府頒發的獎狀

過日子。男人自得其樂地立在船頭上仰望天空，天空青色一片，無雜雲，俯首下瞧，海裡平靜水無聲，空中老鷹展開翅膀自由翱翔，忽高忽低，好似表演牠的飛翔技術，孩子們興高采烈又笑又唱。下雨了！大家躲進船棚。寒冬臘月，又下雪了！天寒冷，圍在柴灶邊取暖，一家人天倫之樂倒也不差。哪知一天傍晚，好好的，船停泊在海岸邊上，突然晴天擊出一聲霹靂，狂風暴雨一起來！不健全的破船，被大浪衝來擊去，立時桅桿倒，船身裂，波濤之中誰來救呢？一家人沖散了……

此事一出，孩子們受驚不小，小馬才十六歲，初一學生，目睹抄家，只想離家而去，正巧學校動員上海學生支援青海，到青海去讀書，他就報了名，被錄取在青海輕工業學校，這是一所中專，初一的學生怎麼進中專？可我又怎麼說呢！這一去至今仍在青海。

開始我總想，洵美他不久便會回來的！一天天地等待著，直至上面傳來消息，說他要過很長的時間才能回家，叫我作好準備。這樣我才仔細地去打算：房租太大，只三個人住，樓下食堂的房租也都算在我頭上。我還未作出決定，哪知居委會新主任許文慧已來說服我了，她說：「不久就到『三八婦女節』，要將食堂擴大，現在你不需要這許多間房，居委會已和房管處聯繫好，在本弄十一號樓上給你一間，換下你現在的。」換個房子沒有大問題，只是一間太少，那裡的房間大小和我的一樣，三間變成一間，我和小羅要搭二隻床，還有個老保姆呢！她說：「老保姆是外人，不可算進。」我有些奇怪，老保姆戶口一直在我家，並且她跟了我幾十年了。我又說：「洵美或許就回來的，原來我們住一幢，現在起碼給我兩間吧！」她說：「不可以，房管處這樣處理的。」我又說：「這些洵美的書籍和其他東西怎放得下呢？」她說：「他的東西關在一間，不動好了。」她倒是稟承上面的意思，領導這樣講，我又有什麼辦法呢？我心中好氣啊！

一方面搬家，另一方面我寫信給小紅，我想帶小羅一起去南京住，小紅原住單身宿舍，得到我信便和單位領導講了，並答應給她換個大房間，如此我便準備遷居了。

我的東西很多，再三思考，帶走不可能，只有硬硬頭皮將那些不實用的東西都割愛，其實什麼愛，不要用的東西是累贅，所以我天天跑舊貨店、收購站、回收處，挑出需要的東西，其他都可賣去。小紅畫了南京房間的大小，根據情況我留下的家具很少。洵美的兩只大書架高到房頂，是大柳安木書架，寬正好鋪滿牆，被食堂看中，說可作碗架子，作價五十元，售給他們了。其他燈罩、鏡子、毛巾架、灶頭等等都奉送了。東西當然賤賣，我又有什麼辦法呢?!寄售呢，不知哪天才能售去，所以我來個快刀斬亂麻，我一個人負責，倒也爽快。我又打聽到託運公司在愛多亞路，我也去找到了，把餘下的必要的東西託運至南京，手續辦得很順利。

賣去東西的錢用在搬家、託運上，最大的花費就是爲老保姆，給她租了一間私房要筆押租金，還得將以前欠她的工資結算付清，給了她床、桌椅、小櫥等等，她在我家做了這許多年。當年老式家庭生活的規矩是女客給賞錢，她也能賺些錢，可現在我是一日日窮，她倒仍

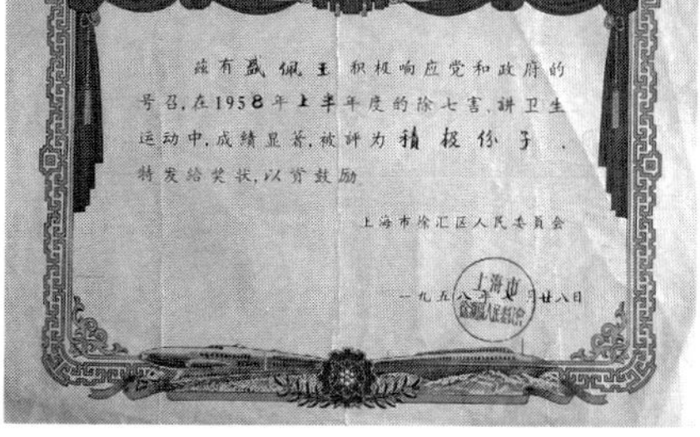
兹有盛佩玉积极响应党和政府的号召，在1958年上半年度的除七害、讲卫生运动中，成绩显著，被评为积极份子，特发给奖状，以资鼓励

上海市徐汇区人民委員会

一九五八年[illegible]月廿八日

一九五八年盛佩玉又獲徐匯區政府頒發的獎狀

舊一點不動搖地跟著我，我離開她倒沒有問題，家務勞動自己做有什麼難！

127 遷往南京小紅家

一九五九年四月東西運到了南京站。小紅找了同事，代我叫了幾輛木頭板車。房子還算不錯，就是要上坡，有些吃力，這是口腔醫院在高樓門的宿舍。上坡後共有四幢日式的房子，我們住第一幢的樓上，共有三間，我們住右面那間，並排還有一大一小兩間是李文思醫生全家六口人住的。樓下也同樣三間，是另兩位醫生住的。最後一幢的樓上是院長家，他修飾了一下，故看起來比我們這幢乾淨。

小羅安排在百子亭小學念書，路都不遠。小多每週日回家看看即回校。我在家無所事事，如此空閒不習慣，故叫小紅向醫院食堂講，我去義務勞動，幫他們擇菜、洗菜。正當蠶豆上市，幫著剝豆，和同事們倒也談得來，大家對我很好。小紅的同事們喚我「邵伯母」，都很熱忱呢！

後來不去做這事了。小紅有時叫我幫助她做些醫療所需的小東西。她教我做棉花籤和補牙用的極小的棉花球，不久我認識了好多醫生，還有院長夫人，她姓秦，他們都很和善。

待我報上戶口時，不久，派出所的同志就來訪了，他說我還

小紅和丈夫夏照濱教授及子夏農

盛佩玉與小馬、小紅、小羅在南京合影

可以幹事，街道上要掃盲老師。我說我才來南京，還不會講南京話，言語不通，做老師不行。後來要辦食堂，又來叫我，因爲姊弟倆要回來吃飯，時間衝突就更不行了，所以我不能去做事，可每次開會我都能參加，便又多認識了些人。

坡上住的醫生們提議利用院子裡的空地種蔬菜，經院長同意，就叫我們自己劃分地來種菜，力大的地多，像我家三口人，身體都不壯，姊弟倆又沒時間搞這些，我一個人力氣又不大，就分了四塊地。

一塊地種花生，兩塊地種青菜，一塊地種蕃茄。這下我就很忙了，後來大家又將地圈起來了養雞，我也養了五隻雞，做了木頭雞窩放在樓梯下面，這下我更忙了。雞會吃蟲，可有時也吃菜，吃一些結出的果實，所以收成並不好，但能吃到一些自己種的東西，總感到特別香。

我每天有了額外的忙事，倒也很好，疏散了我心頭的痛苦，但我不能不去想到洵美，他和我過的日子大大不同，他得不到家裡的信息，也得不到家裡的任何東西，好像一個絕望的人，自然身體不可能好，我擔心的就是他的身體。

我在動身前曾託了在上海的女兒小燕去看守所聯繫一下，告之我在南京的住址。有時洵美要些氣喘藥，所裡便通知小燕送去，這是很難得的。看守所倒不如牢獄，牢裡還可送飯、送衣、探監，而看守所則是不許家人探望，也無任何消息，家人只能等待。

我跟了小紅、小羅生活還可以，我和小羅沒有勞保，生病便苦了。小羅身體弱，常生病。小羅就在我們這幢樓前的大樹丫枝上每天做引體向上，以此鍛鍊身體。然而一次學校帶學生去百花洲勞動，回來小羅生了肝炎，是同學那裡傳染來的。當然我很急，又花了不少錢看病。他從百子亭小學考入二十六中，又由那裡考入十一中高中部。這些年我為他操了不少心。我自己也生過兩次病。自然災害期間，這是大家都遇到的臨時困難，除了我肝功能檢查下來不好外，我們幾人都熬過了這困難。

這段時間我們在南京又搬了一次家。小紅單位在新造的大樓裡訂租了二套房，分給三個醫生。我們分到三層樓一間，四層樓一間。小紅住在四樓，我和小羅住三樓。

口腔院這時胡院長已調出，新調來一位李院長，還有個黨委女書記，姓林，她生得端莊，一看就是有耐心的同志，醫院裡的醫生、護士們也都很好。那天正巧是醫院裡的勞動日，醫院領導決定就以為三個醫生搬家為勞動內容，就這樣搬家又快又好，我們都非常感動。

128 受審三年洵美還

一九六一年，我接到小燕來電報叫我去上海看守所接洵美回家。我高興得心跳，馬上就準備動身。叫小紅到單位裡去借了些錢，因為賣東西也來勿及的。小羅這時尚在初中讀書，小多去武漢畢業實習了，好在小紅在家，家裡的事姊弟倆還可以應付，我也不能管他們了，只好以後多通信了。

洵美去了將近三年，經審查，無罪釋放。夫妻才得見面，而家已經沒有了！只好住在大兒子那裡。是我到第一看守所接他的，辦理手續的是閔同志。可憐他的身體眞所謂骨瘦如柴皮包骨，皮膚白得像洋人，腿沒有勁，幸好三輪車夫好心腸，背了他上樓。總算他沒有被定什麼罪。能回來就好，我們不怨人、不怨地，只怨自己不會做人。詩人有的是時間，不是正好可以做詩麼！可當時見不到一片廢紙一枝禿筆，詩意肅然。回來時衣袋中僅有三支竹片磨成的挖耳籤。那是在廁所勞動時揀來的竹片磨成的，可見他的耐心更勝過那時捕小老鼠的修養！我一定要把他的身體養好。當然只有在飲食上多給營養，我便住在上海，放棄了對南京小兒子的照管。小兒子吃飯在外面，自己管理上學的一切，飲食冷熱不調和，得了胃病。究竟年紀小，不會保護身體。而洵美得到各方面的調養，身體好多了。受冷氣喘病仍要發，這個病始終治不好，不過人倒是胖起來了，可還是走不動路。幸得上面照顧，又安排在文藝出版社爲特約翻譯，生活費就是預支稿費。

幾個月後洵美看到自己生活有了保障，住在兒子家，料理家務可以找人幫忙，精神也有恢復，想到我戶口遷南京後再也遷不回上海等等因素，他叫我還是回南京吧！不過說好每年兩次小羅放寒、暑假時我都要帶著小羅一起回上海，這樣我才又回到了南京。

（編者：關於家父三年受審的情況，復旦大學教授賈植芳先生著作《獄裡獄外》一書中寫有〈獄友邵洵美〉一章。另外賈植芳先生在《上海灘》中也將與家父獄中邂逅寫成專文發表。尤其是賈老不負家父重託，闡明了家父對文壇上有關的幾件事的眞相之看法，對我們家屬意義尤爲重大，在此表示誠摯的謝意和敬意。

有人問起家父三年受審的事，家母在給《浙江文史資料》的文章中是這樣回答的：「洵美一九五八年至一九六二年之間的歷史我不知何從寫出，總覺得上面有了一層蒙塵，所以只好將洵美這段光陰縮短了。一九八五年二月二十六日，吹來一陣春風，把我家蒙受多年的塵灰拂去了。這給洵美賦予了新的生命。笑吧！洵美。」「春風」是指上海市公安局平反決定書，編號爲（85）滬公落辦字第二六八一一號文件。）

129 人民路的好鄰居

南京的新家在人民路鼓樓廣場邊上，附近百貨店、食品店均有，尤其是鼓樓醫院就在我們對過馬路上，我感到這個地方十分理想。鄰居們相處也親熱。

這裡屬於黃泥崗居民委員會，主任是女的，姓郭，我先去拜訪。派出所同志姓胡，前來了解戶口情況。他臨走前對我講：「你年紀不大，可以出來做些工作。」我說：「我也是這樣想的，可我家務事多，況我家的問題你不清楚。」他說：「我都知道的，你出來好了！」

這大樓上面三層是住戶，下面是店面，故下面開間大而高，後來搬進了家具店、雜貨店、棉花店等。有一天爲了水電管理大家一起開了個會，要選出小組長，我們樓大家選了我。每次

一九六九年盛佩玉與小紅、小多、小羅在中山陵

抄下各戶的分錶用水量之和總是與總錶用水量合勿攏，要算這個帳就很麻煩。還得一戶戶地去抄錶、收費，雙職工家白天居民不在家，晚上再跑。這是件麻煩的事。

我在家每天買菜、燒飯、洗衣，收水電費外最重要的是去開會學習。在節日前開完會後和大媽、大姊們約好時間要去查「四防」。有外賓來時要去參加列隊歡迎。也參加過大遊行。有一次居委會還組織我們去雨花台掃烈士墓，包了兩輛公共汽車，在車上，大家一路唱著歌，到了雨花台，排成一隊隊的，到烈士墓上去祭掃，次序不亂，靜默嚴肅。

還有一次舉行憶苦思甜。居委會準備了一桶豆渣和野菜做成的餅。大家先坐下來聽完解放軍講的長征故事，然後給我們每人一份憶苦餅。我想這太不眞實了，長征時在草地、在雪山能吃得上這些嗎？

130 洵美窘迫賣郵票

每次寒暑假，我帶小羅回上海，這也是一件麻煩事，事先要籌得五、六十塊錢，雖然我們住在南京，吃、住費用由小紅解決，那時小多南京化工學院已畢業，改名邵陽，分配到北京建築材料研究院工作，實習期四十五元轉正後五十五元工資，每月貼我十元，這也不無小補，但要籌錢夠二人到上海用，還得翻箱倒櫃賣去些小東西。洵美嘴饞，想吃「香肚」，我每次總要給他帶幾只，還有板鴨之類的，價錢貴，也沒有條件多帶。上海市場供應好，想帶些吃的回來也不可能，只好買點白糖屑、肥皂而已，衣料之類根本談不上。

小珠的丈夫方平教授

團聚他總是高興極了，開始他拿到預支稿費的錢分給我四分之一，後來他減少了收入，便給我也少，「文化大革命」開始，沒有書譯，沒有收入，當然一錢也不給我了。

每次洵美總要告訴我哪些人去看望他以及當時的情況。他最高興的是女兒小珠、小燕、小多及丈夫都去看望他。小多結婚後和丈夫吳立嵐帶了禮物從湖州看望他，洵美還送了一枝派克鋼筆及留學英國時一套文具以示祝賀。三弟的幾個女兒都來看過他，特別是四女兒邵小蘭正在中醫學院學習，也常抽空帶了吃的、帶了醫療器械爲他檢查身體。有一次洵美把借給他的一只溫度計打碎了，還念念不忘想買一只賠給她。五弟的女兒也去看過他，四弟的兒子邵林去看他，他拿出了孫中山先生親自設計的「飛機樣票」、還有大龍藍黑郵票等等叫邵林爲他去賣，以解決他的經濟危機，然而邵林說沒有賣掉，但也沒有歸還他。邵林還從他那裡借走了不少他登在報刊上的集郵知識連載剪報等，也不見歸還。親家吳凱聲博士及虞韻清女士以及女婿吳立嵐的兄長吳立峰也常去拜訪。

一些老朋友孫斯鳴、施蟄存、秦鶴皋、秦瘦鷗、錢瘦鐵、莊永齡等均去看望過他。記得有一次，聽說陸小曼要來訪，洵美打算招待這位好友的妻子，可當時正好拮据，便將一枚吳昌碩親刻的「姚江邵氏圖書珍藏」白色壽山石印章託秦鶴皋先生轉讓給錢君匋先生，誰知這枚老祖宗傳給他的珍愛之物，僅換得十元錢。眞是爲朋友割愛了！

（編者：家母筆記中提到帶南京香肚到上海一事，在整理她的遺稿時，篋中撿得家父當時有關的短信，特抄錄如下：

佩玉：信未發出，接到你五月二日給小美信。我身體不能算不好，一切都滿意過分了！你為我買了兩只香肚，好極了，我立刻便感到饞涎欲滴。我想有機會再嚐嚐真正的南京鴨肫肝，也只要幾只，放在口裡嚼嚼鮮味。

——美　一九六七・五・三

家父在獄中審查三年，找不出任何罪責，於一九六二年釋放後確實到了山窮水盡的地步。那年周煦良去北京開會，周揚問他，洵美的問題解決了沒有，如果政治上沒有問題，應通知出版社仍舊請他校稿和譯書，做「最適宜於他的工作」。周返滬後即將此意轉告石西民、出版社和家父本人。於是他每月可向出版社預支稿費八十元，後增至一百二十元，由於生活好轉，健康也有起色。對這幾位朋友，家父深表感激。後來不知何故，預支稿費又降爲八十元、五十元，直至「文革」開始，就分文不發了。他又陷入極度的困境。現摘錄他當時寫的另一封給家母的信。

……今日已是二十三日，這二十三天中，東湊西補，度日維艱。所謂東湊西補，即是寅吃卯糧。小美的十元飯錢用光了，房錢也預先借用了，舊報紙也賣

親家虞韻清女士和吳凱聲博士

光了，一件舊大衣賣了八元錢。報紙不訂了。牛奶也停了。可是依然要付二元，因為要吃到半個月才不送。菸也戒了。尚有兩包工字牌，掃除清爽便結束……

我不是「嘆窮經」，是好在空閒著，所以多談談心。

一九八八年我們調回上海後曾去復興路看望過秦鶴皋先生，他證實了父親爲招待好友割愛賣去家傳印章之事。又說，他在《華師大學報》的一篇論文中記錄了此事。並告訴我們一件往事。一天上午去淮海路看望洵美，見他正坐在一面小鏡子前梳頭。桌上放著一碗「刨花水」（浸著木屑薄片的水）。見洵美蘸著它認眞地梳著頭，很驚訝，沒等開口，他倒先笑著說：「儂要講，這是過去丫頭、廚娘梳頭用的刨花水，對哦？現在可是我的『生髮油』呀！儂嗅嗅看，很香！」秦先生嘆了口氣說：「邵洵美呀，邵洵美，到了這個地步還惟美！」）

131 洵美委託的任務

暑期又到，這次我和小羅沒有回上海，而是接受了洵美給我的「任務」，一來探訪北京的諸位老友，並與陳萬里先生商量桃洗、越鳥等事，二來去看看在北京工作的小多。

洵美因譯的書不出版，故只能向出版社每月預支五十元，並作爲欠帳。經濟困難，便想到僅有的幾件東西：盎格爾畫，桃洗和越鳥。

對於外國名畫，故宮博物館是不感興趣的。桃洗是經過故宮博物館古瓷部主管陳萬里先生親自鑑定的，是北宋瓷器精品。一九五〇年初，我們護送機器去北京時，老友——國家文物局局長鄭振鐸與博物館長張聰玉曾以私人名義請我們吃過飯。談及此事，鄭說此事很複雜，他們無人敢負責出價。說眞的不敢負責，說假的也不敢負責。請我們回上海找地方聯繫。當時我們也把此事擱置起來。後經濟困難，曾寫信給上博徐森玉館長，信中沒說明什麼事，洵美審查歸家後只要求與徐面談。不知出於什麼原因，徐回信說因他有病，可與另一位洵美不認識的人面洽。當然洵美是不願意和陌生人談的。

洵美原有兩只「鳥」。一爲餘姚越窯鳥形盒，名曰「雞盒」，還有一件越窯小鳥。當時我們住麥克利克路時，陳萬里來看洵美，看到洵美從家鄉收藏到的兩件越鳥時，要求洵美送給他一只鳥。洵美當然是不識貨的，大方地說：「任你選一只吧！」陳挑了一只「雞盒」。後來洵美從各種古瓷、青瓷研究資料中發現：雞盒乃越窯中最傑出之精品！當然陳先生心裡是明白的。現在還餘下一只不甚值錢的「小鳥」，洵美幻想請陳先生幫我們一併處理掉。

我拿著洵美在我們臨行時給我的信件與給陳萬里的介紹信，經過故宮博物館，找到了陳萬里先生。他熱情地接待了我們，我告訴他，如果對筆洗感興趣，可派人到上海去取貨。陳說聽人說有可能是雍正仿的，現在無人敢說假，但也無人敢出價。至於小越鳥，不是珍品，故宮不會收購，愛莫能助。當時我眞想說一句，公家不收購，那麼請你兩只鳥一齊「收」去吧！以提醒過去的事。但沒有說出口。當然他或許已經忘記了，當初他是北京鑑定桃洗乃北宋珍品的幾個人之一，也忘記了我們的桃洗是全部符合他在專著《中國青瓷史略》中對北宋青瓷的鑑定要點的。這樣的結果眞令洵美失望！

洵美再三叮囑我要去拜望沈從文。因久不通信，代他解釋一下。我帶了小羅在東堂子胡同二十一號看望了沈先生。並根據洵美的囑咐，把他給我的來信，給沈先生看了。洵美是這樣寫的：

沈從文你非去看他一次不可。我自從去年年初大病後即未與他通信，一則因爲趕譯《麥布女王》及注文，忙得滿天星斗。一忙便生病，病好再趕工，趕工又生病。所以所有朋友處的通信全擱置下來。好久不通信了，又覺得若要繼續通信，非得詳細解釋一下不可，一時又無從下筆，所以擱到現在。請他務必原諒！並補禮向他慶祝六十大慶！這是前年的事，他是甲辰年生的，屬龍。本信可給他看。

沈從文詳細詢問了洵美的身體狀況，他的關心和眞情使我感動。

洵美一定要我到陳夢家處，我們到了東四錢糧胡同乙三十四號他家，向他道歉。洵美在來信中說：

陳夢家也非去拜望一次不可！他一定在生我的氣。我向他要回那兩本小冊子，實在是「與理不當」的，「狗急跳牆」之事。他必定了解，我去年春天當未賣去，寫信給他，要求他夏天（他照例每年夏天回滬省親）來滬時，來我處一談。我原想依舊返回給他，他卻毫無回音，也未來，大有與我絕交之勢。你請他千萬要原諒我。老朋友做錯了事，不應當如此處罰！我過後亦無信去，並非亦生氣，或有報復之意。不再寫信的原因，與不和從文通信是一樣的。你要爲我好好解釋。總之，我每天的生活一趕工作（因爲生病便多延擱）二生病三四處想法借錢。實在無時間通信了。錢鍾書處也一樣，也是去年春天起不通信的。他們一定在奇怪，我忽然一下子不通信了，事實不過前面三件「忙」也。

畢竟是老友，又是大學問家，陳夢家不但沒有一句批評洵美的話，反說自己久疏問候，使洵美爲區區小事久記在心，殊爲不安。後來他特地邀我和小羅到王府井大街全聚德美餐了一頓烤鴨。

第四次到北京，洵美交給我的任務完成了一半。看望了他的幾位老友，解釋了洵美與他們久未通信的原委。也看望了小多，臨返時我和小羅還特地看望了許國璋和許太太黃懷仁。

132 悼念老友舊體詩

那次洵美見了陸小曼以後，再也沒能見面，不久，老友莊永齡和陸小曼先後亡故。他極爲悲痛，寫了一封信給我和小羅，抄錄了兩首悼亡詩。悼念莊永齡的是：

雨後淒風晚來急，夢中殘竹更惱人；
老友先我成新鬼，窗外唏嘘備覺親。

悼念陸小曼的是：

有酒亦有菜，今日早關門；
夜半盧前席，新鬼多故人。

後一首詩洵美附注曰：「夜半虛前席，唐詩有『可憐夜半虛前席，不問蒼生問鬼神』。」從來主張寫自由詩的洵美，晚年卻寫了充滿深情悼念老友的舊體詩。我和小羅見了他的傷感詩，就批評了他，哪知他立刻給了我一封回信，婉轉地申明，他的舊體詩對文史資料研究者或許有用。全信摘抄如下：

佩玉：

……你和羅羅母子二人，讀了我的舊詩稿，十分客氣、遠兜遠轉，提出批評意見，給了我知你的啓發！總而言之一句話，我這種東西寫它做什麼？對人對己全沒有好處。「文藝是爲工農兵的，爲工農兵寫作，爲工農兵所利用的。」毛主席的最高指示不是已經說得清清楚楚、明明白白了嗎？毛主席所寫的詩詞，哪一首不合乎這個標準？而我寫的東西，哪一篇禁得起考驗？我的東西，只能起一種作用，便是說，留作一種資料，說明我國歷史上曾經有過這樣一種東西，它反映著某些人的思想，一種資產階級個人主義的東西，一種毒草的標本，可以在需要時當作反面教材。將來或者把它們拿給文史參考資料編輯的負責人去看看，有沒有用。

其實，洵美也是敢於面對人生的，我從舊篋中讀到他有一篇五十歲生日時寫的隨筆：

我今年五十歲，忽發奇想，寫了兩句東西自壽。給壽彭兄看（他五十三歲），他連連搖頭，不忍卒讀；因他極迷信，談壽渾身寒噤。給鶴皋兄看（他比我小幾歲），他也搖頭，說太消極。其實我十分積極，不知他何以誤會我的意思。我又背給孝魯兄聽，他聽我讀了後句前四字，接下去便把後面三個字唱出來。英雄所見略同耶？我又給幾個人看，他們都無動於衷，使我大有「自鳴得意」之感。閒話休提，言歸正傳。卻說那兩句東西便是——

五十以前人等死，五十以後死等人。

後之來者，不知也有我這樣勇氣否？

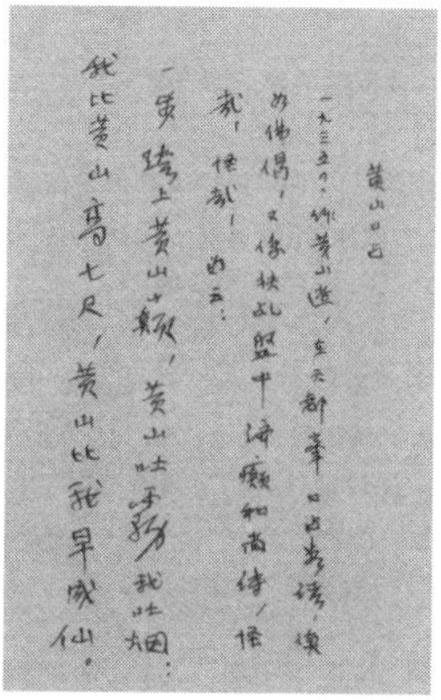
洵美遊黃山詩作手跡

洵美一直認爲人的生命是短暫的，而自然界才是永恆不朽，人做得如何驚天動地，在自然前仍顯得渺小。有詩爲證：

一步跨上黃山巔，黃山吐霧我吐煙；
我比黃山高七尺，黃山比我早成仙。

（編者：家父曾在一九三五年與海關學校學生共登黃山天都峰，口占黃山詩一首，未列入詩集。）

133 巧遇張愛玲繼母

當我在上海沒有家以後，我跟小兒子到上海去便住在著名電影明星張翼的家裡。張翼的女兒張簡是我的兒媳婦。說來也巧，我的蓉姊恰恰就住在張家的樓下，我們姊妹倆還能相見敘敘。如果我同小多到上海去，就住在女婿立嵐的母親和他弟弟立崗家，在滬西江蘇路二八五弄二十八號，是一幢花園洋房，原是海上聞人虞洽卿所住。

事有湊巧，立崗家的樓下住著一位張太太，見面一看，原來是四嬸母孫用慧的妹妹孫用蕃。她是國務總理孫寶琦的第七個女兒，也就是小說家張愛玲的繼母。她的先生叫張廷重，是與洵美祖父一併出使過日本的清末大臣張佩綸的兒子。儘管張愛玲對繼母沒有好感，可就是這位孫家七小姐在江蘇路的小屋裡悉心服侍張愛玲的父親張廷重，直到為他送終西歸。

張太太年齡比我大，雙目已失明，但面容白皙清秀，衣服整潔，一口北京話，大約裝的是全副假牙，故牙潔白整齊不見缺一顆，她告訴我：四叔的兒子盛毓郵在日本開菜館，都很好。盛毓度已回國過了，在日本開留園飯店，到東京的各國元首都要到此店品嘗中國菜。我們談得很親熱。

張太太與我的蓉姊一樣，記性比我好，我已記勿起以往的許多事。我素性不合群，變遷之故，我的盛家親屬已不知去向，好像一棵大樹上的樹葉和結的籽，不知隨風散落在何處？

日本堂兄盛毓郵夫婦和盛毓度夫婦

一次我和小多、立嵐一起去看立嵐的父親吳凱聲老先生，他原是名聞上海的大律師，曾任中國駐國聯第一任代表、駐瑞士國公使。他曾到湖州看望過我，並跟我在小多家合影留念。當時他給小多看一錠古墨，並談起洵美出獄後，他帶了禮物去看望洵美，洵美感到不安，翻箱倒櫃的終於在一只抽屜角落拿出了這錠墨，非要還贈不可。洵美說：「我祖父愛藏墨，我本來有一大箱的古墨，現在只剩下這錠了。」此墨一面印有金色的宮廷御園圖，一面寫有「漱芳齋」三字，邊上繞有二條金龍。邊款刻有「嘉慶年製」，當然是胡開文製墨。邵友濂齋名為「碑硯齋」，為吳大澂所書榜書。不知「漱芳齋」何來歷？

親家又說：有次他跟洵美談到自己法文好，洵美英文好，可是兩個孩子外語都不行，洵美卻說：他們年紀還輕，努力一下還來得及。

親家將這錠墨送還給了小多、立嵐，說留個紀念吧！

134 「文化大革命」來了

一九六六年「文化大革命」開始。開頭是破「四舊」、立「四新」。我跟著居委會的大姊們一起去查「四舊」。不久，鼓樓廣場四周貼滿了大字報，我也曾去看過，但沒有看懂。後來接到堂弟從上海來的信，叫我暫時不要寫信回去。我知道上海大約又有事了，我當然心不定，馬上寫了封信給小美，我告訴他要耐心接受批評，自己明白沒有做壞事不要急，叫他也這樣對父親說。我想上海的情況和南京也相仿吧！

後來更熱鬧了，我在窗口就可以看到一群群的人押著胸前掛了紙牌子、頭上戴了高帽子的人「遊街」。我也下樓去看過，知道大家批鬥「地、富、反、壞、右」，也知道了「牛鬼蛇神」。還看到不少人手臂上佩戴了紅布，那是「紅衛兵」，後來又出現了「紅衛軍」等等。總之馬路上很熱鬧，氣氛很緊張。有時候雙方還打起來，每天有身穿藍布工作服、手拿紅纓槍和各種鐵棍的遊行隊伍。我心裡極怕，聽說南京出現了兩派，有一天遊行隊伍裡高高地抬著三具蓋紅布的屍體，是被對方打死的。

有一天也是很長的遊行隊伍走過，都是頭戴柳條帽，手執長矛的。後面還有一輛無頂的卡車，上面坐了幾個人，手裡拿著瓶子。車開過來，他們把瓶子丟出來，立即一股濃煙衝來！我和小羅正走到黃泥崗路口，見此光景，馬上奔進路邊商店。等過後也就無事了。我走近投下的東西，一看是一捲黃紙，煙還未全熄。當時聲勢浩大，還以為是投下炸藥彈呢！看來是放些硫磺而已，嚇唬人的。各個單位裡也很緊張，我沒有接觸，所以弄勿懂，其中之曲折也不明白。

「文革」中的盛佩玉與小羅全家

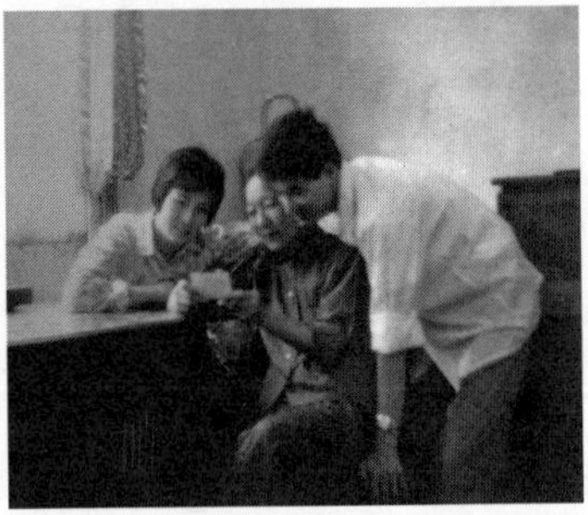

突然傳來一件很緊張的事情，說是「五湖四海」來了！不知哪來的傳說，連派出所的同志也驚慌起來。胡同志馬上開了個會，與群眾一起研究防禦措施。選了幾個大樓的年輕人擔任保衛家庭安全的工作，說好一旦壞人來，老人、孩子和婦女都上大樓的平頂去，平頂有一個方洞，放著一隻竹梯，待大家上了屋頂，就把竹梯收到頂上，蓋好方洞。年輕人手裡握著三角鐵作為武器，這三角鐵是從樓下店裡招牌架子上拆下來的，很重。還有幾只空鐵筒，不知是誰家寄放在樓梯下的，也借來一用。萬一開

戰，在樓上抵禦，將鐵筒滾下去也可擋一陣子。小羅力氣大，胡同志叫他拿三角鐵試試分量。還組織了日夜放哨，我便在窗口探望，小紅、小羅和隔壁人家輪流值夜班。四幢樓都如此，萬一有事，講好以敲面盆為號。

有一天日裡，我看到開來兩輛卡車在我們樓下路口停下。上面跳下來的都是柳條帽、藍布工作服手握鐵棍的人。我大吃一驚！幾乎敲起面盆來，幸虧再等等動靜，總算這班人又上了車，不知他們究竟幹什麼？「五湖四海」的人是什麼樣子？這裡的人誰也沒有見到過，真是一場虛驚！但關於「五湖四海」的傳說很多，說他們是各地的壞人聚在一起，他們也叫著「文化大革命」，其實他們是借機搶劫。

135 小羅串聯上北京

後來各地學校組織學生大串聯，這是上面號召的。串聯學生可以到很遠的地方去，如新疆等。小羅的學校近的去蘇州，遠的去北京。火車錢不用自己出，小羅當然也想去，他要去北京，我同意了。我認為這是很少有的機會，青年人該在出門旅行上鍛鍊，同時可以開開眼界，增長知識。我家裡困難，如今不要火車錢，那何樂不為呢！小羅動身那天，我向他姊拿了錢，帶些衣服和路上的乾糧，夜裡十點出門的。以後的事就是聽他回來講的。

上火車不是那樣方便的，大家在火車站外的廣場上等待，年輕人也站不住了，坐下來等。天冷，在冷冰冰很硬的水泥地上坐。夜裡燈光又不亮，只見一堆堆的人直排到廣場外，大家心焦地等待著，幸好興致高，不知不覺直待到次日清晨。一聽到可以上車，一下子都蠕動起來，立起身拔腳就跑，爭先爲上策，不管什麼紀律，車站的管理員也擠得不知哪裡去了。車門裡擠不進，靈活的人就想出從窗子裡進去，車廂裡雜亂無章，座位上早擠得無處搭屁股，很多人便坐在地上。小羅還算腳快，靈活進了車門，用了不少力，還是坐在地上。地上都滿了，有人就在放行李的架子上坐，好在這班青年學生帶行李都不多，但要上廁所就麻煩了，走路難下腳。路程遠，還得想打個瞌睡，身子搖來擺去，地上又硬，雖然不舒服，可心裡的興致一點不減。

總算到了北京，他找到了學校聯繫好的地方，由美術學校接待，這可算是個不差的地方，當然人很多，管不上夜裡給睡床蓋被、日裡吃飯難上桌，大家並不在乎這些，只是一心等待著通知，何時毛主席召見。

學生的隊伍是排好的，第七天得到了通知。天安門的廣場上擠滿了人，有的是保衛人員，他們擋好了路線，學生隊伍一批批地前行，離開天安門還很遠時全部停下腳步，大家的眼睛向上望，只見天安門城樓上有好些人，大家說這中間的是毛主席。

小羅站在後排，睜大了眼睛往上看，哪裡看得清？也跟著大家的估計，居中在前的是毛主席。由於大家都想看得更清楚，便拚命向前擠去，大家口裡高呼「毛主

「文革」中的盛佩玉

席萬歲！」一面將手裡的帽子往上拋，好像氣球一般飛上半空中。保衛得很嚴，大家就在這範圍裡擠，不一會兒宣告接見結束，大家只能轉身而退。「等」和「擠」花了好幾個鐘頭，結束後馬上有清理場子的人來打掃。地上沒有什麼果皮紙屑，只是掃到帽子和鞋子，鞋子大約是被擠掉下來的。

小羅說他是幸運的，也有人沒遇上接見。當天接見到的人都有優待，小菜有香腸，還有餅乾。餅乾和普通的不同，又厚又硬。

小羅在北京吃了奶酪，當然挑愛吃的去多吃些。後來受冷以致發燒，年輕人稍有點體熱沒有問題，在火車上擠得出汗，回到家時已退燒了。身體必然瘦了一些，串聯回來不久，他學校來了個通知單，叫小羅去付二角四分錢，說是在北京美術學校來的帳單，爲了賠償打破的一只飯碗錢。我感到那裡的管事人很有責任心。

136 洵美父子談篆刻

這時候我和小羅要去上海探親。到了火車站，只見人多極了，我們排在後面。我心中想，人多要擠了，「脫班」晚點也是可能的。但出現這樣一件事，我是萬萬想不到的：叫我們這些人去上卡車，要先乘了卡車到無錫，才換乘火車到上海。卡車高，我是小羅拉上去的，車裡沒有座位，幸得帶著個大包裹，我就坐在上面，小羅和眾人一樣，席地而坐，車中不算擠，規定人數的，同行是四十輛車，排著隊向前開往無錫。

到了無錫車站，大家走向指定的地方去候火車，沒有一定的時候，所以必須等待，大家也只得坐在地上，有行李的坐在行李包上。那裡備有吃飯的，有一房子，是食堂，到夜飯時眾人有次序地一排排坐著，好像在看露天電影，不過這裡是有五彩日光燈的，開飯了可以到那裡買飯菜。菜簡單，是放在飯上的，沒有桌子，大家端了碗坐著吃。飯畢有學生提了鉛桶或臉盆走到一排排人邊上，收取碗筷並絞好毛巾給大家洗臉。

天黑了火車才開到站上。叫我們上火車了，紀律很好，沒有人爭先恐後地上車，站邊插著五彩旗，有很多男女學生立在車邊，眾人都上了車，在火車開動之前男女學生唱起歌來，歌聲才停，他們做了個立正敬禮的姿勢來送行，大家覺得喜洋洋，高興得將起先在卡車上的疲乏都拋到九霄雲外了。這件事別開生面，我印象深刻。

邵祖丞（邵小美）與邵小羅一家

洵美見了我們十分高興，他說他每日只服三片茶鹼片，一個月需三元多藥費。天天吃青菜，有時三頓都是泡飯，四分錢一塊乳腐。當然爲了我們要加菜了。

「一簞食，一瓢飲，居陋巷人不堪其憂，回也不改其樂。」困苦的生活並不影響洵美與兒子小羅交流篆刻的興趣。他看了小羅帶來的六方刻有毛主席詩詞的圖章，大爲讚賞，說：「你的刀法已有相當把握，章法雖平平，但也一些沒有外行處。以後工夫恐須多花在篆法上了。」他說：「這要多看。譬如錢瘦鐵，後期竟從《天發神讖碑》中得到了奧妙！所以要成爲一個好刻手，研究金石乃是最基本的要求。你應該漸漸懂得了。」他又說：「我小時候也

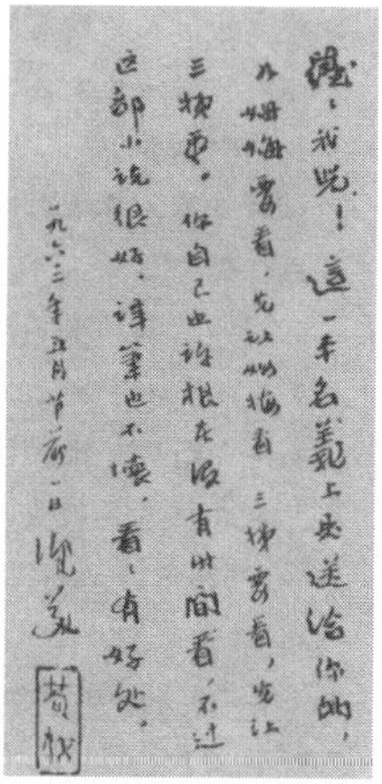

贈書題字，「荀枚」印章是洵美最愛用的，此章乃小多所刻，蓋在贈小羅的書上

想學刻圖章，但始終沒有達到過像你現在這樣的刀法程度。」

他對這六枚詩詞章，一枚一枚加以評價，他發現有一枚章刻得奇怪，原來是小馬到南京時與小羅合作刻的，他說：「我是感到驚異，觀此章有一種氣魄。小馬此人目光不凡！」洵美又叮囑小羅，上次寄他的印譜中有枚「革命委員會好！」請他在南京蓋在十只信封上寄他。

當時舊貨店是有舊圖章買，可惜洵美當時無此一筆閒款，也只得聽聽說說、跟小兒子討論討論而已。本來洵美說好留有 枚吳昌碩刻的田黃章給小羅，他愛篆刻留給他紀念的，後來竟不知去向，實在遺憾！

137 洵美你真的走了

「文化大革命」開始沒有書譯了，經濟來源也就沒有了。家中書物均被抄去，洵美明白困苦不只是他，有誰來援助？感到絕望。我當然不能坐視不管，每月將女兒們寄給我的錢悉數寄給了洵美，然而洵美貧病交迫，喘病加劇，終於病倒了。咳嗽、氣喘，吃藥、打針都無效，身不能動彈，氣透不過來，哼聲日以繼夜，睡不安席，靠在床上，連床也被震動，痛苦萬分。家人心也難受，恨不得代他受苦。

後來終於休克了。送他到上海徐匯區中心醫院急診就醫，檢查結果是「肺原性心臟病」，要住院、用氧氣。用氧氣急救的是重病號，重病號都住在一起，看到進來時能走能說的病人，過一天卻走了，這隻床空了又換來新病人。洵美親眼看到，死神就在他身邊徘徊，他驚惶極了，好像自己被判處了死刑，他要回家。洵美住院兩個月，也休克過兩次，經打針活過來，卻不見好轉，洵美心中的痛苦、悲傷、憂急，是可想而知的，他怕活過來了又會死，又怕死過去了不會活過來。我們感到他在醫院只會加劇精神上的痛苦和驚悸，只好答應他回家。特地買了氧氣枕，醫生爲他灌好一枕氧氣，以備到家急用。回到家總算過了新年，又挨了三個多月。他對進出醫院感慨萬千，作詩一首。

天堂有路隨便走，地獄日夜不關門；
小別居然非永訣，回家已是隔世人。

過了五一國際勞動節，他的病情有所加劇、惡化，他嘔吐、胃出血，逐漸昏迷，打針、氧氣都無效。這次他再也沒有醒來，於一九六八年五月五日晚上八時二十八分永別了人間，享年六十二周歲。

他的一生遭遇坎坷多變，在動盪的歲月中又受疾病的折磨，眞是悲慘傷心。

五月八日下午親友們告別了洵美，他眞的走了！走時遺容極端莊，就像睡著了一樣，只是美容時把他的鬍鬚剃了。他穿了一套灰布中山裝，爲他買了一雙新鞋新襪。骨灰盒是咖啡色木質的，面上是黃色刻花的，簡單大方地結束了他的喪禮。

洵美安詳的面容，像進入夢境一般。不禁想起了他曾吟詠的〈洵美的夢〉：

……我輕輕地走進
一座森林，我是來過的，這已是
天堂的邊沿，將近地獄的中心。
我又見到我曾經吻過的樹枝，
曾經坐過的草和躺過的花蔭。
我也曾經在那泉水裡洗過澡，
山谷裡還抱著我第一次的歌聲。
他們也都認識我，他們說：「洵美，
春天不見你；夏天不見你的信；
在秋天我們都盼著你的歸來；
冬天去了，也還沒有你的聲音。
你知道，天生了我們，要你吟詠；
沒有了你，我們就沒有了歡欣。
來吧，爲我們裝飾，爲我們說誑，
讓人家當我們是一個個仙人。」

我想，洵美永遠不會寂寞了！

洵美去了，而我在悲傷之餘還得爲他處理棘手的善後事，醫院裡欠了四百多元醫療費，房管處欠了一年半房租六百元錢，還欠了私人及鄉下公社五、六百元。當然還有其他事，而這些又叫我怎麼辦呢?!

138 生活要繼續下去

生活還是要繼續下去。一九六九年四月小女兒小多懷孕要生產了，我提早到了浙江湖州，因爲她是頭生，許多事都不懂，我得告訴她，這是我做母親的責任。

一九六五年小多結束了兩地分居，從北京調到湖州水泥廠任工程師，是該廠惟一的大學畢業生，廠領導很重視她。

小多生下了一個女兒，大大的眼睛、黑黑長長的頭髮，好玩極了，小名歡歡。她愛笑、很乖、不哭不鬧，小多自己餵養，她不挑食，很好領，所以待歡歡斷奶後，我就把她帶到了南京。

我在人民路住了好幾年了，和幾位大姊們也都熟了，我的責任心重，叫我學習、開會，我總是按時前去。歡歡常跟著我一起去開會，我帶二粒糖。她很乖，不鬧，有時還睡著在我身上。我雖講勿來南京話，可也還能湊合著來上幾句發言。

我把心思放在歡歡身上，白天我帶著她去菜場買菜，回家教她揀菜，教她掃地。記得有一次歡歡咳嗽了，看了醫生也吃了藥就是不管用，鄰居大娘、大姊們都來出主意，說出了不少「丹方」，有的說把冰糖和梨片一起煮著吃；有的說把梨心掏空，放上川貝粉，蓋上梨蓋再和冰糖一起蒸著吃；更有甚者提出用冰糖燉麻雀吃；我一樣樣地試，小羅和同事們到處弄麻雀，結果還是咳了三個多月，最後才知歡歡得的是百日咳。

139 小多女逢凶化吉

一九七一年春節才過不久，小多又生了個女兒，這次特別快，等我知道，孩子早生下了，取名吳慶，小名榮榮。我又到了湖州，誰知沒幾天立嵐就帶著學生去「拉練」了。一天，我帶了歡歡去離家才二百公尺的府廟玩，突然遇到一個神經病人，一定說歡歡是她的孩子，要把她搶走，把我嚇得拉了歡歡就逃回家了。回來後，我想來想去還是帶了歡歡回南京吧！免得我們這一老一小反而增加了小多的麻煩，可憐小多做月子都得自己料理。歡歡在南京我就不寂寞了，白天歡歡寸步不離陪著我，到了晚上，劉醫生一家三口都回來了，劉醫生只有兒子，就把歡歡當成自己的女兒，要歡歡叫她「媽媽」，我們二家人合在一起，就像一個完整的家，熱鬧得很。

記得有一次小多帶了慶慶到南京出差，假日裡我帶了小羅的兒子洋洋和她們一起去玄武湖公園玩。孩子們看到公園地上都是白玉蘭花瓣，就把花瓣拾起放在洋洋坐的童

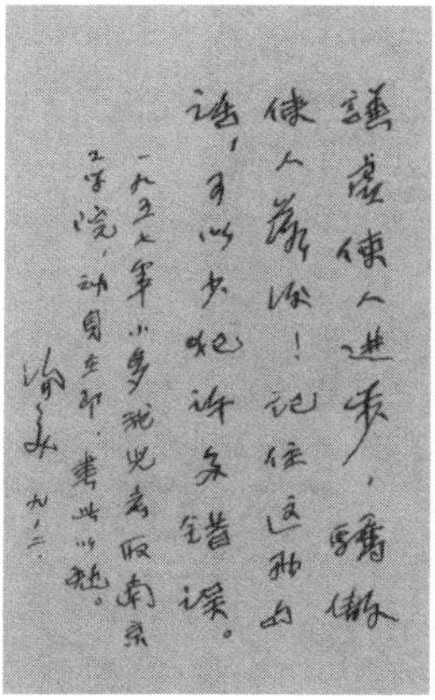

小多入大學前，洵美臨別贈言

車的小台子上，拾了滿滿的一車。到猴山時，他們把花瓣丟給猴子，猴子們爭先恐後地把花瓣都吃了，孩子們高興得拍起手來！這一天，我也玩得很高興，一點也不覺得累。

一九七六年小多爲了廠裡擴建設計又到南京江南水泥廠出差，她把榮榮放在我這裡，她自己就去廠裡了，沒想到當天回不來，在廠招待所過了一夜，被蚊子咬得到處是包。回湖州十多天後得了乙型腦炎，開始頭疼，後來就不省人事了。爲搶救，氣管都切開了，身上插了三根管子：輸氧、輸液和導尿。消息傳來我萬箭穿心，我叫做口腔醫生的小紅和小羅一起趕去湖州。我自己則天天唸經，雖然我並不信神，但我相信神會保佑小多不會這麼年輕就走的。我和小羅天天通長途電話，知道小紅去對了，雖然不精內料，但她懂得護理和內科的一些知識，提了不少建議。在湖州的中、西醫聯合治療下，在廠領導和同事們的配合下，深度昏迷了七天七夜的小多總算從死亡線上又平安回來了。

湖州小多家花園留影

與孫子邵潛

由於小多昏迷剛醒，立嵐要照顧她，兩個孩子又不能總託同事管，因此歡歡被叔叔帶回了上海，慶慶則由小羅帶回了南京由我照管。誰知正遇上了唐山地震，各地爲防地震也都在露天搭起了帳篷。白天年輕人上班，我就一個人管著兩個孩子。一天正下著大雨，突然警報響了，不好了，要地震了！我也來不及準備雨具，拖了兩個小的就往帳篷裡跑，雖然路不是很遠，但無情的雨澆得我們全身都濕透了，好在帳篷裡有毛巾、有衣服，立即擦乾換乾衣服，總算大家都沒生病。原來是大雨使警報器搭線走電了，眞是虛驚一場！

140 盛宣懷與釣魚台

一九七二年，我住在南京人民路三〇六號樓上。有一天，接到女婿立嵐由湖州寄給我的一卷報紙，打開一看是三張參考消息，原來上面有三篇關於我祖父盛宣懷的事，一篇是刊載香港《新聞天地》的報導〈台灣、盛宣懷和釣魚台〉，內有光緒十九年十月所頒「詔書」——皇太后慈諭，大意是：太常寺正卿盛宣懷所進藥丸甚有效驗，據奏原藥材採自台灣海外釣魚台小島。靈藥產於海上，工效殊乎中土。知悉該卿家世設藥局，施診給藥，救濟貧病，殊甚嘉許，即將該釣魚台、黃尾嶼、赤嶼三小島賞給盛宣懷爲產業，供採藥之用。

文中徐逸女士說：釣魚台島上盛產海芙蓉（亦即石蓯蓉）是她家所特製的風濕藥丸中最重要的一味藥，自己原名盛毓眞，是盛恩頤的女兒，後來過繼給前駐加拿大大使徐淑希爲女兒，改名徐逸。她因長期留居美國，並具有美國國籍，所以她是具有雙重國籍的華裔美國公民。並有盛恩頤給女兒毓眞二封信、講得很清楚盛宣懷取得三個小島的原因，這詔諭也是他寄給女兒毓眞（徐逸）的。

與女兒小多、女婿及兩個外孫女吳欣、吳慶

另一張，一九七二年四月六日的《參考消息》，轉載台灣《學粹》月刊上的文章〈慈禧太后詔諭與釣魚台主權〉。將詔諭鉛印出來並有慈禧太后的印章，內容大同小異。

還有一張是一九七二年四月廿六日《參考消息》，轉載台灣《學粹》刊登盛承楠的文章〈釣魚台列嶼採藥記〉。盛承楠是盛宣懷的曾孫，內容講到三個島與曾祖父的關係和三個島上的情境，並談海芙蓉爲台灣最有名之生草藥，專治風濕及血壓高，爲眾人婦孺皆知，水煮治高血壓，酒浸治風濕，還講了去開發該三島之事實。大約他親臨其境的。

我看了這三篇文章，非常高興，我祖父的後裔能愛護家裡的東西了，非但保存還上了報紙，不是容易事。毓眞是我的堂妹，我猜想是五妹吧！當時我看完了馬上用紙將報紙三張包起來、放好，我這個孫女只好做到這樣的保存。

141 香山建造洵美墓

「文化大革命」結束了，蘇州又出現了不少公墓，我就和子女們商量要在蘇州香山公墓建一個雙穴的墳，先葬洵美，墓碑上用黑顏色的字。我尚未死，墓碑上我的名字用紅色，待我死後安葬了再改黑色。就這樣叫小羅去操辦。墓地雖小，也了卻了我一大心願。

當時我也喜接老友秦鶴皋來信，談及右派改正的好消息，他回憶了當年與孫斯鳴在我家與洵美通宵達旦歡敘之情景，令人感慨不已！

洵美嫂嫂：

我是桑榆暮景，虎口餘生，雖不能說萬念俱灰，但世事於我如浮雲，確是眞的。差幸沉冤已雪，恢復原有收入，生活稍稍寬舒，他日您湖州返寧過滬，我或可稍盡地主之誼了。半年前在路上不期而遇孫斯鳴，二十餘年不見，他豐采依然，健步如昔，而且彼此寓所頗近，因而時相過從，每談及過去在府上通宵達旦的歡敘，恍惚猶如昨日事也，曷勝唏噓！余不一一，專復敬

祝

康樂

鶴皋八一年一月十五日

一九七七年後我多住在湖州了，戶口也遷到了湖州。開始房子很小，是陳英士老家樓上正南房，僅十多個平方米，是老式的木板房，瓦跟牆間有縫隙，冬天很冷，雪花都會飄進屋，我只好白天曬太陽，晚上早早地鑽進被窩。夏天很熱，好在學校放暑假，我們都搬到水泥廠去住，水泥廠在黃龍山腳下，太湖邊上，比較涼快。我們要了一間宿舍，廠裡的人原來就已經認得我，看到我又來了特別親熱。也很關心我們，經常會從工廠碼頭邊的漁船上幫著買回魚、蝦、蟹等，我和兩個孩子就殺了洗好，等小多回來在煤油爐上燒了當晚飯菜。有時也在食堂買一點。那年又開始加工資了，尤其是知識分子可以加二級，我們的生活條件突然就好多了。

有一年天特別熱，我們白天到托兒所或食堂等有電風扇的房

邵洵美與盛佩玉之墓，在蘇州香山公墓七區三十排

盛佩玉與小羅在家裡

間休息，可晚上實在有點受不了，熱得不易成眠。小多的同事就想了一個辦法，每天太陽落山後在宿舍前的露天走廊上，先用水把水泥路澆涼，然後把床搭到走廊上。為了防止夜裡露水傷人，還搭了一頂帳子，讓我睡得既涼快又安全。到早上再把床搭回宿舍，讓我舒服地度過了盛夏。

過了一段無憂無慮的生活，突然我總感到身體有點不適，想想該做一次大檢查，我在南京小羅廠裡有半榮保，所以我決定回南京一次，也可看看小紅一家及小羅夫婦與孩子。經檢查，醫生說我卵巢中有個塊，像小孩拳頭那麼大，雖然我已七十多歲了，還是得動手術。大家心裡很著急。後來知道當時醫生和家屬講好：如果下腹打開發現是癌，則即重新縫合，不去碰塊，以免擴散。而這些他們是瞞了我的。

到了開刀那天，一早我就被消毒好了推到手術室，我心裡想反正聽天由命了，這一想心情倒也平靜了。後來確診是卵巢囊腫，手術順利，沒幾天就痊癒了。

142 〈我和邵洵美〉發表

休養了近半年，我又到湖州去住了。這時生活安定了，居住條件改善了，我又不時想到洵美。湖州不僅是絲綢之府、魚米之鄉，也是文人輩出、有深厚文化底蘊的城市。我們周圍有不少文人、學者，例如湖州市政協委員費在山先生就是一位很敏感的學者。他從少年時，就閱讀過邵洵美的作品，並收藏有他三十年代的專著。在政協開會時，他發現政協委員邵陽（小多）就是邵洵美的女兒，又得知我就住在湖州，就多次來採訪我，並在《西湖》雜誌一九八一年七月號上發表了〈盛佩玉談邵洵美〉及《文教參考資料》總第一二五期上發表了〈盛佩玉再談邵洵美〉。因此《南師文教資料簡報》也約我寫了一篇回憶洵美的短文〈憶邵洵美〉。

費先生爲我表達了思念洵美的感情，我感謝他，可我總覺得寫得簡單了點。所以我下定決心在女兒和女婿的幫助下較完整地寫了一篇，取名〈我和邵洵美〉。先投稿到北京《人物》雜誌，編者認爲頗有價值，但目前尚不能發表。繼而投稿上海《文匯報》辦的某刊物，也得到類似的回答。在心灰意冷時，浙江詩人、湖州師專李廣德教授認爲邵洵美的詩歌是「湮沒在塵土中的珍珠」。「對這樣一位有影響的詩人，理論工作者應該有勇氣和膽識給予實事求是的評價。」毅然決定在他主編的《湖州師專學報》上率先發表〈我和邵洵美〉一文，並且組織了一期「邵洵美研究專輯」，還發信邀請沈從文、雲汀、林達祖諸位及親屬小紅、立嵐等撰寫紀念文章，結果得到熱烈的響應。從一九八二年就因腦栓偏癱兩次住院搶救的沈從文先生爲了紀念老友，口授由其夫人張兆和女士代筆寫了一封信，也一併發表在學報上。他寫道：

在湖州師院宿舍

佩玉先生：

適間接奉故宮博物院轉來二月十二日惠書，獲知曾見贈洵美遺著《拜倫的諷刺詩》及師院簡報，但未見轉來。我工作由歷史博物館調社會科學院歷史（研究）所已七年，故宮博物館過去曾短時期兼職，寄那裡的郵件他們未能及時轉遞，當去信詢問。我於一九八三年因腦栓形成引起左側偏癱，去年冬又因基底動脈供血不足，二次住院，長年在病中不能工作。洵美是老朋友，未能遵囑寫一點紀念文章，殊深歉仄。湖州師專、武大中文系將爲洵美出專集，聞之深慰，謝謝你的贈書，諸希珍攝。

祝

健康長壽

沈從文

〈我和邵洵美〉發表於一九八五年《湖州師專學報》第二期上。

143 諸友紀念邵洵美

看到學報上的「邵洵美研究文輯」後，秦瘦鷗、季小波、卞之琳等先生也分別在《文匯報》、《解放日報》及《新文學史料》上撰文追憶洵美。當我聽友人告知夏衍先生在〈憶達夫〉一文中提到郁達夫曾在夏衍前讚揚：「邵洵美是個很好的詩人。」時，我眞感動不已。

似乎是和大家紀念洵美的同時，上海市公安局寄來了（85）滬公落辦字第二六八一一號決定書，爲洵美作了徹底平反。

一九八五年香港《文匯報》也刊登了洵美的消息，在「編者按」中寫道：「邵洵美，三十年代著名詩人、翻譯家，當時許多重要刊物是他出版的，如《論語》半月刊，《新月》月刊等。一九六八年在上海病故。」接著登了我的一些回憶洵美之片段及洵美照片。

施蟄存先生看到我的文章後給我來信道，「你的這一篇寫得很好、很及時。本來應該由你來寫，把洵美兄的家世說說清楚……你這篇文章可以作一個糾正，以後有人講洵美的事，不至於再跟魯迅胡談亂道了。」

一次我到上海，遇到孫斯鳴，他批評我在回憶洵美的文章中，有兩件重要的事未曾寫上，當時我沉默了。回來後我寫了封信給孫先生，告訴他我的眞實想法：

（一）關於洵美不做漢奸，我寫上了他出版宣傳抗日的雜誌，當然他是愛國人士。弟兄們不走一條路，這種情況多的是。洵美愛國是應該的，這有什麼好誇的。

（二）關於《論持久戰》外文本的出版發行工作，洵美確實做了不少工作。是楊剛女士將此文的外文本文稿交給洵美的，這是第一次譯成外文，因此洵美除在《自由譚》上介紹了這篇著作外，還將此著作進行了校對，用英文印刷、祕密發行，對象是在上海的外國人。洵美還和項美麗、王永祿一起夜裡開了汽車把書丟在外灘外國人的信箱裡。然而，解放後楊剛任中央宣傳部國際宣傳處主任、周總理辦公室祕書。而在一九八二年第四期《收穫》雜誌上蕭乾寫的《楊剛文集》編後記，長長的一篇文章根本沒提到項美麗，更沒提到邵洵美。再說如果這是一個貢獻的話，應該受到表揚，可也沒有。解放初洵美即將自己有的這本藏書給了夏衍同志。洵美告訴我，他對夏衍說：「這是幫朋友做的事，不能算自己的貢獻。」再說一九五八年洵美受審查，他進去四十天我就給夏衍去了一封信，當時夏衍已是文化部長，可洵美還是被關了三年，出來時瘦得連路也勿會走，進去前的房子被收，出來後也沒有解決。有這種種情況，我再寫出版外文版《論持久戰》又有何用？我寫的東西不了解得清清楚楚是不敢寫的，所以請諒解。

秦瘦鷗的文章〈從紈綺子弟到翻譯家〉在一九八六年十月發表在《文匯報》上。此前，一九八五年十月二十一日他來信說：

嫂夫人：您好！上月蒙您寄下刊有大作及有關洵美兄的一些材料的書，拜讀後快慰至極。可是，由於朋友們爭相借閱，此刻已不知道落在誰的手裡了。因爲上海有一家報刊知道我和您們一家的交誼，想約我寫篇短稿，作爲對洵美的紀念。爲此我必須再把大作等細細看一遍，才能下筆。假如您手裡還有這本書的話，甚盼即能寄來借給我用幾天，保證在下月初準時寄還給您。

一年後，一九八六年十月十日，秦先生又來信了，用的是中國作家協會上海分會的信箋。

盛大姊：您好！萬分抱歉，去年冬天，我收到您寄下的《湖州師專學報》後，就說要寫篇文章紀念洵美兄，後來因雜事太多，直至今年四五月間才正式寫出，寄交《文匯報》，又給他們壓了三四個月，才於本月八號在〈筆會〉副刊發表，現剪上請閱。可是二千字左右的稿子被他們左刪右節，好幾段文字全不見了，還剩這麼一點點。您肯定是會不滿意的，但也沒辦法，因爲近年愛寫短文的人日多一日，而且不少是各方面的領導同志和老革命，當然得照顧，編輯也不容易做，他們那裡長期有幾百篇可用的文章積壓起來，不知如何應付，所以拙文終於得以見報，也算不幸中之大幸了。

我即刻回了他一封短信，並送給他一張洵美的漫畫肖像畫照，表示謝意。

秦先生：昨日在《文匯報》上看到您發表的文章，我看了幾遍看懂了。你相遇邵洵美時，「他穿的服裝質料高級，但並不成套，衣領和鈕扣都不扣上，顯出一副落拓不羈而又很瀟灑的氣派。」好極了！我寫勿出他的性格，您可把他寫出來了，可見老朋友不曾忘記他。

寫文章者一枝筆下，有褒有貶，您提到魯迅的四句話，將洵美下在貶之中。他是見多識廣者，難道不懂，人之結爲夫妻，便是共同生活。丈夫成家立業的基礎是要用錢。開了個小小的書店，他是知道的，也是可以的。這可以算是正當的作爲吧！可被他貶爲「作文學資本」，何必如此小題大作。句子也顧前不顧後。

洵美的事不順利，毛病在場子擺得大，而力量不夠。我們的親戚朋友可說多極了，而不懂得利用外力支助，合作互助。

今天洵美獲得您老朋友寫出公正的文章，並對他的譯作大加表揚：「信達雅」，我非常的感謝。

這張邵洵美的畫像送給您留作紀念。畫家是一位名叫 Covarrubias 的，他剛來中國，在項美麗家相遇，他主動要爲洵美作畫，說洵美的相貌和風度都是他作畫的最好題材。洵美穿咖啡色長袍，果然畫得特有風趣。

144 《傳記文學》的呼應

學報發表後，洵美的堂侄、全國人大代表、濟南鐵路局總工程師、鐵道研究所所長邵朗鈞先生將學報寄給了在台灣的哥哥邵紘先生，邵紘又轉送《傳記文學》，《傳記文學》第五十四卷第一期全文轉載了〈我和邵洵美〉，並刊登了洵美大幅半身肖像照及另一幅洵美與張道藩、劉紀文、常玉、謝壽康合影的全身照片（照片說明是民國十四年留法學生組織「天狗會」中的幾個重要人物）。同期發表了邵紘先生以筆名邵牧齋寫的〈讀畢《我和邵洵美》一文的補充〉。接著在《傳記文學》第五十四卷第二期上發表了胡漢君先生的〈再爲《我和邵洵美》作些補充〉。再接著在《傳記文學》第五十四卷第六期上「民國人物小傳」欄中刊登了由劉紹唐先生主編的〈邵洵美小傳〉，編輯順序爲「民國人物第一百七拾二號」。一個詩人竟被選入中國自辛亥革命以來一百多位有影響的人物之一，頗使我們親屬感到意外！

上圖：濟南堂侄全國人大代表邵朗鈞夫婦
下圖：台灣堂侄邵紘

《孽海花》作者曾孟樸先生長子曾虛白先生的〈邵洵美與劉心舞〉一文也發表了。《傳記文學》編輯稱洵美爲「三十年代極具親和力、影響力的詩人、作家、翻譯家、藝術家、集郵家和出版家」。

之後，海外親友來信中說，歐美華人中發行甚廣的《世界日報》、《歐洲日報》及香港《文匯報》陸續刊出了我的文章和介紹洵美的文章，其中有位署名「史太婆」的作者，連續著文，從洵美的作品到愛好一一論及。總之，有那麼多的朋友在懷念洵美，我心裡得到了深深的安慰。

145 克標永祿來湖州

〈我和邵洵美〉發表後，一些親友都知道了我在湖州，王永祿、章克標等到湖州來看望我。王永祿來湖州時，曾告訴我：民國二十四年洵美贈他的扇面還保存著，實乃幸事。我的堂弟，在日本的盛毓郵、盛毓度也聯繫上了，還有在天津的趙道生都和我有書信來往，逢年過節還互贈賀卡祝福。

章克標要爲洵美立傳，在我們家住了一週。我們像老朋友一樣說著老話，他的確也老了，有些都記不清了。臨走時我叫立嵐找了一位師專的老師把他送到海寧老家。沒想到後來有人把《台州師專學報》八二年一期寄給我看，是方柏榮寫的所謂記錄章克標回憶的文章。這文章內容和章先生自己親自寫的回憶文章也是完全矛盾的。例如方文說：「他（指洵美）

寫了許多庸俗黃色低級的作品，爲了賺錢。」而章在自己親自寫的另一篇〈回憶邵洵美〉中寫道：「因爲生意不好……書店每年都蝕本。書店裡也沒有一本暢銷書，我常勸他歇手，不要辦什麼書店了，這樣每年蝕本不是生意經，我的勸告他聽不進，他對於出版事業，有極大的興趣。」「洵美對於出版事業，也確是興趣濃厚，金屋書店年年蝕本，他不肯收歇，還另外又去參加新月書店，出錢投資入股，以幫助徐志摩先生做經理。」……至於寫詩，洵美的態度是嚴肅的。一九三六年他自白曰：「我寫詩已有十五年以上的歷史，自信是十二分的認眞。十五年來雖然因爲幹著吉訶德先生式的工作，以致不能一心一意去侍奉詩神，可是龕前的供養卻沒有分秒的間斷，這是我最誠懇最驕傲的自由。」對於新詩的發表，洵美的態度更爲嚴肅，在《詩二十五首》自序中說：「十年的詩只有二十五首可以勉強見得來人，從數量方面來說，眞是寒酸得可憐。」方柏榮的文章出來後，章克標深感不安，親筆寫了一封信給立嵐，他寫道：

夕陽西下，盛佩玉坐在輪椅上

立嵐同志：……《台州師專學報》八二年一期你曾看過否？……上有方柏榮所記的所謂「回憶」，其中多有不盡不實之處，與我意思不副，尤其是關於邵洵美的講話。如何糾正挽回，我已向方同志申說外，你看還有何辦法乎？聞你校也有校刊編行，是否可以另寫一文，寫些相同的材料作爲補充校正。這樣辦了是否對於兩校的同志們會產生矛盾？均請考慮，並與令岳母談談看，此種內部刊物，發行量又小，其實關係不大，但總是不好的，所以能糾正之總以糾正爲好。

我看了信，眞是叫人哭笑不得，他們的不負責任，造成的後果不考慮，卻還說什麼發行量又小，其實關係不大，眞是老糊塗了。

林達祖也來過一信，主要是因爲平湖一位文學愛好者去蘇州訪問他。他寫道：

佩玉大嫂：……蔣啓韶來我家下訪，自報姓名，說明章克標介紹。我們閒談了約一小時，適桌上有派司照（證件照）一張，備購園林門票之用，蔣向我索取留念，我就送給了他。臨別，他向我道謝殷勤接談，也沒有說明來意，兩個月後來信告我，關於我的訪問記，將在四月初《香港文學》十六期發表，後來寄我一冊。至此我才明白那次下訪是爲寫稿而來的。這篇稿子裡將我的照片以及三年前的字幅都製版印出，印刷很漂亮。文章不長，提到編《論語》一節，有點似是而非，他沒有弄清楚，我也沒有講清楚。正如您所說的他沒有看過《文教簡報》和《湖州師專學報》。但我也不當一回事，此事都是假假眞眞，何妨讓人以訛傳訛！

可見這些人一老，連講話都不負責任了。可悲啊！

146 不知何日回上海

忙了一陣又靜下來了，時間過得很快，身邊的二個外孫都讀中學了，我還是那樣，生命在於運動嘛，所以除了堅持自己的衣服自己洗外，每天種種花、澆澆水。講到洗衣服，家裡有了洗衣機，但我主要是要動動手腳，被單太大，我洗不動，就把中間的線拆掉，一條變二條，這樣就小了，可以洗得動了，等乾了再用線縫成一條。種花、樹可以欣賞，不小的花園裡種了十棵水杉，還有三棵香樟樹、有幾十種花，另外我還種了點甜椒、茄子、黃瓜，又可看又可食用。白天我就忙這些，女婿學校裡不用坐班，空下來我們二人談談過去，談談家世。

我之所以要寫下這些回憶資料，一方面是打發日子，作爲消遣，但更主要的是讓後人知道我們是怎麼過來的，對他們有個交代。

後來上海傳來消息，高教局需要心理學人才，建材局需要高工，女兒、女婿有望調回上海。洵美平反通知下達，我也想把戶口調回上海。我與洵美都生在上海，長在上海，正像洵美在〈感傷的旅行〉一文中所寫的：

盛佩玉晚年與親家吳凱聲博士、邵陽一家合影

邵小燕與丈夫俞龍法

我愛上海，便是因爲它和我關係太密切了。此地有我的老家，有我的新居。它是一部我的歷史，它會對你說我自小是多麼可愛，長大了是多麼頑皮，成了人懷藏著多少的奢望。沒有它，我對自己的過去會沒有查考。

我多次給有關部門打報告，要求發回盎格爾畫和將戶口調回上海。有次到上海聯繫，在小燕家閒住了三個月，豈知毫無結果。

一九八七年小多夫婦作爲上海引進人才全家調回上海了，這本是件好事，但一開始沒有房子，他們都借住在同學不太大的家裡，我想我就住到小燕家去吧！小燕丈夫已去世，三個孩子都出嫁了，其中大女兒夫婦也住在家裡，我一去就顯得擠了點，白天家裡只有我一人，晚上他們也很忙，我住了兩個星期想想還是回南京吧！

回南京前我去看望了親家吳凱聲老先生，他拿出了爲紀念洵美而寫的詩。吳老寫道：

那天，八月廿七日，窗外風雨交加，時值太平洋上颱風襲擊滬濱，而是日立嵐兒從湖來申，攜帶《湖州師專學報》一冊，載有邵洵美兄平生事跡，生不逢辰，讀之令人感慨，爰作七律一首留念：

小樓一角話聯姻，痛惜懷才志未伸。
自古詩文多厄運，於今治學應安貧。
追思往事論交日，揮淚此時憶昔晨。

幾度秋風幾度恨，菊花開後又逢春。

我回南京了，不知何時才能長住上海！

（編者：家母的筆記就寫到這裡爲止了。

她在筆記中夾了一張字條，上面寫道：「此書（指筆記）帶來帶去，總不能安心寫。年紀太老，種種事想搞結束，親眼得見美好的兒女的家庭，死可閉目。一世看到的形形色色的事情和東西，結果就關在我的眼珠裡吧！」她回南京後身體狀況有所下降，當年冬天她有過一陣咳嗽，沒有發熱，但經查她得了肺炎。治療痊癒後她又得過一次中風。

我們曾多次邀請她來上海，當時我們已有了三室一廳的房子，可母親一直未來。一九八九年春節我們又邀請母親來滬過年，而母親要和小紅、小羅們一起過年。

一天，母親晚飯後本打算早點洗洗睡覺了，沒料到摔了一跤，碰巧當時家裡沒人，她自己怎麼撐也撐不起來，直到小羅回來立即把她扶起，當晚無事。可第二天開始大便發黑，內出血了，即送鼓樓醫院治療。住院期間小燕、小多一起請了假去看她，且輪流值夜班侍奉她，然而醫院裡不斷折騰，除了常規檢查還做過多次胃鏡、腸鏡，到頭來也沒有查出病因，最後腹水了。打針、吃藥也不見效。家母用已無力的手，歪歪斜斜寫下了遺囑：

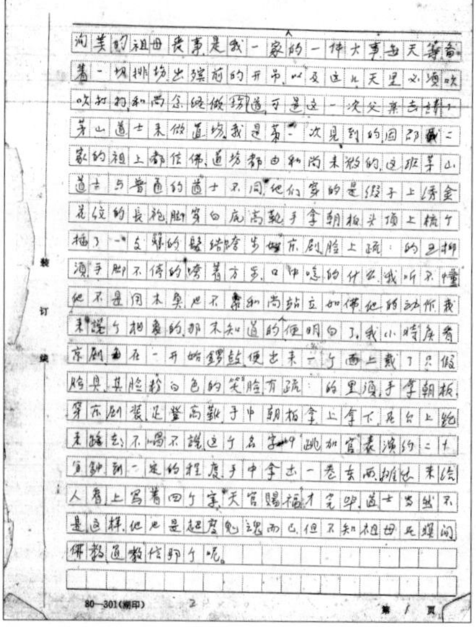
洵美的祖母丧事是我一家的一件大事每天筹备
着一切排场出殡前的开吊以及这几天里必须吹
吹打打和尚念经做道场可是这一次父亲去请了
茅山道士来做道场我是第一次见到的因邵盛二
家的祖上都信佛道场都由和尚来做的这班茅山
道士与普通的道士不同他们穿的是缎子上绣金
花纹的长袍脚穿白底高靴手拿朝板头顶上梳个
插了一支簪的髮结踏步如京剧脸上疏疏的三柳
须手脚不停的摆着方步口中唸的什么我听不懂
他不是用木鱼也不像和尚站立如佛他的动作我
来说个相象的那不知道的便明白了我小时候看
京剧每在一开始锣鼓便出来一个面上戴了只假
脸具其脸粉白色的笑脸有疏疏的黑须手拿朝板
穿京剧装足登高靴手中朝板拿上拿下在台上绕
来绕去不唱不说这个名字叫跳加官表演约二十
分钟到一定的程度手中拿出一卷东西摊开来给
人看上写着四个字天官赐福才完毕道士虽然不
是这样他也是超度鬼魂而已但不知祖母在阴间
佛教道教信那个呢。
80—301(翻印) 2 第 1 页

盛佩玉手稿

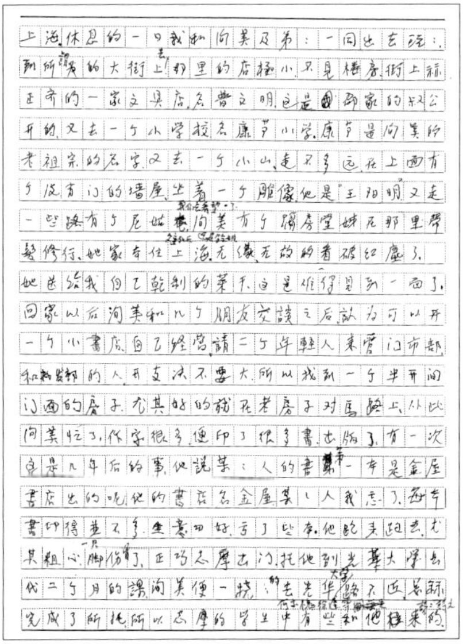
上海休息的一日我和洵美及弟弟一同出去玩玩，
到所謂的大街上去，那里的店極小，不見樓房，街上标
正齐的一家文具店名曾文明，这是邵家的叔公
开的，又去一个小学校名康节小学，康节是洵美的
老祖宗的名字，又去一个小山，走不多远，在上面有
个没有门的墙屋，坐着一个雕像，他是"王阳明"，又走
一些路有个尼姑庵，洵美有个隔房堂妹在那里带
髮修行，她家本住上海，无缘无故的看破红塵了。
她送给我自己乾制的菜干，自是难得见到一面了。
回家以后洵美和几个朋友交談之后，认为可以开
一个小書店，自己经营，請二个年輕人來管门市部，
和批发部的人，开支决不要大，所以找到一个半开间
门面的房子，尤其好的就在老房子对马路上，从此
洵美忙了，作家很多，便印了很多書出版了。有一次
这是几年后的事，他説某某人的書，有一本是金屋
書店出的呢，他的書店名金屋，某某人我忘了。每本
書印得並不多，生意也好，亏了些本。他跑来跑去，尤
其粗心，一只脚伤了，正巧志摩出门，托他到光華大学去
代二个月的課，洵美便一挑挑的去光华大学路不近，总算
完成了所托，所以志摩的学生中有些和他往来的。

盛佩玉筆記手稿

我要走了，你們都不要悲傷，我的子女都很孝順我，我是帶著滿意的心情走的。……

家母走了！那是一九八九年九月二十四日二點零八分。享年八十四歲。

九月廿九日，我們護送她到蘇州香山公墓，和父親合葬在一起。安放骨灰盒時，天下起了小雨，抬頭望著灰濛濛的天空，我們又彷佛聽到父親重吟〈天上掉下一顆星〉的聲音：「等路到盡頭……會見到你，會見到你……。」他們果眞又在一起了！

二○○四年二月，我們在上海龍華寺内爲母親與父親立了長生牌位。三月，我們又在上海歸園買了一塊新墓地。親愛的母親，您與爸爸終將回歸上海的故園。

母親，你在筆記中完成了父親一直想了而未了的兩個心願——爲愛女小玉暫短的生命歷程立傳而傳世；受上海某編輯之託答應寫一部有關大家族的變遷史。而在筆記中，你無意中完成了它。是的，你盡了力，父親一定會滿意的！

母親，你可以安息了！你的正直，你的勇敢與善良，你對我們的告誡，連同你的美麗而慈愛的笑容將融化在我們親人的血液中，伴隨我們終生！）

INK PUBLISHING 文學叢書 174

一個女人的筆記：盛氏家族・邵洵美與我

作　　者	盛佩玉
編　　注	邵　陽　吳立嵐
圖片提供	邵　陽
總 編 輯	初安民
責任編輯	施淑清
美術編輯	張薰芳
校　　對	余淑宜　施淑清
發 行 人	張書銘
出　　版	INK 印刻出版有限公司 台北縣中和市中正路 800 號 13 樓之 3 電話：02-22281626 傳真：02-22281598 e-mail:ink.book@msa.hinet.net
網　　址	舒讀網 http://www.sudu.cc
法律顧問	漢廷法律事務所 劉大正律師
總 代 理	展智文化事業股份有限公司 電話：02-22533362・22535856 傳真：02-22518350
郵政劃撥	19000691 成陽出版股份有限公司
印　　刷	海王印刷事業股份有限公司
出版日期	2007 年 11 月　初版 2008 年 1 月 23 日　初版二刷
ISBN	978-986-6873-40-9

定價　330 元

國家圖書館出版品預行編目資料

一個女人的筆記：盛氏家族・邵洵美與我
／盛佩玉 著.－－初版，
－－臺北縣中和市：INK 印刻，
2007.11　面；　公分（文學叢書；174）
ISBN 978-986-6873-40-9（平裝）
1.盛佩玉　2.回憶錄
782.886　　96018701

K INK INK INK INK INK INK
INK INK INK INK INK INK IN
K INK INK INK INK INK INK
INK INK INK INK INK INK IN
K INK INK INK INK INK INK
INK INK INK INK INK INK IN
K INK INK INK INK INK INK
INK INK INK INK INK INK IN
K INK INK INK INK INK INK
INK INK INK INK INK INK IN
K INK INK INK INK INK INK
INK INK INK INK INK INK IN
K INK INK INK INK INK INK
INK INK INK INK INK INK IN
K INK INK INK INK INK INK
INK INK INK INK INK INK IN
K INK INK INK INK INK INK
INK INK INK INK INK INK IN
K INK INK INK INK INK INK
INK INK INK INK INK INK IN
K INK INK INK INK INK INK
INK INK INK INK INK INK IN
K INK INK INK INK INK INK
INK INK INK INK INK INK IN
K INK INK INK INK INK INK

INK INK INK INK INK
INK INK INK INK INK INK
INK INK INK INK INK
INK INK INK INK INK INK
INK INK INK INK INK
INK INK INK INK INK INK
INK INK INK INK INK
INK INK INK INK INK INK
INK INK INK INK INK
INK INK INK INK INK INK
INK INK INK INK INK
INK INK INK INK INK INK
INK INK INK INK INK
INK INK INK INK INK INK
INK INK INK INK INK
INK INK INK INK INK INK
INK INK INK INK INK
INK INK INK INK INK INK
INK INK INK INK INK
INK INK INK INK INK INK
INK INK INK INK INK
INK INK INK INK INK INK
INK INK INK INK INK
INK INK INK INK INK INK
INK INK INK INK INK